中国当代股市题材小说研究

A Study on Novels of Contemporary Stock Market in China

邱绍雄　著

图书在版编目(CIP)数据

中国当代股市题材小说研究 / 邱绍雄著. —北京：北京大学出版社，2016.10
国家社科基金后期资助项目
ISBN 978-7-301-27634-1

Ⅰ.①中… Ⅱ.①邱… Ⅲ.①股票市场–题材–小说研究–中国–当代
Ⅳ.①I207.42

中国版本图书馆CIP数据核字(2016)第241772号

书　　　名	中国当代股市题材小说研究 ZHONGGUO DANGDAI GUSHI TICAI XIAOSHUO YANJIU
著作责任者	邱绍雄　著
责任编辑	张弘泓
标准书号	ISBN 978-7-301-27634-1
出版发行	北京大学出版社
地　　　址	北京市海淀区成府路205号　100871
网　　　址	http://www.pup.cn　新浪微博：@北京大学出版社
电子信箱	zpup@pup.cn
电　　　话	邮购部 62752015　发行部 62750672　编辑部 62752028
印　刷　者	北京宏伟双华印刷有限公司
经　销　者	新华书店
	720毫米×1020毫米　16开本　15印张　261千字 2016年10月第1版　2016年10月第1次印刷
定　　　价	45.00元

未经许可，不得以任何方式复制或抄袭本书之部分或全部内容。
版权所有，侵权必究
举报电话：010-62752024　电子信箱：fd@pup.pku.edu.cn
图书如有印装质量问题，请与出版部联系，电话：010-62756370

《国家社科基金后期资助项目》
出版说明

　　后期资助项目是国家社科基金设立的一类重要项目,旨在鼓励广大社科研究者潜心治学,支持基础研究多出优秀成果。它是经过严格评审,从接近完成的科研成果中遴选立项的。为扩大后期资助项目的影响,更好地推动学术发展,促进成果转化,全国哲学社会科学规划办公室按照"统一设计、统一标识、统一版式、形成系列"的总体要求,组织出版国家社科基金后期资助项目成果。

全国哲学社会科学规划办公室

目 录

绪 论 …………………………………………………………… 1
 第一节 中国当代股市题材小说研究的独特价值和意义 …… 1
 第二节 中国当代股市的历史及其特色概述 ………………… 6
 第三节 中国当代股市题材小说创作概述 …………………… 12

第一章 中国当代股市题材小说与中国当代社会的市场化转型 …… 25
 第一节 中国当代股市题材小说与中国当代社会的市场化 … 26
 第二节 中国当代股市题材小说与中国当代社会的世俗化 … 40
 第三节 中国当代股市题材小说与中国当代社会的全球化 … 55

第二章 中国当代股市题材小说与当代中国人的市场化生存 ……… 68
 第一节 中国当代股市题材小说与当代中国人的交易生存 … 70
 第二节 中国当代股市题材小说与当代中国人的风险生存 … 76
 第三节 中国当代股市题材小说与当代中国人的自主生存 … 82
 第四节 中国当代股市题材小说与当代中国人的动态生存 … 87
 第五节 中国当代股市题材小说与当代中国人的竞争生存 … 90

第三章 中国当代股市题材小说与当代中国人的市场化思维 ……… 95
 第一节 中国当代股市题材小说与当代中国人的资本意识 … 96
 第二节 中国当代股市题材小说与当代中国人的交换意识 … 105
 第三节 中国当代股市题材小说与当代中国人的契约意识 … 113
 第四节 中国当代股市题材小说与当代中国人的公平意识 … 119

第四章 中国当代股市题材小说与当代中国人人性的市场修炼 …… 127
 第一节 中国当代股市题材小说与人性的裸露和放大 ……… 128
 第二节 中国当代股市题材小说与人性的贪婪和恐惧 ……… 131
 第三节 中国当代股市题材小说与人性的投机和侥幸 ……… 136

第四节　中国当代股市题材小说与人性的冲动和善变 …………… 140
　　第五节　中国当代股市题材小说与人性的懊悔和固执 …………… 143
　　第六节　中国当代股市题材小说与人性的修炼和涅槃 …………… 145

第五章　中国当代股市题材小说与中国传统文化的市场化新变 ……… 151
　　第一节　弘扬中国传统文化中的市场文化因子 …………………… 152
　　第二节　基于市场经济的市场文化推动中国传统文化发展 ……… 160
　　第三节　中国传统文化制约过度的市场行为 ……………………… 175

第六章　中国当代股市题材小说的文化价值建构 ……………………… 184
　　第一节　股市所激活的先进文化因子 ……………………………… 186
　　第二节　吸收中国传统文化的合理养分 …………………………… 203
　　第三节　吸取外来文化的市场精华 ………………………………… 209

附录一：中国当代股市小说书目 ………………………………………… 221
附录二：参考文献 ………………………………………………………… 225
后记：我的"学问"来源于我的生活 …………………………………… 229

绪　论

第一节　中国当代股市题材小说研究的独特价值和意义

股市的繁荣和发展是当代中国社会一个新的重要的政治、经济、文化现象。党的十七大报告首次提出将创造条件让更多群众拥有财产性收入,党的十八大进一步提出加快发展多层次资本市场,大力发展资本市场已经成为我国的一项基本国策,表现了当代中国社会对于市场认识的历史变化。越来越多的中国人的投资意识开始觉醒,是当代中国一个鲜明的时代特征。

股市是当代中国改革开放必不可少的部分。它作为当代中国社会的新成员,具有政治、经济和文化上的新意,与市场经济和基于市场经济的市场文化有密切的联系。

当代中国的股市有自己鲜明的特色。① 一是它诞生的历史不长。1986年9月26日,新中国成立后大陆第一家证券交易柜台——静安证券业务部开张,标志着当代中国从此有了股票交易。1990年12月1日,深圳证券交易所试营业,同年12月19日上海举行上海证券交易所开业典礼,通常业内以此作为中国当代股市正式诞生的标志。当代中国股市诞生至今不过短短二十多年的历史。二是它的发展速度快。作为当代中国改革开放的标志之一,当代中国股市用短短二十多年的时间便跨越了发达国家一两百年走过的股市历程,取得了飞速的发展。目前它已经成为世界规模第二大的股市。三是它与当代中国人生活的联系越来越紧密。目前中国股票和基金账户开户数双双超过一亿大关,越来越多的中国人、中国家庭投身股市。股市作为中国社会经济发展变化的晴雨表,牵动着十三亿人的脉搏和心跳,可以说是中国当代社会一条敏感的神经。

股市是进行股票发行和交易的市场,是社会经济发展的产物。随着社会化大生产的发展,生产者无论是自身的资本积累,还是有限的借贷资本,都难以满足企业发展的巨额资金需求,于是出现了股份制,建立股份有限公司,通

---

① 本书中国股市指中国大陆股市,不包括香港、澳门和台湾地区的股市。

过发行股票来筹措资金。谁购买了上市公司的股票,谁就成为这个公司的股东,就以出资额为限对公司负有有限责任,在承担风险的同时分享收益。股票具有流通性,如果股票持有人急用现金或想转换成其他证券,可将股票出售,这样就形成了股票交易行为。

党中央提出创造条件让更多群众拥有财产性收入,对中国股市的发展有十分重要的意义。"财产性收入"一般是指家庭拥有的银行存款、有价证券等动产和房屋、车辆、土地、收藏品等不动产所获得的收入。它既包括出让财产使用权所获得的利息、租金、专利收入;也包括财产营运所获得的红利收入、财产增值收益。对于老百姓来说,在这些"财产性收入"中,"专利收入""财产营运所获得的红利收入"等只有少数人有能力获得,而"银行存款"现在实际上是负利率,出租或买卖"不动产"缺乏经验,只有投资于"有价证券"简便、好学、易行,具有广泛的可操作性,因此现在股票投资理财成为当代中国人生活的一个非常重要、非常普遍的内容。股票已经成为中国当代社会许多人、许多家庭最敏感的话题。

在经济市场化与全球化的大背景下,一个国家的强大必须依赖发达的资本市场,一个民族的兴盛必须依托强大的资本时代。21世纪的中国注定会进入一个经济空前发展、体制全面转型、国家和平崛起的新时代。随着中国改革开放的不断深入,随着全民的投资意识、资本意识的觉醒,越来越多的家庭的财产将证券化,股票已经成为大多数人投资理财的重要渠道。股市与当代中国人生活的联系越来越密切、越来越广泛,因此可以说股市对当代中国社会的发展来说是重要的,股市对当代中国人生活的影响也是巨大的。

股市是当代中国社会中的新成员,股市的加入使当代中国社会发生了很多变化。有了股市以后,喜欢冒险的人们,追逐财富的手段不再是单一的勤劳,更不是传统意义上的省吃俭用,而是研究一幅幅变幻莫测的K线图。人生的希冀有时就在一根根跳动的红绿线条中,一旦掌握玄机,财富便可呈几何级数增长,而一旦失算,财富瞬间缩水。在暴富和破产之间,有着许多传奇的故事,发人深省、耐人寻味。股市的诞生、发展和繁荣前所未有地改变了当代中国人的生活和观念,激发了社会的财富想象与市场精神。中国改革开放以来社会所发生的种种变化,在股民身上表现得最为充分,股民的体验最为真切。

所谓股市题材小说是指以股市参与者为主人公、以股市生活为主要表现内容的小说。它是原生态地保留中国市场文化最丰富的矿藏,从小说这个角度表现了中国当代社会经济的发展和文化的变化。

伴随着当代中国股市的成长而诞生的中国当代股市题材小说也有自己鲜明的特色。一是它诞生的历史更短。它是在当代中国股市有了一定的文化积累之后才得以出世的。二十多年前开始有作品出现，近十年来才有大量作品集中涌现。二是它的文化含量高。因为它表现的是当代中国人一种新的生活，一种与中国当代社会市场化转型密切相关的生活，充满文化上的新意。三是它具有良好的成长性。可以肯定的是随着中国股市的发展，中国股市题材小说会越来越繁荣。

中国当代股市题材小说与股市以及市场经济的联系、与市场文化的联系是当代中国文化发展的新话题。市场经济的深入推进全面加速了中国社会的"市场化"进程，市场文明成为当代中国最活跃、最重要的人文景观。这是一种迥异于以往的社会景象。对于中国当代社会的这种变革，已经步入巨变之轨的中国文学，历史性地给予了它真正的青睐。特别是自20世纪90年代初市场经济开始兴盛后，中国当代小说创作致力于拓展、丰富这一表现领域，以股市生活为题材、以股民为主人公的小说创作风起云涌，盛况空前，成为中国当代小说创作中一道极为亮丽的风景。股市题材小说创作从静水微澜终至春潮漫卷，对于市场中国的透视更从局部扩展为全景，翻开了中国当代文学书写股市生活的新的历史篇章。中国当代股市题材小说作为一种新的文学形态，既不能离开特定经济形态的规约，又不能脱离文学自身发展的独特规律。伴随着中国股市的不断发展壮大，表现股市生活的文学作品也从无到有、从一元到多元，呈现出不断勃发之势，这不仅丰富了当代文学的创作和内涵，也体现了当代文学发展的多样化选择。

伴随着中国股市的发展与繁荣，伴随着越来越多的中国人从非股民变成股民，中国当代股市题材小说的创作日趋繁荣，其文化意味日益彰显。中国当代股市题材小说对中国当代股市生活的文化思考是丰富的，也是深刻的。它源于中国当代社会市场化转型，又表现了中国当代社会市场化转型；源于中国文化发展，又表现了中国文化发展，因其直接触摸人性人情的底蕴而充满文化上的新意。它如一面多棱镜，多姿多彩地展现了中国当代社会市场化进程中的文化景观。它以其表现的多样性、题材的现代性以及阐述的真实性，将市场文化予以了多样化的文学演绎与表达，生动揭示股市生活的文化蕴含，讲述股民群体身处市场经济中的生命感觉，描绘他们努力实现市场价值的人生履历，演绎人性欲望与商业道德、财富伦理、市场理性、文化传统之间的重重纠葛，揭示商业社会中人们的生存困境与心灵裂变。

股市题材小说创作在中国有比较长的历史，茅盾以大家的风范和笔力涉猎这一领域,他创作的《子夜》《交易所速写》等作品,别具一格地开拓股市题材,力透纸背地塑造鲜活的股民形象,全景式地展现时代画卷,从民族工商业生存与发展的特定视角,描述一个民族向现代化、市场化迈进的艰难历程,在中国股市题材小说发展史上是具有里程碑意义的。中国当代股市题材小说继承了中国股市题材小说创作的优良传统,以异乎寻常的敏锐反映当代社会的发展与文化的变化。

股市题材小说创作的繁荣是中国当代一个重要的文学现象。它是瞬息万变的中国股市留下的真实的"生命痕迹",是观察中国当代社会变化的一个重要"窗口"。它表现股市如何神秘地影响和改变当代中国人的生活方式、心灵欲望和价值观念,通过股市深刻地反映了我们所处的这个时代,反映了这个时代特殊的激情与狂热。

年轻的中国当代股市和更为年轻的中国当代股市题材小说使得目前国内外学术界对中国当代股市题材小说的研究处于萌芽状态,股市题材小说尚未引起国内外学术界的足够关注。把中国当代股市题材小说作为一个完整的独特的研究对象,从政治、经济、文化等多个角度进行综合分析,从中国当代股市题材小说的具体描写出发,解读小说中的"股市生活"所表现出来的有中国特色的文化精神,挖掘、总结蕴藏在中国当代股市题材小说中的文化新质和新意,从中研究中国当代社会的发展,研究中国文化的嬗变,这是一个国内外学术界刚刚起步的工作,具有学术研究的原创性,具有重要的现实意义。

股市文化是市场文化的重要组成部分。"股市文化是在股票市场投资融资活动中,由投资者、融资者、政府监管部门以及中介机构形成的共同体中体现出来并反映其价值观念、投资理念、行为规范等文化规则的集合。"①股市监管者、上市公司、上市中介机构、券商、基金公司、散户、庄家、股评家、财经记者、投资顾问、投资银行家等"股市参与者",他们在股市的"生存状态",他们在股市的"赢利模式",他们的角色特点和职业精神,他们作为胜利者的"炒股智慧",他们作为失败者的经验教训,这些"人"的生活和观念有文化价值。中国的股市文化是中国股市在成长过程中的文化积淀,集中表达着这一特定市场文化体系的核心价值。因为所有的股票都是投资人在买进卖出,所以股市的一切变化都离不开人性,也就是说股市永远都会带着人的性格,带着一个时代、一个民族的烙印。

市场文化是现代文明的重要组成部分。资金变资本、资产变资本、资信

---

① 马书琴:《中国股市文化构建思考》,《求是学刊》2008年第4期。

变资本的过程既是社会经济高度市场化的过程,也是社会发展高度文明化的过程。股市所激活的先进文化因素与它所唤醒的现代意识是现阶段中国经济和社会发展最宝贵的文化财富,是整个中国全面走向现代市场经济最有利、最现实的条件。资本意识、交换意识、投机意识、信用意识、冒险意识、竞争意识、契约意识、公平意识汇合起来的市场意识将成为社会经济的主导意识。股市不仅是中国传统美德的训练场,强化着我们的坚韧、忍耐、百折不回,股市还是现代市场精神的培育园,市场意识在这里茁壮成长。

把中国当代股市题材小说作为一个整体来进行文化解读,探讨中国当代股市题材小说如何以一种文化身份参与世纪之交的社会转型,以期拓展中国当代文学的研究视域与价值空间。源于股市对中国社会发展的意义,源于中国当代股市题材小说与中国股市的紧密联系,源于股市对中国人价值观念和心灵欲望的影响,中国当代股市题材小说研究具有时代价值、认识价值和文化价值。

中国当代股市题材小说的作者几乎都是"股市中人",一般都有在股市中搏杀多年的经历。资深散户、机构操盘手、财经记者、职业经理人等行业精英是中国当代股市题材小说创作队伍的主力军。他们不是为了写小说才到股市中去体验生活的,他们是在股市中"讨"了多年生活之后,在对中国股市有了丰富的生活积累之后,在对自己的股市生活有了深刻的文化审美认识之后,才拿起手中的笔"宣泄"自己在股市中的生命感觉。出自这些"股民"作家之手的中国当代股市题材小说绝少编造痕迹,是瞬息万变的中国股市留下的真实"痕迹",为20世纪90年代以来中国当代社会的变迁留下了一幅幅生动而鲜活的写真,荟萃了众多股市参与者的真实生命体验,反映了中国当代社会的变化和价值颠覆与重构的现状,在某种程度上可以说是当代中国社会的一个"文化模本",真真切切地触摸到了时代血脉的收缩和贲张,使人性的善恶多了一个淋漓尽致挥洒的舞台。

中国建立社会主义市场经济,这是生产关系、经济基础的历史性变革,它必然要求建构一种与社会主义市场经济相适应的新的文化精神。这种新的文化精神需要吸收中国传统文化(以"儒"为代表,崇"理")和现代文化、外来文化(以"商"为代表,重"欲")的优点,同时剔除两者的弱点,形成一种古今中外交融的"合金"式文化。这种"合金"式文化最理想的境界是"理欲并重",既重社会秩序和公德,也尊重个人的权利和价值,以推动社会生产力的发展和整个社会的进步。也就是说,为了修正中国传统主体文化"重理轻欲"的缺陷,为了防止现代市场文化从"轻理重欲"发展到"纵欲",发展到"人欲横流",

为了在价值取向上"理欲并重",中国文化需要"与时俱进",需要"儒商互补"。

"一个时代的文化总是最大量、最集中、最具体地反映在这个时代的文学作品中,以至成为历史学家研究文化史的重要资料来源之一。"①中国当代股市题材小说的突出价值在于它伴随中国社会主义市场经济建立、社会市场化转型而生长的文化特性。它聚焦股市生活,书写资本神话,诠释市场精神和财富意义,表达了一个时代的兴趣所在,在当代中国构建新的经济秩序、财富伦理和市场信仰,成为"市场化文学时代"中的一道独特的风景。

中国当代股市题材小说的兴盛既基于市场时代来临后"日常生活文化化"的社会变革,也源于与之同构对应的"日常生活审美化"的文学创作现实。在当代文学与文化研究之间有待开掘的空白之地中,中国当代股市题材小说算得上是最值得开垦的一片沃土,因为无论作品自身还是它的生产方式都打上了市场经济社会里最显性的文化印记。

中国当代社会一切变化的背后都有一个共同的身影——市场,中国当代股市题材小说最大的价值就是形象地表现了中国当代社会历史巨变与市场的联系。

第二节 中国当代股市的历史及其特色概述

中国当代股市的萌芽生长是一个艰难的生命诞生过程。从姓"社"还是姓"资"的长期争论,到邓小平"坚决试,不行可以关"的英明决策;从股份制改革的争论,到开放股市为国企改革服务,直到完成股权分置改革,中国股市走过了近三十年的风雨成长历程。

1984年11月18日,经中国人民银行上海市分行批准,上海飞乐音响公司成立,并向社会发行每股面值50元的股票1万股,筹集了50万元资本。这是我国改革开放以来发行的第一只上市股票。飞乐音响成为上海市第一家股份制企业,其股票成为我国改革开放新时期第一只真正意义上的股票。虽然有报道说深宝安和北京天桥成立股份制企业更早,但是发行股票,小飞乐在先。以此为标志中国当代股市开始了自己的萌芽。

1986年在长江三峡国家体改委召开的一个相关会议上,美国诺贝尔经济学奖获得者詹姆斯·托宾先生就明确建议中国二十年内别搞股票市场,可以先搞二十年股份经济,理由是中国不具备搞股票市场的市场经济基础。

---

① 狄其骢等:《文艺学新论》,济南,山东教育出版社,1986年,第133页。

1986年11月,邓小平把一张面值50元的飞乐音响股票作为礼物赠送给美国纽约证券交易所董事长约翰·凡尔霖。

1989年,深发展派息分红,中国股市的第一波牛市狂潮由此引爆。当时深圳仅有5只股票上市,但涨幅却很惊人。1990年5月至6月的一个月中,这5只股票涨幅分别是:深发展100%,万科380%,原野210%,金田140%,安达380%。1990年12月1日,深圳证券交易所试营业,同年12月19日上海举行上海证券交易所开业典礼。业内通常将这一天定为中国大陆股市正式建立之日。

1992年邓小平的南方讲话,不仅给"股票市场到底姓社姓资"的争论画上了一个句号,而且极大地促进了新中国证券市场的发展。1992年党的十四大确定中国经济体制改革的目标是"建立社会主义市场经济体制",股份制成为国有企业改革的方向。1992年10月25日,中国证券监督管理委员会正式成立,结束了上海、深圳地方政府作为证券市场主要监管者的时代。

1997年党的十五大报告明确指出"股份制是现代企业制度的一种资本组织形式",这充分表明时至1997年,对于大力推行股份制、发展股票市场,已经得到了包括中央领导高层在内的上下各界人士的一致认同和高度重视;同时也标志着中国股市发展的政策基调,已经从"坚决试"转变为"大力发展"。

1999年7月1日,《中华人民共和国证券法》正式施行,这是中国证券业的第一部大法,初步形成了证券市场法律法规体系。以中国证券业的第一部大法《中华人民共和国证券法》的正式施行为标志,中国股市进入法制化建设轨道。

2001年的中国股市爆发了最为惊心动魄的"国有股减持"事件。6月12日《减持国有股筹集社会保障资金管理暂行办法》发布引发股市狂泻。2004年1月31日,就股市连续多年低迷及市场长期积累的股权分置的矛盾,国务院发布了《关于推进资本市场改革开放和稳定发展的若干意见》,将发展资本市场提升到国家战略任务的高度,提出了九个方面的纲领性意见(简称"国九条"),为资本市场的改革与发展奠定了坚实的基础。2005年4月,解决股权分置的上市公司股权分置改革启动。截至2006年底,股权分置改革基本完成。解决资本市场的陈年顽疾后,中国股市终于从熊市中挣脱。随之沪深股市开始了一轮波澜壮阔的大牛市。上证指数由2005年6月6日最低点998.23点上涨到2007年10月16日的6124.04点,最大涨幅为513.6%。这也成为中国证券市场有史以来的最高点位。

2007年中国基金业达到了空前的繁荣与辉煌,呈爆炸式增长。在居民的财产分配中,基金第一次成为个人资产配置的重要工具。在财富效应的推动下,投资基金成为一种大众生活方式。截至2007年,公募基金的规模突破3.2万亿,占A股流通市值比例逾1/3,基金持有人数量突破1.3亿。党的十七大报告提出国家将创造条件让更多群众拥有财产性收入。它肯定了投资者(尤其是中小投资者)在股票市场中不可或缺的地位,肯定了投资者追逐财富的正义以及利益保护的必要,为投资者通过买卖股票以实现货币资产的保值增值提供了有力的保障。

2008年9月美国金融危机全面恶化,"金融海啸"对中国股市产生了很大的影响,上证综指从2007年最高点位6124点下跌到最低点位1664点,下跌了72%。2009年春节前后,因为中央政府经济刺激计划的较好预期,更由于信贷放松之后的资金推动,A股市场大部分股票进入了上涨通道。2010年、2011年、2012年、2013年、2014年,连续五年中国股市一直处于调整状态。

中国当代股票市场历经近三十年的发展,经历了深圳"8·10事件"、"3·27国债期货事件"、"银广厦事件"、蓝田神话、亿安科技、券商挪用客户保证金和基金黑幕等一系列问题事件后日益成熟,股权分置改革、超常规发展机构投资者、强调信息披露、打击内幕交易等一系列市场化、国际化、规范化的制度加快了中国股票市场走向成熟的步伐。兼具新兴与转轨双重特征的中国当代股市,市场融资功能和资源配置功能得到逐步发挥,服务实体经济的能力不断加强,逐步形成了自己越来越鲜明的中国特色。

中国从一个资本贫国逐步发展、建设成为一个资本大国。1990年,中国社会的金融资产只有区区3.8万亿元,证券化金融资产少到几乎可以忽略不计,到二十年后的2010年全社会金融资产超过了100万亿元,其中证券化金融资产超过40万亿。股票市场作为引导居民储蓄转化为有效投资、优化资源配置、分散风险、共享收益的重要平台,有力地促进了我国产业结构升级和创新型国家的建设。据统计,1991年境内上市公司总数为14家,总市值109亿元,二十年后的2011年底:境内上市公司总数为2342家(境外上市公司总数为171家),开户数14050万户位居全球第一;中国大陆股市占全球股市市值7.38%,首次超过日本份额,位列全球第二。

股票市场是股票发行和股票交易的场所,其主要功能一是筹集资金,企业通过在股票市场上发行股票,把分散在社会上的闲散资金集中起来,形成巨额的、可供长期使用的资本,以支持社会化大生产和大规模经营。二是转换机制,通过在股票市场发行股票并上市流通,企业可以完成股份制改造,转换经营机制,建立现代企业制度。三是优化资源配置,上市公司作为投资者的投资对象,它在股票市场的表现反映了该企业的发展前景,投资者通过买进或卖出股票,完成对企业的价值再发现,从而形成资源的优化配置。四是分散风险,股票市场在给投资者和融资者提供了投融资渠道的同时,也提供了分散风险的途径。从资金需求者来看,通过发行股票筹集了资金,同时将其经营风险部分地转移和分散给投资者,实现了风险的社会化;从投资者角度看,根据个人承担风险的程度,通过买卖股票和建立投资组合来转移和分散风险,以促进个人财富的保值增值。

股市不仅是一个资本和物的生产要素的配置场所,而且是一个国家乃至世界政治、经济、军事、文化信息的集散地。一个国家、一个社会环境的变化会最先从股票市场反映出来。在市场经济崇尚资本至上的旗帜下,资本的选择是最敏感的。它是中国了解世界和世界了解中国的重要窗口。

股市是中国社会主义市场经济的试验田,与中国社会改革开放紧密相连。中国当代股票市场的发育、发展,是中国经济从计划体制逐渐向市场体制转型过程中最为重要的成就之一。以资本市场为基础的现代金融体系,不仅是经济成长的发动机,而且还建立了一种经济增长基础上的人人可自由参与的财富分享机制。资本市场为中国企业特别是国有企业的改革和机制转型提供了天然的市场化平台,从而极大地提升了中国企业的市场竞争能力。如果没有资本市场,中国企业特别是国有企业就不可能建立起真正意义上的现代企业制度。正是资本市场使单个股东或由少数几个股东组成的企业成为社会公众公司,这实质上是企业制度的结构性变革,对中国企业来说,无异于就是一次制度革命。资本市场使中国的企业不仅有了股东意识和公司治理的概念,而且有了对收益与风险匹配原则的深切理解,更通过强制性的透明度原则使其开始具有经济民主精神。

中国当代股市的"中国特色"十分鲜明。

中国当代股票市场是在传统的计划经济体制上发展起来的,这和西方股票市场的发展起源截然不同。西方发达国家的股市,是遵循股票市场发展的自然规律,在市场经济的土壤里,自然生成的"天然产品",而中国的股市,则是在中国经济体制转轨时期,在以社会主义公有制经济为主体、同时探讨公有制经济多种实现形式的土壤里,在既要学习借鉴西方发达国家股票市场发展的经验,又要考虑中国国情、遵循中国经济发展的自然规律,"摸着石头过河"的过程中催生的"人工产品"。西方国家在资本主义生产方式的基础上,为适应社会化生产和规模经营的需要,企业的资本组织形式逐步从独资、合伙发展到股份公司,经历了一个漫长而渐进的过程。建立在股份制度自然演化基础之上的西方国家股市的产生、发展、成熟过程,也必然表现为一个瓜熟蒂落的自然成长历程。在中国,股市是国有企业股份制改革的产物。由于新中国建立初期学习苏联的经验,存在对公有制形式的片面理解,单纯强调发展国有经济。社会化规模经营的大工业企业是通过高度集中的计划性分配制度,采取政府投资、国家所有的方式建立起来的。与此相适应,中国改革前企业的资本组织形式几乎是单一的国家所有、国有独资的形式。经过新中国成立初期对独资、合伙甚至是股份制的旧官僚企业、民族资本家企业的社会主义改造和新中国成立后三十多年的国家投资、国家重建,到20世纪80年代,中国已经形成了覆盖各个领域的庞大的国有企业体系,并在这种以国家独资为资本组织形式的制度基础上,形成了与之对应的社会分配机制、储蓄和投资运行机制。处于改革开放前沿阵地的经济特区先行尝试进行了股份制改革,并在较短的时间内取得了成功。随后,在地方政府以及中央政府的大力推广下,股份制改革被推到了中国整个社会经济体制改革的前台,股市成为当代中国社会关注的焦点。

中国当代股市是在巨大的理论争议和现实波动中发展起来的。从"股份制是私有化"的政治观点之争,到中国的股票市场像"老鼠会和赌场"的文化歧视,风风雨雨始终与中国股票市场的高速扩容相伴随。20世纪80年代的中国,主流意识形态对于股票市场具有很大的敌意,因此才有股票市场"姓社姓资"的争论,而当时的经济政治体制(行政计划的公有制)是排斥股票市场的。只是出于"白猫黑猫"的实用主义才对股票市场"不争论,大胆试"。只有国有企业可以发行股票,妨碍了资源在全社会范围的有效配置;公有股份不能流通,与资源的有效配置相矛盾;股票发行的"额度制"事实上是把发行股票当成一种利益在各地各部门之间进行分配,不仅不符合资源有效配置的要求,而且明显违反了资本市场的常识和普遍原则;发行价格的确定与资源有效配置的定价原则背道而驰;长期坚持的"短缺"发行方式保证了"卖方"的发行市场,扭曲了资源配置和有效定价的机制。

上市公司质量整体不高、分红制度不完善。上市公司质量是整个股票市场的基石,质量的高低影响到市场的气氛和投资者的信心。从最初股份制改造以增加就业,到股市为国企融资脱困服务以减少银行金融风险,大批大中型国有企业包装入市,而股权分置的制度性安排和退市机制不完善,造就了一大批绩差甚至造假的上市公司。绝大多数上市公司的不分红,不想分红,分不出红,是中国当代股市的一个突出特点。这样,中国当代股市的涨跌就往往取决于系统性态势,即当大量货币进入股市时,它就大涨,普涨;反之当大量新股源源而来,货币政策从紧时,股市就只能选择向下,跌跌不休,跌跌不止。

投资者不成熟、结构不太合理。股票投资者是通过买卖股票进行投资的各类机构法人和自然人,因此可分为机构投资者和个人投资者两大类。机构投资者主要包括政府机构投资者、企事业单位机构投资者、金融机构以及各类基金;个人投资者是股票市场上数量众多的自然人。我国股票市场投资者以个人投资者(散户)为主,他们缺乏投资知识,短期投资理念强,自我保护意识和能力较差。大多数个人投资者盲目跟风,具有很明显的"羊群效应",这增强了中国当代股市的投机性和风险性。股票市场投资者(尤其是中小投资者)利益保护机制缺失,损害了投资者的投资利益和投资信心,导致投资者投资理念与投资行为扭曲。投资者崇尚"短线是金",对上市公司的准确估值几乎成为可以不考虑的因素。在大量的社会资金尚缺乏投资渠道的情况下,规模较小的股市成为资金炒作的理想对象,其结果就表现为中国股市波动性大、股价不区分上市公司业绩差异地同涨同跌。由于缺乏稳定的机构投资资金,使得中国股市长期以来容易暴涨暴跌。

中介机构行为不规范、诚信有所缺失。股票市场中介机构是为股票的发行与交易提供服务的各类机构,起到股票投资者与筹资者、股票买卖双方的桥梁作用。股票中介机构包括证券经营机构和证券服务机构两类;证券经营机构又称券商,是依法设立,从事证券业务的具有法人资格的金融机构,可以用自己的资金买卖证券,主要在证券市场上充当承销商和经纪商的角色;证券服务机构是依法成立、从事证券服务的法人机构,主要包括证券登记结算公司、证券投资咨询公司、律师事务所、证券信用评级机构、资产评估机构、会计师事务所、证券信息公司等。一些中介机构不以为客户提供优质服务为宗旨,而是以自身利益最大化为准绳,损害投资者利益,如挪用客户保证金、操控股价等。由于在引进和接轨一些国际上通行的交易产品和交易方式时,没有相应适时建立起适合我国市场实情的法律法规和市场规范,以至于"对倒对敲""坐庄""老鼠仓"等内幕交易和违法违规行为总能依赖不对称的信息优势得逞于一时。

市场监管经验缺乏,直接干预股市政策频繁。中国当代股市在其发展的初期就呈现出明显的"政策市"特征。所谓"政策市"是指受政府政策左右影响很大的股市。我国股市管理层重调控轻监管,导致股市的优胜劣汰机制、公正博弈规则和监管秩序一直未能有效建立。沪深股市的每一次涨落,几乎都可以成为"政策市"或"政策市文化"的蓝本。

由于我国股民投机心理较强,参与证券投资的动机主要是快速实现最大利益,其手段多以博差价为主,所以股市稍有风吹草动,很多股民便买进杀出,追涨杀跌之风盛行,股市的交投极其活跃。国外成熟股市股票的年均换手率一般不到40%,而我国股市的年均换手率却超过600%,是国外成熟股市的15倍。股市交投过旺造成股市的暴涨暴跌,美国纽约股市从开办到现在的二百多年间,日涨跌幅度超过3%的只有10次,而沪深股市涨跌幅超过3%的时间却要占整个交易日的20%以上。

新股发行市场还没有走出实质性审批框架,权力、资本和资源结合在一起,极易滋生腐败和权力寻租。一些发行人有的公然隐瞒事实真相、伪造虚假文件骗取上市资格;有的虚构损益、隐瞒重大事项;有的在评估文件中虚增资产;有的哄抬发行定价,盲目追求超募,严重透支成长性。这不仅反映了发行定价机制上资本约束的缺失和市场约束的不健全,也是对市场公平、公正和公信的公然挑战,对诚信文化的严重玷污。

中国当代股市题材小说源于这种具有鲜明中国特色的股市生活,是原生态地保留中国股市生命痕迹的丰富矿藏。

第三节　中国当代股市题材小说创作概述

中国当代股市题材小说是中国当代小说的一个组成部分。股市题材小说的发展,作为一种文化现象,与社会文化变迁密切相关,更与商业社会里文学自身的发展变化息息相关。正是因为以经济建设为中心成为中国社会发展的主潮,所以作为社会生活的形象反映,20世纪90年代中国小说最突出的变化是更多地表现经济、文化方面的内容和主题。以市场经济及其状态下的人生和社会变化为内容的经济题材小说空前增多。中国当代股市题材小说正是在中国当代小说这个历史变化中横空出世的。

文化精神成为20世纪90年代中国小说新的生长点。一方面是文学出于对社会精神中泛滥一时的商业气息的抵制,另一方面则是由于90年代思想文化环境的进一步开放,许多长篇小说更加注重文化精神的表现。经济题材小说中人文精神明显突出,这些小说在描写巨大的经济力量时,没有出现物欲压迫下人类精神的丧失,也没有出现物质追求与精神家园的对立,而是满怀深情地描写了经济活动中人的精神、情操和理想,成为经济题材小说中一道亮丽的风景。

在中国当代小说发展的这种背景中,中国当代股市题材小说在20世纪90年代初开始萌芽,与新中国证券市场相伴而生,但它的诞生和发展不可能与中国股市的诞生和发展完全同步。它是待中国股市有了一定的规模和社会影响之后,待中国股市有了一定的文化积淀之后,待股市参与者对中国股市、对自己的股市生活有了一定的审美认识之后,以股市参与者为主人公、以股市生活为主要表现内容的中国当代股市题材小说才有可能萌芽、生长。

中国当代股市题材小说是中国当代小说中充分表现中国当代社会变化和文化发展的部分,丰富了中国当代小说的人物形象,丰富了中国当代小说的文化内涵。它对于当代中国人身处股市之中的人性人情的书写是丰富而深刻的,表现当代中国人因为生活中有了股市这个新玩意而出现的新变化。

中国当代股市题材小说的开拓者是专业作家钟道新。钟道新的《股票市场的迷走神经》(《当代》1991年第6期)是中国当代最早以股市生活为题材的中篇小说。小说描写中国当代第一代散户股民常锐并不平坦的成长道路,同时艺术展现了中国股市这一"新生儿"艰难降生的历程。

毕淑敏的中篇小说《原始股》(《青年文学》1993年第5期)是中国当代股市题材小说第二部重要作品。小说描写股票刚刚出现在当代中国人的生活中的时候大家对它不同的态度及其变化。它通过某国家机关内部一场购买原始股的风波,表现了人们对金钱的渴望,表现了横空出世的股市对中国当代社会、对当代中国人生活的冲击和影响。

林坚的《股市大炒家》(上海文艺出版社1994年11月)成为中国当代第一部股市题材长篇小说。小说塑造了当时的股市英雄形象——股市大炒家梁栋,刻画了当时中国人炒股的特点以及初起的股市给人们生活带来的变化,反映了具有时代特色的价值观念。

李其纲的《股潮》(上海文艺出版社1996年11月)塑造了当代中国股市初起时的第一代散户股民形象,勾勒出了一幅幅股市淘金者拼搏的画面,表现了当代中国人一种新的生活,一种新的欲望,一种新的念想。

瓜子是中国当代第一个出版系列股市题材长篇小说的作家。他分别于1997年6月和1998年3月在海天出版社出版了股市题材长篇小说《股城风流》及续篇《股市大枭》。《股城风流》从股民的角度描述了中国当代股市的成长,描写主人公郭维维炒股发家的历史,塑造了当时的股市庄家雏形形象。《股市大枭》通过描写一家公司上市的过程来反映1996年前后的中国股市生活。

沈乔生是中国当代第二位出版系列股市题材长篇小说的作家,也是目前中国当代股市题材小说创作时间跨度最长的作家之一。沈乔生于1997年11月在春风文艺出版社出版了自己的第一部股市题材长篇小说《股民日记》。小说描写股市里一些非常有特色的散户股民,塑造了周欢这个股市庄家形象,表现股市在当时人们的生活中留下的浓重"烙印"。

应健中是中国当代第三位出版系列股市题材长篇小说的作家,也是描写散户股民的高手。1998年12月他在上海人民出版社出版了股市题材长篇小说《股海中的红男绿女》,小说以描写上海散户股民为特色。

1991年到1998年是中国当代股市题材小说的萌芽期。

作品数量相对较少,人物形象不够丰富,反映股市生活的面不广。这个时期的股市题材小说写得最多的是散户股民,写得最好的也是散户股民。股市庄家形象不成熟,不丰满,只是股市庄家形象的雏形;操盘手、股评家形象只是偶尔现身,不仅数量非常少,而且就形象的成熟程度来说只能说是雏形的雏形。

1999年到2004年是中国当代股市题材小说的成长期。

老莫的《股神》(百花文艺出版社1999年1月)塑造股市庄家形象,描写龙在田和雷鸣豫两位"股神"、两位庄家在股市的争斗。

上海知名作家俞天白是中国股市里最早的股民之一,其股票投资的成就及影响不亚于其文学成就。他的股市题材长篇小说《大赢家——一个职业炒股手的炒股笔记》(作家出版社1999年3月)形象地表现了股市对当代普通中国人生活的影响。小说的主人公曾经海是中国散户股民的精神标本。

1999年4月沈乔生在春风文艺出版社出版了自己第二部股市题材长篇小说《就赌这一次》。小说塑造了黄大鲸这个股市庄家的形象,描写散户股民生活。

张华林的《金漩涡》(花山文艺出版社1999年11月)描写散户股民中的奋斗者、胜利者,表现股市给人们提供了新的出路、新的机会、新的谋生方式。

时隔近两年之后,应健中出版了自己第二部股市题材长篇小说《股市中的悲欢离合》(上海人民出版社2000年7月)。小说描写证券公司与机构联合坐庄,欺骗坑害股市中的散户股民。

《股海沉浮》是一部股市题材短篇小说集(《上海证券报》文学工作室编著,上海远东出版社2000年9月),小说以描写散户股民为主,表现股市新人的成长。

张成是中国当代第四位出版系列股市题材长篇小说的作家。他的《金叉:股市操盘手》(上海人民出版社2001年6月)专门描写股市中的操盘手,描写股市中庄家机构之间的残酷搏杀。

2002年一年之中有三部股市题材长篇小说问世,这是此前没有过的现象。张成的《金雾:庄家龙虎斗》(作家出版社 2002 年 5 月)描写股市中的庄家,描写拥有大笔资金的机构在股市中的呼风唤雨。容嵩的《股惑》(时代文艺出版社 2002 年 5 月)描写政府官员、公司高管、机构资金围绕一家上市公司的股权展开的幕后活动和交易,是资本运作的雏形。郭雪波的《红绿盘》(群众出版社 2002 年 9 月)的特色和价值在写散户,写散户炒股的心理活动,非常细腻、真实。

老奇的《天尽头》(中国青年出版社 2003 年 1 月)描写超级庄家华尔投资公司与面临破产的上市公司金通股份合谋骗取普通股民十多亿资金,揭露股市黑幕、鞭挞股市为非作歹行为。《金圈》(上海人民出版社 2003 年 4 月)是张成继《金叉》《金雾》之后创作的又一部股市题材长篇小说。某地一家企业被内定为新一年度当地的上市公司,就在一切工作准备就绪之时,事态逆转。其上市额度被当地另一家企业悄然暗中夺取。小说围绕郭副市长伙同赵建昌收购两家上市公司的中心事件展开,描写了股海的波诡云谲。矫健既是知名作家,又是股市高手,他的人生经历和知识结构在中国当代股市题材小说作家中具有相当的代表性,创作出版了系列股市题材长篇小说。《金融街》(山东文艺出版社 2003 年 12 月)塑造了一个散户出身的庄家形象,描述了企业上市和实业家兼并上市公司的故事。张泽的《扭曲的 K 线》(花城出版社 2003 年 12 月)的特色在反映主力资金与上市公司的勾结联系上,揭露京城权贵资本势力介入股市炒作。

2004 年是中国当代股市题材小说创作的丰收年,一年有七部股市题材长篇小说诞生。李唯的《坐庄》(中国青年出版社 2004 年 1 月)集中笔墨描写股市中的庄家。岳明的《别跟着我坐庄》(民族出版社 2004 年 1 月)的描写对象非常独特,是一家证券公司的营业部。丁力是中国当代出版股市题材长篇小说最多的作家之一,《涨停板,跌停板》(群众出版社 2004 年 1 月)是他一系列股市题材长篇小说中的第一部,描写股市里的资本运作。乔峰的《时光倒流》(华艺出版社 2004 年 4 月)描写私募基金在股市坐庄的过程。雾满拦江的《大商圈·资本巨鳄》(花城出版社 2004 年 5 月)刻画了一批活跃在当代中国资本市场上的布衣英雄。杜卫东的《右边一步是地狱》(作家出版社 2004 年 9 月)主要反映股市中散户股民的生活。潘伟君的《大上海的梦想岁月:一个操盘手的传奇》(重庆出版社 2004 年 12 月)专门描写股市职业操盘手。

中国当代股市题材小说进入成长期后创作数量激增,作家队伍特色基本形成。中国当代股市题材小说的优秀作者一般具有两个特征:一是亲自炒过股,品尝过炒股的酸甜苦辣;二是具有很深厚的文化文学修养,同时兼有股民和作家两种身份。作者深厚的财经知识背景,股海搏击的实战经历,跟踪市场深度采访的股市浸润,诸种因素使得他们创作的股市题材小说不仅具有极强的可读性和真实性,而且富于股市启蒙、股市教育意义。

随着计算机的普及和现代科技的迅猛发展,网络传媒在某种程度上改变了人们的生活方式,网络文学成为新生股市题材小说的摇篮。2000年以来,很多股市题材小说都在网站公开,广为流传,譬如张成的《金叉:股市操盘手》节选连载本《股市操盘手》曾同时在数十家网站转载,赢得了众多读者的青睐,因此可以说正是网络传播这一新媒介的加入催化了股市题材小说的迅速发展。

成长期的中国当代股市题材小说在内容上承前启后,承接萌芽期股市题材小说的传统,散户股民形象丰富多彩,庄家雏形成长为成熟的庄家形象,成为成长期中国当代股市题材小说描写的主要对象,取代散户股民形象成为中国当代股市题材小说的主角;出现了专门描写操盘手形象的作品,张成的《金叉:股市操盘手》和潘伟君的《大上海的梦想岁月:一个操盘手的传奇》塑造了股市职业操盘手形象,标志着成长期中国当代股市题材小说已经出现了专门描写一类除散户、庄家之外的股市参与者的作品;一些在萌芽期中国当代股市题材小说中没有出现的股市新人物、新形象开始在成长期的中国当代股市题材小说中出现;资本运作或者资本运作雏形成为成长期中国当代股市题材小说表现的新内容。

股市庄家是萌芽期中国当代股市题材小说表现的重要对象之一,出现了股市庄家形象的雏形,如《股市大炒家》中的作家梁栋,《股城风流》中的股票大王郭维维,《股市大枭》中的"股市强人"王小虎,《股民日记》中的周欢,是萌芽期中国当代股市题材小说中就成熟程度和重要性来说仅次于散户股民形象的股市参与者群体。成长期中国当代股市题材小说中的庄家形象异彩纷呈。《股神》中的雷鸣豫、龙在田,《就赌这一次》中的黄大鲸,《股市中的悲欢离合》中的强幕杰、柳浩军,《金雾:庄家龙虎斗》中的金董事长,《扭曲的K线》中的叶澜、郑蓉,《金融街》中的崔瀚洋、黄旭,《坐庄》中的丰信东、薛淑玉、肖可雄,《时光倒流》中的私募基金公司,都是在股市中呼风唤雨的庄家。股市庄家形象的这些发展变化是与这个阶段中国股市发展的实际相吻合的。这个阶段中国股市中的庄家规模越来越大,具有的能量越来越大,释放的风险也越来越大。后来随着股市庄家在中国股市的能耐日益增强,在社会上的影响日益扩大,股市庄家形象在中国当代股市题材小说中的分量越来越重。

成长期中国当代股市题材小说中的散户股民形象更加丰富多彩。散户股民形象在中国当代股市题材小说的萌芽期就已经成熟,曾经是萌芽期中国当代股市题材小说的主角。《股票市场的迷走神经》中的常锐、刘科,《股潮》中的董吉、关阿姨、工人国社平、美女成婷、黑蛋都是形象生动的散户股民。进入中国当代股市题材小说成长期后,散户股民形象队伍已经不及股市庄家形象队伍庞大,已经不再是中国当代股市题材小说的主角,但是与萌芽期的散户股民形象相比较,成长期的散户股民形象更加丰富多彩,更加丰满深刻。辞职炒股的曾经海(俞天白《大赢家——一个职业炒手的炒股笔记》)、因炒股亏钱自杀的张文强(张成《金叉:股市操盘手》)、财政厅的副处长许多谋、出家人吴弘川(容嵩《股惑》)、从部队退役的军官葛锐勇(郭雪波《红绿盘》),大学美术教师许非同和他的妻子辛怡(杜卫东《右边一步是地狱》)都是成长期中国当代股市题材小说中特色鲜明的散户形象。

2005年至2008年是中国当代股市题材小说的成熟期。

从2005年5月开始,上市公司启动股权分置改革,从制度上弥补了中国证券市场的缺陷,股市又迎来了发展良机。中国当代股市题材小说进入成熟期,股市题材小说的创作日趋丰富,短短四五年间作品数量几乎相当于前十几年的总和,成为文化市场的一大消费热点,社会影响越来越大。

2005年出现了内容非常独特的股市题材长篇小说——萧洪驰、胡野碧著的《股色股香》(团结出版社2005年1月)。它是中国第一本描述投资银行家(券商)生涯并揭示内地、香港两地证券业务内幕的小说,是中国第一部全方位描写股市一级市场的小说。《从壹万到百万要多久》(渔火者著,中国青年出版社2005年9月)的主人公张富贵则是一个文人炒股的标本。

2006年有三部股市题材长篇小说问世。《财道》(葛红兵著,东方出版中心2006年1月)描写证券公司主导的资本运作和竞争。《暗箱》(林夕著,长江文艺出版社2006年5月)描写一家民营公司上市的过程,这是中国当代股市题材小说此前较少涉及的内容。《股殇》(黄睿著,中央编译出版社2006年9月)描写股市中的庄家,描写他们发家的历史,描写他们坐庄的过程,描写他们的资本运作。

2007年是中国当代股市题材小说创作的丰收年。《基金经理》(赵迪著,清华大学出版社2007年3月)是当代中国第一部专门描写证券投资基金行业现状和内幕的股市题材小说。李德林是著名证券类刊物《证券市场周刊》的主任记者,创作出版了系列股市题材长篇小说:《阴谋》(当代中国出版社2007年5月)描写中国股市的资本运作;《天下第一庄》(江苏文艺出版社

2007年8月)描写一个资本运作高手的资本运作故事,描写一个庄家在股市的崛起,兴风作浪,直至最后灭亡;《迷影豪庄》(中信出版社2007年10月)描写股市中的神秘庄家。丁力既担任过上市公司董事局负责人,也掌控过机构自营盘。他的《高位出局》(清华大学出版社2007年4月)作为一部探究股市内幕的股市题材小说,用四篇看似独立又紧密相关的短篇小说将股市的内幕一层一层地揭开。他的《高位出局·透资》(清华大学出版社2007年9月)描写资本运作。花荣是中国第一代职业操盘手,他的《操盘手》(中国城市出版社2007年5月)专门描写中国股市中的操盘手,描写由他们主导的坐庄。紫金陈的《少年股神》(当代中国出版社2007年6月)是一部武侠风格的股市题材长篇小说,缔造"股市江湖"传奇,描写私募基金,表现股市新人的成长。沙本斋的《股海别梦》(北京出版社2007年7月)以中国证券基金为背景,讲述了股市中的八个故事。先当专业作家后来专门炒股再写股市题材小说的李江,他的《绝色股民》(文化艺术出版社2007年10月)形象地表现了当代中国人的交换意识在股市这块资本沃土上的茁壮成长。小说的主人公刘丽这个从散户股民中成长起来的股市精英形象很有文化意蕴。周雅男的《纸戒》(中国工人出版社2007年12月)表现股市新人的成长。天行的《金融帝国1》(花山文艺出版社2007年11月)描写李锋作为一个操盘手的成长过程。矫健的《换位游戏》(江苏文艺出版社2007年12月)描写证券公司的操盘手,旨在揭露股市黑幕,鞭笞股市为非作歹之辈。

2008年中国当代股市题材小说创作依然丰收。天行的《金融帝国2》(花山文艺出版社2008年1月)描写中外资金机构在期货市场上的争斗。一扔就涨的《股剩是怎么练成的》(中信出版社2008年1月)细腻地描写了股民在股海沉浮的心理活动,表现了股市人生百态。如果说丁力的《高位出局》(清华大学出版社2007年4月)是揭露庄家内幕的话,那么他的《上市公司》(清华大学出版社2008年2月)则是进一步揭示上市公司的本质。赵迪的《资本剑客》(长江文艺出版社2008年4月)集中笔墨描写资本运作高手导演的资本运作故事。李德林的《阴谋2》(当代中国出版社2008年4月)描写上市公司和庄家合伙造假,上市公司、庄家跟QFII国际资金以及国内的机构联手,操纵西北生物的股价。柳峰的《股神1》《股神2》(花山文艺出版社2008年4月)讲述一个普通投资者在股市这个弱肉强食的世界中的奋斗史、成功史,塑造了一个青年股神形象。王新平的《股路不归》(陕西科学技术出版社2008年8月)细腻地描写大机构操盘手的操盘心理活动,描写股市心理博弈是其突出特色和价值。纸裁缝的《女散户》(重庆出版社2008年9月)描写散户股民。小说的主人公郭越和自己的大姐郭延都非常需要钱,都到股市来"淘金",最后把自己"淘"得伤痕累累,"淘"得跳楼自杀。丁力的《散户》(现代出版社 2008 年 9 月)描写散户股民,主人公翟红兵作为一个散户,他走向股市的心路历程在普通中国人中有代表性,他在股市中的心理活动在中国股民中也有代表性。陈一夫的《热钱风暴》(中国文联出版社 2008 年 10 月)是一本关于海外热钱对中国悍然发动金融战争的股市题材小说。顾子明的《金融战争》(新世界出版社 2008 年 10 月)揭露了股市种种黑幕,描写主人公孟振荣在股市坐庄,尔虞我诈。财神的红袍是一位见证了十几年股市牛熊转换、潮起潮落的资深市场人士,也是一位创作出版了系列股市题材长篇小说的非常有成就的股市题材小说作家。他的《解禁》(北京出版社 2008 年 12 月)表现当今社会一个普通的中国人如何被逼着走向股市,表现了股市给普通人带来了改变生活的机会和可能。黄恒是股市中人,1993 年底进入股市,1998 年底开始在证券公司做经纪人,创作出版系列股市题材长篇小说《逃庄》《金融道》《大成功》。《逃庄》(北京出版社 2008 年 12 月)描写机构庄家在股市的合作与斗争。

成熟期中国当代股市题材小说总的特征是成熟。它的成熟不仅体现在作品数量大增,而且表现在对股市生活表现的深度和广度上。在散户、庄家、操盘手等股市参与者之外,成熟期中国当代股市题材小说出现了专门描写基金经理、上市公司、证券公司的作品,表现了国际金融较量。资本运作高手取代股市庄家成为成熟期股市题材小说的主角。股市庄家形象在成熟期的中国当代股市题材小说中出现了分化,一部分股市庄家还是传统意义上的股市庄家,他们热衷于在股市坐庄,如《高位出局》中的王艳梅、许才江、陈开颜、胡君声、王星焰,《操盘手》中的吕太行、章子良等等;另一部分股市庄家则演变为资本运作高手,他们一边在股市坐庄,一边在股市、在资本市场进行资本运作,如《股殇》中的王云龙,《天下第一庄》中的欧阳笑天,《迷影豪庄》中的萧水寒,《阴谋》中的杜子明、王刚、刘冰,《资本剑客》中的楚明达、郝丹阳、林义荣、池万里、陈继良,《财道》中的崔钧毅等等。后来这类形象进一步演变为资本英雄,成为中国当代股市题材小说表现的最重要的角色。

2009 年至今是中国当代股市题材小说的新变期。

2009 年中国出现了十多部以股市生活为题材的长篇小说。著名作家周梅森是股市风云人物,他的《梦想与疯狂》(作家出版社 2009 年 1 月)描写当今资本时代的资本英雄,是中国股市题材小说进入以资本英雄为主要描写对象时期的标志。黄恒的《金融道》(北京出版社 2009 年 4 月)以 2000 年前后的股票市场为背景,以顾大明掌控、操作联盟资金操纵股市,不择手段地赚取巨额金钱为脉络,塑造了袁非、钱晨、陈红梅等股民形象。柴火棍的《坑偶》(上海人民出版社 2009 年 4 月)描写康南这个赌性极强的浪子,凭着自己的经验和聪明在海外创办了一家对冲基金公司,管理操纵着上亿美金的资金,并在"9·11"事件之后席卷全球的股灾中立于不败之地,却被动地卷入了弟弟康北的非法集资炒股事件中。《出师:投资家培训班日记》(新世纪出版社 2009 年 4 月)的作者扬韬是一位征战多年的股市老手。应邀来到好友孙大老板的公司,原本只想安安静静地履行自己做股票赚钱的诺言,没想到在好友之女的安排下,主持了一个培养投资家的学习班。出类拔萃的金融系高才生被扬韬一步步领入了投资的殿堂。朱昭宾、梁丽华的《股惑》(花山文艺出版社 2009 年 6 月)描写庄家在股市里的资本运作。陈思进、雪城小玲《绝情华尔街》(北京大学出版社 2009 年 6 月)从一个曾经的留学生、在华尔街闯荡多年的金融机构高管的视角来观察华尔街,是中国当代股市题材小说原先很少涉及的内容。丁力的《生死华尔街》(清华大学出版社 2009 年 7 月)描写了一对孪生姐妹分别在纽约和深圳的投资经历及穿插其间的感情故事。沈乔生的《枭雄》(上海文艺出版社 2009 年 8 月)与《股民日记》《就赌这一次》共同构成了他的"中国股市三部曲"。小说描写股市里的庄家,塑造了楚南雄这位集中国国粹和当代资本理念于一身的股市枭雄形象。郭现杰是一家私募公司的职业经理人,熟悉私募基金运作潜规则。他的《私募》(花山文艺出版社 2009 年 8 月)描写具有神秘色彩的私募基金,描写私募基金之间的博弈。王海强是资深股民,现任某期货公司高层管理,拥有丰富的股票、期货实战经验,拥有指导客户团队操作的管理经验。他的《股剩战争》(中国华侨出版社 2009 年 8 月)描写股市新人的成长。熊昌烈是中国资本市场的拓荒者之一,担任过期货公司、上市公司和证券公司的高管工作,了解许多普通投资者无法了解的资本内幕,而小说所写也多为作者本人的所见所闻和真实经历。他的《资本圈》(江苏人民出版社 2009 年 9 月)描述中国大陆资本市场草创初期从无到有过程中发生的惊心动魄的故事,真实再现了中国资本市场上震惊世界的重大事件。杜树的《胜负》(花山文艺出版社 2009 年 12 月)描写以弱胜强的资本博弈,再现了中国大陆企业海外上市的运作过程。

  2010 年中国当代股市题材小说出现了十多部长篇小说。黄恒的《大成功》(北京出版社 2010 年 1 月)在惊心动魄的股海搏击过程中,描述了一场荡气回肠的爱情故事。鲁晨光的《沪吉诃德和深桑丘——戏说中国股市二十多年》(清华大学出版社 2010 年 1 月)把沪深股市比作充满熊妖的大山——股指山,把沪深股市灵魂形象化为堂吉诃德和桑丘。小说通过两位主人公的趣味对话,揭示了美好理想和丑陋现实的冲突,道出了作者的投资理念和人生哲理。财神的红袍的《股弈》(中国经济出版社2010年2月)描写一个炒股高手因遭遇暗算步入股市陷阱而落败潦倒,最后凭借"炒股九式"以及藏市捡漏迅速积累财富,成功复仇。狼牙瘦龙的《涨停》(华文出版社2010年6月)描写资本强人的资本运作。白丁的《股市教父》(华夏出版社2010年6月)描写股市英雄。周倩在2010年一年之内创作出版了两部股市题材长篇小说。《操纵》(大众文艺出版社2010年7月)描写庄家在股市上坐庄,进行资本操纵。《投资总监》(武汉出版社2010年11月)塑造基金公司的投资总监形象,描写基金公司与上市公司合作进行的资本运作。杨鹏是大学教师,同时又是证券机构投资策略总监。他的《投资家》(作家出版社2010年7月)描写了股市英雄的成长,描写他们为财富而搏杀的生活。袁谅的《大年代》(国际文化出版公司2010年8月)的主人公有着黑道背景的饭店小老板左川抓住国企改制良机,迅速发迹,走上了私募之路。在股市中越走越远,越玩越大,最后跳楼自杀。仇子明毕业于南京大学,供职于《经济观察报》,曾因报道上市公司内幕而遭受全国通缉。他的《潜伏在资本市场》是一部从财经记者这个独特的视角描写中国资本市场的股市小说。身陷囹圄的财经记者满腔热血书写资本传奇,还原最真实的血色资本市场。顾子明的《资本的魔咒》(华文出版社2010年10月)剥开资本市场层层画皮:公司为了上市尔虞我诈,很多资本玩家在金钱的诱惑下失去了良知和底线,不断沉沦。沈良是股市中人,他的《裸奔的钱》(浙江大学出版社2010年11月)描写中国当代年轻的一代在股市期市的拼搏和成长。周其森的《借壳》(中国工人出版社2010年11月)描写资产重组。

2011年中国当代股市题材小说的创作依然繁荣。狼居士的《坐庄》(云南人民出版社2011年3月)对股市庄家的生存状态有独特的描写。墨石的《操盘》(武汉出版社2011年3月)描写股市中的内幕策划人这个新的股市参与者。尚烨的《绝杀局》(武汉出版社2011年4月)描写股市阴谋和争斗:路远炒股发家,办起了自己的投资公司。公司投资部的经理罗绍阳偷梁换柱,争夺路远的公司资产。《血色交割单》(中信出版社2011年4月)是仇晓慧股市题材小说的处女作,细腻的女性视角和宏大的历史叙事串联起资本市场的大事件,揭秘中国股市。迷糊汤的《纳斯达克病毒》(重庆出版社2011年5月)描写中国企业境外上市,塑造年轻一代资本英雄形象。昆金的《交易日1940》(武汉出版社2011年5月)是我国首部展示抗战时期中日股票战争的股市题材小说,揭开1940年上海经济战线中日本人的惊天骗局。鲁小平的

《重组》(湖南人民出版社2011年6月)描写资产重组,讲述主人公云开宇离开银行下海后在金融领域纵横驰骋的经历及情感困顿。迷糊汤的《裸钱》(金城出版社2011年7月)揭露股市黑幕。高力的《暗庄》(东方出版社2011年8月)描写资本运作。孟悟的《逃离华尔街》(河南文艺出版社2011年11月)描写外国股市。欧阳之光的《我在私募生存的十二年》(机械工业出版社2011年12月)以私募为题材,结合作者自己的经历和感悟,揭秘私募这一神秘的行业,充满对人性、人生和财富的思考。

2012年股市题材小说的创作精彩纷呈。苏肃的《股市套中人》(作家出版社2012年1月)描写股市散户。狼牙瘦龙的《创业板》(广东经济出版社2012年1月)和周倩的《财务总监》(江苏人民出版社2012年1月)描写股市出现的新角色,塑造股市新形象。稻城的《色变》(大连出版社2012年1月)描写股市庄家。王天成的《股惑》(中国经济出版社2012年3月)描述了最普通的散户在股市中的徘徊挣扎。业余网络小写手Priest的《资本剑客》(光明日报出版社2012年7月)的主人公大龄女青年杨玄是纵横金融圈的"资本剑客",年少得志几经大起大落。郝文的《上市》(安徽人民出版社2012年7月)揭露民营公司上市背后的黑暗内幕,充分展现了钱、权、欲纠结背后资本与人性的碰撞。陈楫宝财经记者出身,曾供职于商务部研究院、《21世纪经济报道》,成功操盘某公司A、B两轮股权融资,是一名创业家、投融资研究专家和实践者。他的《对赌》(湖南文艺出版社2012年10月)的主人公秦方远从华尔街摩根士丹利总部归来,主导B轮融资,成功融资3000万美元。杨小凡的《天命》(安徽文艺出版社2012年10月)描写天泉集团的改革改制、兼并扩张、重组上市、产权出让。《股市奇缘》(阳光出版社2012年12月)的作者陈学连早年供职于一家上市公司,亲历了该公司由辉煌走向衰败的过程,后辞职做了一名职业投资人。小说描写诡谲莫测、风云变幻的股市将几个本不相识的人紧紧联系在了一起,股海处处是激流、暗礁,一块传世美玉的出现使他们的命运更加离奇。

2013年股市题材小说创作成果丰硕。李正曦的《操控》(江苏文艺出版社2013年1月)揭秘超级庄家的翻云覆雨,洞悉资本大鳄的惊人操控。易楼兰的《上市赌局》(江苏人民出版社2013年1月)描写企业上市。小说曝光上市引发的种种离奇事件,描写因一场上市赌局而导致的各种扭曲人性。仇晓慧的《大时代·命运操盘手》(浙江大学出版社2013年2月)描写股市天才衰得鱼不停地去索求父亲死亡真相,揭开股市血腥内幕。熊星《投资高手》(九州出版社2013年5月)的主人公杨子俊是华尔街的投资高手,一场奇遇使他得以加盟国内一个庞大的家族企业——中企集团。小说描写他在国内资本市场左奔右突,很快成为市场的一头抢钱狼。朱子夫、徐凌的《谁是庄家》(中国经济出版社 2013 年 5 月)讲述一个关于上市公司股权争夺的高智谋故事。姜立涵的《CBD 风流志》(作家出版社 2013 年 6 月)以国际著名投资银行在华分支机构为背景,以奋斗在北京 CBD 金融圈的主人公许家祺为主线,揭秘在华投行、证券公司、律所、会计师事务所、审计评估等机构的真实生活。刘晋成《投资人》、《投资人 2》(光明日报出版社 2013 年 9 月)描写私募基金经理林东的成长,描写私募基金之间的争斗。

2014 年股市题材小说创作势头不减。财神的红袍《资本玩家》(北京出版社 2014 年 1 月)描写一群年轻人,不满足朝九晚五的日子,选择了自己创业,选择了在股市中搏击风浪,通过资金托管,收获了丰富的人生梦想。资本玩家游走在股改政策边缘,尽享制度缺失所创造出来的"制度红利",游戏人生,最终沦落为丧家之犬。黎言的《老鼠仓》(江苏文艺出版社 2014 年 3 月)是国内首部描写"老鼠仓"的股市题材小说。小说揭露幕后黑手操纵股市的各种玩法和猫腻,展现了权力和资本、欲望和道义之间的纠结和疯狂。孙玲的《激情停牌》(清华大学出版社 2014 年 3 月)描写一个北漂少女思珏和一位资深操盘手潘家昌之间的爱情故事。小说将操盘的整个过程融于故事中,表现股市的残酷,也表现了股市中人性的贪婪。顽石《不作不死》(中国发展出版社 2014 年 11 月)讲述 2011 年底"重庆啤酒"演绎的一幕精彩绝伦的黑天鹅事件。公募基金、私募基金、保险公司、上市公司、财经媒体、监管机构和投行以及各类"寄生物",在本能利益驱动下,联合演绎了一场从丑小鸭到白天鹅,进而嬗变为黑天鹅的资本游戏。

新变期中国当代股市题材小说总的特征是对中国当代股市生活的表现越来越深刻,越来越全面,不断创新和变化。资本英雄取代资本运作高手成为新变期中国当代股市题材小说的主角。资本英雄是这个时代的资本大鳄和枭雄,在资本市场上呼风唤雨,大展雄图。这些资本英雄形象与此前的股市炒家、股市庄家、资本运作高手形象一脉相承,由他们发展而来。以股权争夺为核心的资本运作依然是新变期股市题材小说描写的重点。这些资本拥有者玩的资本魔方是当代中国社会的一种新玩意。

随着中国股市的繁荣发展,股市中不断有新的角色出现,股市题材小说中就不断有新的股市参与者形象出现。新变期股市题材小说出现了专门描写私募基金的《私募》和专门描写投资总监的《投资总监》,塑造上市公司财务总监形象的《财务总监》。《操盘》中出现了新的股市参与者——内幕策划人的形象,有开创之功。《创业板》描写中国股市的新名堂——创业板,表现创业板这个中国股市的新成员。

新变期中国当代股市题材小说对散户股民生活的表现更有深度,从文化高度观察散户股民生活,表现股民人性在股市中的裸露。外国股市更多地进入中国当代股市题材小说的视野。以中国人的眼光来观察分析外国股市,使我们观察分析中国股市股民的时候多了一个比较,多了一个国际视野。

新变期的中国股市题材小说还有一个重要的新特点,有向连续小说发展的趋势。黄恒在2008年至2010年三年间创作出版三部以股市庄家为主要描写对象的股市题材长篇小说《逃庄》《金融道》和《大成功》;财神的红袍在2008年至2010年三年间创作出版了两部以资本新人成长为主题的股市题材长篇小说《解禁》和《股弈》;周倩在2010年至2012年三年间创作出版了三部股市题材长篇小说《操纵》《投资总监》和《财务总监》;狼牙瘦龙的《涨停》(2010年)、《创业板》(2012年)描写股市的资本运作。

20世纪八九十年代股市横空出世时,许多作者以其反映股市生活的创作自觉,忠实地记录了这个中国当代社会的新玩意。随着股市的起伏涨跌,作家们对股市生活的认知不断深入,探索更为理性,创作也日趋成熟,从当初的注重呈现股市生活原貌发展到弘扬一种市场文化精神,对股市生活意义和价值的开掘逐步深化。作者形象地表现了股市生活的文化意味,不仅使作品的艺术品位大大提升,对于我们民族构建新的市场精神也不无启迪。与中国当代社会市场化转型和股民群体的崛起相伴随,中国当代股市题材小说创作日趋繁荣,呈现出类型化特点,即成为"一组时间上具有一定历史延续、数量上已形成一定规模、呈现出独特审美风貌并能在读者中产生相对稳定阅读期待和审美反应的小说集合体"[①],开拓了一个新的题材领域,表现了中国当代小说的"与时俱进"。

---

① 葛红兵、赵牧:《中国经验·现实维度·反思视角——2008年文学理论批评热点问题评述》,《当代文坛》2009年第1期。

第一章　中国当代股市题材小说与中国当代社会的市场化转型

经过二十多年的改革开放和社会发展,市场化已经成为当代中国经济生活的基本状态和运行方式。中国当代股市题材小说源于中国当代社会市场化转型,同时也表现了中国当代社会市场化转型。中国当代社会市场化转型是综合性的社会变迁,不仅表现为经济体制的转轨、社会结构的转型、文化模式的转换,还必然表现为社会心理的嬗变。以1978年的改革开放为起点,中国开始了当代社会转型的进程。从农业的、乡村的、封闭半封闭的传统型社会,向工业的、城镇的、开放的现代型社会的转型,这是社会结构的转型;从高度集中的计划经济体制向社会主义市场经济体制转变,这是经济体制的转轨。社会结构转型和经济结构转轨同时并进、相互推动。这种社会转型不是社会根本制度的转型,更不是国家政权的更替,而是一种结构型转型,也就是在坚持社会主义基本制度的基础上,对经济、政治、文化、社会管理体制及其运行机制进行根本性、全方位的改革,同时实行全方位对外开放,以革除积淀在某些制度、体制中的弊端,使经济社会结构更趋合理,使社会主义制度更加充满活力。这种社会转型的内容十分丰富,其中最为重要的是市场化转型。

当代中国走向市场经济,是一场影响中国历史进程的空前伟大的变革。这场变革极大地震荡、改变了每一个中国人的命运和精神世界,并剔腐砺新地重新构建民族的人文精神。从非市场化到市场化,从农业社会到商业社会,在这场伟大的社会变革中,市场成了魔杖,它不仅在很大程度上改变了当代中国人的生活状态,更改变了当代中国人的价值观念与行为方式,市场意识逐渐成为中国当代社会的主要话语,积累财富成为当代中国人的共同追求,市场化成为当今时代的表征并引领了文化层面的深刻变革。它不仅引起了人们的生产方式、生活方式和思维方式的深刻变革,而且引起人们价值观念的更新与转型。

在中国当代社会和文化转型过程中,探索社会结构、生活方式、思维方式、价值观念的具体的演变轨迹及其内部的互动关系,宏观地勾画出当代中国文化转型的基本轨迹,科学地、充分理性地把握当代文化转型的大趋势,对建设中国社会主义新文化具有重要的理论价值和现实意义。

考察中国社会的发展历史不难发现,中国股民作为阶层整体崛起并日趋明星化是与社会主义市场经济在当代中国的建立与运行相伴相随的。伴随市场经济的兴起和商业社会的来临,股市题材小说凭借自己表现范围的天然优势,热情彰显自身的"时代的感觉和气度"以及文化反思的特性,真实刻画现代股民的精神面貌和个性风采,并且从对市场社会市情商态的勾勒中,多角度破译民族市场精神、财富伦理的嬗变密码,深刻演绎市场社会的欲望景观与现代性诉求。

第一节　中国当代股市题材小说与中国当代社会的市场化

中国是一个农业文明古国。中华文明是在相对隔离的自然环境中独自发生发展的。中国东临太平洋,西部与北部横亘着戈壁与沙漠,西南大部险峻高原耸立,从整体上形成了一面临海、三面险阻的陆路地理状况,而且由于内部幅员相对辽阔,回旋余地较大,形成了适合稳定生活的生存环境。这样的地理环境有利于中华民族发展成为一个以农业生产为主体的民族。

从自给自足的小农经济体制和大一统的中央集权意志出发,中国古代社会的封建帝王大都坚持实施重农抑商的政策,"重本抑末""重农抑商"一直是中国古代社会占主导地位的经济思想和经济政策,是中国民众普遍的文化心理。在浓厚、持久的"抑商"氛围中,中国古代的商品经济只能在严酷的环境中蹒跚前行。当鸦片战争的炮火轰开清王朝闭关锁国的大门后,中国迈向商业现代化的脚步艰难启动,但这种由西方列强的坚船利炮所强力催生的现代化,却因其"后发外生"性而无法与已在西方社会普遍化了的商业文明形式同步,小农经济体制和传统文化对商品经济的制约力依然强大。传统的重义轻利的伦理观更对"经商求利"行为施以了紧箍咒。

20世纪50年代至70年代,中国社会在计划经济体制下运行,为防范资本主义私有制和自由竞争法则对中国社会形态和价值观的"负面"影响,这种市场交易活动不具备现代市场文明的特征而是被赋予了前所未有的政治权力色彩。强大的政治权力坚决排斥货币的权威和商品的自由交换法则,在运用行政手段控制生产资料和生活资料分配的同时,也牢牢控制了社会成员的存在意识和存在方式。

当代中国改革开放的号角,于1978年12月中共十一届三中全会召开后吹响,社会变革的能量从此开始惊人的释放,"左倾"激进的、建立现代乌托邦的革命狂热为"现实主义"的、以经济建设为中心的路线所取代,市场经济意识获得空前的社会心理认同,市场文化逐渐成为时代文化的主潮。

1992年春邓小平南方讲话,接着当年10月党的十四大提出建立和完善社会主义市场经济体制,确立了建立社会主义市场经济体制的改革目标。在跳出市场经济到底是姓社还是姓资的思想窠臼之后,拥有几千年抑商传统的中国社会步入了声势浩大的市场化进程中,其涉及的人口之多,范围之广,程度之深,影响之大,堪称是20世纪的一场革命。市场经济体制的建立完全打破了一度被奉为经典的单一公有制的社会所有制结构,取而代之的是以公有制为主导的多种所有制形式的并存。市场化进程使人们置身于一个连空气都弥漫着商业气息的氛围中,社会已进入以消费为主导的商业时代。市场经济的繁荣,给中国社会带来了深刻的变革。政治、意识形态至高无上的中心地位逐步削弱,经济活动与财富在社会中的地位和重要性迅速增强,市民社会兴起,商人阶层开始活跃。

市场化是以市场经济的全面推进为标志、以社会经济生活全部转入市场轨道为基本特征的。不仅如此,市场化更引领了文化层面的深刻变革——市场受到前所未有的重视,商品意识逐渐成为社会的主流意识,市场交易活动前所未有地渗透到了社会的每一个角落,发财致富成为人们的共同追求。股票、期货等成为生活不可或缺的一个部分。2007年,吴晓波在他的《激荡三十年》里曾经写道:

> 尽管任何一段历史都有它不可替代的独特性,可是,1978年到2008年的中国,却是最不可能重复的。在一个拥有13亿人口的大国里,僵化的计划经济体制日渐瓦解了,一群小人物把中国变成了一个巨大的实验场,它在众目睽睽之下,以不可逆转的姿态向商业社会转轨。

因为市场化是市场经济运行的基本条件和重要基础,而市场性思维则必将影响并渗透于社会的一切事物,因此,这个时代无疑是一个市场交易高度发达的时代,是社会的市场化进程高歌猛进的时代。

股市是人类亘古绝伦的伟大发明。迄今为止,即便是历史上最伟大的征服者,也没能像股市那样,将自己的旗帜插满全球。现在股份有限公司已成为各国经济命脉的主宰者。股市的本质是融资的手段,和借债没有两样。不同的是,借债是向银行或他人融资,股市向投资者融资;借债的利息取决于当时市场资金的平均价格,股市的分红或股价表现取决于上市公司的赢利能力。股市演绎着市场经济的精髓,它将一切复杂的关系简化为跳动起伏的指数,简化为金钱货币关系,简化为买卖关系。

股市是中国社会主义市场经济建设的成果,是中国社会市场化的标志之一。股市的运行极大地推进了中国当代社会的市场化进程,它不仅彻底改变了当代中国人的生活状态,更改变了当代中国人的价值观念与行为方式,叱咤股市的成功人士成为大众偶像。

在当代中国,生活的万花筒因为股票元素的加入更加精彩。股市培育着当代中国人的市场精神。市场繁荣是中国建立社会主义市场经济体制的必然结果,市场化是中国当代社会转型期必然要出现的现象,因此市场精神和交易意识的茁壮成长是当代中国文化发展的一个趋势。

中国当代股市题材小说表现因为股市的出现当代中国人生活中出现了更多的机会——更多赚钱的机会、更多改变自己生活和命运的机会。

毕淑敏《原始股》的主人公沈展平经济专业研究生毕业后,留在北京城里的某部机关工作。因为出生在贫穷的农村,父亲又得了重病,沈展平很穷。部里得到了下属公司的"进贡"——原始股。"部属的一家很有实力的公司承建了这座宏大工程,决定采用股份制的方法集资,每股1元,溢价发行,每股实收人民币1.5元。除了向他们本公司的员工们发行这种股票,还将一部分原始股像贡品似的呈送北京部里。均分到每人头上,可买购2000股,共需现金人民币3000元整。"部里每位干部可自由购买2000股。因为不甘心受穷,沈展平想买股票,但缺少本钱,他想抓住这个赚钱的机会,因此千方百计借钱买股。他请部里的女同事安琪娘扮作自己的未婚妻,称要结婚,找京城里的老乡——军长奶奶借钱,其实是借钱买股。他知道自己借钱买的原始股日后会给自己赚大钱,改变自己贫穷的状况。

《涨停板,跌停板》(丁力著)的主人公何开镰、石学刚和高岩三人是老乡,又同在深圳创业。何开镰来深圳先是替香港老板打工,后来自己当老板,开塑胶厂,买身份证参与新股抽签赚了几十万元,后来在深圳成立了康大实业公司,生意越做越大。高岩是金融专业的研究生,在深圳一家证券公司任职。他建议有一定经济实力的何开镰搞资本运作,建议何开镰收购家乡的上市公司"湘锆锶":"花三千万收购'湘锆锶',然后再让它花五千万把深圳这个'高科技企业'买过去,这样你事实上等于收两千万把原来的企业卖了,但是一反一复你还是控股那家上市公司,且不说两次'资产重组'我们可以配合二级市场赚个几千万,就是将来上市公司实在被掏空了,三千万法人股也很难说一文不值,就是真的一文不值,不也是早就回本了吗?"后来他们以停产、停止供应矿石逼下游冶炼企业与之"整合",零成本收购冶炼厂。股民是凭借股票交易牟利的社会成员,追求投资利润乃中外一切股民的存在基础,以最少的成本获取最大的利润、以尽可能多地占有金钱为人生幸福更是股民的价值追求。为此,股民的炒股求利首先且必须成为股市题材小说结构故事的"恒定因素",一部中国股市题材小说的发展史,实际上就是股民炒股求利行为的审美演绎史。它是股民争取生存自由的告白,是对股民"炒股求利"行为的正当性与尊严感的精彩诠释。

中国当代股市题材小说表现因为股市的出现当代中国人生活中出现了更多的新职业。赵迪的《基金经理》聚焦"基金经理"这个中国股市里的神秘角色,描写证券投资基金与本土私募基金、海外对冲基金等不同投资主体的激烈博弈。小说的主人公是珠江财经大学的三位毕业生雷胜平、于淑云和李旭政。雷胜平毕业后进入基金管理公司工作,从交易员、研究员、助理基金经理、基金经理最终成长为投资总监。李旭政是雷胜平的大学室友,毕业后进入一家私募基金,形成了有别于公募证券投资基金的操作手法和理念。受雷胜平的邀请,李旭政加盟其所在的基金公司,与雷胜平并肩作战,其间屡次采取独特手段帮助雷胜平渡过难关。雷胜平所管理的基金卷入一场股票的操控争斗之中,各博弈主体经历了从伙伴到对手的交替。最终,雷胜平一方取得了胜利,然而却不得不面对于淑云的离开和管理层的调查,公司总经理郦金华银铛入狱,李旭政被取消了基金行业高管资格,黯然离开公司。李旭政抱着对管理层的痛恨加盟了一家通过非正规渠道进入中国市场的海外对冲基金公司,这是一家专业从事投资和资产管理的公司,总资产有两百多亿美元,大中华区在香港、台湾和内地分别设有三个代表处。李旭政以出色的业绩通过了外国老板的考查,负责百亿巨资的操作,年薪是15万美元,不需要承担投资风险,却可以分享相应的利润。当他所管理的这部分基金的资产年收益率高于30%以上的时候,超出部分的2%可以作为他的奖金。收益每超出一个百分点可以给他自己带来两百万的收入,超出五个百分点的话就是一千万的收入。

与雷胜平分手的于淑云回到上海,加盟了一家私募基金,担任私募基金经理。为了配合外国老板的收购计划,同时为了报复管理层对自己的处罚,李旭政决定重仓做空中国股指期货,打压中国股市,市场因此出现暴跌并陷入恐慌。管理层希望本土基金能够出手稳定市场。雷胜平认为公募基金的责任是为投资者赚取收益,并不赞成担任市场稳定者的角色。但此后,在公募证券投资基金屡战屡败、投资者亏损累累、市场面临崩溃之际,雷胜平终于决定挺身护盘,出任新成立的中国股指期货基金公司投资总监。本土基金纷纷响应,以于淑云为代表的私募基金也暗中参与到博弈之中。最终在本土公募基金、本土私募基金与海外基金的实力对抗中,本土力量没有再次面对失败的厄运。

墨石的《操盘》描写股市中的内幕策划人。策划人利用金主手中的资金,通过媒体乃至对上市公司的掌控参与股票以及权证中短期的炒作,更多的是通过公司重组、对外投资、关联交易、股权转让,利用制度空当让金主利益最大化。一般的策划方案是专门针对中小盘股,残杀对象主要是散户;如果金主资金和影响力较强,策划人甚至可以把基金和一些私募列为残杀对象。依照行规,内幕策划人不能参与任何证券买卖。他们不会使用自有资金投资,不会卷入金主之间的纠纷,不会去触碰金融业的潜规则。

股市是中国当代社会市场化的产物,同时又是中国当代社会市场化的助推器。股市使当代中国人更多更普遍更深入地了解市场交易的奥秘,使当代中国人生活中有了更多的机会、风险、变数和刺激,使当代中国人心中有了更多的欲望和煎熬。市场经济肯定人们的商业抉择和财富欲望,推动了社会的价值观念发生翻天覆地的变化——市场交易活动得到前所未有的重视,推崇股市英雄成为普遍的社会文化心理。正是在这样的背景下,中国当代股市题材小说以迅猛的态势将笔锋伸进了股市生活的方方面面,它对股市生活的审美观照更是前所未有地丰富而深刻。

中国当代股市题材小说表现因为股市的出现当代中国人心中的欲望更加膨胀。市场潮的冲击膨胀了人们的物质欲念,发财成了众所钦羡的事情,金钱悄然侵占着中国人心灵的领地,即将扮演起对人的主宰角色。

《原始股》(毕淑敏著)通过主人公沈展平购买"原始股"和社会各类型人物的联系,描画出一幅当代中国人心灵的图案。平凡而普通的人们虽苦无发财的门径,但对钱的渴念却随着新的贫富差距的拉大而有增无减。钱规定着人们的生活状态,也拉大了人们之间的距离。几乎被人遗忘的军长奶奶和不善钻营的老知识分子吕不离以及从山村走来的打工仔电娃子等等,所有这些人与沈展平的借钱与用钱皆有关联,他们对于钱的观念也在这关联中暴露出来。电娃子对高利息天真直率的索取已显示出农民对于金钱的原始追求;吕不离原来并无太多的金钱欲求,但在女儿的鼓动下,也开始希望拥有一笔额外的进项;唯一对钱无所用心的是军长奶奶,她不懂得钱能生钱的道理,她的钱只为道义与责任而付出,但军长奶奶却将在她的小院中终老而去,她对于钱的古典信条也将随着她的故去而消失。

价值和是非在这样的时代已很难有一个统一的标准,从一元到多元,很难被说出个是非所以然来。像沈展平这样的青年知识分子如果在过去或许会被斥为不择手段或贪心不足,他对军长奶奶的欺骗,他在吕不离还未明了原始股的价值时趁机取得其股票拥有权,都算不得很"仁义",但面对他贫困山区病弱的双亲,人们又似乎可以原谅他对金钱的那份极端的攫取欲。随着中国当代社会的日益市场化,主导中国社会几千年"贱商""轻利"的传统观念日益动摇,一种新鲜而充满活力的经济因素注入社会肌体中,社会的自然经济结构开始分解,催动了市场意识的举国苏醒和重利思潮的迅速漫延。

中国当代股市题材小说表现股市的出现使得金钱的算计、赚钱亏钱的考量在当代中国人生活中越来越多,越来越重要。股市时时刻刻都在强化着当代中国人的交换意识、金钱算计和买卖精神。

在《原始股》中,互不认识的同事乔致高通过安琪娘向沈展平转让自己两千股原始股的购买权,需要沈展平每股多出一元转让费。为了买原始股,沈展平找在京城做工的老乡借钱,老乡愿意借钱,但索要高息。沈展平想方设法借到了钱,好不容易买了六千股原始股。但后来吕不离和乔致高都后悔了,找沈展平要回股票购买权。吕不离读大学的女儿说:"这是一个机遇。我父亲在完全不懂这个机遇的价值时,将它拱手相送于您。"乔致高说:"沈展平,我改变主意了。这是你委托安琪娘交给我的2000元人民币,现在完璧归赵。购股权我收回,这是3000元人民币,为股票本金,也一并给你。""大家都是拿低薪的阶层,属于在贫困线上徘徊的人,都有脱贫致富的愿望。现在好容易逢到这样一个天上掉馅饼的机会,因我蒙昧无知,几乎阴差阳错地弄丢了。"沈展平不遗余力想方设法四处借债买股,就是想抓住难得的机会赚钱,脱贫致富。"这是投机,勇敢地投入一次机会。"面对反悔的吕不离父女他无话可说,对先前赚了自己的钱的乔致高,沈展平非常气愤:"你拿4000元来,我就把认股权再卖给你。""那2000元我并不是凭空要的。那共计5000元的款项,我筹措得太艰难了!"所有的人都把自己的经济利益看得很重,都害怕在市场交易中失去机会,都害怕在市场交易中遭受损失,为此不惜反悔,不惜撕破脸皮。股市是市场经济发育程度的标识,它不仅敏感于政治、经济、社会心理的细微变化,而且直接牵动千万股民的喜怒哀乐。当股潮激荡于中国时,它像具有巨大吸附力的黑洞和充满神秘诱惑力的暗箱将无数人席卷进去,影响、改变并塑造着当代人的生活方式、欲望结构和价值观念。股市时时刻刻都在强化着当代中国人的交换意识,金钱算计和买卖精神,因此,以股市为窗口透视当代中国人的生活变化,无疑具有聚焦与放大的效果。

中国当代股市题材小说表现因为股市的出现投资在当代中国人的生活中日益普遍,日益重要。股市是当代中国所有的市场中相对公平透明的一个地方,普通民众参与不需要政府部门审批,没有准入门槛。证券市场是虚拟经济的集中体现,证券市场的发展催化了中国经济从计划经济向市场经济转轨的伟大实验,拓宽了储蓄转化为投资的重要渠道,普及了市场经济的知识与意识。投资、用钱来赚钱成为我们这个社会一种新的游戏,喜欢玩和会玩的人越来越多。

丁力的《上市公司》中上市公司董事长黄鑫龙的部下吴晓春是一个资本运作高手,为了公司的发展,他向黄鑫龙献计,建议公司另外组建上市公司,然后通过关联交易,进行资产置换,把优质资产集中在一个公司,甚至把业绩也做到某一个公司里面去,这样,该公司就能获得配股资格。完全可以来一个十送十配八,一下子就可以从股市上圈几个亿。如果跟证券公司或有关机构配合,在二级市场上再做一把,那收益更为可观。在资产置换之前先悄悄地在二级市场吸纳该股票,等公布消息之后再慢慢吐出去,价格完全有可能翻一番。第二年,同样的办法或者是稍微变一点的办法再用到另外一个上市公司上,又可以圈几个亿。只要每年都可以圈几个亿,日子自然滋润,关键是要多有几个上市公司。"上市公司不仅可以从大陆市场圈钱,而且还能到香港市场再圈钱,不仅能圈一次钱,而且能圈多次钱,关键是圈来的钱既不用付利息,还可以永远不用偿还……不仅如此,'上市'两个字本身就是招牌。""它确实是资源,一种比金矿还要稀缺还要值钱的资源,因为再大的金矿也有开采枯竭的时候,而'上市公司'这个'壳'只要操作得当,不断变换花样地玩'资本运作',就可能永葆圈钱的青春,成为永不枯竭的资金来源。"市场经济的建立在带来经济增长动力的同时,也为以"逐利"为本性的市场文化的推行提供了便捷条件,一个蓬勃旺盛的市场社会开始在中国兴起,梦寐以求的幸福生活原来就是对物质财富的占有和支配。人们毫不犹豫地从既往的道德理性和价值体认中挣脱出来并迅速转向对物质利益的狂热追求。追求物质利益和享受成为整个社会普遍的价值趋向,过去曾经被视为圣洁的精神文化和人格操守,现在已经从人们的主流意识倾向中黯然退位,取而代之的是市场社会中最具强权地位的物质话语。

中国当代股市题材小说表现因为股市的出现当代中国人生活中有了更多的新的期盼和刺激。

李其纲《股潮》形象地表现了普通中国人——说他们普通是因为他们穷,是因为他们想改变自己的穷,是因为他们没有太多的改变穷的途径和方法——从非股民到股民的心路历程,表现了他们不懂股市而又义无反顾地进入股市的现实原因和驱动力。这些股民在当时的中国人中间有一定的代表性。可以这样说,许许多多的中国人就是因为这个,就是这样走到股市中去的。

小说以秦吉、汪吾生、戈乔等几个家庭产生危机和破裂的过程为线索,通过夫妻关系的历时性对比与观照,形象描写金钱因素强有力的渗入和干扰如何成为这些变化的主要原因。一对年近不惑的伉俪迫于生存的压力,更主要的是因为金钱的诱惑,双双下海,一个投笔炒股,一个弃教从商,在这个过程中,各自的价值观念和生活习惯都发生了巨大的变化。在逐渐摆脱了贫困的同时,感情危机日渐加重,最后终于导致离异,一个曾经幸福而充实的家庭因此分崩离析。小说表现当代中国人精神风貌的巨大变化和惶惑心态。

对普通百姓来说,最易点燃人暴富欲望而又最便于获取金钱的致富手段自然就是炒股了。中国当代社会市场化的深入发展是一个不可阻挡的历史潮流,它消融旧有的一切,不断创造新事物,资本市场化、金融市场化等等也因此一步步走进当代中国人的生活中。当证券市场与货币经济相伴而来,炒股赚钱一时间成了股民们狂热的梦想,股市成为市场交易的顶级战场,股市生活则成为中国当代小说创作中最受青睐、最为集中的题材之一。

小说形象地表现了知识分子涉足股海商潮的心路历程。在社会转型时期,人们意识和观念上的矛盾和冲突越来越多,越来越激烈:过去虔诚信奉现在弃之如敝屣的是否全无价值?现在梦寐以求而尚未达到的目标又是否真有意义?

小说的主人公董吉是一位小有成就的作家,妻子秦玫是大学历史系老师。因为穷,因为向往富裕,他们对自己的生活现状不满。董吉所在的文化局效益不好,秦玫所在的F大学历史系效益更差,夫妻两人的工资加在一起不到一千块钱,这点钱支付了电费、水费、房费、燃气费之后,买菜都要精打细算。"每月都得由妻子把他赚得的'小稿费'贴补进去方勉强能够维持。而家中添点大点的物件,诸如冰箱、彩电之类的东西,就得依仗他所写的长篇纪实文学之类的'大稿费'了。"董吉为了赚钱,为了脱贫致富,想做钢材生意,却被当年崇拜自己的文学青年汪吾生耍了,被排除在生意圈外。他接着凑钱开户进入股市,视炒股为唯一的发财之路。秦玫说:"一定要到股市去吗?"董吉很低沉地答道:"这对我很重要。对我们家很重要。""我从《钱商》里还悟到一点,得让钱活起来,鸡生蛋,蛋再生鸡,或者说,让资本增值。而让资本增值的最便捷的途径莫过于炒股。若要富,需炒股!""董吉又想明白了一些东西。……作为文人,他只剩下一条路了:炒股!不是像以前那样炒股,而是要全心全意炒股,认认真真炒股,拿出大学做学问的劲头把股市搞懂,搞精,搞明白。……末了,很坚定,又很悲壮地说:'这是我们唯一的发财之路。'"

新的人生选择,表现当代中国人人生观、价值观的变化。生活改变着人,股市改变着人:"很显然,在成婷以前的印象中,董吉是一个很纯粹的文人,与'钱'交往的方式,或者说获得的钱的途径,除了工资和稿费再没有其他方式了。……但这样一个董吉显然已经消失了。"

小说表现了当代中国人非常强烈的赚钱欲望,表现在强烈的赚钱欲望支配下人们的生活状态。自从进了股市,董吉就失去了平静的生活,因为手里有了股票,心里就有了牵挂:"这一夜,董吉的睡梦里整个就是双鹿驰骋的天下,一会儿双鹿涨到 28 元,一会儿双鹿又只剩下 5 元。双鹿或上或下,纵横驰骋,董吉则云里雾里,忽喜忽悲。"手里有了股票,生活也许就有了新的希望,有了新的期盼,有了新的刺激:"这种磅礴万里、气吞万象的飙升让董吉激动不已。一个人有再多的委屈或愤懑,缠绵或哀怨,都会在这种飙升面前统统丢弃。董吉甚至想,他进入股市以来的所有岁月,不,他自从踏上社会以来的所有岁月,似乎就是等待这一刻,这一刻的辉煌与壮丽!这一刻的火山熔岩般的喷发!董吉想,这绝不是一个钱的问题,而是确实在这种飙升中存在着的一种让生命升华、让能量散发、让人荡气回肠的美感形式。也许,这就是股市魅惑着所有与它接触过的人的奥秘所在。几乎可以这么说,所有与股市接触过的人,他或她此生此世可能也就和股市结下不解之缘,再也难以逃脱股市内在的火山般的力量,即使成为庞贝古城也在所不惜。"股市掀动的个体欲望已使"物质力量的消长和货币关系的变动取代情感而成为人与人关系的新的纽带和人活着的原动力"①。金钱的诱惑和商品经济的丛林法则显示出无比强悍的力量,它不仅足以解构多年的夫妻感情,而且足以建构新的价值观念。连这群过去曾经真诚地坚守过精神家园的人,现在都不约而同地选择了放弃自己的价值观念,更不要说那些从来就不曾想过要坚守什么的庸常大众了。

当人们看到金钱的颠覆性促使人际关系和纽带加速分化瓦解和组合重建时,也听到了卫东方对秦玫——他那经过商战洗礼后走到了一起的情人的感叹:"一种生存方式,必然有它的价值观,也就必然有它的爱情方式……以

---

① 陈国恩、吴矛:《市民世态,历史文化,欲望叙事——20 世纪 90 年代城市小说的三种表述》,《福建论坛》2006 年第 5 期。

前你崇拜陈寅恪,我崇拜高斯,而如今,我们更崇拜的、或者说骨子里更向往的,难道不是李嘉诚、不是洛克菲勒?"小说的尾声出现了冲天的牛市,象征着股票交易以其不可抗拒的巨大魅力,彻底消解传统的小农意识,象征着当代中国人的生命激情将通过股票交易的形式不断得到高能量释放。

小说形象地表现了当代中国人价值观念的变化,深刻地表现了当代中国人在商品世界的巨大压力下所面临的精神性生存的困惑与突围。这一切是以中国当代社会变化为基础的。股潮实际上是人潮,是由人的心灵构成的欲望之潮。股市时时刻刻都在强化当代中国人的金钱意识。金钱在人们的社会交往中起着越来越重要的作用,它似乎无所不在地影响甚至控制着股民的生活与交际。

小说勾勒出了一幅幅股市淘金者拼搏的画图,表现了当代中国人一种新的生活,一种新的欲望,一种新的念想。董吉的心理活动典型地表现了股市对当代普通中国人心灵的冲击。好多人就是这样被股市征服,好多人就是这样被股市套牢,好多人就是这样被股市消灭。小说写出了社会转型期主流价值观念的转变。在过去很长一段岁月里,中国人坚持自己的理想信念,推崇高尚精神的力量,安于清贫,甚至以贫为荣,贫穷代表革命是那个时代的共同信念。大学时代的郝兰箔和秦玫在讨论择偶标准时曾真诚地相信:一首戴望舒的《雨巷》,要抵十个局长,一百个局长。

当代中国人对金钱物质的渴望经过三十年的理性压抑之后,以更大的能量释放出来。"向钱看"几乎成了这个时代的代名词,当年将文学当作出人头地敲门砖的人们,现在纷纷投向"孔方兄"的怀抱。这种价值的移位和价值观念的巨大变化有其合理性。在长期遭受贫困的折磨、政治运动的折腾、乌托邦理想破灭之后,在社会给人们提供了更多的选择的时候,在贫富悬殊日益加大、整个社会沉浸在享乐消费的狂潮之时,谁都不愿意继续保持那种清教徒式的生活方式和精神至上的价值观念。

证券公司以货币的数量作为划分拥有者或支配者等级与身份的唯一标准:大厅里是怀揣几千至几万元的散户,十万以上的进中户室,五十万以上的进大户室,一百五十万以上的进超大户室,资金上亿的主力机构则占据着神秘的专用套间。即使在同一间大户室,人的身份与尊严也以钱画线。草莽英雄的座位成了"皇帝的龙椅",经常空着却不许他人坐,有人守护着,这除了草莽英雄资本实力雄厚的因素之外,还由于他拥有股市赚钱信息资源——跟着他买进抛出的人都赢了。这是中国当代社会千差万别的人群社会分层化和随处可见的金钱崇拜的一个缩影。

股市播散着市场经济的买卖精神,使当代中国人的欲望结构中的金钱物质因素日益抬升与激荡,使社会原有的人际关系及情感纽带加速分化瓦解与组合重建。社会的细胞——家庭深刻而又广泛地反映着这种分化组合和金钱的颠覆性。多少对夫妻,多少个曾经幸福的家庭,在金钱的刺激和诱惑中,在生存状态、价值观念的激烈、巨大的变化中,正在分崩离析,重新组合,呈现一片令人眼花缭乱的景观。小说从价值的冲突及其生存方式的差异这样的高度观照新鲜的股市生活,超越了通常的对金钱罪恶的谴责和简单化的道德化评价。在小说里,股市实际上是作为现代生活的一种象征出现的。作者对股市的把握别有匠心,上升到现代商品社会中人和股海的搏斗,也就是人和命运的搏斗这样的文化高度。

中国传统文化的主体儒家有相当严格的义利之辨和宗法等级思想,道家更侧重顺应自然、随遇而安、消极避世,这些都与作为西方资本主义市场经济基石的新教伦理所提倡的自由、平等、竞争、勤俭、进取、以赚钱为天职的观念大相径庭。所有文学作品都是它的时代的表现,其内容与形式是由这个时代的趣味、习惯、憧憬决定的。从计划经济过渡而来的市场经济有颠覆传统的价值需求,寻求财富伦理新秩序是历史的必然选择。全体社会成员的对富有的渴望、对贫穷的厌恶和对现代化的强烈追求,成为当代中国人坚定的价值追求。

股市的魅力是四平八稳的农耕生活无法提供的。物质生存条件的不断改善,悄然改写了人们内心的精神图谱。市场经济成为人们利益取舍的新的现实杠杆。当商业社会的崛起冲破传统伦理文化的内核后,以市场为取向的改革确立了财富以及获取财富的行为在社会生活中的价值尺度地位,如何获取、积累、消费财富成为时代的伦理主题。"一个社会总是选择尽可能符合其意识形态的行为并使之系统化"[①],从这一意义上说来,源自社会心理深层的金钱崇拜以及对财富的追逐在为股民营造出良好的生存氛围的同时,也为中国当代股市题材小说的财富伦理叙事提供了现实依据。

中国当代股市题材小说表现因为股市的出现当代中国人的生活有了更多风险。

杜卫东《右边一步是地狱》中画家许非同在一所大学美术系任教,原本是一个很敬业的老师。他生活的变化源于妻子辛怡炒股:"五年前,妻子辛怡受朋友'蛊惑'进入股市。恰逢牛市,不会炒股的妻子竟小有赢利。与银行日益

---

① 伍茂国:《现代小说叙事伦理》,北京,新华出版社,2008年,第67页。

缩水的利息相比,股市的获利空间实在诱人,资金一个月翻一番绝非'天方夜谭'。于是许非同也动了心,让妻子把他十几年作画辛辛苦苦赚下的几十万陆续投入股市。没想到,从此便屡买屡赔。股市上恶庄设套,机构作局,中小散户犹如面对饿鲸之口,一不留神就成了庄家机构的'小菜儿'。近一年来,许非同的几十万资金已'缩水'四成。起初,许非同不过问股市之事,一切由妻子辛怡做主。后来,见妻子被越套越深,对他的建议一概充耳不闻,便也亲自操盘。无奈心态已坏,每每是股票买入就跌,抛出就涨。而且,一旦沉溺股市,便如染上了赌瘾,整日在家看着盘面股票跌势不止而愁眉不展,真应了市井流传的一句俗话:男人不能炒股,女人不能做鸡。眼看着大学的同学或举办画展,或出版画册,最次的也评上了副教授或者副编审,唯独自己还是个讲师,每天在无所事事地消耗生命更是心急如焚,身体状况也大不如以前。"许非同夫妇进入股市的过程和他们的炒股生活在股民中有一定代表性,他们的热望、他们的执着、他们的痛苦都是相同的。许非同因为妻子的原因也与股市结下了不解之缘:"这两年沉湎股票致使业务荒疏,几近被人淡忘,他痛苦得常常如百爪挠心,夜不能寐,而又无法摆脱股票的困扰进入正常的创作状态。""这次不准,他寄希望于下一次;下一次不准,他又寄予再下一次。"因为炒股,夫妻感情也受到影响:"可是自从炒股以后,他们更多地关注起神鬼莫测的股市,感情渐渐疏淡。"女青年、许非同的崇拜者小雨为了帮许非同夫妇解套,找股市高手金戈探听股市内幕消息。父辈就与许家结仇的金戈为了报仇,先让许非同夫妇尝两次甜头,后设陷阱,诱使辛怡全仓凤凰科技。急于解套的辛怡先后挪用公司四百万元公款买凤凰科技,想在股市翻身,但凤凰科技跌了70%,她没有翻身之日,最后无奈选择自杀。"你不是说凤凰科技一个月能翻一番吗?我只是想挪用一个月,赚了钱就把公款还上。""我所以选择死,因为这是我目前唯一可以选择的结局。我谁都不怨,如果要怨的话,只怨我自己的贪心。"临死辛怡对丈夫留言:"我真的很对不起你,把你辛辛苦苦攒下的几十万血汗钱全部赔于股市。"一个好端端的家庭就这样被股市毁灭。

中国当代股市题材小说表现因为股市的出现那些唯利是图者又多了一个表演丑恶灵魂的舞台。

容嵩的《股惑》描写政府官员、公司高管、机构资金围绕方山股份展开幕后的活动和交易。上市公司方山股份有限公司的董事长秦枫、省国际信托投资有限公司总经理欧峻、卞副省长、财政厅马厅长、市国资局局长孙大魁都参与了方山股份的炒作,或跟庄,或插手国有股转让,最后都深受其苦。

市国资局是上市公司方山股份的第一大股东,持有方山股份的国有股高达五千八百万股,但从公司股票上市那年起一直拖欠着方山股份公司四五千万元的巨款。副省长卞发亮的一个亲戚的亲戚,是个民营企业家,希望以最低价购买方山股份中市国资局拥有的那一部分股权。市国资局局长孙大魁早在一个半月以前,就与河南的民营企业"大发集团"就方山股份的国有股股权转让达成了初步的协议。"大发集团"的董事长郑大发为此向孙大魁承诺付给他相当总价款百分之五的劳务费,保证在最低的价位及时通知他吃进股票,在撤庄以前通知他在高位卖出股票,总之是保证他赚够百分之八十的利润。

  孙大魁以最快的速度,把自己所有可以动用的存款大约30万元,包括大发集团存在他名下的20万元,几乎全部转移到了夫人的股票账户上,买入方山股份。方山股份有限公司的董事长秦枫调集资金,在11块多钱的价位上,利用七八个账户,吃进了自己公司二级市场的股票80万股。如果这80万股"方山股份"能在20元以上的价位顺顺当当地抛出去,那样,他就可以赚七八百万。这些人在方山股份股权转让上的阴谋被揭露,股价下跌。如果算上手续费,孙大魁这两万股股票赔进去一万多,接受大发集团的那20万元贿赂只能尽快退回去。秦枫"割肉"出局,一下子亏损了200万元,逃亡国外,被国际刑事警组织抓获。副省长卞发亮被立案审查。

  小说批判中国股市的腐败之风和内幕交易,揭露中国股市现存的种种弊端。伴随着改革开放和市场经济的大潮,当代中国人普遍从不讲效益、不讲金钱的误区中走出来。然而,一部分人又步入了另一个金钱至上、金钱万能、钱能通神的误区。为了赚钱,他们可以不要人格、国格,出卖肉体灵魂,可以尔虞我诈、欺行霸市。有了钱,便为所欲为,为富不仁,甚至胡作非为。

  小说表现现代文明与古代文明的碰撞。传统的规范,包括政治的、经济的、文化的和道德的规范已经被撕得七零八碎,而体现现代文明的各种规范又处在萌芽状态。传统的约束使人们举步维艰,而没有约束则使人不知所以、无所适从。在市场经济中,"效用最大化"即"个人利益最大化"是一个最重要的假设前提,它指在可支配资源的约束条件下,使个人需要和愿望得到最大限度的满足。美国著名的经济学家加里·贝克尔作为这一假设的集大成者,他把个人利益泛化到人类生活的方方面面——个人利益的追求,不论是物质的还是精神的,不论是粗俗的还是高尚的,都可以相容于"效用最大化"中。从这个意义上说来,市场经济淡化了人类社会的传统道德与伦理,有时甚至将其排斥出局,亦如马克斯·韦伯所论,"自由的,也就是说,不受伦理的准则约束的市场,包括它对利害关系和垄断地位的利用,以及它的讨价还价,在任何兄弟间的伦理看来都是道德沦丧的。同所有其他的共同体化截然对立,市场压根儿就不知道任何结拜兄弟,其他共同体化总是以个人结拜兄弟和往往以血缘亲戚关系为前提的"①。

中国当代社会的市场化推进,全方位拓展了市场理性的生长与扩张空间,极大地促进了社会生产发展。在社会变革的过程中,文化、环境、传统等"公地"也确实受到了市场化的侵袭,特别是市场理性的恶性膨胀、效用最大化原则的无序蔓延,一方面否定了落后的体制、陈腐的传统习性,另一方面它无度地解码道德理性和传统伦理,冲击人性的堤坝,给社会带来了普遍性的伦理危机。中国当代股市题材小说客观表现效用最大化理念伴随社会的市场化进程广为流布,特别是在证券场域所向披靡的社会现实,热情肯定效用最大化原则的理性意义和运用价值,同时也形象地展现了这一原则非理性蔓延所造成的社会与人性危害,揭示其伦理危机,显示出独特的文化价值。

中国当代股市题材小说大力弘扬重利的价值取向,热情讴歌股民的致富理想,充分肯定股民追逐利润的行为规范,当然也深刻抨击证券界的龌龊市侩、逐利鄙夫,在反叛轻利贱商的价值取向、重塑市场伦理的基础上,全方位刻画了股民的精神面貌和个性风采。这从特定的视角形象揭示了市场经济推动下的当代中国从革命理念化社会向商业社会的现代转型。

在新中国成立后相当长一段时间内,文学审美趣味是与国家意识形态话语的生产联系在一起的,是体制文化的必然产物。在那个封闭的政治导向型的文化体制中,这种审美趣味是唯一合法化的,具有不可动摇的权威性,它实现着对泛政治化空间的建立和强化,体现了国家意识形态对人民思想的"纯化"意愿。市场经济改变了这一切,它所带来的社会思想观念与价值取向的变革,同样也激发了文学趣味观的变革。市场经济的运行极大地推进了中国当代社会的市场化进程,它不仅彻底改变了人们的生活状态,更改变了人们的价值观念与行为方式,叱咤股市的成功人士成为大众偶像,炒股制胜的法则更广受追捧。

面对经济权力无所不能的强势入侵、面对日益商业化的社会语境,人们不再受制于古典的典范、法则,不再拘泥于传统的审美趣味,特别是新兴的上升的阶层或群体由于其社会经济地位的变化,除了在政治、经济上提出要求

---

① [德]马克斯·韦伯:《新教伦理与资本主义精神》,于晓、陈维纲等译,上海,三联书店,1987年,第138页。

外,更会形成自己的文化要求乃至文学趣味观。因其顺乎社会向往财富与成就的心理,肯定相对富足的物质生活而迅速衍变为大众趣味。正是基于这样的文学与文化语境,中国当代股市题材小说在获得空前的创作机遇的同时也以自己的作为有效地刺激了社会的欣赏趣味。从某种角度来说,市场交易活动从来不是纯粹的个人活动,它必须建立在一定的生产关系基础之上,而生产关系的本质就是人与人之间的关系。

股市题材小说触及人类生存状态中本质性的一角,并由此生发开去描述时下现实生活中的诸多世相,有着独到的体验和发现;特别是它对于欲望化的表层生活的洞见和言说是相当准确的,它所提供的种种生存表象也基本涵盖了这个时代最本质的市场特征,并构成了20世纪90年代以来的文化景观最具特色的一面。当然,股市题材小说对于人类生存的透视如果仅仅滞留在表层状态上,那它存在的价值和意义将大打折扣,因为作为一种精神性的存在,文学的最终指向始终应是对于人类生存境遇的终极观照与思考、对于具有普遍意义的人性的热情关怀与提升。

作者们以大胆、直露的欲望书写,表现个体生命意识的觉醒和欲望的舒张,这在一定程度上契合了市场经济时代的社会需要,同时也张扬了市场经济最为倡导的个体主义价值观。只有当小说触及生命个体在现实中的生存痛苦、困惑、尴尬等精神性因素时,才会凸显独特的文学品质。

中国当代股市题材小说形象地表现了股市作为中国当代社会的新元素所具有的文化新意。它描写古老的中华民族在新的时代一种新的生活,挖掘潜藏于民族血液中的市场因子,从特定的角度表现了一个古老民族文化精神密码的转换过程,其文化意义极为深广。以叛逆和超越传统的审美观照,揭示市场经济时代人们的欲望化生存表象,折射现代人的生存困境与心灵裂变,从物质与精神的双重层面上表达人类在现存境遇中的两难心绪,在当代文学场域里彰显了其别具一格的审美品质与文化价值。

第二节　中国当代股市题材小说与中国当代社会的世俗化

市场化不仅带来了前所未有的经济效益,更引领了文化层面的深刻变革——市场受到前所未有的重视,商品意识逐渐成为社会的主流意识,富裕成为人们的共同追求,世俗化成为中国当代社会发展变化的又一个显著特征。在价值取向上,从注重理想向强调实际的方向发展,从注重义务向强调权利的方向演变,从注重集体向强调个体的方向转化,是中国当代社会心理嬗变的主要趋势与特征。世俗化充分地肯定了人们的现世追求、物质享受，表现出强调个体、现实、利益的价值取向，经济因素在社会生活中的分量明显增加，人们普遍注重个人利益，追求现世享受，围绕利益的算计、争斗成为生活的重要内容。

韩庆祥在《当代中国的社会转型》①一文中则将中国的社会转型概括为十个方面：由权力社会走向能力社会，由人治社会走向法治社会，由人情社会走向理性社会，由依附社会走向自立社会，由身份社会走向实力社会，由注重先天给定社会走向注重后天努力社会，由一元社会走向多样化社会，由人的依赖社会走向物的依赖社会，由静态社会走向流动社会，由国家社会走向市民社会。

由于市场化是市场经济运行的基本条件和重要基础，而市场性思维则必将影响并渗透于社会的一切事物，因此，这个时代无疑是一个市场交易高度发达的时代，是社会的市场化进程突飞猛进的时代，也是社会世俗化趋势不可阻挡的时代。社会经济增长速度加快，贫富分化程度加大，利益格局差距加深。随着计划体制向市场体制的转轨，随着社会和经济发展所促进的小康社会的来临，随着消费文化匆匆登上日常生活的前台，世俗化正全面地展开其内涵与形式。随着市场经济的建立，经济行为已完全淡去"计划"色彩而演绎为真正的交换行为，追求效益的最大化，它所奉行的交换原则、效用最大化原则甚至渗透到社会几乎所有领域；由市场理性催生的"经济人"，在时代赋予的机遇与权力面前，也在充分施展其"个人效用最大化"才能。

市场经济一方面极大地促进生产的不断发展、促进经济的持续繁荣，另一方面也对传统道德伦理产生了巨大冲击，甚至形成了一种解构的力量。社会弥漫着实用主义和实利主义，只重实用和实利，生活变成赤裸裸的一件功利的事情。社会像是一个大公司，人人都在想钱，人人都在赚钱，一切向钱看。

"商业社会"是一种新的社会形态，在文化意义上，它与传统的以生产为主导的农业或工业社会的本质区别在于："商业社会"是世俗型社会，它常常跟金钱崇拜、物质利益至上的观念联系在一起，它代表了一个新的社会形态、一种新的价值取向。世俗化充分地肯定了现世追求和物质享受，表现出强调个体、现实、利益的价值取向，为市场经济、民主政治、社会参与进行着社会心理上的准备。这是世俗化的"光明面相"。但是，作为现代化悖论性质的一种

---

① 韩庆祥：《当代中国的社会转型》，《现代哲学》2002年第3期。

表现,如果缺乏崭新的价值观念和行动规范做出及时而强有力的引导,世俗化就必然会表现出它的"阴暗面相",当世俗化变得偏激化,必然会造成对人文精神的巨大冲击,更为甚者将会严重削弱甚至消解精神世界的终极价值,如果人们对于生活意义、社会理想、人类幸福这类问题都丧失了兴趣,那就可能在市场与商品的大潮中沦为经济动物。在经历了理想信仰的幻灭之后,越来越多的人开始转向对世俗生活的关注和对个人欲望的满足,活在当下、快乐至上的人生态度得到了人们的普遍认同。

股市加速了当代中国社会的世俗化进程,因为股市每天都在普及着商品精神和买卖交易意识。在股市的深刻影响下,社会成员更加关注自我的现实利益和世俗幸福。他们由衷热爱世俗生活,与那些致力于思索社会问题与探寻人生价值的知识精英形象不同,他们尽量回避形而上的思考,而将股海搏击作为自己生活的主要内容。

中国社会需要一个关于成功和发财的故事,因为老百姓希望圆这样一个梦,因为现在这是一个全民的梦。

钟道新的《股票市场的迷走神经》是中国当代最早以股市生活为题材的中篇小说。小说的主人公常锐与郭夏是一对夫妻。丈夫常锐是一个银行家的儿子,毕业于北京大学物理系,现在在S市保险公司当一个小职员。他想起自己是北京大学物理系毕业生,到了S市只是在保险公司当一个小小的职员,心有不甘,但去开公司做买卖吧,没有资本不说,主要是没有背景,弄得一副灰溜溜的样子。妻子郭夏是S大学法律系的讲师,同时兼任夜校的老师,每个星期要去上三个晚上的课,非常累,每堂课只能挣四十元钱,而这笔钱对这个家庭来说是重要的,因为从北京调到S市后,他们用分期付款的方式买了住房,连本带息压得他们够呛。郭夏的父亲郭天谷离休前是C省财政局的副局长,以前是十级干部,离休后变成九级,可每个月的工资总数不过三百元。而在S市即使是饭店洗碗的女工,每月也赚四百块钱。S市股票市场正式成立,一下子火爆起来。"S市股票市场以令人难以想象的程度繁荣起来:大学教授,政府高级、中级和低级官员,一般工人,个体户,以至于保姆都参加到股票生意中去了。""买卖股票已经由少数人的行为演化成一场人民战争。"常锐炒股一下子赚了20万。"郭天谷惊讶了:20万,这几乎是厅局地市师级干部两辈子的工资。"赚了钱的常锐花20万买了一幢带花园的两层小楼。

小说形象地表现了经济因素在社会生活中分量的增加,经济实力对人的精神心态的影响与改变,特别是股民阶层作为创造与拥有社会物质财富的新兴力量所带给人们的前所未有的新鲜感受和生命活力,极大地激发了社会的好奇、窥秘、企羡、效仿心理和审美诉求;经济权力以无所不能的态势占据了社会生活的统治性地位,市场规律、利益原则开始成为整个中国社会生活的基本逻辑和行为驱动,市场经济实施了对社会市场价值观的重构。

在对股民群体高度聚焦的过程中,中国当代股市题材小说不仅编造了一个又一个暴富的股市神话和小农经济孕育出的关于财富天堂的理想,有意或无意地将成功股民个人奋斗故事榜样化,并且营造了一种以社会地位和财富作为成功唯一衡量标准的价值取向;在对成功股民的崇拜、对股市生活的向往中,社会开始自觉或不自觉地认同并接受这一价值取向。

正是在这样一个社会激变的时代,在这样特定的文化环境中,中国当代股市题材小说应运而兴。于是,在经济权力的掌控下,中国当代股市题材小说运用自己作为具体社会意识形态代言人的身份,创造财富英雄奇观,让叱咤股市的成功人士以生动可感的方式满足社会对于财富和成功的想象与梦幻、成为大千世界芸芸众生理想和目标的化身,从而在将股民群体明星化的形象建构中,完成对社会价值观念与社会生活的整合与重构,使突出经济建设的主流意识形态与向往财富的民间意识形态空前一致起来。

> 在商品社会,在商品拜物教的支配下,经济逻辑对整个社会宇宙进行了无孔不入、无处不在的渗透,它把社会关系变成商品关系,并将自己的意志铭刻在人的灵魂深处。①

旧有的意识形态体系的变革,文学作为主流意识形态代言人、作为现实人生介入者的形象正日渐从作家身上剥离,本身就是股民的股市题材小说作家们"或许从来没像今天这样感觉到金钱的巨大压力,也从来没像今天这样意识到自身的无足轻重,此前那种先知先觉的导师心态,真理在手的优越感,以及因遭受政治迫害而产生的悲壮情怀,在商品流通中变得一钱不值"②。市场经济的推行和高度发达的商业社会已迫使作家创作转型。这其中,中国当代股市题材小说生产因其与市场经济的发展、与社会的市场化进程的天然联系,因其讲述股市故事的内在规定性而更乐于接受市场理性的制约,因而更强化了这种相互依赖性。

在市场大潮的推波助澜中,面对现实生活里空前丰富的股市题材,股市

---

① 朱国华:《文学与权力》,上海,华东师范大学出版社,2006年,第125页。
② 陈平原:《近百年中国精英文化的失落》,《二十一世纪》1993年第6期。

题材小说作者的创作立场和审美趣味均发生了积极变化,其话语实践也一改以往漠视证券活动本身而着力展现股民及其经济行为的丰富与多彩。市场经济以肯定人的合理私欲为前提,并且以人的合理私欲作为经济发展的内在动力。人的利己欲望本身无所谓善恶,善恶在于满足它的手段。当一个人通过利公或利他的手段达到利己目的的时候,可以说这种行为就是善的或道德的;当一个人通过害公或害他的手段达到利己目的的时候,可以说这种行为就是恶的或不道德的。人们通过正当和合法的手段积极追求个人利益,同样可以增进社会公利。让人们通过压抑甚至否定个人利益的办法来为社会公利全面奉献,其结果是,伴随着人们劳动热情的丧失,个人利益不存在了,而社会公利也不可能增长。马克思指出:"人们奋斗所争取的一切,都同他们的利益有关。"[①]恩格斯在《费尔巴哈与德国古典哲学的终结》一书中也指出:"自从各种社会阶级的对立发生以来,正是人们恶劣的情欲——贪欲和权势欲成了历史发展的杠杆。"恩格斯在这里把人的贪欲视为"历史发展的杠杆",正是肯定了私欲的价值和作用。

在市场经济时代,应该提倡一种公私并重的义利观。它不像中国传统的义利观那样以公利压倒乃至否定私利,而是强调既重视公利又重视私利。提倡以利公的手段达到利己的目的,反对通过害公的手段达到利己的目的。当利公的手段与利己的目的发生冲突的时候,我们应自觉地舍私为公。

中国当代社会的世俗化是一种全方位的社会变化。散户股民大多出身中国社会的底层,品尝过生活的艰辛,没有任何特殊的政治资源或社会资源,盼望自己能够在政策允许下发家致富,因此不惜铤而走险,投身股市。他们日复一日,年复一年地在股市泥沼里摸爬滚打,除少部分人外,多数人是屡战屡败,屡败屡战,亏损累累,但仍然要去一个个地抄"底",痴心不改,股心不移。卑微的社会地位和卑陋的生存环境以及由此产生的强烈的改变现状的愿望迫使他们近乎自发地投入到风险与机遇共存的股市中,追求实现自我的财富梦想,期望创造爆发者的人生传奇。梦想通过炒股赚钱,一方面改善自我及家人的生存条件,另一方面提升自我的社会地位。

王天成的《股惑》表现金钱盈亏这些世俗的考虑左右着人们的精神,支配着人们的生活,股市的红绿变幻吸引了梦想在股市淘金、发财的亿万股民。李忠怀着妻死后的沉痛心情,凭借自己不低的智商进入大户室;风流倜傥的高才生将其失恋后搏击商海赚的几百万砸向股市,损失大半;从小受到商业

[①] 马克思、恩格斯:《马克思恩格斯全集》第 1 卷,北京,人民出版社,1956 年,第 82 页。

熏陶的回民妻子放着好端端的生意不做打股票赔了钱,还说赚了,和父亲要钱欺哄丈夫;受不了股市狂跌的打击从椅子上溜下来的邢胖子,又被漂亮的小媳妇陪着来到股市;不做学问、以炒股为生的大学老师孟教授,在股市屡战屡败。小说描述了最普通的散户在股市中的徘徊挣扎,生动地阐述了"股性"与"人性"的深刻关联。借助股市、股票、股民之间千丝万缕的情感纠葛和一幕幕悲喜交加、跌宕起伏的故事,展示了中国资本市场的发展历程,站在更理性的角度去审视股市,审视人生。在功利主义世风昂扬的社会背景下,传统的重农轻商和重义轻利的观念大为动摇,股民阶层日益活跃与扩大,显示出前所未有的创造活力;中国股民虽然滋生于传统小农经济土壤,裹挟着传统文化的世袭因子,但以相似的精神品格和行为特质,在对文化传统反叛与传承的交互演绎中,上演了中国社会舞台上惊心动魄的戏剧。

  市场经济的发展已将中国社会从更加注重纯粹的精神世界带入一个更加注重今生和现实的世俗社会,它改变整个社会利益结构,同时也前所未有地改变了人们的社会价值观念特别是财富价值观。从耻于言商、耻于言利到全民经商、追逐金钱,精英主义的文化崇拜转向了实用主义的拜金,当代中国人正在把财富拥有者看作这一时代最具光彩的英雄;而以消费主义为核心的财富伦理也渗透到了社会生活的方方面面。股市是个不理性的市场,是情绪的聚积场所,各式各样人的喜、怒、哀、乐、兴奋、抑郁大量汇集激荡。

  因为有了股市,忙碌紧张的生活多了份新奇、激动、刺激和希望。生活"因股市而精彩"。正是因为股市充满了这种独特而又神奇的魅力,才会使那些"股市不死鸟"任凭风吹浪打,仍顽强地坚守在这片熟悉的"阵地"上,也才会吸引着越来越多的"新兵"加入股市大军里来。来自万千股民的一分一厘,汇聚成 A 股市场的汪洋大海。当股指蓬勃向上时,股民们兴奋的表情与 K 线相互映衬;而在寒冬来临之际,每个营业厅中传出的沉重叹息又能使资本市场的空气为之凝结。

  世纪之交的中国散户股民有一些典型特征,素描像应该是这样画的:年龄 45 岁,原为某国企职工,炒股本来是一个兴趣,下岗之后却成为一个职业,炒股资金 2 万元,是多年的工作积蓄,每天的交易时间,他一定在证券公司的营业部里,一杯茶一张报纸,如果旁边正巧有人在谈论某只股票,他一定会张着耳朵细心打探,同时会分析一下盘面走势,有主意了就去柜台下单,有时候去营业部并不是为了交易股票,跟一群人聊聊天也可以打发时间。现在中国的散户股民,没有明显的性别和职业特点,也许他是一名企业职工,也许她是一名家庭主妇,也许是学生,也许是刚入职场的白领。证券公司的营业部里几乎找不到中小投资者的身影了,投资者买卖股票的地点可以是任何地方,家里、办公室、咖啡厅、公交车上,甚至是路边,只要有网络就可以交易。在股市上,不难看到茶饭不思、不休不眠、面无血色、精神颓废的股民。无论股票跌或是涨,都会引起大的经济利益变化,而经济利益的突变又可诱发心理危机,从而引起失眠、焦虑等多种心理问题,有些人还可能出现自杀倾向。这是当代中国股市、股民的真实世相。

正是与建设社会主义市场经济的社会变革相伴随,中国当代社会的阶级分层也开始体现出鲜明的现代性特征:拥有社会经济资源已变得与拥有政治资源同等重要,"经济利益成为重要的社会激励机制,经济能力成为社会成员社会地位定位的重要指标",①资产占有和市场位置成为社会分层的主要因素,一个以职业为基础的新的社会阶层分化机制逐渐取代过去的以政治身份、户口身份和行政身份为依据的分化机制,中国社会原来的"两个阶级一个阶层"(即工人阶级、农民阶级知识分子阶层)的社会结构发生了显著变化。在当今社会分化成的十大阶层中,②商人群体已成为涵盖最广泛的社会群体。群体的庞大促使其通过不断增长的经济资本获取更广泛的经济权力,而经济权力的增长又激励其不断制造新的理论话语以颠覆传统的"抑商"准则和既定秩序,实现自身从社会话语权力场域边缘向中心的位移。一言以蔽之,包括股民在内的商人阶层作为新的地位群体迅速崛起并开始拥有较为强势的社会话语权。对此,作家邱华栋指出:

> 中国社会变革进入"利益分化期",因而,出现了快速的社会分层与贫富分化以及城市新人类、白领、新市民的崛起。中国社会现实的矛盾也将日益突出,而这一时期又是中国社会改革进程中较长的一段。如此纷繁复杂的、比巴尔扎克时代还丰富十倍的社会现实,已经让越来越多的作家无法回避了。也就是说,我们的作家从来没有面对过如此难以确定与认识的社会状况和丰富的写作资源。③

---

① 乐国安、陈玖平:《中国社会变迁进程与社会稳定》,《社会科学研究》1997年第5期。
② 按照中国社会科学院社会学研究所陆学艺等学者的观点,当前中国社会已分化为"十大社会阶层",即国家与社会管理阶层、经理人员阶层、私营企业主阶层、专业技术人员阶层、办事人员阶层、个体工商户阶层、商业服务业员工阶层、产业工人阶层、农业劳动者阶层、城乡无业失业半失业者阶层。
③ 邱华栋:《在多元文学格局中寻找定位》,《上海文学》1995年第8期。

正是在这样的社会文化语境中,向来在文学场域中处于边缘位置的股市题材小说创作,因其与市场和市井的天然联系,因其坚持讲述"股民话语"的艺术自主原则,当然更因股民阶层兴起导致的经济权力对社会"贱商心理"转向和文学表达"给力"的积极介入,从而前所未有地获得了文学场域中的"行动者"本应拥有的自由、自主的话语权力和表征空间,作品出版盛况空前。评论家朱向前早在市场经济建立之初的1993年就预言:

> 毫无疑问,全面走向市场的中国当代社会必将急遽改变我国的传统文学生态环境和价值取向。质言之,文学作品的商品属性将得到前所未有的正视、重视乃至一段时间内过分地夸大与强调。大部分文学生产力将逐渐从政治辐射下走出而卷入经济轨道运作,其意识形态色彩会日见淡化而商业气息将愈加浓厚。①

越来越多的人卷入世俗化的文化浪潮,极为有力地取代了原有的主流文化,并把主流意识形态加以稀释和筛选,造成崇高与理想的失落。对物质的享受和追逐在世界观、人生价值观中占据了主导性地位,形成重物质利益、轻精神追求的观念。社会流行炫耀型、崇洋型和攀比型生活方式,它逐渐成为一些当代中国人的生活态度和人生处世哲学,而这些行为方式和思想意识与我国传统的生活方式、价值观念以及社会主流意识形态相去甚远。金钱在一个充分世俗化的时代俨然已无处不在、无往不胜。市场化的进程牺牲了人类最美好的心灵净地,处处躲不开的是金钱和物欲的陷阱,处处弥漫的是使人性畸变的不健康气息。金钱才是唯一的终极目标。为了内心那一定要成功的焦渴欲望,为了物质与金钱的满足,他们可以不惜一切。

《金融战争》(顾子明著)的主人公孟振荣大学毕业工作十年一直默默无闻,命运的改变源于他邂逅了某银行行长的千金肖雅媛,他迅速实现了由小职员向投资公司总经理的转型。利用证券市场法制机制尚未健全的机会,借助手中权力,孟振荣暗捧股评家,用以操纵股市;建老鼠仓,谋取不正当利益;行贿官员,以利权钱交易。短短五六年间,他就积攒了上亿元的资金,且一切都做得天衣无缝。他为情人王卿萍挪用500万元公款来谋取私利,一切都"操作"得滴水不漏。"孟振荣先将1000万元的资金以借款的名义借贷给一

---

① 朱向前:《1993:卷入市场以后的文学流变——从"王朔现象"说开去》,《当代文学研究资料与信息》1993年第2期。

家公司,贷款利息为8%,其实该账户是只有孟振荣一个人知道的做盘账户。孟振荣将其他账号的股票低价抛出,由该账户承接,再将该账户的股票高价抛出,由其他账户来承接。这样反复数次,用这种移花接木、偷梁换柱的手法,500万就轻松到手了。不到半年,1000万元资金连本带息悉数归还。"孟振荣后来被公安机关查办。可查来查去只查到他"擅自做主,将公司资产抵押后,将资金用作炒作股票",他的挪用公款、巨额贪污、非法经营之事,却无据可查。最终,在情人的帮助下,他居然顺利地从被监视居住的医院出逃,连同他拥有的巨额财富一块从人间蒸发。本来,他的问题并不难查清,张永财临死前寄出了检举信,梁聪这个主要证人也提供了证词。但具有讽刺意味的是,上级重新任命的钱董事长,竟然是收受了孟振荣贿赂的人,或者说他们本就是一条线上的蚂蚱。钱董事长向孟振荣露口风,传信息,暗示他守口如瓶,走为上策,孟振荣也果真就此逃脱了法律的制裁。小说表现唯利是图者在股市找到了更好的"舞台",更多的"用武之地"。

苏肃的《股市套中人》以某市公务员古锋为主线,描写一批普通人投资股市的悲欢离合,展现了一个特定时代背景下股民这个特殊群体的无奈,演绎身不由己、难以自控的人物的命运,深刻解剖了日常表象下隐藏的人性。G市正科级公务员古锋初涉股海便大有斩获,但在单位却升迁受挫,为追梦而辞职下海。偶然解救落难女子申慧,古锋通过她认识了投资公司女操盘手申彤。在两姊妹帮助下,他们开办的股风大酒楼成为股民谈股论金的集散地和股市喜怒哀乐的晴雨表。后来,古锋中计赔光了一切。田伟利通过上市公司重组大肆圈钱;蒲松炒股赔钱后靠非法证券咨询大行其骗;黄娜中了原始股骗局,其夫也被股市套牢;胡蒙全职炒股的生活一团糟,其姐胡蓉则无形中被卷入一桩与炒股有关的人命案;市财政局长王进礼因为炒股赚了大钱而迷失自我,最终跌入自设的圈套。小说描摹各色人物在股市这个人生舞台上的不同表现,形象表现当代中国人的生活变化。炒股也好,爱情家庭也好,事业也好,都有着数不清的"套子",人人都可能沦为新"套中人"。如何实现自我"解套",享受快乐幸福的生活,是我们现实人生中无法逃避的大命题。小说表现股市对人性的改造和对传统生活的冲击,塑造了一批鲜活的时代人物,展示了人性怎样被冷酷的现实扭曲,欲望膨胀下的丑恶如何在生活中滋生。小说中各类人物的命运或多或少地受到了全民炒股浪潮的冲击,迷失了自己的本性,多数人被股市深深套牢,被赌徒心理所左右,迷失生活方向,成为新时代的"套中人"。

股市使当代中国人的生活中多了很多金钱和物质利益上的争斗,这是当代中国社会日益世俗化的一个重要标志。

《枭雄》的作者沈乔生是一位很有文化眼光的作家。他之所以对股市生活这个题材情有独钟,是因为他觉得自己在股市找到了一个人性的试炼场。毕竟在和平年代里,人性不可能有太多飞扬的表现,但在股市这个合法化与技巧化的"赌场"内,即便是一个凡夫俗子,心中那点点滴滴不甘蛰伏的情绪也能够充分地展现、扩张,甚至变形。所以,沈乔生在作品中既具体又抽象地阐述了股市特有的"魅力",它给予了现代人一种变相的自由,让一部分人得以暂时抛开刻板的生活程式。小说的主人公楚南雄是集中国国粹和当代资本理念于一身的股市枭雄。他原是一个普通教师,从换汇起家,靠炒股发家。当年派人到农村去向农民借身份证,开了几万个账户打原始股,使自己的资金在三年之内翻了一倍。楚南雄在创业未发达的时候,其妻有外遇,对象是大型国有企业老总梁羽石。楚南雄为了报复,没有阻止患有精神隐疾的妻子驾摩托车,妻子车祸身亡。十年后楚南雄派自己的副手和义子汤一坤收买证券营业部的经理,指使证券营业部经理给梁羽石的部下小冯融资一千万元,汤一坤又指派手下的人接近小冯,向他推荐股票,诱使小冯重仓买入一只股票,而这只股票是楚南雄及其朋友韩大方把持的老庄股,已经炒作两年了,正打算出货。在楚南雄的暗中操纵下,小冯重仓的股票急剧下跌,证券公司清了小冯的仓,收回融资。梁羽石挪用公款融资炒股,血本无归,无法向公司交账,只得仓皇逃往国外。小说描写股市强人在股市的血腥搏杀。

郭现杰《私募》中的赵云狄是经济学家,大学教授,又是私募基金——"金鼎投资咨询中心"的总经理。林康是他的学生,当金鼎投资的总经理助理。赵云狄在股市炒作罗邦股票,谁知罗邦股票中已有资金介入。那边的主力操作极为凶悍。他们以为赵云狄们只是一个小角色,只要稍稍恫吓一下就会交出筹码望风而逃,谁知赵云狄比他们还不要命,不顾一切地向下砸盘。试图用这种烧钱的方式将对方打倒,将筹码抢回,然后再拉高,引诱不明真相的资金进入,最后逢高获利了结。王雨农就是争庄罗邦股票那个神秘资金的幕后人。以赵云狄、林康为首的私募基金金鼎投资,和以王雨农为首的私募基金鑫利投资,达成锁仓协议分食利益。由赵云狄负责的金鼎投资公司以每股2.5元的价格收购王雨农手中三分之一的罗邦股票,剩下的三分之二的仓位签订锁仓协议,所有仓位账户和密码由赵云狄和第三方营业部共同监管。出货时,由赵云狄统一布置。但这时由于媒体出现揭底文章,罗邦股票崩盘,以王雨农为首的私募基金鑫利投资背信弃义,偷偷出货。由于股市高位被套,借了高利贷无法偿还,赵云狄被逼跳楼自杀。林康从美国留学回国后与王雨农继续争斗。林康用重金诱使王雨农的部下肖福禄成为自己的眼线,从而完全掌握了王雨农的投资操作秘密,使王雨农的许多见不得人的违规违法行为暴露出来。林康在王雨农坐庄 ST 化工之前,偷偷潜伏下来,等王雨农将股价拉到高位,便不计成本地往下砸盘,让 ST 化工连续十多个跌停。王雨农被迫自杀身亡。中国当代股市题材小说中围绕金钱展开的股市搏杀日益血腥:

> 在充满体制漏洞,且没有制定任何追逐财富游戏规则的国度,几亿长期处于贫穷状态的人,其物质欲望一旦释放出来,就形成了一种前所未有的金钱饥渴感,那种在政治压力下被迫退回意识深处的"常识理性",一旦没有了外在的束缚,就以极快的速度膨胀起来,最终导致了这种道德严重失范的状态。追逐金钱的活动,在中国从未形成这样一种全民参与、铺天盖地、势头汹汹的金钱潮;对金钱意义的张扬,也从来没有达到这样一种藐视任何道德法则的地步。①

中国当代股市题材小说作者们选取最易于张扬个体主义的生命激情、最可能集中人们的逐利世相的股市生活作为表现对象,揭示商业社会中人们的生存困境与心灵裂变。"在商业大潮的冲击下,金钱已成了压在人们头上的一座大山,一个'卖'字,像溅着火星的烙铁一样烫在人们的心上。"②

当经济成为当代中国社会的主题词之后,商业、利润、股份、消费、信贷、资本共同作为显赫一时的概念重组了社会话语光谱。中国当代股市题材小说正是诞生于这样的世俗氛围之中,以新潮的话语顽强地分割出新的文化空间,昭示了当代中国人的生存维面和价值体系。它以市场原则、实用主义为价值旨归,呈现出浓厚的世俗气息,表现商业社会以及逐渐形成的消费社会中人性的异化过程,表现社会变革中日益凸显的物质实利主义价值准则。在历史的传承中人们不难发现,股民以个人为核心、以财富为价值目标的逐利追求,不仅仅是股民独立自足、维护人格尊严的保证,同时也是推动社会进步的动力源。

> 商人对于以前一切都停滞不变、可以说由于世袭而停滞不变的社会

---

① 何清涟:《现代化的陷阱——当代中国的经济社会问题》,北京,今日中国出版社,1998年,第 204—205 页。
② 黎延玮:《一个时代的口号:等等灵魂》,《大河报》2007 年 1 月 5 日。

来说,是一个革命的要素……商人来到这个世界,他应当是这个世界发生变革的起点。①

当代中国人生活在新旧道德的历史嬗变期,承受着新旧道德冲突,一面被新生活诱惑,一面又被旧心态所禁忌,陷入无法回避的道德困境。在利益多元和价值观念多样化的大背景下,人们不再相信有一个适合于一切人的恒定的标准,常常陷入自相矛盾的窘境。作为主导伦理思想的功利主义对处于社会转型期的人们的人生价值观的影响是双方面的。一方面,人们的功利观念被大大强化了,义利并重的价值取向正在逐步取代重义轻利的倾向,人们改变了视金钱为"鄙欲"、视钱财为"不义"的观念,在付出劳动的同时期望占有更多的财富。个人的积极性、主动性和创造性得到了前所未有的提高;平等与竞争观念深入人心;时间与效率观念得到充分重视。但与此同时,也有很多的人把金钱作为人生的唯一追求,过分地看重物质利益。人生价值和评价标准趋于实用化、功利化,人生价值目标和价值体验趋于短期化、感性化,以致社会上一切事情都以功利的眼光加以评价,金钱成为衡量人与事物的唯一尺度,致使现实生活中利己主义、拜金主义、享乐主义等现象泛滥成灾。

在一个充分世俗化的时代,金钱无处不在、无往不胜。金钱的作用已经超越了它的本质定义,作为一种独立存在,它的盈亏变化无不关乎股民的生存与生命,关乎股民人性的提升与沉沦;金钱已经变成了目的本身,它"如此彻底和毫无保留地变为一种心理上的价值绝对,变为一种统御我们行为取向的无所不包的终极意图"②。金钱本是人类实现终极目标的手段,一种只作为手段才有价值的对象,"一旦生活只关注金钱,这种手段就变得没有用处和不能令人满意——金钱只是通向最终价值的桥梁,而人是无法栖居在桥上的"③。当金钱作为终极价值被信仰和崇拜时,其他一切的人类价值都被金钱所取代,而人性异化的悲剧也就不可避免地次第上演了。

当代中国的世俗化是个人自我迷恋的世俗。一些人不仅失去了对于彼岸、来世的信仰,同时也失去了对公共世界的信仰,回到了身体化的个人自

---

① 马克思、恩格斯:《马克思恩格斯全集》第25卷(下),北京,人民出版社,1975年,第1019页。
② [德]格奥尔格·西美尔:《货币哲学》,陈戎女、耿开君、文聘元译,北京,华夏出版社,2003年,第232页。
③ [德]格奥尔格·西美尔:《现代文化中的金钱》,刘小枫编、顾明仁译:《金钱、性别、现代生活风格》,上海,学林出版社,2000年,第12页。

我。世俗化的社会对人的诱惑力就在于鼓励人自由进取、弘扬人性和自我实现、放纵人的意志和欲望。权力和金钱成为世俗社会的核心价值。不是追求真理,而是追求金钱数量,这成为世俗社会的价值核心。文化和精神生活发生了很大的世俗性转向。价值的相对主义体现在日常生活之中,便是关于什么是好、什么是善、什么是正当这一系列有关价值的核心标准的模糊和不确定。法律和道德法则对于许多人来说,只是外在的、强制性的规范,而不是自觉的、天经地义的良知。一方面它们几乎无所不在;另一方面,很多规范却形同虚设,并不为社会公众所真正信仰,这表现在只要缺乏有效的行政权力的监视,人们便会毫无顾忌地违法,并不因此而自责,并不因此承担相应的道德责任和良知义务。在日常生活之中,普遍地违背公共道德和公共规范,其实并不意味着公众普遍地丧失了道德的感觉,而只是他们将价值相对化和实用化了。价值的内涵、道德的标准成为一种权益性的、可变通的工具。在这种普遍的价值实用主义的氛围之中,人们便习惯了按照道德的双重标准、乃至多重标准生活,道德人格趋于分裂而又不自觉地按照某种实用理性统一起来。在当代中国一部分价值虚无主义者那里,连价值和道德本身也被唾弃了:崇高和伟大开始成为可笑和虚伪的代名词,道德的神圣性开始剥落。

"世俗化"的特征主要体现为从内容形式到深度都无限接近人们的日常生活,在这样的审美活动中,人们可以没有伟大的理想追求、宏大的生活目标、坚毅的精神信仰,有的只是满足生活基本享受的热情、获取现实享受快感的需求。在这种取消了精神的理想性和崇高性的日常生活中,人们的兴趣在于对自身生活物化的感性表达和表达的快乐。大多数人的日常生活满足,似乎越来越取决于其物质占有的丰富程度。越穷越革命的理念在富裕奢华生活的引诱下顷刻土崩瓦解了。随之而来的是见利忘义,见钱眼开,要钱甚至不要命,要钱可以不要脸的金本位价值观在社会上弥漫,越富越光荣的观念逐渐深入人心。其负面作用是社会的一些领域和一些地方道德失范,是非、善恶、美丑界限混淆,拜金主义、享乐主义、极端个人主义有所滋长,见利忘义、损公肥私行为时有发生,不讲信用、欺骗欺诈成为社会公害,以权谋私、腐化堕落现象严重存在。

顾子明《金融战争》中的张永财是被投资公司老总孟振荣用 2000 多万元真金白银捧红的股评家,可他却认为自己走红凭的是自己的能耐,因此必须最大限度地张扬这种能耐,于是他转眼间就甩掉了捧红他的人。对这个背信弃义的小人,作者描述道:"此时的张永财已经完全钻进了钱眼里,什么仁义道德、同学之间的情意,与金钱比较起来,都显得如此苍白……张永财认为的现实就是,发财致富是唯一而最终的目的,也是人生之中唯一的一个硬道理,而其他所有的一切都只不过是手段而已。"他的所作所为是格奥尔格·西美尔论点最直白、最形象的阐释,"我们复杂的生活技术迫使我们在手段之上建筑手段,直至手段应该服务的真正目标不断地退到意识的地平线上,并最终沉入地平线下。在这个过程中,影响最大的因素是金钱。一种只作为手段才有价值的对象,以如此大的能量、如此完整、如此成功地将生活的全部内容(实际上或表面上)都化为这样一种仅凭自身就能令人满意的追求目标"①。小说在形象地警示人们:我们的社会正面临道德伦理危机!如果为了实现个人效用最大化,人人可以"不择手段",又都在"不择手段",那人类社会不可或缺的道德与良知将不复存在;如果社会一片混浊,人们不可能去实现自身利益最大化。小说中的另一个人物陈金泉信服知名股评家梁聪,信服他对网络科技股的预测,凭借自己的分析与观察,他不断买进江科股份,谁料这却正是梁聪选中建仓、坐庄的股票。梁聪不断清洗浮筹,陈金泉却死咬不放。在派人利诱陈金泉出手未得逞后,梁聪利用陈金泉想借钱玩得更大的贪心,幕后指使人以两星期为期出借5000万元,并不断向陈金泉发表利诱性股评。当陈金泉盲目追高将所借款项全部打入股市后,梁聪以庄家身份发威,陈金泉不仅赔光老本,且转瞬间欠下5000万元巨债。一切都在交易的罗网里,人性的贪婪与欺诈呈现无遗。

世俗化所反映的是社会成员总体上的一种新的内在价值取向。关注现实生活,肯定现世生活,尊重人的物质享受,符合人性的需求,是一个值得肯定的积极趋向,是现代文明的主要标志之一。从社会学意义上看,世俗化完全是一个值得肯定的积极趋向,甚至被当成现代化的一个重要标志,是传统社会向现代化社会转变的尺度。世俗化也带来了个人私欲的膨胀、贪污腐化、社会混乱的现象,导致物欲横流。人们的终极关怀、价值源头和生活的意义不待外求,而要从世俗生活本身自我产生,精神生活开始走向世俗化。人们考量生活和行动的重心,不再是衡量其有何终极性意义,而是作为达到特定世俗目的的手段是否有效和合理。人的精神生活不再追求超越的意义,达到上帝的彼岸,或成为现世的道德圣人,而是看其在现实生活中占有了多少资本和资源。

周倩《投资总监》中牛犇犇原来是一个个体户,曾经卖过注水猪肉,贩过

---

① [德]格奥尔格·西美尔:《现代文化中的金钱》,刘小枫编、顾明仁译:《金钱、性别、现代生活风格》,上海,学林出版社,2000年,第11页。

劣质白酒,攒下了一笔黑心钱。20世纪90年代中期炒股发了一笔小财,摇身一变成了知名股评人士,后来还成立了"犇犇投资顾问公司",做一些咨询和资产管理,专骗那些无知散户的钱。牛犇犇开办"犇犇投资顾问公司"代客理财,同时为贪官林国庆操盘。表面上看,牛犇犇是金牛私募的老板,但实际上牛犇犇的上面还有老板——市财政局副局长林国庆。林国庆用受贿来的钱投入股市又赚了不少钱。为了确保对金牛私募的绝对掌控,林国庆控制了公司所有交易用的资金账户,只将股票账户单独分离出来供牛犇犇和他手下的操盘手使用,牛犇犇再怎么拼命赚再多的钱,也没法兑现一毛钱。赚钱的却不能用钱,终是一场纸上富贵,这是牛犇犇和林国庆的最根本的利益冲突所在。牛犇犇设置了很多私密的人头账户,平时操作股票时,他会故意让私密账户建仓,然后动用公司资金拉抬;或者干脆就是私密账户低买高卖,公司账户高买低卖,进行有意识的利益转移。现在牛犇犇想来个彻底了断,一次性在盘面上将大部分资金技术性地挪走,通过股市交易把林国庆账户的钱转移到自己的私密账户上。牛犇犇提出的方案并不复杂:在中河煤业上由牛犇犇高买低卖,何涣低买高卖,利益由金牛私募向海泰基金输送;在另一只小盘股上,两人再采取相反的操作,利益又输回去,唯一不同的是,牛犇犇用的是他的私密账户。这样,通过一轮复杂的盘面操作和利益交换,牛犇犇转走了金牛私募大部分资金,何涣也能从中河煤业中解套。《枭雄》(沈乔生著)中楚南雄他们炒作生态农业这只股票,需要上市公司配合。楚南雄的手下汤一坤收买生态农业的总经理袁山,送给他一张三百万的支票,要他买股。"等你的股票翻了倍,你就卖了它,把本还给我们。我们就两清了。"行贿还不太露痕迹。他们这次炒作净赚几千万元。人人把利字放在跟前,无利而不谈,无利而不欢,凡事皆以利当头。

  当代中国文化的世俗化过程是以社会的世俗化为基础的,是社会世俗化过程在观念文化中的反映。市场经济所奉行的利润原则和商品交换法则,使得人的经济利益问题被凸显出来,以往那种禁欲主义的行为取向被摒弃,贬斥物质生活和人的感性需要的思想和行为反过来站到了被贬斥、被嘲弄的地位。人们普遍认为生活的价值之源就在这个现世的生活世界中。金钱至上的拜金主义打破了传统的"道德至上""惟德是尊"的观念,许多人在物欲的强烈驱使下为求一己之私利而不惜铤而走险,以身试法。极端个人主义和以自我为中心打破了传统的道德利他性原则,使人性中自我部分被最大限度地夸张化,个人主义极度膨胀。尔虞我诈、弄虚作假的经济活动准则打破了传统的"以德服人""以诚待人"的人际关系原则;弱肉强食的无情竞争打破了传统的"君子以厚德载物"的宽厚和"兼爱"精神。

当代中国文化的世俗化倾向,表现在对世俗功利追求以及对生命之感性层面的肯定、认可和张扬。从过去的耻言利、耻言物质生活享受和人的感官愉悦,转化为不讳言利、不讳言物质生活享受以及人的感官愉悦,甚至将利作为伦理道德的基础。

当代中国正从一种以泛伦理为特征的传统农业社会向着强调价值规律的现代工业社会转型。在市场经济条件下,人们的价值观念更趋于务实,注重物质利益自然成为人们日常生活中的一种必然追求。不仅不再忌讳谈金钱,而且还能进一步正视金钱的作用,这是改革开放以来人们价值观念和社会心态中的一种进步。

第三节 中国当代股市题材小说与中国当代社会的全球化

全球化是 20 世纪 80 年代末以来在世界范围日益凸现的新现象。它是一个以经济全球化为核心,包含各国各民族各地区在政治、文化、科技、军事、意识形态、生活方式、价值观念等多层次、多领域的相互联系、影响、制约的多元概念。全球经济、政治、文化的一体化,物质和精神产品的流动冲破区域和国界的束缚,逐渐影响到地球上每个角落的价值观念和生活方式。资本和市场经济体系在全世界范围内的扩张是全球化的实质,其他一切方面的全球化都从资本全球化衍生而来。任何一个国家,作为人类世界组成的一个部分,都不是孤立的,其存在与发展,不能不对别的国家有所影响,也不能不受到其他国家这样那样的影响。

自古以来中华文明大多数时候都处于一种自给自足的几乎封闭的状态。由于地缘的因素和经济基础的关系,几千年来中国人形成了一个牢固的意识,遵循古训,安于现状,"日出而作、日落而息",很少能够接纳别的民族和种群的文化和文明。中国封建统治阶级从来都把自己视为"天朝上国",别的民族都是异邦;从来都把自己的文化奉为经典,对外民族文化不屑一顾。近现代科学的发展突破了人类千百年来的地域限制,中国已经不可能再孤立于国际社会。随着经济改革的深化和全球化趋势的发展,中国正在进一步融入世界经济体系之中。中国经济与世界经济的联系越来越密切,中国股市与世界经济和股市的联系也越来越密切。

全球化打破了各个民族和国家之间的封闭状态,通过国际分工和交换把各个民族、国家和地区连接成相互依赖的整体,呈现出经济全球化的发展趋势。竞争性的市场经济在本质上是没有国界的,分工的国际化、生产的国际化、市场流通的国际化、资本和劳动力等生产要素的国际化,都是现代市场经济的必然产物和突出特点。

中国当代股市题材小说表现股市生活具有国际视野,着力描写资本市场的国际风貌。

《绝情华尔街》(陈思进、雪城小玲著)描写在华尔街投行工作的中国人王雨航,从满怀希望到梦想破灭,最终绝望离开。小说以雨航进入华尔街到最终离开华尔街的经历为主线,从一个中国人的视角来窥视华尔街:大投行暗箱操作,给衍生产品裹上了美味的糖衣,目露凶光嗜血成性的金融大鳄,不断累积的罪恶最终引爆了全球金融海啸,小说把华尔街的遮羞布撕得粉碎。

作者之一的陈思进曾在华尔街奋斗过十几年,熟知华尔街背后盘根错节的阴暗复杂。他以自己多年的亲身历练为基底,细致入微地刻画出在世人眼中披着耀眼夺目光环的华尔街那令人触目惊心的真实内幕。

小说的人物并不多,但每个人物都代表着华尔街的一个侧面,都是小说揭秘华尔街不可缺少的一个分子。小说的主人公雨航代表着众多投身海外追求人生理想的年轻人,他所具有的聪敏纯朴勤奋、自立自强自尊是有抱负年轻人的特质。雨航在华尔街有很多困惑、彷徨、进退两难甚至失策碰钉子的故事。随着时间的推进,故事跌宕起伏,他通过自己的探索和细心的观察,逐步获得丰富的奋战华尔街的实践经验。

小说表现华尔街生活的残酷,塑造了一个个具有丰富文化含量的人物形象:在华尔街的明争暗斗中被逼上灭门绝路的彼得、贪婪狠毒的杰森、戒毒后卷土重来出书揭露金融黑幕的华尔街天才山姆、解析金融理论如同庖丁解牛的哈佛教授亚当、机智正直对生命充满激情却丧生"9·11"恐怖袭击的孙郅奇、和雨航背道而驰被贪婪吞噬最终和华尔街狼狈为奸的志高、性格刚烈却得不到爱情的女强人芸云、聪慧娴淑的现代女性紫苓。华尔街大鳄们的贪婪是具有狼性的,阴险狡诈,凶狠残忍。雨航从踏入华尔街的那一刻起,就开始与狼斡旋——阴谋如暗流汹涌,华尔街的狼性更为阴森——它获取猎物是建立在摧残同类的前提下的。在华尔街上同样贪婪却被暗算的纳斯咆哮:"你们这帮没人性的骗子!吸血鬼!你们设了陷阱让我钻,我不会便宜你们的!我还要再等下去!"华尔街上,狼性与狼性的交锋,谁更贪谁更狠谁就是胜利者。贪婪和恐惧是驾驭华尔街的两种情绪。华尔街的投资银行不仅放松信贷,而且还把贷款打包成债券出售。华尔街的最大欲望是赚取最高暴利,华尔街大鳄们永无上限的战利品是建立在华尔街内外经济金融领域的哀鸿遍野之上的。雨航最终从初入华尔街的天真美好的幻梦中警醒,理想如凤凰涅槃般重生,他毅然放弃华尔街的"宏利",弃商从文,如山姆一样用笔把华尔街真相诉之于世。

小说表现人性的贪婪具有国际视野。从华尔街股市大跌,到全球性的金融危机;从资本大鳄们在华尔街上演的一出出"覆巢之下,安有完卵"悲情剧,到普通百姓的生活恐慌,通过打拼华尔街十几年的主人公王雨航一一道来。从雨航应聘洛克证券开始,到后来雨航参与其中的"章鱼"计划,直至金融风暴席卷而来洛克证券的倒塌,彼得为此而付出的家破人亡的代价,起伏的人生,无时无刻不充满现实欲望的悬念。

小说描述这一场金融危机的来龙去脉,撕碎华尔街蒙骗世人的金碧辉煌的面具,揭露繁杂的讹诈圈套、令人哑舌的欺骗事实,看清金钱私欲膨胀的残酷后果。小说把华尔街的"绝情"——冰冷、残酷、黑暗彻底地挖掘出来,让人看穿这场蔓延全世界的灾难的百分百人为孽根——华尔街肆虐的物欲下人性的贪婪和丑恶。雨航在华尔街凭着自己的智慧和才华,经受磨砺考验,获得无数人艳羡的"成功"的同时也把华尔街的肮脏龌龊真相看得一清二楚,因而决然退出,促使人们开始理性地审视社会中的迷失、混乱和颠倒。小说透彻解析金融危机的症结所在,参透了华尔街的游戏规则和本质。

中国当代股市题材小说描写中国企业走出国门,到海外上市,意在表现随着经济全球化而来的是文化上的相互影响。在这个过程中,中国人、中国企业学到了很多国际资本市场的新套路和新玩法,同时也必须接受国际资本市场的新考验。

孟悟的《逃离华尔街》描写了一个中国女人在华尔街的艰辛奋斗历程。小说的主人公何霜是一位兰心蕙性、知书达礼、精明睿智的女人,她既有清雅脱俗的高贵品质,也有一般市井平民女子娴淑善良和淳朴真挚的俗世情感。她和大多数中国女性一样,对前途怀着无限美好的憧憬,而她憧憬的方向是赴美留学,然后在陌生的土地上实现自己人生的价值。何霜和她的两个好朋友从大学时期开始就心怀美国梦。或许命运不济,最优秀的她屡屡签证失败,而秦桑和叶梅早就拿到签证都到美国留学去了。家里本就不宽裕,自己也到了适婚年龄,在各方压力之下何霜无奈选择了结婚。在常人看来,何霜的婚姻是幸福的,然而由于心中未实现的梦想,她总觉得自己的人生缺了点什么,于是她开始暗度陈仓,瞒着家里所有人准备留学美国。这次她成功了,终于拿到了去美国的签证,但丈夫无法放弃国内的前程,两个人只得分道扬镳,何霜最后离了婚,寒心地离开了上海,只身奔赴美国。何霜一个人在美国孤独奋斗,经历了各种磨难后,她在朋友刘天王的帮助下打入了华尔街,进了世界知名投行——MGS公司。通过不懈的努力,几年后何霜成了MGS公司的高管,已是名副其实的华尔街精英,事业上获得了空前的成功。

华尔街有华尔街的价值观念,华尔街有华尔街的规矩:"这就是华尔街,像一头冷漠而贪婪的野兽,永远改不了嗜血的本性。""在华尔街没有性别、年龄、国籍、种族的区别,华尔街只有一个标准,那就是美元、美元、美元。你是否有能力为公司带来效益,你是否能在竞争中帮公司打败对手。"

中国的黄海集团在华尔街上市,何霜所在的美国MGS公司作为账簿管理人和后市稳定代理人,50亿美元单子中的利润着实诱人。"原来黄海集团居然有她想象不到的野心,'华尔街上市'只是一个光鲜体面的亮相而已,后面还有更猛烈的动作。因为何霜知道,加勒比海的那些群岛,维吉群岛、开曼群岛、西萨摩亚、百慕大,是美国资本的后花园,也是各类资本的'避税天堂'。那些美丽如画的群岛既是度假的天堂,也是全球离岸的金融中心,低透明度和极宽松的管理制度使其成为资本外逃的'中转站'。""造壳上市"是当今中外资本玩家的一种新玩法。中国的企业在海外证券交易所所在地或允许的国家,独资重新注册一家中资公司的控股公司,国企就以该控股公司的名义申请上市。造了一个壳,把国企摇身一变变成了外资企业,国企老总们以一种看似合理合法的手段把国有资产光明正大地转移到海外,最终造成国家财富和税收的大量流失。

黄海集团原来从事的是传统的远洋运输业,集团已经在国内上市,然而集团老总王总不满意过于缓慢的进钱速度,他上任的第一个大手笔就是扩展企业的组织机构,很快,公司的经营版图扩大了好几倍,投资领域更是纵横驰骋,从高科技到工业资源,从金融证券到国际贸易,从房地产到旅游:"王总怎么会不爱赌呢?多年前,当他感到圈钱上市的一夜暴富超过了几十年的艰苦奋斗时,他开始有了想法,并且立刻行动,于是也尝到了市场蛋糕的美味。""股市是个摇钱树,把无数投资者摇得心醉神摇,心甘情愿地朝里扔钱;股市是个聚宝盆,上市企业不费半点毫厘便可以圈来金子银子。"经过中外资本高手的一系列包装,黄海集团就像是集万美于一身整装待嫁的姑娘。"设计新的金融衍生品,利用其错综复杂的结构,成为大肆掠夺财富的利器,这是华尔街心照不宣的商业秘密""按照协议书,黄海集团在海外上市将采用'海外红筹'的方式进行,MGS投行将协助黄海集团重组一个海外控股公司,控股公司设在美属的维吉群岛。按照当地法律,在维吉群岛的任何公司都将享受税收豁免的优待,这样操作下来,更容易被国际投资人和美国监管机构接受。

对于投资人而言,如果上市公司受美国法律制度下的司法管辖,也不用担心安全问题,对黄海集团的融资有好处。海外重组计划初步定在一年之内,对黄海集团的部分股权或资产将分批转移到海外控股公司,这个新组合的海外控股公司将代表黄海集团在海外上市。另外,黄海集团下属的一家能源公司将以'海外发行'的方式上市,也就是说,通过 MGS 的运行操作直接 IPO 上市,直接上纽约证券交易所。""这些年,凡是有点实力的中国企业都想在境外建一个海外控股公司(也称离岸公司)登陆海外股市。其操作起来并不复杂,在加勒比海的英属或美属群岛上,注册一个空壳公司,注册资金只需要五千到一万美元,再把境内雄厚的股权或资产以打针的方式注射进这个'空壳',于是空壳就被养得油光水亮了。再过些日子,'空壳'就能上场表演了——申请在美国、新加坡等国家和香港等地上市,这就是所谓的'红筹通道'。"他们通过"运作",让美国运输会在行业年度的排名表中给黄海集团一个漂亮的排名;需要中国的银行为黄海集团提供贷款一百个亿以上,收购合适的国际运输公司,为黄海集团增添国际实力与影响力,再吸纳国际资本进入公司,使其成为一家综合的、跨国的国际型大运输企业;在克曼岛注册一家新公司,纽交所上市后,那市值是不可估量的。谁知资本市场风云变幻,资本博弈刀刀见血。资本游戏不是那么好玩的,也不是那么容易玩的,说不定玩来玩去到头来玩的就是自己。海外上市后,黄海集团的股票跌停,让不少持股股民倾家荡产,走投无路的黄海集团王总坠楼身亡。后来美国 MGS 公司向黄海集团注资 80 亿美金,以重振曾经风光无限的黄海集团。"行走在这个虚伪欺诈的世界,大都是贪得无厌的野兽,吃肉喝血,没有情谊可讲,忠诚和老实只会让你流血受伤。""当然,这就是华尔街,谁都无法预料下一秒谁会兵败山倒,谁会称王称霸。也正是因为这样,这才是华尔街的魅力所在,每天有多少金融师一夜之间沦为街头乞丐,又有多少无名人士瞬息风生水起,名扬全球。这是智慧的角斗场,拼的就是智慧,而不是兢兢业业。"

　　小说描写华尔街如何设立金融骗局、国企如何四处圈钱、国有资产如何在海外流失、中国股民如何被骗得血本无归、中国国企如何沦陷于华尔街投行之手。华尔街那些见不得光的秘密和交换促使女主人公下定决心逃离华尔街。小说揭露华尔街的罪恶,反省贪婪对人类社会和个人幸福的危害,呼唤良心的回归。经济全球化趋势强化了各国、各地区之间的社会联系,促使各国之间、各地区之间在经济和文化上相互影响。各民族文化在漫长的历史进程中,一方面通过自身的创新变革文化,另一方面还不断地吸收外来的文化,因此,每一种民族文化都是多种文化的混合物,一方是本民族所固有的,一方是世界的。经济全球化背景下,文化交流和互动使文化在全球的传播速度和规模空前增加,各民族文化都将在与他族文化的交往中吸收他族文化的精华来优化自己民族的文化,进而又会出现不同文化的相互融合趋势,全球文化也就会在冲突与融合的交互中走向与经济全球化相适应的新阶段。

随着经济改革的深化和全球化趋势的发展,中国正在进一步融入世界经济体系之中。伴随着经济的全球化,文化的全球化也成为必然,全球范围内超越国界、制度和意识形态的文化冲突与整合随之而来,多元文化相互激荡,新思潮新观念不断涌现。随着中国一步步融入全球经济之中,当代中国人的价值观和社会心态变得越来越具有世界意识,他们精神生活的全球化特征日渐明显,风险意识、诚信意识、平等意识、公共服务意识及其对他文化的宽容意识逐渐养成。

迷糊汤1998年进入互联网,第一项触网的工作就是证券的网上交易,从此就在网络金融圈里摸爬滚打了十五年,在互联网公司里曾任市场经理、主管市场的副总,参与过大型财经网上市工作,在投行部门为国内知名企业筹备、策划IPO,于2000年成功与同事完成大额融资。

迷糊汤的《纳斯达克病毒》描写中国企业境外上市,塑造年轻一代具有国际视野的资本英雄形象。小说的主人公乔博思是美国加州大学伯克利分校毕业的硕士生,在国内他一方面经营着博美金融顾问公司,一方面经营着金融圈网站。他是为中国公司海外上市提供服务的,有着广阔的人际关系和公司海外上市运作的丰富经验,成功的运作让他和他所服务的企业都染上眩晕的光环。在金融圈乔博思就是钱,找到乔博思就找到了纳斯达克的门。"他的手伸出去就有钱进来,他的嘴一张开,就能让钞票说话。"他开始运作自己的网站在纳斯达克上市:"乔博思的想法早就有了,他在互联网最寒冷的时节,悄悄地埋下了种子,他在金融圈这么久,能从一个小喽啰到今天呼风唤雨,除了他的专业之外就是眼光,在新浪、网易和搜狐把互联网都网尽的时候,他看好了金融,他要做的恰恰是自己最擅长的。金融类网站已经很多,成气候的就是那几个,叫得上名的也就是和讯和金融街,他没有用钱买,而是自己投资做了个小得不能再小的网站,名字虽然很大,可名气很小,'金柜'。"他知道纳斯达克面对同一题材的企业不可能容纳两家,至少短时间不能,他的竞争对手就是金融街网站,他开始了与竞争对手的战斗。美国耶鲁大学法学院毕业的硕士梁斯琪的律师事务所是中国大陆被纳斯达克认可的几个事务所之一。她手里的律师事务所只是一个工具,她的翅膀是资本,她认识的资本大鳄比乔博思还多,乔博思用她手里的关系比自己还多。王华宇是谷帝公司的创始人和大股东,谷帝公司准备在纳斯达克上市,但和承销商的议价一直悬而未决。王华宇找乔博思帮忙,一是请乔博思帮忙找个战略投资人,二是请乔博思帮忙找个承销商。

乔博思是一个资本能人,"他在金融圈是很火,不仅是上市顾问这一块,还有对冲基金,当每一个公司即将上市的时候,或者刚刚上市的时候,他就会利用瞬间的价差把对冲基金请进来,让上市公司很快就把股价摸高,这是一个双赢的投资,上市公司需要曲线,对冲基金需要业绩,而乔博思恰恰就是中间人,这种贷杠的方式让乔博思得心应手,也正是这个中间人才使乔博思在资本和企业之间的桥梁作用更加凸显"。对冲基金大都是投行的,而投行另一块的业务恰恰是 IPO,IPO 之前恰恰是风投,这看起来很复杂,其实是一个有机的链条,乔博思把每一个环节都看得很透,他的手在每一个链条的环节处润滑着,他说他不是铁环儿,也不是环与环之间的链,他要做的是润滑剂。1000 万美元的顾问费,加上佣金 400 万美金,确实值得一赌。在纳斯达克上市前,王华宇最着急的就是和承销商的议价,他看着 Google 的发行价是 80 多美元,他对以前的发行价不满意了,现在是 15 美元,他要 30 美元。王华宇是要自己的股权增值,要增值就必须市场化,市场化就要竞争。盘子三亿多股,他占百分之三十多的股权,翻一倍就是 15 亿美元。出让 1 亿美金的股权会让自己的盘子更大,同时也让投资者看到更多的希望。王华宇的议价已经从 15 美元升到 32 美元,这个数字让王华宇的资产涨了一倍。段奇是金柜网的元老,从金柜网创立他就是技术总监,他没有投一分钱,乔博思给了他百分之五的股权。对于乔博思来说,段奇既是股东,又是朋友,还是搭档,而且一搭档就是四年。金柜网的注册审批进展顺利,已经在美国开始运作发行了。乔博思必须要在上市之前拿出更新的服务才能让金柜网顺利在纳斯达克飘红。"全球财经全景图,就是把期货、外汇以及发达国家的证券市场的分析交易系统形成一个信息与交易平台,让中国人可以在这个平台上操作任何交易品种,也可以让外国人在这个平台上操作中国的交易品种。"这个概念可以让金柜网在美国形成热点。乔博思瞒着所有人做了网上分析交易综合系统,"坐在家里看天下,这是互联网今天的成就,可坐在家里炒天下,就是金柜网的目标。"这样的题材让纳斯达克不认可都不行。"'全球财经全景图'是金柜网在纳斯达克最大的炒作概念,如果用数字计算,那就是几十个亿。"金柜网在纳斯达克战败了金融街,一举超越金融街,成为中国最大的财经网。"自从美国之行,金柜网已经是首屈一指的财经网,尤其是'全球财经全景图'几乎是炒股必备的,金柜网的纳斯达克表现比金融街好,八十多块美金的股价已经让金柜网的市值超过了两百亿。"纳斯达克是一柄双刃剑,它在赋予我们金钱财富的同时,也鞭策了整个时代的进步。能体现金融圈本质的是钱,最能表现人本性的也是钱,但上市却不是狭隘的融资。在纳斯达克"任何公司都能上市,但时间会证明一切"。

小说表现资本的力量及其博弈,描写金融圈里无形的资本是如何左右企业、如何左右人的。企业追求上市,上市就是为了融资,就是为了让一百万变成一百亿,让钱变成数字,从而享受这种数字带来的满足感。小说以赞美的笔调描写当代中国新一代资本高手,他们熟悉国内国外资本市场运作的奥秘,操作海外上市得心应手,游刃有余。小说表现当代中国人的价值观和社会心态变得越来越开放和多元,他们对各种外来文化和其他亚文化的接受能力也不断提高。在全球化进程中,市场经济法则成为世界经济规则和相同的制度语言。资本的全球化就是资本在全球范围内的运动,带动了所有生产要素的全球化。资本承载着增值的使命,带着其他的各种要素在全球奔走,缩小了全球的差距,缩小了文化的差距,同时缩小了国家和国家、种族和种族之间的隔阂。在全球化日益加快加深的当今时代,文化的发展更离不开同世界各种文明的对话。

中国当代股市题材小说描写中国股市和世界股市的联动和相互影响。1987年10月19日,美国股市遭遇"黑色星期一",爆发大规模股灾,这是迄今为止影响面最大的一次全球性股灾。10月26日香港恒生指数暴跌1120.7点,日跌幅高达33.33%,创世界股市历史上的最高跌幅纪录。这次股灾共造成世界主要股市损失达17920亿美元,相当于"第一次世界大战"直接和间接经济损失3380亿美元的5.3倍。在全球化的今天,机会全球化,风险也全球化,人们的财富和生存面临的威胁和风险也在增大。

陈一夫的《热钱风暴》是一本关于海外热钱对中国悍然发动金融战争的股市题材小说。以索撒为主席的美国巨蜂基金等国际热钱在中国股市上兴风作浪,中国政府组织反击,以保护国家金融安全。作为一位知名的国际金融炒家,索撒20世纪30年出生在匈牙利布达佩斯,20世纪40年代移居英国,并在伦敦经济学院毕业。20世纪50年代去美国,通过他建立和管理的国际投资基金积累了大量财产。他曾获得美国哈佛大学的名誉博士学位,现任美国巨蜂基金主席。"索撒的爱好是动辄就用3000亿美元的资金,玩弄一个国家。他喜欢把资金当成自己的呼吸,把一个国家当作自己的玩具气球。他喜欢用自己的资金把这个国家吹起来,再缩回去;缩回去,再吹起来。在每一次一吹一缩的过程中,数百亿美元的利润就成了他的口中物。"他这次瞄上了中国,利用黄海银行的虚假报表事件,先推高中国股市,后又打压中国股市,以图自己获利。"我们的任务是,先吹大中国经济的泡沫,而后以黄海银行的虚假报表为引子,捅漏泡沫,做空中国!这之中,我们进行一轮买空卖空的操作,实现利润,300亿美元!"黄海银行上桥支行副行长张秉京违规向绿色农科集团发放贷款10个亿,无法收回。"我们就要利用黄海银行的不良资产,引发中国的信用危机,通过一个小小上桥支行的10亿元不良贷款,制造中国金融的末日!"索撒除了动用德利金融公司中国部总经理亨利帮助他偷渡的数百亿人民币,以及他在数月以前和近期通过合资、投资、收购等渠道合法进入境内的一万亿人民币进行大张旗鼓的拉高黄海银行股价操作外,还以合资的方式完全控制了拥有百分之五十一黄海基金管理公司股权的恢宏科技投资公司,从而控制了恢宏科技投资公司对黄海基金管理公司的话语权。同时,索撒以同样的手段又控制了数十家中国优秀的民营企业,而其中两家民营企业是黄海基金管理公司的股东,拥有百分之十五的股权。因此,索撒在没有经过工商局变更登记、没有撤换三家公司董事长的情况下,通过对他所入股的三家中国公司的控制,已经实际上完成了对黄海基金管理公司的基本控制。索撒还迫切希望收购或控制拥有黄海基金管理公司百分之八股权的杜鹏程的通达集团,这样他就可以百分之百地控制黄海基金管理公司,就可以为他在中国股市上兴风作浪打好更加坚实的基础。过热的经济带动世界各地的热钱通过各种渠道纷纷涌向中国。他们的目的就是用美元收购中国的优质企业,而后拿到国际资本市场上市,享受中国经济高速发展的资本利得。索撒命令亨利按照买一卖二的比例,平买低卖,人为打压股市。亨利动用了100个个人账户和20个机构账户的股票和资金,与广大散户和小机构搏斗。一天下来,逢低买入股票折合人民币500亿元,低价抛售股票折合人民币600亿元,带动股市再次暴跌10%。

迷人的电影学院美女冯卉不久前向国家安全部门提供的海外热钱通过地下钱庄偷渡中国和索撒企图用2万亿人民币做空中国的情报,为中国政府反击国际热钱的进攻赢得了进行资金准备的宝贵时间。和索撒的资金进行拉锯战,这样才能避免获利热钱外逃,并把他们已经套现的将近2万亿元人民币重新诱导回中国股市,并且压迫他们为了打压股市,被迫进行平买低卖式的极端型做空操作,最终让他血本无回!冯卉通过这10000个中国人个人和1000个中国机构的股票资金账户来悄悄地大规模吸纳被索撒和亨利砸得稀里哗啦的中国股市里的股票,而不被外人察觉。索撒一伙利用巨额海外热钱进行的砸盘行为,已经使沪深两市总市值从去年最高峰的34万亿跌至今天的17.5万亿,损失高达16.5万亿,已经等同于中国去年的GDP水平。现在已经有了1.1万亿人民币的反击资金,而且在实施"诱敌深入计划"过程中,已经逢低吸纳绩优股3900亿元,让索撒回吐利润近百亿元。索撒为了制造中国的金融危机,抛光了自己的所有股票,损失了150亿美元。

小说把金融世界中人们的欲望和野心、贪婪和残酷刻画得入木三分,把不见硝烟的金融战争描绘得淋漓尽致,讴歌了在重大危机和民族利益面前,中华民族团结一心的伟大精神。小说刻画金融世界中人们的欲望和野心、贪婪和残酷、虚伪和真情。小说揭露了索撒为做空中国而耍尽手段的内幕,揭示了金融产业在中国社会转型期进行改革的真实过程。国际金融战争是血腥的。小说把人性的丑陋、可憎、善良的多重性表现得淋漓尽致。小说站在国际金融的视角来描写中国的金融产业。这里是货币的战场,也是煎熬人性的战场。小说将人性的狡黠、张扬、苦恼与善良,以及人物心灵的多面性都付诸小说人物的刻画中。在资本市场,人性的变换及其深邃永远无法言说。

全球化和先前中国社会单纯的向外开放不同,它是在全球经济、社会和文化交流日益发展的情况下,通过世界各国之间的影响、合作、交流和互动,使得具有共性的文化与生活样式成了全球通行的标准样式。随着各国经济相互渗透的进一步加深,国际的矛盾、冲突和摩擦将不可避免,需要有一种大家基本认可的、能用以维系这种世界新格局的全球社会观和价值观,而这种社会观和价值观的形成又是由各国的传统文化和现代文明的发展和交融而产生的。

《玩偶》(柴火棍著)的主人公康南是一个赌性极强的浪子,凭着自己的经验和聪明在海外创办了一家对冲基金公司,管理操纵着上亿美金的资金,并在"9·11"事件之后席卷全球的股灾中立于不败之地。春风得意的他却被动地卷入了弟弟康北的非法集资炒股事件中。康南是一个带有赌性的玩股高手,他一直凭着自己对数字病态的敏感以及过人的胆识切换着自己的人生轨迹,从学数学到学电脑最后转至金融领域,他的每一次转型都有着很明确的目的。康南知道自己的软肋,这个世界上只有一个人可以让康南没有任何条件的退让和妥协,那就是他的亲弟弟康北。康南七岁那年,由于一起意外事故造成大型机架坍塌,五岁的康北为了救哥哥,致使自己的左腿严重的粉碎性骨折,虽然治好了但左腿却一直有点儿跛。而康北从一个健康的孩子突然成为一个小跛子后,心理也发生了奇怪的变化,潜意识里觉得自己的哥哥、父母,甚至全世界都亏欠了他。

康南在美国利用工作的业余时间玩起了股票,并因此赚了很多钱,找他炒股的人越来越多,他私下设计出一款分析股票的模型,并利用这个模型去找在赌场认识的赌友。这位赌友是北美一个知名的对冲基金会 DIP 的投资经理,对康南的炒股模型非常满意,尤其对其在熊市的操作性看好,他又很赏识康南的心理素质,希望康南能为他工作。康南谢绝了,他的野心更大,想自己成立对冲基金公司,希望 DIP 的投资经理能让他管理一部分客户资金。在投资经理的提议和促成下,康南成立自己的对冲基金公司 VM,VM 同时成为 DIP 的投资顾问中的一名,管理一千万资产。康南因此正式从那个搜索引擎公司辞职。此时正值国内股市牛气冲天,康北禁不住诱惑,用从康南那里借的钱加入炒股大军。

康北凭借其赌性在国内的超级牛市里一鸣惊人,渐渐小有名气,不断有人请他荐股。康北开始出入大户室呼风唤雨,引起大客户的注意。不久,有三家机构找上门来,请康北做操盘手。康北自大心理极度膨胀,也经不起高额利润的诱惑,答应做他们的操盘手。协议规定盈利对半分,康北有完全自主权,20%亏损为平仓底线,亏损处"酌情"。康南敏锐地感觉到牛市的结束已经不远,但他深信自己的软件模型在熊市里也能赚钱。康北只跟康南吹嘘自己的炒股业绩,只字不提代人炒股之事。康南提醒他牛市已接近尾声。进入 21 世纪三个月后,美国股市急剧转熊。康南开始密切注意一些优质股,准备在价格严重偏低时吃进,为下一个牛市做准备。中国股市继续走高,牛市进入巅峰状态,康北春风得意。"9·11"事件爆发,正当康南处在对灾难的震撼和他的基金公司因此而大赚的复杂心情中时,他接到了康北的求救电话。原来康北代机构炒股亏钱,并且陷进了非法集资炒股的阴谋中,弄不好有生命危险。康南决定亲自回国处理。到最后,他发现所有的一切只不过是幻影和泡沫,而人也不过是天地间一个被自己身上的人性顽疾所操控的玩偶。因为人们对待金钱和感情时或多或少都有一些"赌徒"的心态,喜欢把赌注都压在那个被自己看好的股票或对象身上,又或者希望用这一次的"赌"来弥补上一次的"亏"。一开始都抱着"玩玩"的心态,却渐渐身不由己,最终被深深套牢。赌徒的可悲不在于他知道自己在赌,而在于他已经没法控制自己不去赌。赌了一辈子,事业、情感,最后赢的还是庄家,我们全是输家。人永远摆脱不了沦为玩偶的结局。

《涨停》(狼牙瘦龙著)描写中外资本强人的资本运作,表现国际流行的资本意识在当代中国的普及和疯狂。欧阳是阳立公司的总经理兼老板,在中关村电子城先卖计算机,后开发软件。巴永乐是欧阳的同学,是做风险投资的。巴永乐主动提出要入股阳立公司,要求占51%的股份,绝对控股。巴永乐入股后,与其有关联的外国公司主动找阳立公司合作。资产重组后的阳立公司实力大增,收购电子厂的地皮,进行电子城二期的项目运作。资本方成立阳立投资公司,控股阳立电子股份公司。巴永乐等人的资本运作是当代中国社会的一种新玩意。他们将 ST 道格更名为阳立电子,大肆炒作。欧阳提出"星际贸易"新概念,与官商"城市投资公司"合作,又与红顶投资合作,运作航天城项目。进而与国外资本合作,大魔投资银行和 UST 公司加入炒作航天城项目。"改造现有生物科技园区,增大区域面积,将这里的垃圾场改成一个新城,按照'航天'理念做成高品质的城区,道路、城市规划等等都要上水平。红顶投资的钱到位之后,我们再加上现有阳立公司的资本金,整体运作,假设你们红顶投资出四十五个亿,再把其他的资金都加上,就是五十个亿,再将这笔钱一比一发行债券,或从银行信贷,就会变成一百个亿。当然,前期我们的五十亿可能已经用作基础设施建设了,会产生航天城一期民宅、二期民宅等等。……按照十倍的增值计算,会变成一千个亿。我们将这些概念的 50% 拿出来与 UST 公司合作,那它的价值在五百亿左右,让 UST 公司的航天基金投入进来,进行等值的投资,那么他们需要投入六十亿美金。……他们可以将这六十亿美金的项目放入股市,我们阳立公司与他们各自持有 50%,如果理想的话,我们可以从国外的股市上拿回三十亿美金的资金,合人民币二百五十亿;前面已经提到,我们把整个航天城的价值做到一千亿,我们拿回了二百五十亿,原先只拿出了 50% 的概念与 UST 合作,只要 UST 合作后,就可以证明航天城的价值是成立的,剩下的 50% 概念,我们可以在国内按照零售的方法将这些概念批发给各个银行及信托公司,那可要 20—30% 的溢价,但是我们按照五百亿的最低希望值来算,整个项目我们融资七百五十亿,也就是说,红顶投资通过信托或者什么方式提供四十到五十亿资本,与'星际贸易'项目结合,可以撬动七百五十亿的资金。""UST 公司是拿中国人做幌子骗全世界人民,阳立公司是拿美国人做幌子骗中国人民。"欧阳因受不了资本这般疯狂,这般大胆,这般异想天开,精神崩溃,跳楼自杀。资本游戏在全球范围来看有很多相似的地方。

　　从人类社会发展的长期趋势看,全球化实质上是不同社会制度、不同社会文明乃至不同思维方式在新的时代层面上的竞争与整合。它所带来的深刻的经济变革、社会变革和思想变革,其广度和深度都是前所未有的。不同的社会制度、不同的社会文明、不同的思维方式、不同的发展道路,都将在全球化大潮中经受冲击和考验,从而决定自己的发展走向和历史命运。它推动着不同社会制度中的人们,努力寻求更多的符合人性和人类共同需要的共识。全球化对当代中国文化的影响有其明显的两面性。一方面,全球化拓展了中外文化交流的空间,使中国文化更容易与世界各国文化进行平等的交流和竞争;另一方面,全球化也对中国传统文化和社会主义主流文化造成震荡和冲击,在一定程度上导致人们对中国传统文化更加怀疑,也使社会主义文化的主流地位受到挑战,导致西方的基督教思想、现代性价值观和后现代思潮越来越对中国人的思想观念和生活方式产生深刻的影响。

第二章 中国当代股市题材小说与当代中国人的市场化生存

由自然经济向市场经济的转变,是人类历史发展过程中最为深刻的变革。它冲破了旧的社会关系的束缚,建立起以市场为纽带的新的社会交往秩序,不仅使人类基本生存方式发生根本性改变,而且使人们的文化价值观念发生历史性嬗变。市场经济的繁荣使得当代中国人日益充分地进入市场,孕育着一种全新的文化价值观念。生活市场化正成为当代中国人的重要生存状态。生活市场化和市场的空间性的泛化,无孔不入地、无所不到地渗入当代中国人生活的各个方面。随着市场化的推进,中国社会从排斥市场到培育市场。人们越来越意识到,自己的生产生活须臾都离不开市场,自己所需要的一切都可以通过市场交易来满足,市场成为人们生活的中心。市场观念已在当代中国人头脑中牢固确立。

市场化的生存方式有市场化的生存之道,有市场化的生存规则。生产方式决定生活方式,生活方式是一定能够从生产方式里找到答案的。无论跟过去计划经济时代相比,还是跟古代传统农业相比,当代中国社会最大的特点是市场无时不在,无处不在。亚当·斯密被称为古典经济学之父,他写的《国民财富的性质和原因的研究》(即《国富论》)认为市场意味着交易,交易是市场的本质。《国民财富的性质和原因的研究》里说到一个人要想得到东西,有三种正常方式:自产、以博取别人好感从别人那里得到、交换。最好和最直接的方法就是交换交易,你想得到他人的东西,就得先把他需要的东西给他,然后从他那里拿回你要的东西。欲先取之,必先予之,这是市场化的核心规则。市场化生存的规则是通过利他而利己,利他是利己的前提。亚当·斯密告诉我们,市场就是利用人的自私心理,不要否定自私,恰恰要从自私出发,这就是市场。市场上的每个人都是自私的,因为都是自私的又要相互依赖,从自私来达到互助。我们每个人都想得到自己想要的东西,那么你就生产别人需要的,然后拿来互相交换。市场生存方式教会了我们怎样做人,要知道他人的需要,能满足的就满足,然后才有可能满足自己的需要。亚当·斯密还有一句话:当你需要的时候,不要考虑自己需要什么,而要考虑别人需要什么。这个社会里没有自己满足自己需求的,都是别人满足你的需求的,所以你要时刻想别人需要什么,这是一种市场智慧,也是一种人生智慧。

任何经济形式都能反映人们相应的生存方式,而文化从它诞生的时候起就与生存方式结下了不解之缘,是"生存方式"的最好表述。市场化生存是一种自主生存。市场主体不管是人还是企业,必须具有独立的产权,有独立的经济利益,是自主经营、自负盈亏、自我约束、自我发展的商品生产者或经营者。市场化生存是一种平等生存。由于价值规律的作用,商品交换只能在等价的基础上进行。市场化生存是一种竞争生存。由于商品的价值取决于社会必要劳动时间,商品生产者都力图使单位产品的个别劳动时间低于社会必要劳动时间,因而必然存在竞争。市场化生存是一种效益生存。市场经济是以盈利为目的的经济。市场化生存是一种服务生存。商品只有满足他人和社会的需要才能实现其使用价值,商品生产者只有为他人和社会提供更好的服务才能获得更大的盈利。市场化生存是一种开放生存。市场经济是没有边界的,它反对任何形式的边界封锁、部门分割和非关税贸易壁垒。市场化生存是一种动态生存。竞争机制支配企业行为使市场处于非平衡状态,生产要素在竞争中流动又可产生平衡的倾向。

传统中国人是一种道德化生存。重道德,重人伦秩序,轻利益,轻欲望满足。证券市场的诞生顺应了经济改革和经济发展的需要,不但为市场经济的运作提供了样板,为深化企业改革提供了动力,而且极大地提高了人们的市场意识,有力地推动了资本市场的发展。今天的中国资本市场已经成为中国市场经济体制的基石,已经或正在成为推动中国经济持续成长的强大发动机。从1990年至今的这二十多年,应该是中国近现代社会最为辉煌的二十多年。中国从一个相对贫穷落后的国家,发展到今天的全球第二大经济体。股票市场不仅提供了投资理财的机会,同时也给一些有心人提供了施展才华的舞台,从而依靠自己改变命运。

股市作为当代中国社会的新成员,它的诞生、发展、繁荣对中国社会的影响是不可小视的。股市改变着我们已经习惯了的生活,改变了我们祖祖辈辈流传下来的传统。股市就是人生,你人生中遇到的所有试探与诱惑在股市中都会遇到。股市就是浓缩的人生,一个人长达几十年的人生遭遇和体验,在股市里会浓缩在短短的四五年牛熊循环涨跌之中。所有的人都不得不从旧生活形态里走出来,主动或被动地参与改变自己的过程,这为文学提供了"罕见的、令人激动不已的生活宝藏"[①],当然也为股市题材小说提供了前所未有

[①] 杨匡汉、孟繁华:《共和国文学五十年》,北京,中国社会科学出版社,1998年,第286页。

的话语空间。

中国当代股市题材小说触摸股民的灵魂,为我们提供了一面镜子,有助于我们认识我们自以为并不陌生的自己。它从经济视角去审视人生,从社会经济关系和个人经济行为中表现人生和人性的丰富性,它所展示的是一种更切近人的生存状态。

第一节　中国当代股市题材小说与当代中国人的交易生存

中国自古奉行"重农轻商"的文化,中国古代精英最大的梦想是"学而优则仕",经商被视为不劳而获的行为,历来受到社会歧视。加在商人头上的罪名不胜枚举,无商不奸、唯利是图、见利忘义等,即便新中国成立后,许多正常的商业行为还被视为投机倒把而受到严厉打击。股票,这字眼在早年中国人的眼里,等同于洪水猛兽。年轻一代是从茅盾的长篇小说《子夜》中认知股票的,它是冒险家尔虞我诈豪赌的筹码,"血腥的华尔街"、"黑色的星期一",股票又成了资本主义的专利,是资本家榨取劳动人民血汗的搅拌器。传统中国人视股如虎,谈"股"色变。

在当代中国生活着这样一群人——他们非常自由,依靠资产性收入生存,做投资或投机交易。他们厌恶被别人剥削,所以没有老板和领导,他们似乎也不愿意去剥削别人,因此很少雇佣员工。在别人眼里,他们就像是一些独行侠,天马行空,独来独往。如果他们不愿意,甚至可以不搭理这个社会中的任何人,而自顾自地生活和工作。在经济全球化的今天,从周一到周五,每天二十四小时,位于全球各地的股票、期货,以及金融、外汇等各类交易市场轮流开放,连续成一个二十四小时不间断的全球交易大市场。有了互联网和网上交易平台,他们可以在全球交易,并以交易为生。他们可选择的交易产品范围极其广泛,既有传统的商品期货、股票证券、国际货币,也有完全信息化的金融期货以及各类金融衍生产品,利润就在他们电脑键盘的跳动中不断产生。是经济全球化和互联网信息时代成全了他们,使得他们有可能过上以前难以想象的自由、自在和富有的生活。这是成功的以交易为生的投机交易者的生活写照。

在中国,说到投机,人们总是会联想到投机倒把;说到交易,总是和腐败行为中的权钱交易或者与不道德的性交易联系在一起。人们耻于公开谈论投机与交易,更很少有人敢于公开宣称自己是投机交易者。现实生活中的投机交易者往往隐身在私募基金的圈子里,默默无闻地为自己和别人从市场中圈钱。投机与交易在现代社会经济活动中不仅是完全合法的,而且还是现代人类经济活动中不可缺少的重要的组成部分。中国经济正在被全球化的资本主义经济所同化,中国加入WTO组织,银行和金融市场的全面开放,标志着中国经济已经全面融入全球经济的洪流之中。党的十七大报告明确指出要提高人民群众的财产性收入。所谓财产性收入自然包括了各类合法的资本市场投机交易的收入。以交易为生是一种自由度很高的生活,选择什么品种进行交易,交易者有非常大的选择余地。无论是商品、房地产、期货,还是股票、证券、外汇,或者是新开发的金融衍生产品,只要存在投资或投机的价值,就会有大量的交易者汇集过来。

股民的股市生存是一种典型的市场化生存。中国当代股市题材小说对股民的市场化生存有形象的把握和描绘。

买进卖出、患得患失成为股民生活的主要内容,成为股民生存的常态。

随着股市的诞生和成长,我们生活中出现了一批以炒股为生的人,他们天天为K线图的波动所激动、蠢动、迷惑、迷离、失望、绝望,他们的生活与股市相依相随,起伏不定。瓜子的《股城风流》说:"不管怎么说,股市已成为当今越来越多的中国人心头解不开、理还乱的一个结。既爱又恨,喜了还惊;想多怕伤身,不理怕走宝;成日牵肠挂肚,终日不安宁。""炒股票的滋味不如先前想的那么好受。赚了怕亏,亏了想赚,成天被股票弄得紧紧张张。离开一下证券部,心里就觉得不踏实。就连一周两天的休息,还得老惦着股票。股票占满了她的每一个思维空间,她成了股票的奴隶。"任何一家证券营业部,都有具有中国特色的买卖股票的一幕幕场景:大厅里密密麻麻地坐着或站着看大型屏幕的人是散户;楼上大厅里撒开式隔断中坐着看电脑的人是中户;坐在普通包房里的人是大户,坐在五星级装修得像KTV包房里的人是超大户。应健中的《股海中的红男绿女》说:"而此时这块大地上的被称为'股民'的一族,却望着电脑,看着荧屏上跌个不停的股票,躁动不安。""自己天天炒股票,日里做股票,夜里想股票,世界上似乎除了股票外没有其他乐趣了。钱没赚多少,可代价却不小!"沈乔生的《股民日记》表现股市在当时人们的生活中留下的浓重"烙印":"现在我们这些人也只有一个主题:股票。它是我们这一段生命的主宰,我们的呼吸、吃饭、排泄、睡觉,全都和它有关,它比我们每一个人都要深刻、复杂。它的灵魂比我们大家加起来还要大。""日复一日,周复一周,年复一年。我们的投资或者说是投机、赌博,说什么都可以,就是这样平淡而正常地进行,和日出而作、日落而归的农民没有一点区别。"

股市就像一个无形的巨大磁铁魔石,将股民的心牢牢吸住,吃饭睡觉、举手投足间想的都是股市的事。容嵩的《股惑》从文化层面表现了股市对社会的影响:"'新的交易日'——这个词,真的比'新的一天'更具当代特色,更能说明当代社会人们的生活内容。……'交易'这个词儿……它的涵盖面实在是太广阔了,在当今的社会生活中,我们大多数的人,谁能离得开交易、谁能逃得脱交易呢?"王新平的《股路不归》表现股市使更多的人在更多的时候直面金钱:"投机就是人玩人,一个心理上的较量,也是专业知识和智慧的比拼,每个人都有自己的弱点,在金钱面前无非就是两种表现:恐惧和贪婪。"

股市里的交易人生有了更多的精彩,使得人们心中有了更多利益得失的考虑,有了更多赚钱的欲望和算计。

对买卖交易成功的期盼、风险的畏惧、失败的懊悔左右着股民的心态情绪,成为股民朝思暮想的主要内容。

股市改变了股民的生活,因此也改变了股民的心灵,使人们的心中多了那么多欲望,多了那么多牵挂,也多了那么多折磨。股市如同一台大戏,这里没有对错、没有善恶、没有忠奸,只有利益。各位演员都在为自己争取最大利益。这是一种新的生活,也是一种新的机会和考验。一扔就涨的《股剩是怎么练成的》说:"如果要说郁闷,那每天都郁闷啊。手中股票大涨只恨自己买的太少了。没出个最高价,就恨自己太胆小了。没买个最低价,就好像那差的几分钱就是自己的重大失误一样。"人在股市,每天都要面临着魔鬼考验:"要不要出?如果出了继续往上涨怎么办?如果不出,开始掉头向下跌回原价怎么办?你每天每时每刻都是煎熬。""你会把失去的利润当成损失,你会后悔没有卖到最高,于是痛苦就一直伴随着你。"马长旺的《股市英雄》描写股民被套后的普遍心态:"股票一被套,天天焦急,天天想按照'摊平法'补仓,结果仓位越补越重,资金越来越少,而股市仍然缓缓下滑,当资金匮乏时,则冒险透支补仓。越补窟窿越大。"对于广大散户股民而言,投入股市的钱都是与身家性命攸关的养命钱,一旦满仓被套,巨大的心理压力造成难以排解的忧虑焦躁情绪,伤心伤身。所有的股民在股市投入的是真金白银,揣着的是颗惴惴不安的心,短则几月,长则十几年在股海中沉浮。股民想炒股赚钱就注定了要受股市的煎熬。这种煎熬像是一个既有形又无形的场,这个场具有超常的无形的能量,这种能量能够牢牢地吸住投身其中的人。在股市上,许多投资者常常处于一种"套牢态"之中。这种心态让股市外的强人进入股市后变成弱者,让好性情的人逐渐游走于"贪、怕、悔、怨、痴、狂、急、缓"等心态误区里,让本来生活比较轻松洒脱的人变成赌徒,吸食毒品一般离不开股市,天天盯盘看涨跌红绿变换。

通过买卖交易赚钱养家糊口是股民获得生活生存资源的主要方式。

用钱挣钱,股市给渴望发财的人们提供了这样的机会和可能。炒股不要求你有很多钱,也不要求什么了不起的知识,非要学上三年五载才能买股票,不必看老板脸色,不要定时上下班,不用在办公室尔虞我诈。股市给了所有人一个用小钱就能用钱挣钱谋生的场所。这是许多股民在股市心力交瘁、头破血流依然像飞蛾一样扑向它的最主要原因:人活在世上不能没钱,人活在世上,都希望能够不违法、不损人地赚钱。

财神的红袍《解禁》的主人公梅逸之是个学历史的"书呆子",不善交际,也不喜欢投机钻营。妻子白丽是一个美女幼师。为了改善生活条件,白丽不断怂恿梅逸之去炒股,还不断拿同学、朋友炒股赚多少多少的事例来刺激他。初入股市,梅逸之赚了一点钱。但白丽仍然嫌梅逸之穷、呆,与梅逸之离婚。离婚不久,梅逸之又被单位精简,被安排到下属的集体企业去。梅逸之因此辞职当职业股民。梅逸之炒股半年之内赢利十九倍。凭这个业绩,梅逸之到一家投资公司应聘当操盘手,月薪五万元。股市低迷,梅逸之和几个朋友注册一家公司,合股买下一家资源类上市公司的200万法人股。梅逸之在公司的法人股上赚了几十倍,身家两个亿,接着从一个纯粹的股市投资人,向产业投资人的方向转变。这些股市英雄演绎着激动人心的发财赚钱故事,弘扬独立自主的人生价值。在当代中国走向市场经济的历史征程中,股民敢于张扬自己的个体价值和物质欲望,敢于追求致富理想。

丁力《高位出局》中的K先生是股评人士,私下在好几个证券公司营业部设有工作室,控制了大量散户的资金,在股市有一定的号召力。股市庄家胡君声坐庄高位被套,于是请K先生当胡君声所在的中融集团公司的总策划,K先生具有中融集团公司的资金支配权。胡君声将中融集团的一百万股华夏在线股票托管到K先生指定的证券公司营业部,K先生马上以此向营业部要求再透支1200万元,买入华夏在线,然后向自己麾下的工作室发出指令:卖掉所有的股票,在15元以内满仓华夏在线,想在中融集团建仓之前建一个大大的"老鼠仓"。在K先生的鼓动下,大量散户跟风,华夏在线股价大幅上涨。胡君声成功解套,本来准备杀跌出货的华夏在线现在全部在高位顺利出局,获利是其成本的十倍,是股市给了他一个起死回生的机会。

通过买卖交易成就一番事业是股民实现人生价值的主要途径。

股市是当代中国人实现自己发财梦想的一个新途径,对许多普通人来说,这几乎是唯一有可能发大财的途径。发财是一个人正当合理的要求。所谓全民炒股,也就是说,大家都变成了投资者和所有者。资本的社会化是现代社会发展一个非常健康的方向。股市创造的神话使平民也能成就梦想。在中国当代股市题材小说中抓住股市给自己带来的市场机会赚钱发财、开创自己事业的人不在少数。

郭现杰《私募》中的谭援朝人称江湖第一私募。谭援朝资助林康到美国留学。林康提前获得了纽约大学商学院经济学博士学位,在美国股市赚了钱,到富普林投资银行实习,受到重用。国内无线灵通公司的老总徐冠飞与其合作,成立私募基金——"鹏达"风投公司。回国后的林康在事业上有很大的发展,"这一年不算风投的房产和矿业,单单 A 股市场上,林康所在的鹏达公司账户上就有三个亿的收益"。十年之前林康还是一个刚出校门稚嫩的学生,十年之后已是手握几十亿资金的顶尖私募。

杨鹏的《投资家》描写了股市精英的成长。白云山的母亲沈露露是中国有线的第三大股东。因为他的父亲很有市场头脑,在多年前就开始用他母亲的账户不断买入中国有线的股票。当时中国有线还只是两元一股,他父亲前后总共买了三百多万股,花光了所有的积蓄,甚至变卖了祖传的古董,从来就没有卖出过一手股票,因此积累起巨额股票资产,富甲一方。白云山继承父亲的事业,自立门户,成立上海昆仑投资有限公司,从事资本投资。

《股弈》(财神的红袍著)的主人公仲善文出身书香门第,父母在国外定居,留下的不少收藏被仲善文通过多次的拍卖都兑换成现金。仲善文在大学学的是金融专业,在学校里就喜欢上了股票和期货,每天都拿着个本子作模拟盘的交易,还如饥似渴地看各种投资大师的传记。在经历了无数次失败的磨砺后,仲善文在股市慢慢找到了适合自己的操作方式,并开始走向赢利。入市不久便碰上了以 325 点为起点的大循环牛市,他的财富在短时间内因多次赶上市场主流的炒作热点而获得了惊人的增长。

因为股市的繁荣使当代中国社会出现了新的需要,给人们带来了新的实现人生梦想的机会。过去不重要,过去没有什么作用,过去不值钱的东西,因为股市的出现,可能一下子变得重要,变得有作用,变得值钱了。

王海强《股剩战争》的主人公大学生王天出身贫寒,在火车站遇见身患绝症的股市奇才鬼龙。鬼龙是中国证券金融界的第一批操盘手。鬼龙送给王天一百万元钱和自己的炒股心得"风云金股",想让他代自己完成成为中国股神的心愿。王天在股市崭露头角,在精通黑客技术的同学乔四的帮助下切入美国财经官网,预先知道美国气候变化趋势,美国的蓝色天气警报信息马上就要发出,预先掌握了这一信息的王天知道自己买入期货的最佳时机来了。王天用这条消息成功交易了自己的第一笔期货单子,在期货上做对方向,他本金只有 24 万,但在短短二十分钟的时间内就赚到了 15 万元,更重要的是王天利用这条信息结交下了期货市场上的实力大佬中天期货的老总韩三元这个重要的朋友。因为借助王天的信息,韩三元在期货市场上不仅避免了大的损失,而且赚了大钱,自此以后韩三元中天期货成为王天的资金后方支援。社会的变化产生了新的需要,新的的需要带来了新的机会,整个社会因此充满活力。

市场的繁荣也带来了市场交易的泛化,以至于有些人把不应该用于市场交易的东西也拿到市场上进行交易,比如说权钱交易、权权交易、权色交易、钱色交易,甚至有人把良心与人格等也当成商品进行市场交易。

顾子明的《资本的魔咒》剥开资本市场层层画皮,揭露交易泛化给社会带来的危害。上市之后跑马圈钱,曾是不少公司的梦想。为了争夺上市指标,竞争者无所不用其极,一时间资本市场龙争虎斗,尔虞我诈。在金钱和利润的诱惑下,很多人甚至失去了良知和底线,不断沉沦。

交易的泛化刺激了很多人的资本幻想。

《借壳》(周其森著)的主人公牤乎是牤乎房地产集团公司的老总,是上了美国《福布斯》"皇榜"的人物。牤乎发家源于他擅长资本运作:"前几年上市,正赶上房产企业红火,股票蹦着跟头往上涨,不到一元钱的发行价,几天的时间就飞到了十多元。牤乎成了中国富人群里的新贵。上市的经历也给了这位年轻富豪一种暗示和启发:要想富必修路。在中国乃至地球上,要想实现财富的超常规跳跃式发展,必须搞资本运作。而资本运作的最好途径就是在股市这条路上,谁走得快,谁走得稳,不在于谁的车大,而在于谁把路铺好。……但是偏偏不就是自己一枝独秀成了唯一的上市公司,大把大把的票子一夜之间往自己的口袋里飘?也就是从那时起,他知道了什么叫资本运作,什么叫资产膨胀,什么叫资本泡沫,也彻底明白了只有会资本运作,才能成为人中富贵、商界精英。否则,老老实实盖房子就只能挣点辛苦钱,八辈子也别想尝到大富翁的滋味。"牤乎房地产集团公司最近正进行一项商业运作,拟将牤乎集团公司旗下的牤乎股份的股份与蝌蚪公司进行资产置换。牤乎集团公司的老总牤乎果断做出了一项决策,由房地产业务向农业靠拢:"找一家农业企业结为亲家,我出股份,你拿资产,轻轻地这么一倒腾,牤乎房地产公司不就脱胎换骨了吗?对,这里的关键就是要找到卖主,好的公司人家自然不肯拿厂房、设备和实实在在的利润换来一堆虚无缥缈的数字,孬的企业呢,换来后又改善不了牤乎股份的业绩,只会成为发展的累赘,再说证监管理部门也不会通得过。"牤乎最后选中了马城市的一家农业集团——蝌蚪农业发展有限公司。它是蝌蚪村的集体企业。蝌蚪集团现在只剩下一张空壳还撑在那里，勉强吸引着不明真相的人的眼球。"只要结合成功，牤乎公司将变身为国家扶持的农业类公司，一系列政策优惠先甭管他——到时你不要都不行——光是那上亿的置换股份，转手之间就变成了实打实的真金白银。蝌蚪公司呢？瘫痪在地的那些破铜烂铁也都成了上市流通热得发烫的股份。一元钱的废物，稍微么一运作，马上就能带上个尾巴，十倍甚至二十倍的市价触手可得。十多亿的票子就划到了账上。更重要的是蝌蚪公司摇身一变就成了上市公司的第二大股东，所有的资产都可以源源不断地往这个壳里装，就像一架庞大的造钱机器一样，经过这个壳的一番消化，哗哗啦啦地，就印出大把大把的票子来。"蝌蚪集团对此的积极性也很高，"甭说能借壳上市，还能溢价，就是贱卖也行，卖一分赚一分，过上几年，这些破烂光锈也锈没了。往外扔还得交什么卫生费呢"！牤乎的"战略"是：第一步，借国家扶持农业政策的壳，公司要转型，逐步把房地产剥离出去，装进农业项目；第二步，借蝌蚪集团的壳，实现资产置换，把牤乎集团的股份换给蝌蚪集团，这样就有了一个农业外壳；第三步，借市场的壳，也就是在重组之前尽量炒作，抬高牤乎的股价，陆续将手中的股票兑现，把空壳抛给那些散户们。"这个壳借成之后，我敢保证，各位的身价会翻十倍、二十倍……"在股市庄家等资本运作高手看来，股市就像一个变废为宝的加工厂，面对一堆垃圾，把它们收聚拢来，清洗干净，再刷上油漆，进行包装后，再贴上名牌标签，然后放在精品店里，高价卖给那些喜欢追求时髦的股民。

  资本的想象空间确实大得惊人。促使人们进行交易的最直接的原因就是赚钱，同时交易是一项令人着迷的智力游戏，交易容易吸引那些喜欢冒险的人，相反，那些厌恶风险的人是会远离交易的。很多普通的人在正常情况下，都是按部就班地生活，如果多挣了一点钱，就存起来。而以交易为生者的生活完全不同，他喜欢把钱都拿去冒险。他放弃了当前的安逸，转而选择了不确定的未来。交易本身的乐趣和赚钱的诱惑，激起了交易者战胜市场的斗志。

  股市是当今中国经济最重要的市场，与最急切脱贫致富的那个人群联系在一起，那是中国当今最富有冒险精神的一群人。描写他们，无疑可以展示当代中国最富有活力的现实侧面。

第二节　中国当代股市题材小说与当代中国人的风险生存

  投资者购买了企业的股票就与企业构成了契约合同关系，但是股份制的游戏规则决定了投资者购买的股票只有流通转让性,而不具备偿还性,这就决定了在这种契约关系中中小投资者是属于弱势群体,承担着较高的风险。众多中小投资者成为股市发展的最大的贡献者,同时也成为股市风险的最大承担者。

证券市场像是一个充满机遇和漩涡的海洋,航道上经常会有暗礁、冰川,在股海上航行时会遇上暴风雨,投资者买入股票就犹如船只在大海中航行,每时每刻都可能要面对风浪和风险。因此,有人形容投资者在证券市场中投资,就像一个船长航行在充满未知因素的航道上,每一次的投资买卖就是同风浪和风险搏斗。股市风险无处不在,正如安东尼·吉登斯所说:

> 生活在"风险社会"之中,意味着对行动的开放的可能性,无论积极还是消极的,都采取一种算计的态度,而在当代社会中,我们无论作为个体还是全体都以一种持续的方式遭遇到这种可能性。①

证券市场是一个非常容易发生错误的地方。股市投资操作非常复杂,面对的风险极大,生与死,贫与富可能只是一念之差。

《股神》(老莫著)中龙在田对股市和炒股有深刻的把握:"搞金融证券行业就是这样,一步棋走对了,盘满钵满,而一招行差踏错也可以顷刻间倾家荡产。""我们每个证券从业人员都必须永远记住,并时刻提醒自己,这个世界上的钱永远也不可能赚完,而我们口袋里的钱却随时可能会亏光……前一句话的意思具体到股市上就是要见好就收,后一句话意思就是坚决止损。这是一个三岁孩子都清楚的道理,但却经常是三十年老行尊也未必能做得到的。"炒股赚钱是火中取栗。王新平的《股路不归》说:"其实每一个买卖股票的人都知道这个市场风险是很大,也可能倾家荡产,但是人们都愿意参与这个市场的交易,因为只有这个市场来钱和亏钱最容易。"对于渴望发财的人们来说,还有什么比又容易又快速来钱更使人着迷的呢? 人的欲望是没有止境的。

20世纪90年代是中国开放多变的时代。股票、期货等已成为生活不可或缺的一个部分,人性中的"赌"性在浮躁不定的人心里渐隐渐现。股市的不确定性使生活在市场漩涡中的当代中国人饱受市场风险的考验和煎熬。股市交易中无论是买还是卖都有风险,都有可以是犯错。在股票已经大幅涨升

---

① [英]安东尼·吉登斯:《现代性与自我认同》,赵旭东、方文译,北京,三联书店,1998年,第4页。

的时候,自己觉得还能赚更多,如果卖了就没有继续获取利润的机会了,却完全忽视了股价回落的巨大风险;在股票下跌的时候,甚至亏损比较严重的时候,买卖也是有风险的,一卖就不再是账面的亏损而是实实在在的亏损,但不卖就没有机会、没有资本再去投资。炒股有点像在悬崖边跳舞,一旦失足,要么是跌入万丈深渊,要么是沦入万劫不复。股市风险使眼下的社会已经出现了一种群体性心理疾病:"股市症候群"。长期过度紧张,会引起失眠、焦虑、抑郁、自卑、自闭、疲劳、情绪失常等精神疾病,有些人甚至会出现自杀倾向。

生活在市场风险中,时时刻刻面临市场风险的威胁,时时刻刻都要防范市场风险是股民生活的常态。

沈乔生《就赌这一次》的主人公蓝玉是一名舞蹈演员,与前夫莫小飞离婚后,独自带着女儿莫聪生活。蓝玉炒股,业绩不错,升到大户室。股市大鳄黄大鲸炒股的设备先进,经验丰富,资金充足,盟友众多,在股市兴风作浪。他把自己坐庄的绝密消息告诉蓝玉,让她在股市赚钱。同在一个大户室的股友见她认识黄大鲸,见她炒股赚了钱,都跟着她操作,逼她说出黄大鲸坐庄的秘密。黄大鲸又要蓝玉买"苏物贸",黄大鲸的朋友、证券公司张经理主动为她透支100万,"苏物贸"大跌,蓝玉被强行平仓,亏损70万,只剩下1400元钱。跟着她操作亏了钱的股友也都埋怨她。这时黄大鲸要她当自己的操盘手,操作一千万元资金,赢利部分她可以分得15%。她恨黄大鲸给她下套,拒绝了黄大鲸。她想出高息找人借钱炒股,但是没人肯借。当小官的知己李兆民挪用15万元公款借给她炒股,事发李兆民被判刑五年,本金及赢利被追缴。困境中的蓝玉想自杀,被朋友救下。她潜心研究股市,去黄大鲸处当操盘手,操作很成功。李兆民的儿子李天逸恨蓝玉,与蓝玉的女儿莫聪相恋,谎称绑架莫聪,要蓝玉出150万元赎金。事发后李天逸被判刑。蓝玉把自己遭受的一切苦难的原因都归结在黄大鲸的身上。她刺伤黄大鲸,与李兆民结合,离开股市,定居乡间。女儿莫聪大学毕业后同样迷恋股市,找母亲借钱15万,"就赌这一次"。因为放心不下女儿,已经远离股市的蓝玉又不得不在股市门口徘徊。自己经受过的股市风险使她担忧像自己过去那样迷恋股市的女儿。

作者沈乔生对自己的创作有文化上的把握:

> 股市是中国大地上的新事物,仿佛是战场,是炼狱,是怪兽。人性本来就有贪婪、邪恶的一面,一般情况下,他还遮掩着,羞羞答答。可是到股市上来,到和股市相关的场合来,就极大地暴露出来了,何等的犬牙交错,惊心动魄!然而股市还是要存在,人性表现出的一切,无论有多邪

恶,都同它发展无关。同样,人们也可以在这个场所磨炼自己,看清自己,提高控制自身的能力。从这个角度看,又可以说股市是一个学校。

> 女主人公蓝玉是个独身的女人,各方面都出众,她为了在股市上更快地崛起,跟随超级大户黄大鲸,严重透支,心存侥幸,就赌这一次。黄大鲸通过她蒙骗散户,也是赌一次。蓝玉的情人李兆民为了她,挪用公款,是为爱情赌这一次。情人的儿子为了复仇,为了自己事业的发展,绑架蓝玉的女儿,也下狠心,就赌这一次。所有的赌,都赌到一起来了。①

股民身在股市,贪婪、恐惧和浮躁的心理交织更替,常常寝食难安。散户股民是中国资本市场数量最为庞大的参与者。他们时而被称为追涨杀跌的"投机客",时而又被看作跟风炒作的"羊群"。股市行情瞬息万变,使股民经常处于紧急应变的氛围之中。

股市放大了生活的风险,也放大了人性中的恶。

李唯《坐庄》中的曲艾艾为了报复肖可雄,借给肖可雄的妻子丁晓蕊 20 万炒股。丁晓蕊加上肖可雄的 10 万存款,炒股赚了 12 万。肖可雄对不知股市风险却开始迷恋股市的妻子丁晓蕊说:"正因为你开始赚了点钱,你尝到一点甜头你就欲罢不能,这就更危险!"丁晓蕊根本听不进丈夫的规劝,又找曲艾艾借了 10 万,总共投入 50 万炒股,谁知一下子就亏干净了。这时她一心只想扳本,"在股市上栽得头破血流,甚至可以说,把丈夫、家庭也都赔进去了的丁晓蕊……但她心里很清楚,作为一名银行职员,要在短期内赚到这一大笔钱,唯有到股市上再去赌一把"。身为银行职员的丁晓蕊利用单位管理上的漏洞,把某单位 500 万元存款转入自己的股票账户,炒股又亏得只剩下 27 万,最后被判死刑。充满诱惑和血腥的股市扭曲人性,折磨着挡不住它的诱惑的人:"五天,恰好一周工作日。就一个普通人而言,也许是平庸岁月之河里的一滴水,一段平常生活的往复,根本不足挂齿。而对一个股民来说,尤其是钻在 0038 这个圈套里的股民,那可是戳心戳肺,欲死不能,欲罢不休的一百二十个小时、七千二百分钟、滴滴答答四十三万二千秒啊! 这分分秒秒,人世间有几出悲剧上演,几多生命消失?"在股市中,无论是机构、庄家、还是散户,都像驾乘着大小不一的航船,在充满着机遇和风险的股海中航行。在股海中航行,安全是必须首先考虑的因素,而航船不能够超载是起码的常识,很

---

① 沈乔生:《从〈股民日记〉到〈就赌这一次〉》,《中华读书报》1999 年 8 月 4 日《我有话说》

多特大海难事故就是超载造成的。20世纪90年代初，由于股民只要投入100元钱购买股票，就可能立刻获得千元以上回报，巨额的利润吸引了成千上万人加入炒股行列中。在中国股市中的早期大户中有很多人因为过度满仓或透支而失败，最终落得被交易所强制平仓出局的下场。

股市不缺少奸诈、阴险、邪恶，一个桀骜不驯、带点儿邪气和野性的人，或许在股市更容易生存下来。

《血色交割单》是仇晓慧股市题材小说处女作。人称"证券教父"的父亲袁观潮卧轨自杀后，16岁的袁得鱼在父亲遗留的手表后盖中第一次见到了那张沾着血迹、写着7个人名的交割单。揣着那张写着复仇密码的交割单，袁得鱼被命运拉扯着进入证券业，展开了征战上海金融界的旅程。他一次次接近真相，一次次与狼共舞，一次次绝地搏杀，走出一条沾满血色的复仇之路。中间，他得到一位驰骋资本市场多年的大师的帮助，后又交到一个可以让数字跳舞的天才操盘手当兄弟，另有不为利益所动的红颜与他相守相知。交割单上的七个名字与父亲的死大有关联，在探寻真相的过程中，交割单上的人物接连出现，牵引出数年的股市风云变幻和投资家之间的恩怨与情仇、合作与背叛、利益与情谊。小说塑造了袁观潮、唐子风、魏天行、常凡、袁得鱼等股市精英形象。袁得鱼成长于宁静悠远的小渔村，在这里度过了愉快轻松的少年时代，认识了后来对他有巨大帮助的初恋情人乔安。乔安作为财经周刊的记者，在袁得鱼的帮助下揭露了很多基金黑幕，引起了几场不小的风波。袁观潮对之有知遇之恩的魏天行，在海元证券工作勤恳，对袁观潮忠心耿耿，在袁观潮去世之后一直寻找机会为他报仇，以图恢复海元证券往日的辉煌，后来他又帮助袁观潮的儿子袁得鱼学习股票操作技术，希望他能继续袁观潮和自己未竟的宏大事业。袁得鱼在证券投资领域天赋异禀。在魏天行操作中邮科技、想做成一只史无前例的百元大股时，袁得鱼虽然开始也感到了复仇的快感，可随着情势的不断发展，跟风买中邮科技的股民越来越多，股价被越炒越高，老鼠仓也越来越多，大有一发不可收拾之势。他感觉到"高处不胜寒"，他看到这只大股背后贪婪的笑脸，他意识到自己必须阻止这个泡沫继续膨胀，他必须尽快揭穿这个谎言。揭黑新闻爆出后，"一直平稳运行的中邮科技突然猛砸出9个跌停板，跌去50个亿的市值"。这样的惨烈景象，令投资人感到恐慌，老鼠仓们死伤一片。他戳破了这个不断胀大的气球，归还给股市一片纯净。至此，他由憨厚的小子变成力挽狂澜的大侠，他继承的不仅是父亲炒股的天赋，还有这一股正气。

小说描述我国证券市场的初期，在缺乏规范的制约，在操纵显得更易得手的现实中,血腥味就更浓一些。这个市场的争夺,因为资本的放大效应和触动了人类最原始的贪婪,才将成功和失败都显得那么豪迈和悲情。从小受父亲耳濡目染而又极具悟性的袁得鱼带着那张交割单,带着父亲被杀之谜和伤痛被命运推手推进了这个身不由己的江湖中。一个人在赢和亏、成功和失败、希望和绝望之间一次一次地轮回和摇摆,他的精神和物质生活,不断地重演着从谷底到高峰的历史怪圈。投机者是孤独的,所有超出常人体验尺度的悲喜、彷徨、恐惧、焦虑与绝望,其中的无奈、绝望、痛苦、沮丧的感受,都要一个人独自面对。

《激情停牌》的作者孙玲经历中国股市 1999—2008 年激情燃烧的岁月,洞悉股票操盘、庄家做庄和内幕交易的背景和细节。小说主人公潘家昌自幼家贫,读大学期间遇见生命中的贵人萧合伦,潘家昌大学三年和读研的费用全部来自萧合伦的资助。萧合伦是北京华阳集团董事长,早年做箱包生意,几年的辛苦经营,掘得了第一桶金。真正发家是 20 世纪 90 年代初期利用机构账户挂接个人股票账户认购新股,中签率很高,大发了一笔。当时恒亚酒业发行股票,他在北京从几个浙江老乡地下钱庄里借来 1000 万,存进某家银行,随后又从该家银行轻松地贷到 2000 万元,毫不犹豫地将 3000 万元一起打了新股,资产迅速膨胀。1997 年香港回归,萧合伦开始介入房地产业,并在北京注册成立了华阳集团,主要经营房地产和投资管理。

小说描写华阳集团的潘家昌、萧合伦与天池轻纺的董事长王卫疆等人坐庄天池轻纺。在双方达成联合坐庄协议后,潘家昌对王卫疆说:"虽都是君子,但我们的合作,无论在国内还是国外都属合谋非法操纵市场,万一⋯⋯到那时,我们可要一起面对严刑峻法了!"潘家昌知道,"谈话需要实质的内容才能与王卫疆组成铁板一块的联盟",因此他对王卫疆说:"萧总知道王总的儿子在加拿大求学艰苦,他已准备 200 万助学金给公子,如果王总需要我们帮助'理财'的话,我们会使您和家人的积蓄在短时期内数倍增值。另外,萧总决定把坐庄利润总额的 20% 分给贵公司,我会安排某个公司与贵公司进行贸易往来,由第三方,将这笔资金分批转入贵公司,合理合法,不会有麻烦的。"王卫疆无言地接受了。坐庄的风险很大,股价被他们拉高了,但是,"经历过几场血雨腥风的跟庄,萧合伦很清楚账面的盈利仅仅是阿拉伯数字,不能兑现,数字越是巨大越是可怕,这好比是瘦弱的人扛着大鼎,扛不住的话,那就是同市场签了死契。"天池轻纺不断下跌,王卫疆十分着急,他轻信了萧合伦,命令全公司员工购买本公司股票,结果只能是让更多的人、更多的钱填进那个无底洞。"股海是一个盛大的海,上市公司、庄家、大户、散户是其中形形色色的鱼儿,或者庞然,或者渺小,却都有着自由的尾鳍,朝着自己认定的方向拼命游着,弱水三万里,又有谁可以看尽风光?"最后醒悟的王卫疆抱定"生当作人杰,死亦为鬼雄"的豪情慷慨赴死。曾经的股市强人大难临头,"华阳集团的假按揭案已曝光,内部交易、非法操纵市场等一系列罪名的黑庄故事在各大网站被炒得沸沸扬扬,涉案高管要被刑拘法办已进入最后阶段。"自从萧合伦、林芝被刑拘后,天池轻纺的股票以决堤的方式宣告其庄股时代的结束。

小说描写一段惊心动魄的坐庄过程,描写了人性在股票市场中的贪婪与疯狂,表现了股市的风险和残酷。股市如战场,战争意味着尔虞我诈,意味着流血和死亡。置身波浪汹涌的股市,命运就像汪洋中的一条小船,充满挑战和风险。

第三节　中国当代股市题材小说与当代中国人的自主生存

自然经济在中华民族历史上持续了几千年。正是凭借强制或半强制的"人的依赖关系",自然经济维持着闭合的平衡。在这一结构中,封建王权根深蒂固,威力无比,由此整个社会便滋生出崇拜权力、以权力为本位的心理情结。任何一个传统中国人就是在这样一个"家——家族——村社"的血缘链条中成长起来的。在中国传统社会,人与人之间的纽带,就是一张血缘之网。在这个大网中,个人只是一个网结,一个只能守其位,不能越其节的符号。在个体与整体的关系中,对个体来说,重要的不是自己的需求和愿望,而是自己作为特定角色所对应的义务和权利;对整体来说,重要的不是如何最大限度地维护和实现每个个体的权利和利益,而是如何保证整体的繁荣昌盛和历久不衰。个人的个性、尊严和愿望在家族整体面前都是微不足道的。从孔孟提出"仁义礼智信"到程朱号召"存理灭欲",传统中国的思想家们最重视的就是如何提高人们的道德修养,使个体不敢、不能、不愿起来挑战整体的利益。在这些传统思想家的共同努力下,孝、忠等道德规范成为传统文化价值观的核心。个人只能以孝、忠为坐标,在家族、血缘中寻找自己的安身立命之所。个体主义是西方价值观念的出发点,强调在整体与个人的关系中,个人是本位,整体因个人而产生价值。个人组成整体的目的,不是为了这个整体本身的兴衰存亡,而是为了维护和保证个体的合理权益。

西方文化所倡导的价值观是个人主义的,东方文化所倡导的价值观是家族主义的。孔孟儒学的伦理道德最初只是用来维系家庭和睦的一种手段;

在传统中国,伦理道德与宇宙自然、政治制度相互叠合,构成自然——社会——人伦道德三位一体的稳固系统,人伦道德取得了本体论的意义,成为自然社会的法则。中国传统价值观始终把谋求人与自然、社会的和谐统一作为人生理想的主旋律,反对人的独立意念和锐意进取,培养人的群体意识、顺从诚敬意识,具有很大的惰性。传统中国是一个国家与社会高度同质同构的总体性社会,国家几乎垄断着全部社会资源,并全面控制着社会生活,个体的生存和发展时刻处于国家的掌控之中。新中国成立后,这一消极文化传统受到了一定程度的批判与遏制。然而,一度存在的计划经济体制变相助长着人对人的依赖,使崇拜权力的劣根性难以被彻底地肃清,至今仍阴魂不散,释放着腐蚀性的现实冲击波。中国传统文化崇尚人的价值,实际上是崇尚人类的价值、人类的尊严,把人看作是绝对不能脱离整体的人,因而强调人对集体的义务和责任,而忽视个人的权利,表现出中国传统文化重集体而轻个体的一面。这使得传统中国人普遍缺乏独立意识、独立能力,归根结底是缺乏独立自主精神。

市场经济是悄然改变中国传统文化观念的一股神奇力量。"市场化就是个体主义战胜整体主义的过程"①。个体主义以个人奋斗和个人疏离的方式开始顽强地表现自己,人的欲望被充分地调动起来,人们努力以个体的形式去争取最大限度地发挥自己的使用价值,又最大限度地实现自己的交换价值。当伴随市场经济呼啸而至的商业社会将个体的自主与自由奉为圭臬、当成常态,以自我相关为表征的个体主义便隆重登场,堂而皇之地与整体主义分庭抗礼了。

市场经济是自主经济。市场主体必须具有独立的产权,有独立的经济利益,是自主经营、自负盈亏、自我约束、自我发展的商品生产者或经营者。市场经济具有平等性,当事人之间结成一种平等关系,交换中地位平等、机会平等,并实行等价交换原则。市场经济是天生的"平等派",市场主体在盈利机遇、盈利竞争面前没有丝毫的差异。平等竞争是激发市场主体谋取最大利润的必要前提和保障。在平等竞争的社会环境中,人们才可能以积极信任的态度投入市场竞争中去谋取利润。由于价值规律的作用,商品交换只能在等价的基础上进行。市场经济摒弃了传统偏重伦理、注重情感的泛道德主义倾向,解开了套在个人身上的伦理道德的层层枷锁,确立了由"以仁为本"向"以人为本"转化的伦理道德观,强调人性的解放和个性的张扬。市场经济倡导

---

① 季国清:《文化嬗变的时代色彩》,北京,人民出版社,2008年,第44页。

个人作为自由主体进入市场,完全摆脱了人身依附关系,获得了前所未有的自由和独立,个人在社会中首先是作为独立的个体而存在,提高了自身的人格地位。

中国当代股市题材小说描写生活中资源和机会不多的普通人被逼着走向股市,表现了股市给普通人带来了改变生活的机会,带来了经济上独立、生活上自主、人格上自尊的可能。

丁力《散户》的主人公翟红兵属于一没背景二没特长三没胆量的男人。事业不成功腰杆子自然不硬。最后,老婆丢了,工作也丢了。老板按每年补助1万元人民币的标准给予翟红兵一次性补偿,并保留了他的社保关系,但每月的社保基金完全由翟红兵个人承担。如此,翟红兵就一次性拿到七八万元的补偿费。翟红兵打算自己一个人就靠这一小套房子和这七八万块钱过日子,再熬几年,等社保工龄凑到十五年,领退休工资拉倒。那天他到银行打算把自己的活期存款转成定期的,碰上了客户经理,被她鼓动着炒股票。翟红兵拿了其中的五万元用于炒股。炒股此后成了翟红兵的一种生活方式。"既然已经把炒股当成了事业,当成了目前唯一的事业,当然只能依靠自己。"翟红兵炒股赚了很多钱,过上了富足自主的生活。客户经理建议翟红兵和她一起到另外一家证券公司营业部承包一个大户室,相当于他们自己一起搞一个小型的私募基金。生活发生了连翟红兵自己做梦也想不到的变化。

熊昌烈《资本圈》的主人公普通投资者赵呆呆,以二万元起家投身股市,历经磨难最终成为亿万富翁。赵呆呆原来是湖北某大型国企的三产公司的总经理,因同学钱无忌在上海炒股赚了钱,资本新观念对他影响很大,促使他辞职到深圳天行健国际期货经纪有限公司应聘,当了期货公司的副总经理。赵呆呆的两万元本钱在同学钱无忌的运作下迅速增值,一年多时间已经变成十多万了。赵呆呆自己炒期货,一小时赚了109万。在北京新股申购中,赵呆呆个人赚了500多万。赵呆呆受命组建红旗证券公司,又通过钱无忌的关系,组建私募公司。因为有银行杨行长的消息,赵呆呆大胆跟庄上海延中,在深圳宝安收购上海延中事件中赚得盆满钵满,呆呆分得了3000多万,他此前交给钱无忌跟庄操作的那笔钱,也从1000多万滚成了3000多万,加起来,呆呆的资产就有6000多万了,获得了经济上的成功和生活上的自主自由。

当代中国的物质生活由自然经济过渡到市场经济,与此相应,社会生活必将由权力主导型关系向权利主导型关系过渡,精神生活由集体主义向个人主义过渡。它不仅引起了人们的生产方式、生活方式和思维方式的深刻变革,而且引起人们价值观念的更新与转型。

当代中国随着市场经济的发展,公民社会建构已成为当代中国重大的理论和现实议题。公民社会是以市场经济为基础、以契约关系为中轴、以保障公民的基本权利为前提的高度理性化社会。就文化特质而论,传统社会以身份为根本特征,现代社会以契约为根本特征,公民社会的建构是从身份走向契约的历史进程。

在公民社会,契约取代身份成为人们设定权利义务关系的常规手段,当事人不是依仗特权而是凭借自身的努力,通过自由竞争,自己设定权利、履行义务和承担责任。每个人都可依法主张自己的意志,捍卫自己的权利。社会关系契约化从根本上解除了人对人的依附,造就了独立自主的个人。

在进入市场经济时代的当代中国,社会资源的占有和支配已经多元化,相对独立的社会自主领域正在形成和扩展,社会生活的契约化进程随之推进,个人的独立性随之增强。个人对身份、组织的依附日益减弱,个人寻求自身生存和发展的社会空间逐渐扩大,新的角色群体、社会力量日渐活跃。

当代中国人的生活方式发生了一个非常重要的变化,就是由群体化的生存方式向个体化的生存方式的转变。群体化的生活方式在中国延续了几千年,三十年以前我们还是群体化的生活方式,从家族式的群体,到单位式的群体。孔子的理论和学说是一种群体生存方式下的规则,而现在的个体化生存方式使人与人之间的联系不再那么紧密,谁都管不了谁,谁都奈何不了谁,谁都不怕谁。群体化的生存方式给人有安全感。个体化的生存方式是自由的,同时也是无所依傍、自生自灭的。自主性是市场化生存的突出特点,依赖性是传统或群体化生存的突出特点。在群体化的社会里,个人牺牲了自己很多的个人利益换取了群体对他的认同和接纳。在市场经济环境中,作为个体,人具有自主性,自己对自己做的事负全责,不应有依赖,也无可依赖。市场经济的发展以及由此而来的人的个体意识、平等意识的茁壮成长,释放出了人们潜在的进取冲动,进一步增强了当代中国人实现自我价值的意识。市场经济要求参与市场竞争的市场主体拥有绝对自主权,要求市场经营的开放和自由,反映在价值观上就是由过去的过分强调集体观念转向注重自我,促进人的个体意识、平等意识、主体意识的觉醒。

张华林《金漩涡》的主人公赵秋生出身农村,大学毕业后,分配到武汉工作,后来辞职下海,走投无路,"大学里四年培养起来的兴趣爱好,到社会两年时间就丢了;所学专业,因分配时不对口,一开始就废了;现在读书十几年来之不易的'铁饭碗'也稀里糊涂被自己葬送了。想起远在农村的父母兄弟一双双期盼的泪眼,他恐惧,痛不欲生,仿佛陷入了万劫不复的深渊之中"。万般无奈的他只得以炒股为生,成了股市里一个小小的股民。他凭自己的炒股本领,得到下岗女工马莲的信任,代她炒股,获利不菲。陈光是一个房地产商,用2500万贷款委托赵秋生投资股市。当陈光的2500万变成8000万的时候,陈光结束与赵秋生的合作。赵秋生获得的佣金是赢利部分的10%。在股市,曾经穷愁潦倒的赵秋生收获了金钱,也收获了爱情,谱写了一首股市胜利者的欢歌。小说表现股市给人们提供了新的出路、新的机会、新的谋生方式,给人们提供了自主生存的可能。时代给予了股民新的机遇,股民可以凭自己的智慧、能力和勇气去开创自己的事业。股民是一群冲破了计划经济长期培育出来的体制化心理和思维方式束缚的人。市场经济不仅解放了人们抑制已久的人生欲望,也彻底改变了他们的生活方式。股市题材小说作者将这群搅动市场经济春潮的人们纳入自己的笔端,勾勒股民这个群体的精神风貌,起到了重塑社会市场价值观的作用。

股市深刻地影响到当代中国人的日常生活,中国人的价值判断呈现多元化的趋向,对个性自由的追求变得愈加宽容。在市场经济条件下,价值观念中的个体取向、自主倾向逐渐增强,社会心态中的利益意识、成就动机不断强化。然而,由于从一种发展机会缺乏的时期过渡到发展机会激增的时期,由此会激发起人们原来潜在的各种欲求的一时骤涨,也就难免会导致社会心态中的浮躁之气,加上一些规则的不明确和机制的不完善可能引发的模糊性预期,所以无疑增添了心态中的急促不安状态。进取意识、致富愿望是社会成员积极参与经济建设和社会发展的内在动力机制,也是营造一种充满活力的社会氛围的极其重要的心理基础。

中国当代股市题材小说大胆张扬股民的生活理想,表现股民人生价值观变易带来的自尊与自信。上海知名作家俞天白的股市题材长篇小说《大赢家——一个职业炒手的炒股笔记》的主人公曾经海是中国散户股民的精神标本。他辞职炒股,赚了一大笔钱,得意之情溢于言表:"我,曾经海,不再是一条游在海底的鱼啦!我身上长上了翅膀,飞上天啦!——要房子吗,我不要看分房小组长的脸色,不要悄悄上门去送钱送礼啦,只要到股市里伸手就是了!要出国吗?我也不需要向我们头头拍马,对同事们当面逢迎、背后拆台啦,股市会送我进国际旅游团的,——反正,我要什么就有什么,懂吗?我就是上帝,上帝就是我!"从偷偷摸摸炒股到辞去公职炒股,源于曾经海对自由、尊严、财富的向往。"我的命运掌握在自己手上"。在这时的曾经海看来,炒股既可以赚钱,又不需要求人,完全符合自己既想有钱,又想自由自在的生活愿望。

中国当代股市题材小说作者既反叛了顺应天命、与世不争的传统伦理文化，也突破了以忠义道德、人身依附为根本的传统"德行"理念的束缚。股市英雄成为当代中国市场精神的象征性人物。股市的发展和繁荣，促使个体主义价值观开始了全方位的社会渗透。中国当代股市题材小说以袒露直白的欲望书写，热情勾勒股民群体在市场经济"境遇"中释放欲望的生命感觉，剖析证券交易活动中的种种欲求，探究股民的人性与人生，演绎人性欲望与市场伦理、价值取向、文化传统等之间的重重纠葛，揭示商业社会里股民们的生存困境与心灵裂变。对个体主义的反思以及表达个体欲望，是中国当代股市题材小说的现代性表征。股市题材小说中的人物洋溢着对整体主义文化的"更替"激情，张扬着个体主义的"解放"欲求，充满了对物质欲望的无限崇拜和迷恋；对这些人物来说，生活是需要"享受物质和钱财，享受身体和性"的，在他们中间，消费主义、享乐主义成为流行的价值观念。个体主义文化以空前强势的力量瓦解着整体主义的层层壁垒，市场化、商业化的渗透与冲击使欲望表达获得了前所未有的合法地位和表征空间。市场经济用物的关系取代了血统、出身等自然关系，把对人身的依赖转变为对物的依赖，这就为人格独立提供了条件，使人的自我实现成为可能。自我实现是人的最高层次的心理需求。在自然经济和计划经济中，受儒家人伦道德的支配和高度集中的权力的约束，人际关系是人身依附型的，人的个性为群体所荫蔽，很难表现出个人的独创能力，因此也就难满足自我实现的心理需求。而在市场经济条件下，由于摆脱了人身依附关系，为个人的创造才能提供了广阔的空间，人的独立精神是市场经济的产物，其核心是人的创造力和尊严。

第四节　中国当代股市题材小说与当代中国人的动态生存

相对于现金来说，股票最大的特点是它的"活"，是它的变化。它可能变多，也可能变少；它可能给持有它的人带来莫大的利益，也可能给持有它的人带来灭顶之灾。股票就是这么一个新玩意，股票就是这么一个怪东西。说它怪，是因为它究竟是好是坏一时还不是那么确定。它可能是好东西，也可能是坏东西；放弃它可能是放弃了一个发财的机会，追求它可能是在追求一份灾难。我们传统中国人习惯了泾渭分明，习惯了吹糠马上见米，因为不知道股票从魔瓶中出来以后是个什么模样，会如何变化，因此把握不准自己是该追求它还是远离它，不知道怎么对待这个好坏一时难以分得清楚的新家伙。进入股市，人们的生活因此不再那么稳定，因此有了一个显著的特点：动态生存。

市场经济是动态经济。市场的变化无常使市场化生存的当代中国人生活不再平静安稳,不再实在可控。它不同于日出而作、日落而息的平静安稳,不同于吹糠见米的实在可控。它多了那么多的变化,多了那么多的风险,多了那么多的难以琢磨。

中国当代股市题材小说表现因为股市的出现当代中国人的生活出现了更多变数,更多不确定性。进入股市,人们的生活不再那么稳定,不再那么好把握,不再那么好控制。在毕淑敏的《原始股》中,对于过惯了传统生活的人们来说,股票是一个新玩意,也是一个新考验,"股票是装在魔瓶中的怪物"。"这份贡品是西洋景的,让吃惯了老祖宗传统的部的职员们,一时判断不出是酸是甜。"有人说:"我是要买的!千载难逢的好机会!""我买股票,权当把这钱丢了,或是生了场大病,然后就把这股票找个旮旯藏起来。等我儿子长大了,我快合眼时,就对他说,孩子这是你小时候爹给你买下的,快到股市上去兑兑,没准成了天文数字了。"有人说:"我不买,没钱。公家没发给我买股票的钱。我为什么要把钱扔到天涯海角那个地方?"同事吕不离声称自己不买股,愿意把自己两千股原始股的购买权无偿让给沈展平。沈展平告诉吕不离:"你在出让一份可能带来好运的权利。""老吕,假如有一天,您让给我的这一份原始股,变成了3万甚至30万,你也不后悔吗?"吕不离反问沈展平:"假如有一天,这3000元的股票变成了300或者30,或者干脆变成了零蛋,废纸一张,你可不要后悔!我不买,并不一定非要你买。"股票给当代中国人的生活带来了更多不确定性,拥有它可能是抓住了一个发财的机会,也可能是自己给自己套上了一根绞索;放弃它可能是放弃了一个发大财的机会,也可能是避开了一场灾难。这就是股票,这就是市场,与我们习惯了的农耕生活迥然相异。

应健中《股海中的红男绿女》集中笔墨描写上海某证券营业部一个大户室中的六位股民。这些炒股大户都有自己与股市密不可分的生活方式,随着股市的涨跌,他们的生活也在不断变化。

郑淑敏1992年与老公离婚,把分到的夫妻共同财产买了400张股票认购证,中签以后,买下一批又一批新股票,大赚特赚。一下身价陡涨到200万元。后来带着200万元资金走进了大户室。一度把一级市场上赢得的收益又翻了一番。她像一部炒作机器,每天跑进跑出,随着进出频繁加快,透支额越来越大,她账上的资金迅速减少,要不是在700点位上果断斩仓,捂股到现在的话,连50万元的本钱也没有了。经过3年牛市熊市来回几个折腾,现在

200万元身价已在对折的基础上又打了个对折。

姚鲁生原来在一家工厂当搬运工,早在20世纪70年代末,他就辞职做个体户,先做地摊生意,后来倒卖电影票、邮票。1986年开始,姚鲁生开始倒国库券。作为上海滩上的第一代股民,姚鲁生1992年买认购证时买了2本。当时黑市上将连号的100份认购证统称为"一本",黑市价抄到50万元。他就是靠这100万元起家炒股票的。姚鲁生做股票是与他的好友金庆丰合伙的。姚鲁生自己有100万元,金庆丰投进100万元。双方君子协定,这200万元的资金由姚鲁生操作,盈亏平分。200万元资金是当初1200点时筹集的,如今在560多点时,资金卡上只剩120万元了。

单丽蓉原为纺织厂女工。在澳大利亚干了两年名为读书、实为打工的活后,带着花花绿绿的澳元回到上海,换成40万元人民币。她买的中百一店股票,到1993年几乎拦腰一刀了,在澳大利亚拼死拼活赚来的钱一半付之东流。在股市上呛了几口水之后,单丽蓉发现在股市真正赚钱的不是靠看盘炒股票,只有介入庄家这个圈子的人才能赚大钱,于是想方设法进入了证券公司。几年下来,摸到了不少赚钱的门道,也赚到了不少钱。

秦贵良人称老宁波,在1985年西康路101号柜台交易时就开始做股票。起步做股票时就有50万元资金。

刘嫣红30多岁,在日本待了五年,在大户室中,她是最有钱的。她炒股会拉关系,广交朋友。上市公司董事会秘书、证券公司的分析人员、证券报刊的记者,凡是有这样的朋友到上海,陪吃、陪玩、陪逛街,全是她买单。一年下来,花了不少钱,但这种开销一把行情做下来全赚回来了。

刘诚松是一位上海滩的老股民,他个人资金最多时有800多万元。1986年他就开始买股票了。开始做的时候,本钱就有几十万元钱,后来和股市中一些大户、中户们捆在一起组建了个大"船队",资金最多时有6000多万元。刘诚松炒股赌性很大,当刘诚松透支比例达到1∶3时,杀进来的一支大主力以一种超常规的出货方式,从17元一路杀到7元,仅3天时间将抢反弹的人统统套得死光光,而刘诚松还在抢反弹,等到券商强制平仓之时,刘诚松的800多万元全部"打穿",还倒欠券商8.8万元。从此以后,刘诚松变成彻底的"无产者"。他带着券商出于同情补助的2万元钱,从此跳出股海,凭会开汽车的手艺,进入一家出租汽车公司,成了一名"的士"司机。

因为股市的出现,当代中国人动态生存的特点更加明显。炒股你可能赚很多钱,你也可能亏很多钱,贫和富短时间内便可以换位。市场经济的发展冲破了传统社会的僵化观念,弘扬倡导现代社会不断变化变革的新思想。现代市场经济的一个显著的特征就是经济结构以及全部社会生活变化十分迅速,新事物层出不穷,也正是这种迅速的发展变化推动着社会不断向前发展。在市场经济面前,"一切固定的僵化的关系以及与之相适应的素被尊敬的观念和见解都消除了,一切新形成的关系等不到固定下来就陈旧了。一切等级的和固定的东西都烟消云散了,一切神圣的东西都被亵渎了"①。

李德林的《天下第一庄》描写一个庄家在股市的崛起,兴风作浪,直至最后灭亡。欧阳笑天1986年大学未毕业就与同学在家乡开了一家冲洗店,赚了80万元,接着创办鼎新农业公司。1992年,有了本钱的欧阳和王婷婷合伙申购新股,认购权证,又做一级半市场,就此走进了股市,一发而不可收:套现、抵押、贷款、并购、信托、保险⋯⋯一步步构建起了一座他梦寐以求的金融帝国,10多家金融机构及200多家公司在其掌控之中,他的一举一动影响着整个股市的走势,后来盛极而衰,一切灰飞烟灭。

李德林的《迷影豪庄》描写神秘庄家萧水寒从海南岛发迹,成立了海南伟业集团,回到家乡投资。在关东市出资修建亚洲最大的体育馆——北方体育馆。在关东市政府的支持下,萧水寒将一个年久失修的体育馆成功包装成为中国股市第一商业体育概念股,由他控股的北方体育顺利上市。他企图通过"北方体育"坐庄赚取利润,同时完成由庄家向实业家的蜕变,后来同样梦想破灭。市场经济的发展打破了在自然经济条件下所形成的"天不变,道也不变""祖宗之法不可变"的墨守成规思想,树立变革的观念,推动整个社会经济向前发展。

当代的股市和中国过去的科举一样都是中国人梦想改变自己命运的一条捷径。金钱是大多数股民心中的神灵。股市是社会财富重新分配的魔盘,是一个充满风险也充满机会的地方。股市可能是提款机,也可能是老虎机。没有哪一个地方能像股市那样让一个人在短暂的时间里经历如此丰富的成功和失败。它成就一个人,也毁灭一个人。它是魔鬼也是天使,是地狱也是天堂。股市是一所让人永远都毕不了业的学校。

第五节 中国当代股市题材小说与当代中国人的竞争生存

股民凭借股票交易牟利,在本质上以牟利为价值归属,其精神特质首先表现为逐利的成功欲。他们深知股市风险与效益并存,因而敢冒风险,善于

---

① 马克思、恩格斯:《马克思恩格斯选集》第1卷,北京,人民出版社,1995年,第275页。

找寻赢利机会,具有精明敏锐的精神品格;他们对市场经济的特性有着天然的领悟力并伴以强烈的进取意识,因而从不懈怠,拥有征服的意志和证明自己比别人优越的冲动。凡此种种,构筑成股民精神的重要内核——竞争精神,形成了推动市场经济社会发展的重要动力——"商人来到这个世界,他应该是这个世界发生变革的起点。"①

市场经济是利益经济,对利益的追求是市场竞争的动力。竞争是市场经济的存在基础,也是市场经济发展的动力。张成的《金雾:庄家龙虎斗》表现股市机构大户的竞争。沈强所在的公司坐庄051股票,但公司总部人事变动,命令他中止坐庄,出货还贷。天信证券上海营业总部总经理黄立恒联系其他机构接沈强的庄盘。严振明的鑫融投资公司按约定准备接庄,但有人暗中抢庄,严振明的公司未接到筹码。金董事长的金氏集团抢庄成功之后,他们马上与自己做庄的051股票上市公司联系,联手炒作051股票。与上市公司"合作"公布假消息,操纵股价,把其他的051庄家震了出去,成功控盘。金氏集团抢庄成功之后,金氏集团的余小姐马上提出操作建议:"因为有机构抢了不少筹码,他们在暗中也窥视我们的动作,伺机行动。所以我们不妨休整一下,像消逝了一样,让他们摸不着头绪。另外,股价不上去,也使上市公司着急,有利于我们与那企业的谈判。"金董事长炒股老谋深算,对自己的竞争对手的底细摸得很清楚,有的放矢,招招见血:"我希望高总你这边出一个令人意外的负面消息,让他们的精神错乱,我再狠砸一下盘子,让他们以为大势已趋,仓皇出逃。这样软硬兼施,意志薄弱者一般是坚持不下去的。我们在硬的方面,震仓砸盘再动用些技术手段,略微开一条口子,放他们一条生路,不怕他们不争先恐后往外溜。""这样再耗他几日,不让他们高抛,让他们持仓总量增加些,打乱他们的如意算盘,使他们心焦,尔后请051企业的高总配合,年中报表将利润后挪至年末,中报数据出得难看些。我们拔高看他们是否出货,若出货就一路打上去,若不出货我们就放量砸盘,造成庄家因为见企业中报利润下降清仓出局的假象,让他们恐慌。上下来回倒腾几次,给他们略有赚头的机会,让他们清场出局。"股市上的竞争心机深密,刀刀见血。

市场经济虽然是竞争经济,但它不是让人们见"利"忘"义"。在商品交换过程中,经济主体必须遵循市场经济的等价交换原则和自愿交换原则,这两条原则要求经济行为主体必须把追求自身利益的愿望与交换方的利益结合起来,使交换行为建立在交换双方自愿互惠的基础上。在这种条件下,经济

---

① 马克思:《资本论》第3卷,北京,人民出版社1975年,第1019页。

主体要想通过市场为自己谋取更大的利益,必须更好地满足他人的需要,否则,自身的利益也难以实现。因此,现代市场经济的竞争并非以不择手段牟利,而是以"利己"与"利他"相结合的"双赢"竞争。这种竞争与互利相统一的"双赢性"价值观对维系市场经济有序运行起至关重要的作用。充分肯定经济主体在市场竞争过程中对自身利益追求的合理性,是市场经济得以生存和发展的前提,同时要求经济主体在追求自身利益的同时兼顾他人和社会的利益。当经济主体越是自觉地认识到了自己的利益与他人、社会的利益是一种正相关关系之后,损人利己者就越是难以得逞。

《逃庄》(黄恒著)描写股市中的大机构庄家在股市的合作与斗争。陈红梅是海益科技开发有限公司董事长,公司的主要业务是投资股票。她的丈夫刘长平是海翔集团的副总裁,负责集团的证券投资业务。陈红梅在海翔集团涉足股市之初就开始帮丈夫寻找资金。她通过红云集团财务公司的总经理修京生募集了1.5亿元资金,但她这次没有把这笔钱给海翔集团,而是把它带到了金恒公司,陈红梅因此几乎间接控制了海翔集团和金恒集团在股市中的动作方向。林韵股份发行上市的时候,陈红梅知道海翔集团要控盘这只流通盘只有四千万的股票。她在林韵股份上市的第一天,就叫金恒集团的桑老板大量抢进筹码。海翔集团知道这样下去对谁也没好处,于是通过关系联系上金恒公司。刘长平和桑老板商议的结果就是联手把其余两家赶出去,然后齐心协力把林韵股份的股价做上去。因为林韵股份的董事长跟海翔集团的董事长是大学同学,今后会为海翔集团炒作林韵股份提供全面的支持,桑老板能攀上海翔集团自然是求之不得。海翔集团和金恒公司合作做庄"林韵股份"。当红云集团可能撤资时,陈红梅鼓动红云集团从金恒集团收回1.5亿,使得金恒集团无法继续与海翔集团合作坐庄,海翔集团中途只能另找侯峰的天牛公司联合坐庄。天牛公司接下金恒集团的林韵股份大部分筹码,陈红梅自己则在金恒公司暗中留下一部分筹码跟庄。海翔集团和金恒公司共同完成的计划书,详细拟定了坐庄林韵股份的全过程——从怎样用利空消息打压股价,收集筹码,到拉升股价以后出大的利好完成出货。他们计划在完成筹码收集以后,用半年时间把股价从22元推高至复权后的48元。刘长青、陈红梅花钱制造假利好,跟林韵公司搞了个研制超导的公告,说它会给公司带来上亿美元的利润,以便公司出货,同时为了让合作者天牛公司在自己后面出货,设计把天牛公司的老板侯峰引开,套知天牛公司锁定自己公司股票的密码后大量出货。小说谴责股市的弄虚作假和不正当竞争。市场竞争的公平性要求法律、法规和政府有关政策平等对待不同的市场主体。竞争必须公平,必须相对充分,必须有序。市场经济遵循等价交换原则,要求人与人平等协商,这样就形成一种基本的人类行为模式,反映到政治上,就要求自由、平等和民主。市场把个人、企业与社会紧密地联系到了一起,这使得每一个社会成员都有强烈的动机关心和参与社会公共事务,人们普遍具有浓厚的民主意识。

竞争是社会发展的动力,它在人与人之间形成了一种动力场。竞争不但是一种经济现象,而且是一种文化现象。它具有强大的动力功能,使每个人不甘落后和停滞。竞争文化是当今市场文化的主流。当今社会,人们的欲望越来越膨胀,追逐财富越来越迫切,而社会的竞争也越来越激烈。取得财富的重要途径是竞争,竞争已渗透到我们社会的各个角落、每个人的各个方面。

在周倩的《操纵》中,海州ZT投资公司总裁方锐与黄顶实业公司老总吕国华是研究生同学。吕国华研究生毕业后进入黄顶实业公司出任投资部门主任,五年前的牛市使他战功显赫,因此升任公司老总。他当老总后把公司实业部门分步卖掉,筹集了不少资金,全部投入股市。他在股市上孤注一掷,集中公司所有资金坐庄NH酒业。没想到十几个亿进去,完全没人跟风。吕国华的金顶实业公司大量资金深陷NH酒业,陷入困境,他只得放下架子找方锐求救。方锐设计了一些非常规的方案为吕国华解困。ZT投资公司与黄顶、NH酒业合作,操作成功。吕国华在方锐的帮助下刚从NH酒业脱身,又有了新的梦想,他想让自己的黄顶实业上市。黄顶实业想要借壳海州医药上市。方锐和吕国华准备先对海州医药实现控股,然后通过增发股份筹集资金反向收购黄顶实业的资产和业务,从而间接实现上市目的。为此他们首先要从海州证券公司手里夺下海州医药股权。方锐指使部下江风携六亿资金到海州证券开户炒股,对见证他开户的海州证券的袁副总提出透资六个亿的要求。海州证券公司的老总范铁等人以为有机可乘,爽快地同意了江风的透资要求,想等江风把股价拉起来之后,自己在高位出掉一部分筹码,收回一些现金,然后用剩余的筹码打压股价,逼迫江风强行平仓,再收回垫付出去的六个亿。就算不能实现高位出货目的,也一定要逼迫江风平仓,先把那六个亿的资金拿回来再说。范铁做梦也没想到,江风是在有计划的亏损。这一切是方锐的夺筹阴谋。范铁把最后的筹码砸向江风,没想到江风竟然也跟着砸。每次接近江风强制平仓的临界点,很快就被大额买单托起。几次三番下来,范铁手上筹码消耗殆尽,悉数落入方锐口袋。范铁故意透资给江风,想让江风亏损过了止损线,强制平仓,吃下江风的六个亿。谁知不仅没能让江风暴仓,反而使自己的海州医药筹码全部被方锐暗中接走。方锐和吕国华与海州医药的大股东陆静芳组成共同基金,炒作海州医药。股市强人李中组成"战隼兵团"也炒作海州医药,准备通过增持股权,掌握公司的经营权。李中在股市受到方锐等人阻击,失败自杀。在把海州医药的股价炒高之后,吕国华认为和方锐共同撤退已不可能,因为市值十几亿的股票不可能在短期内套现。于是吕国华与陆静芳合谋,欺骗方锐,悄悄地出逃,让ZT投资成为最后的接盘者,让方锐在海州医药上亏了8个亿。接着ZT投资又正式接到证券监管机构关于公司涉嫌操纵股价的立案调查通知书,认定方锐涉嫌金融诈骗。

<u>竞争是市场经济文化的一个重要价值取向</u>。市场经济作为一种竞争型经济,它把不同阶层的人们卷入广阔的市场参与竞争,为了使竞争有序化运行,就必须建立理性化的市场竞争法则,而这种所谓理性化的市场竞争法则,本质上不过是不同竞争者对各自利益经过精心计算后的理性化预设的结果。市场经济是以利益为根本驱动力的,它直接、明确地体现了物竞天择、适者生存的自然法则,因此,每一个市场经济中的主体只有积极主动地参与竞争,才能谋生存求发展。激烈竞争是市场经济的本质所决定的,而竞争精神正是市场经济所必需的,是市场中人所应具有的精神状态。

第三章　中国当代股市题材小说与当代中国人的市场化思维

在历史悠久的中国农耕社会中,占主导地位的一直是自给自足的小农经济,它不仅滞缓了商品经济的发展,也形成了民众性格中勤俭耐劳、坚韧且保守的特性;长达两千多年的封建皇权统治,给中国传统文化和中国人的社会心理都打上了抹不去的烙印,使得传统中国人具有鲜明的权威主义人格,或表现为面对强权时的安命不争,或表现为大权在握时的残忍无情;同样有数千年历史的宗法家族制度,使得传统中国人缺乏自我主义的情绪表达和普遍的社会关注,他们讲究人伦关系、推崇忠孝礼义,但缺乏对公共事务的兴趣、缺乏公德心。

改革开放使得市场经济的大潮在中国大地上不可遏制地奔腾开来,中国人传统的价值观和社会心态发生了动摇,一个与市场经济相适应的新的价值体系和社会心态孕育而生。从根本上、总体上看,改革开放就是用发展生产力这一尺度去认识和评价我们在经济建设中的一切方针、政策与观念。在当今社会的一切变化中,价值尺度的变化最深刻、最根本。一旦价值尺度发生变化,人们对一切事物的认识和评价都必然改变,因此,在生产力标准指导下的改革开放,实际上就是一场新的社会革命,它引发了思想观念方面的激烈冲突。这些冲突集中表现为对长期以来形成的社会传统观念的冲击。

文化精神是一个民族或多民族共同体在社会生活中通过其思想学说、文学艺术所表现出来的思维方式、行为准则、价值观念和道德理想。从计划经济转向市场经济,是前无古人的全新事物,它对中国文化的改造与重塑,同样是一场革命性的变革。随着中国社会现代化进程的加速,市场在国民经济和社会生产生活中的地位日益突出。通过市场交易来发财致富更成为一种普遍的社会心理,因此建构一种新市场精神成为社会文化建设面临的重要使命。市场的发展是中国社会由传统向现代转换的关键。在这场伟大变革中,市场成了魔杖,它不仅彻底改变了人们生活状态,更改变了人们的价值观念与行为方式,积累财富成为人们的共同追求,市场意识和市场化思维逐渐成为社会的主要话语。

在社会经济体制转轨、市场大潮奔涌、人们的精神理念与价值追求发生崭新变化的时代潮流中，当代中国正在迅疾地推进市场经济体制的建构与完善。在这一过程中，弘扬优秀文化传统，阻断负面的传统文化基因，激活经济主体的资本、交换、契约和公平等现代市场意识，已成为社会变革的重要手段。

股市是当今中国最大的市场课堂，是中国市场精神的培育基地。股市带给人们的不只是金钱和刺激，不只是机会和风险，还带来了新思想、新观念、新知识和新规则。

中国当代股市题材小说表现了市场经济条件下市场思维对社会中一切事物的渗透和影响，站在时代的高度反映具有时代特色的新思想和新观念。对代表社会进步的市场力量的赞许、对先进的社会经济形态的追求，造就了一种逸出中华文化常规的复杂、神秘、精微的市场文化。它极力张扬了与现实需求合拍的崇商敬业的行为准则、开放进取的市场理念和正当逐利的价值追求，它所弘扬的市场精神正是时代所或缺所提倡所追寻的。

第一节　中国当代股市题材小说与当代中国人的资本意识

证券的产生起初是出于融资和分散风险的需要。1602年，荷兰东印度公司成立，因为经营需要巨额资金，因为经营有巨大的风险，于是便有人提议众人合伙投资，即使遭遇不测，也不至于万劫不复，它于是成了世界上第一家股份有限公司。这便是股票诞生的思想基础。由此可见，股票创立的初衷不是用来投机或冒险，恰恰是为了降低风险。为解决股份流通的问题，同年在荷兰的阿姆斯特丹成立了世界上第一家股票交易所，从此股票市场正式登上世界历史舞台。1724年，巴黎证券交易所成立。1773年，伦敦证券交易所成立。1792年，纽约证券交易所成立。1879年，东京证券交易所成立。它彻底颠覆了过去仅依靠储蓄和举债的资本积累方式，能够在短期内迅速募集起巨额的资金，为人类从农业文明迈向工业文明奠定了资金基础。19世纪60年代以后，股份有限公司逐步确立起在工业领域的统治地位，成为最主要的企业组织形式。假如将西方国家比喻成航天飞机，那么，股票市场提供的资金便是航天燃料，为经济的腾飞提供源源不断的动力。

回顾中国五千年的历史，传统社会以自给自足的农业经济为主，商业行为受到限制，商人地位低下。明末清初，在一些高风险、高收益行业，商人们采取"招商集资、合股经营"的经营方式，参与者之间签订的契约是中国历史上股票的雏形。中国真正的证券市场诞生于鸦片战争以后。在19世纪60年代至90年代,中国出现了一轮"实业兴国"的高潮。这些人以曾国藩、左宗棠、李鸿章和张之洞等为代表,历史称他们为"洋务派"。清同治十一年(1872),李鸿章创办招商局,因航运需要巨额资金,官府无力承办,于是便效仿西方股份制企业,向民间发行股票,以"招商集股"方式筹集资金,这是中国历史上最早的股票。它不仅带动一批股份制企业的兴起,还促使股票市场的自然形成。19世纪70年代至90年代,中国股份制企业达数十家。1918年6月,北京证券交易所开业。1920年,上海证券物品交易所得到批准成立。此后不久,上海便出现了70多家交易所,到1921年,交易所数量高达200多家,高居世界第一。1921年,在股票市场达到巅峰后,市场投机的神话终于破灭,股价一泻千里,交易所纷纷倒闭,最后活下来的只有6家。大批投机者倾家荡产,跳楼自杀成为常见的解脱方式。这可能是中国历史上最早的"股灾"。随着抗日战争的爆发,曾经是远东金融中心的上海陷入沉寂和萧条。新中国成立后,人民政府采取果断措施,迅速取缔了证券市场。从此,喧嚣浮华的股票市场在中国大陆消失,直到1990年上海证券交易所设立,整整41年。

在中国传统文化的认知视野里,金钱是人性与道德的试金石,"资本"则往往是罪恶的代名词。植根于农业文明的社会价值观念从不隐晦对经商牟利、资本积聚行为的厌恶。农耕经济的特点以及地理生存环境的制约,使中国的文化传统在思维和行为方面产生了不同于西方文化的特点。中国传统文化从农耕经济的直观感受,认为劳动创造价值,劳动是创造价值的唯一源泉,甚至进一步地推理出这样的结论:只有农业劳动和工业生产才会创造价值。虽然这种认识的局限性已经被越来越多的人所认识,资本在创造价值中的作用得到越来越多地肯定,但是传统文化对资本偏见的影响很难在短期完全转变。这直接导致在中国传统文化背景下,缺乏对资本的尊重,对资本以及从事资本创造价值活动作用的低估和轻视,更进一步导致对侵犯资本权益行为的漠视甚至纵容。

当代中国社会对资本的认识有一个明晰的历史过程。新中国成立初期,为了尽快恢复国民经济,采取了没收官僚资本收归国有,利用、限制并改造民族资本的政策,逐步以公私合营的形式实现了初级形式的国家资本主义向高级形式的国家资本主义的发展。之后,由于受到"左"的思想影响,人们把社会主义社会的所有制结构简单地理解为单一的公有制,用公有制取代私有制,使全部生产资料公有化,甚至认为单一公有制条件下不存在商品生产与交换，否认商品、价值、资本和剩余价值等范畴在社会主义经济中的地位。在相当长的时期里，人们对"资本"一词讳莫如深，几乎所有的政治经济学教科书都根据马克思《资本论》中的观点，认为资本是能够带来剩余价值的价值，反映的是资本家剥削雇佣工人的关系，因此认为资本范畴是资本主义所特有的，是资本主义生产关系的理论表现。对社会主义条件下资本概念的简单否定与排斥长久地占据着理论界的主导地位。认为社会主义制度下不需要发展商品经济，不承认资本作为生产要素的地位。随着改革开放进程的深入，"市场经济"最终被正名。随着"市场经济"逐渐闯入人们的视野，套在"资本"身上的枷锁才逐渐有所松动。1992年党的十四大报告明确提出，我国经济体制改革的目标是建立社会主义市场经济体制。1993年党的十四届三中全会通过了《中共中央关于建立社会主义市场经济体制若干问题的决定》，进一步将建立社会主义市场经济体制的目标和原则具体化、系统化。这一决定是对长期以来困扰我国经济建设的实践与理论难题的突破性解答，它不仅肯定了资本作为生产要素的地位，还提出要通过资本市场发展融资，以促进经济和社会的发展。

中国传统的观念历来对股市就存有偏见。资本市场发的是"不义之财"始终困惑着长期以来以劳动为本的传统中国人。这使得"不买股票为荣，买股票为耻，炒股赚钱总是不能理直气壮"的传统观念至今依然在一部分国人中间占据主导地位。通过市场"看不见的手"承认人们追逐自身牟利动机的合理性，承认人们这一追逐过程也正是增加社会共同财富、推进我国改革开放事业的过程，建立股民的神圣使命感。这是一个投资人从传统的劳动参与到以个人物化劳动所形成的资本参与的进程，充分调动投资人对国家建设事业的参与意识，使参与者的盈利动机与国家经济的发展有机统一，这是对传统上以牺牲奉献来促进国家利益发展的重要补充。因此在这一追逐过程中，投资人应该引以为荣，并值得人们赞誉。应该从正面去倡导这种投资者的道德与使命，而那种认为投资股市是发不义之财的偏见必须摒弃。股民既是中国改革发展进程中的智力劳动者，也是社会财富的创造者。

随着市场经济的建立，股市的繁荣和发展使当代中国关于资本的社会文化价值观念形成了新的尺度——资本就是尊严，资本就是能力，而强势占有了资本就是成功的象征。资本是能够带来价值增值的价值。我们每个人一辈子要想拥有真正的人身自由，必须有财富自由作为前提和保障。面对这样的文化变化，中国当代股市题材小说形象展示了当代中国人资本意识的茁壮成长。

第三章　中国当代股市题材小说与当代中国人的市场化思维

中国当代股市题材小说着力书写资本神话，张扬资本意识。

周梅森的《梦想与疯狂》是描写中国股市资本运作的巅峰之作，塑造了当今资本时代的资本英雄。作者周梅森被誉为中国作家中的经济专家，从1992年起就进入中国资本市场从事证券投资，当时就凭着16万元的稿费积蓄，拉着一个作家同行一起，凑够20万后开户投资。在这20多年里，周梅森见识了资本市场的风浪，也体会了其中的万般诡谲。作者在以"面对资本时代"为题的序言中阐述了自己的创作意图：

> 一个资本时代来临了，已经在以一种势不可挡的力量改造中国，也改变着人们的生活和命运。资本在低迷与泡沫两极之间喧嚣不已，人性在贪婪和绝望中时沉时浮，各类人物粉墨登场。我作为一名投资者置身其中，既体会到了这种惊心动魄，又看了个眼花缭乱。
>
> 谁都不可能置身于世界之外，也不可能逃避这个已经到来的资本新时代。
>
> 这部小说要讲述的是资本博弈者们争夺市场话语权的故事，要塑造的是以孙和平、杨柳等人为代表的资本新人，要表现的是这个资本时代的某些本质特征，人性深处的贪婪和恐惧，财富对信仰的侵蚀。

在当今时代资本以其排山倒海的力量改变着人们的生活和命运。小说以三个典型人物——孙和平、杨柳、刘必定在资本市场上的沉浮为线索，直面中国资本市场变革中一系列敏感问题，国家发展和社会正义的博弈，各种社会力量在利益和精神两个层面上的博弈，产业资本和金融资本的融合与博弈，财富欲望与道德坚守的博弈等。

孙和平、刘必定与北方重型机械装备集团的董事长杨柳三人是大学同学。刘必定是一个资本运作高手，一个肆无忌惮的资本玩家。"在自由的日子里，刘必定是何等嚣张啊，在资本市场上呼啸而来呼啸而去。以大中华宏远投资控股集团的名义弄出个'宏远系'，鼎盛时曾控股包括希望汽车在内的港沪深三地五家上市公司，旗下资金滚到哪里哪里就是一场金融风暴。狗东西真叫牛啊，在上海设立了决策本部，把全国划分为四大战区，设四个集团军，动辄就是'资本决战'。""更牛的是，在刘必定面对黄浦江的大办公室，一面墙的文件柜里都装满了房产证，足有几千本，而房产证上标明的房子竟连一块砖都没有。刘必定也不隐瞒，说是马上就盖，全国各地银行总计给他们宏远系放贷二十七亿元，他最近又在沿海某地一举圈地三十平方公里，建国际开发区。"张狂的刘必定犯了证券欺诈、操纵市场罪,被判了五年徒刑。

孙和平原来是平州柴油机厂的厂长,后来平州柴油机厂改制成为北柴股份划入北方重型机械装备集团,孙和平成了北柴股份的董事长,现在又千方百计想从其控股母公司——北方重型机械装备集团中独立出来。孙和平虽说是省管副厅级企业干部,更是香港上市公司的董事长,这董事长的职务不容易撤,孙和平对此很有信心:"北柴股份虽说是国有控股,可股权只占百分之二十四,华尔街两家基金和一家欧洲银行加在一起的持股量达到了百分之三十一,香港汇丰下属一家公司还持股百分之十二,这就是说他们四家海外机构的持股量共计百分之四十三。我预测这百分之四十三的股权不会听您和省委的指示——撤掉我这个能拼命扩张给公司创造利润的董事长,而接受一个你们指定的董事长。更糟糕的是,当我成了海外大股东提名的董事长以后,北柴股份将不再是国有控股公司,而只是参股公司。"

杨柳派集团旗下的北方重工加价争购希望汽车的控股权,以阻止旗下的北柴股份独立。杨柳的北方重工曾经救过陷入危机的北柴股份,并出巨资支持它在香港上市。中外公司围绕希望汽车和正大重机的股权展开激烈争夺。

孙和平成功地把北柴股份从北方重工独立出来。"北柴不但如愿以偿地合并吸收了希望汽车和正大重机,实现了香港和内地的整体上市,而且和国际接轨,实施了期权激励和员工持股计划,他和田野等高管全因持股和被授期权成了亿万大款,持股员工也一个个奇迹般富了起来。""孙和平和他麾下高官不但能拿上几百万上千万的年薪,还能搞期权激励,一批亿万级富翁拔地而起了。"刘必定一出狱,就受孙和平之托到K省找老朋友副省长汤家和帮忙,以五千万元了结K省国资部门要求的三亿八千万乃至六个亿的补交款,回报是孙和平把这省下的三个亿借他用三个月。孙和平又把五个亿资金交由刘必定炒作北柴股份,炒高北柴股份的股价后,增发圈钱九十七个亿。刘必定携八个亿资金,利用北柴老厂员工闹事的机会操纵北柴股价,低吸高抛,赚了五个多亿,刘必定分得三个多亿。刘必定赚了大钱,从五亿委托理财上分走了近七千万元,北柴股份融借给刘必定的那三亿账上,更大赚了两亿多。他此番操作的总利润也许达到五亿元以上。

作为北方重工集团的董事长,杨柳是国有大中型企业管理者的典型代表。在金融资本日益成为市场主导的大背景下,他的手中拿捏着政府与市场的双重筹码,身上维系着国有经济的原始准则,同时也面临着新型资产模式的艰巨考验。杨柳针对北柴股份公司倒戈叛逃而做出的种种暗中谋划,在表现出了一个铁腕领袖应具有的魄力和智慧的同时,也无奈地揭示出固有的国有经济准则在新型市场经济模式下所不得不做出的妥协和屈从。这种选择体现出了中国传统企业管理者的浪漫梦想遭遇经济转型浪潮时的困顿与彷徨。杨柳的冤家对头——北柴股份公司董事长孙和平,是渴望冲破既定经济模式束缚走向金融资本主宰的大市场的先锋人物。在孙和平的价值观里,始终存在着个人理想与个人利益的尖锐矛盾,他心中那种建立一个伟大民族企业的雄心壮志常常在蝇营狗苟的过程中被巨大的经济利益所瓦解和腐蚀。在他身上既有一个企业家在金融漩涡之中破釜沉舟的惊人魄力,又有一个资本冒险家营私舞弊不择手段的骇人虚妄。孙和平属于这个资本为王的新时代。刘必定所代表的股市庄家,与孙和平这样的资本大亨勾结,暗中操纵着指数的涨落,影响着大盘的走向,并从中获利无穷,在这个充满癫狂的冒险家的乐园中,将梦想的激情堕落为贪婪的飨宴。

  小说表现了当今社会的时代特点:"资本没有国界,也不具有民族属性。它在这个日益开放的世界上四处流动,哪里有价值洼地就流向哪里,谁给它带来最大的利润它就和谁结盟,这很正常。""现在勤劳不会致富了,劳动也不再创造价值!创造财富价值的是资本,是大脑。""平常年头需要人们用一生的劳动和创造积累的财富,现在一年或几个月甚至几天就挣到了手。企业更是如此,我们现在一次增发就能拿到五六十个亿,甚至是七八十个亿,而北柴总厂从清末在洋务运动中创立直到今天,一百多年的积累也没这么多!""今天的社会现状并不那么令人满意,资本在侵蚀着我们浮躁的灵魂,唯利是图成了很多人心中的道德理想。"投资成为当代中国人生活的一个非常重要、非常普遍的内容。不会投资理财的人在现代社会里是落后于时代的人。股市与当代中国人生活的联系越来越密切,越来越广泛。现代社会,一个人怀有事业和财富的梦想是正当合理的;现代社会,又给每一个怀有事业和财富梦想的人实现自己梦想的机会。

  小说是资本时代在中国的真实写照。小说描写中国的企业进入 21 世纪后,逐步实现了产业资本(实体经济)和金融资本(虚拟经济)的结合。北柴股份以其产业自身的资本价值发行股票,作为"上市公司"进入股市,取得融资;而后又以获得的融资,购买"希望汽车"的股份,再以"希望汽车"的股份实现对"正大机械"的控股,再发行新的股票。很短时间内,它的产业资本和金融资本都成倍增长。北重集团也不落后,它先收购 K 省国资委的八千二百万国有股,再和 DMG 公司联手,同样企图实现对"正大机械"的控股;再对平州钢铁厂实行兼并,其实体经济和虚拟经济也有较大发展。资本推动了社会生产力的快速发展,这是它的进步性所在。但是,另一方面,资本的本质之一,

就是对人的异化,对社会的异化。作者认为:

> 孙和平是资本市场的英雄也是个混蛋,这是个口是心非的家伙,在公开场合大谈道德和理想,可末了他所做的事没有一件符合他所说的道德和理想;面对资本市场的混乱,原本满怀理想的杨柳感到懵懂而迷惘,常常在体制和市场的双重压迫下不知所措;刘必定是个人利己主义者,为了获得利益,可以不择手段。①

刘必定本来就是一个铤而走险的野心家,资本进一步膨胀了他的野心。孙和平在事业上是英雄。他梦想成为中国重型机械行业的老大,而且他确实把北柴集团搞得红红火火,但他为了实现这一梦想,策划利用刘必定和K省副省长汤家和之间行贿者和受贿者的关系,冒充知情人讹诈汤家和,一举取得对"正大重机"的控股。资本把孙和平异化成了英雄兼混蛋。杨柳本是个好干部,但在资本时代的激烈竞争中,他一方面派人打入北柴集团内部,掌握对方的动静,该出手时就出手;另一方面眼见上边派来的裴小军即将取代他的"一把手"位置,他心里也出现了"魔鬼",准备一旦离开北重集团后即到JOP国外公司当高管,取得年薪千万元的报酬,杨柳也开始被资本所异化。当中国加入WTO,与世界经济融为一体以后,资本时代的到来是必然的。周梅森借作家马义的嘴巴宣言"我有一个梦",在这个梦中,国家能给她的公民一个法制的、既属于融资者又属于投资者的健全市场,公民的资本投入能得到正当的回报;强势资本集团大腹便便的肚皮和中小股东尚不丰满的钱袋,能得到平等的投资机遇;金融资本和产业资本的评估体系能达到一致;历史原罪能得到清算。

这就是当代中国的资本神话,这是当今社会并不少见的资本神话。中国当代股市题材小说中的资本强人都是时代英雄,大多具有不言败、不服输的英雄风范或枭雄气度。他们善于抓住时机,敢于冒险;他们审时度势瞻前顾后但绝不畏首畏尾;他们考虑周全工于算计但绝不踌躇犹豫,善于在冒险中求得人生的成功。

股市培育了数以亿计的具有风险意识的投资者,极大地提高了当代中国人的金融意识、民主意识和政策观念。古今中外从来没有一所学校,也从来没有一种教育方式,能像资本市场那样,让中国的普通老百姓和投资者那样

---

① 周梅森:《勿用金银体验生活》,《京华时报》2009年2月23日。

真切地关心国家大事,那样深入地了解国家政策和形势的变化,那样富有理性地行使经济民主权利。在中国,资本市场既是经济前行的发动机,投资者的乐园,也是现代社会公民意识孕育的摇篮,而这正是文明、民主、法制社会的重要基础。资本市场对投资者风险意识的形成,国民素质的提高,公民意识的培育,比任何流于形式的口头教育都要生动、深刻得多。

在过去很长一段岁月,传统中国人的资本意识受到压抑,人们拒谈财富、远离"罪恶"。那个年代的人们,不仅丝毫没有"理财"的概念,财富对于他们来说也犹如"洪水猛兽",说不定会给自己带来灭顶之灾。中国传统文化中自古有着"财富原罪说"的影子——为富者一般"不仁"。这种观念在改革开放之前的"文革"岁月里登峰造极——"宁要社会主义的草,不要资本主义的苗"。股票、基金是绝大多数人听都没听过的词儿,那会儿很多人连吃饭的钱都要东挪西借,有钱来投资的人不多。改革开放为中国带来了史无前例的巨变,让当代中国人树立了现代财富观。他们从"均贫"的日子里惊醒,开始意识到通过自身的努力可以改善生活,这种新生活他们之前根本无法想象。人们内心沉睡的对财富的渴望苏醒了,一些先行者勇敢地追寻它。股票作为新鲜的投资产品,在这个时候进入中国人的视野。金钱在人们眼中不再是罪恶,人人都想赚钱,人人都在赚钱,现在是钱生钱,钱变钱的时候了。

丁力的《上市公司》描写"新天地实业(集团)股份有限公司"对公司进行股份制改造,率先在深圳挂牌上市,黄鑫龙因此成为国内最早一批上市公司的董事长。吴晓春因献策受到黄鑫龙的重用,被派到武汉组建子公司。吴晓春首先在汉口火车站附近买下了块地,然后又从银行贷了款,开发建设商住楼,把华中分公司经营得红红火火。后来新天地集团持续亏损,已经PT(特别转让)了,如果再没有起色,明年很可能就要退市。华中分公司怕受集团公司拖累,因此想与集团公司脱钩,寻求独立。吴晓春先是通过部属刘冬娅的亲戚"借"了一家壳公司,然后让壳公司来收购华中公司,由于华中公司本来就是负资产,所以收购也是"零收购",不用掏一分钱,只承担全部资产和债权债务就可以了。他们自己收购自己,把华中公司从集团公司的麾下赎买到他们自己的手中,华中公司与集团公司顺利实现脱钩。新天地集团退市之前,华中分公司成为独立的有限责任公司,吴晓春占百分之五十一的股份,余曼丽、刘冬娅各占百分之十的股份,刘冬娅的影子——壳公司的法定代表人占百分之九,另外还有百分之二十做未来加盟者的预留期权,最终成功上市。

鲁小平的《重组》的主人公云开宇离开银行下海以后在经济金融领域纵横驰骋。他以银行剥离到资产管理公司的不良资产为切入点,运用投资银行的技巧与手段,与师妹张娜一道,在师姐房慕容、结拜兄弟汪作鹏、刘建军等人的帮助下,调动一切可资整合利用的资源,进行有效的资产重组,从不良贷款到烂尾楼、再到 ST 上市公司,涉及债权资产、实物资产、股权资产,化腐朽为神奇,资产不断膨胀。在某种意义上讲,股市是一个有可能用钱来赚钱的地方,它不断地用自己的赚钱神话强化着当代中国人的资本意识。这是一种与中国传统文化相背离的意识,是一种在中国传统社会受到压抑的意识,赋予了文化上的新意。

资本市场作为现代金融的核心,推动着中国经济的持续快速增长。资本市场是企业腾飞的翅膀,又是中国经济前行的动力。资本市场加快了社会财富特别是金融资产的增长。以资本市场为基础的现代金融体系,不仅是经济成长的发动机,而且还为社会创造了一种与经济增长相匹配的财富成长模式,建立了在经济增长基础上人人可自由参与的财富分享机制,这是经济民主的重要体现。

资本市场的发展与繁荣,加快了中国社会财富特别是金融资产的增长速度。1990 年中国社会的金融资产,只有 3.8 万亿,证券化的金融资产少到几乎可以忽略不计。到了二十年后的 2010 年,中国全社会的金融资产超过了 100 万亿,其中,证券化金融资产(股票+债券)超过 40 万亿。

资本市场为中国企业特别是国有企业的改革和机制转型提供了市场化平台,从而极大地提升了中国企业的活力与市场竞争力。没有资本市场,中国企业,特别是国有企业就不可能建立起真正意义上的现代企业制度。因为正是资本市场使单个股东或者少数股东组成的企业,成为社会公众公司,对中国企业来说,这就是一种彻底的企业制度变革,是一种观念的革命,形成了既有制约又有激励的现代行为机制。

资本市场使中国的企业,不仅有股东意识和公司治理的概念,不仅有对收益与风险匹配原则的深切理解,而且通过强制性的信息透明度原则使其开始具有经济民主的精神。以资本市场为基础构建的现代金融体系,已然具有资源配置特别是存量资源调整、分散风险和财富成长与分享三大功能,这就是在中国为什么必须发展资本市场的根本原因。

第二节　中国当代股市题材小说与当代中国人的交换意识

交换是市场经济的核心所在。交换关系的本质是以私人劳动和生产为基础的一种经济关系。人类社会形成于交换关系的联系,它从偶然的为调剂生活必需品余缺开展的劳动产品交换发展到商品交换,是一个与社会分工、与财产所有权的发展,亦即与交换范围的不断扩大紧密相关的漫长历史过程。当人们的交换还只是用于满足自己或对方的物质需求时,其"计算理性是当下的、即时的和经验的,它随着交换的结束而结束。而随着市场的扩大和分工的细化,产生了以获取货币为交换目的的行为,其交换方式表现为'货币——商品——货币',此时的计算理性展示出重复和规律性的特征"①。这个时候的交换也发生了质的变化,货币成为交换活动的符号,它使得"现代社会中的金钱早已没有什么实物的概念,而唯独是履行交换功能的载体"②。与此同时,交换行为随着历史的演进而逐渐演绎出特定的运行法则;交换使得私人劳动只有通过商品交换才能转化为社会劳动;交换过程只能是个人过程和一般的社会过程的统一。这揭示了一个隐藏在表象后面的本质:

> 一个对象必须得与另一个对象交换的事实指出了它不但对于我是有价值的,而且这价值是独立于我的,这也就是说,对于另外的人也是有价值的。③

不过,人们的交换活动一般都是在一定交换秩序规范下的社会活动,因此,无论是交换方式,还是交换行为,又都受制于交换秩序——即为维护交换活动得以正常进行的各种约定俗成的风俗习惯、伦理观念、道德判断、技术规范及其升华形式的各种成文的规章制度和法律法规等。

尽管中国文化传统中有着太多的对市场交易的封杀,对金钱财货的轻视,但随着交换范围的不断扩大和交换秩序的持续变革,交换理念全面浸入了人们的生活、融进了社会的一切领域,交换逻辑开始变得魔法无边,现代社

---

① 郭蓉、王平:《实践理性语境下的经济理性分析》,《经济学家》2007年第3期。
② [德]格奥尔格·西美尔:《货币哲学》,陈戎女、耿开君、文聘元译,北京,华夏出版社,2003年,第130页。
③ [德]格奥尔格·西美尔:《货币哲学》,陈戎女、耿开君、文聘元译,北京,华夏出版社,2003年,第23页。

会生活的形形色色,均难逃脱它的左右,交换关系更是无处不在,无时不在。不管人们承认与否,其巨大的推动力和制约力是任何人都不能忽视的。在现代经济社会中,交换并非任意而行,它要遵守现代社会的交换秩序,遵循市场经济的法则。股市是市场精神的最集中体现,是市场交易的训练场,训练股民信守交换理念、坚守交换原则,是当代中国人交换意识的培育园。在进入市场经济时代的当代中国,交换逻辑成为社会的主要准则之一,它不仅规约了社会的价值取向,而且还重新格式化了人们的心理结构。中国当代股市题材小说把握住了这一文化要义,以艺术的形式刻画证券活动中的各类交换行为,诠释交换法则。对于股民群体依据交换逻辑所演绎的炒股赚钱模式、所彰显的市场理性,予以艺术化的形象展示,不仅凸显了股市题材小说自身的文化价值,对于市场中国顺应变革、重构交换秩序也是不无启迪意义的。

当代中国不断繁荣发展的股市使当代中国人的以买卖、交易为主要特征的市场精神茁壮成长。虽然自从有了社会分工和私有制之后,人们就不能无偿占有别人的劳动成果,人类社会就一天也没有离开过交易,就一天也没有离开过买卖,就一天也没有离开过市场,但中国传统文化是重道德轻利益的文化,"君子不言利","君子之交淡如水",主张模糊人我之间的利益界限,崇尚仁义道德,崇尚有难同当、有福同享,排斥赤裸裸的金钱交易。但买卖是市场的灵魂,市场意识就是一种买卖意识,就是一种交易意识。它主张遵循自由、自主和等价交换的原则,通过市场交换实现互通有无,各取所需。一切要通过交换,既不能无偿或者强行占有他人的劳动成果,也不允许他人没有回报地享有自己的劳动成果。它突出人我之间的利益界限,彰显自由、平等和独立的个人意识,张扬不受侵害、不能随意被剥夺的个人利益,与中国传统文化标举的整体主义意识、群体利益相背离。因为受到中国传统主流文化的压抑,传统中国人的市场意识并不强烈。股市是买卖股票的市场,股市所有的活动概括地说就是两个字:买和卖,因此股市最大的特点就是买卖,就是交易。作为中国社会主义市场经济的试验田,不断繁荣发展的股市是一块资本沃土,在买与卖之间不断培育和强化着当代中国人的交换意识,推动当代中国文化的发展和变化。

李江的长篇股市小说《绝色股民》形象地表现了当代中国人的交换意识在股票市场这块资本沃土上的茁壮成长。小说的主人公刘丽的生活开始与股市并没有什么关系。刘丽出生于普通家庭,因此没有政治和经济上的先天优势。她小时候不太会读书,只考上了一所师范学校,毕业后只能到幼儿园当幼师。长大后她嫁的人也很普通,丈夫王强原来在一个机关里搞后勤,后来下海经商,开了一个装潢材料店,做着不大的生意。她的家庭生活也不幸福,王强赚了一点小钱之后,让她从幼儿园辞职回家,自己却在外边有了情人。这时的刘丽对自己的家庭和婚姻看得很重,知道丈夫出轨后去抓、去吓、去闹,甚至吃安眠药要自杀都无济于事。过去的同学和同事许翠仙为了帮助刘丽摆脱痛苦,撺掇她炒股:"你得和人接触,上股市来吧,好歹是个喝茶聊天的地方。"拿着丈夫给的四万块钱刘丽开始了自己的股市生涯。在股市刘丽认识了技工学校的老师胡正副教授,跟胡正学了一些股市的基本知识。为了报复在情妇身上乱花钱的丈夫,刘丽故意买垃圾股,想亏钱,让丈夫心痛。谁知她故意买的垃圾股不但没跌,反而连续拉了两个涨停,两天赚了丈夫做两个月生意才能挣的那么多钱。刘丽因此迷上了股票:"就像人们说的那样,那股票,真就是电子鸦片,只要进去,就沾上了你,你就别再想着从其脱身出来。一段时间,她还确确实实就上瘾了,每天还不到开盘时间,就急匆匆早早儿往股市里跑。逢星期六、星期天闭市,她就像那吸毒的人没了毒品一样,抓肝挠心的,就盼着星期六星期天时间快快过。"

  刘丽第二次买的垃圾股,因为业绩太差,停牌了许多天,有传言会退市,以为会亏大钱的,谁知道公司质押在银行的七千多万法人股股权,银行拍卖时,被一家相当有实力的大公司买了去,股票复牌后大涨,刘丽不仅没亏,反而大赚了11万。聪明的刘丽初步接触股市就从股市学到了许多关于市场的新思想和新观念:"股票市场的一项重要的功能,就是资本的优化配置。"股市给她提供了一种变化的思维,要敢于打破原有的秩序和配置,不断寻找更优的市场组合,"该重组时就重组",因为同样的市场要素经过新的优化的市场组合就会产生新的更高的市场价值。刘丽把自己从股市中琢磨出来的"市场意识"运用到自己的婚姻感情生活上:不能吊死在一棵树上,要寻找新的组合配置。相对于自己那个没有多少文化、没有多少修养的丈夫来说,胡副教授有知识,有修养,在此时的刘丽看来,是一只具有比较优势的更加具有投资价值的"股票",是值得自己在婚姻感情上重新配置的优质资源。因为有了新的配置机会和可能,原来重要的家庭在此时的刘丽眼里因此不再那么重要了。她主动追求有知识、有修养的胡副教授。与胡正偷情,刘丽因此被胡正分居但没有离婚的老婆羞辱了一番,于是她痛痛快快地与王强离婚,舍弃了原来的婚姻配置,"王强要了商店和店里账上的钱,把房子和小孩给了刘丽,股市上的钱也留给了刘丽"。但刘丽这次在感情上重新配置的资源也并不优秀,原先已经和老婆分居的胡正在事情闹大之后不敢和刘丽继续来往,又和自己的老婆住到一块去了。股市中的买和卖就像人生中的取与舍。刘丽的第一次婚姻失败了,第一次婚外情也失败了。虽然都失败了,但我们从刘丽的取舍中能够看到她身上市场意识的觉醒和成长。

朋友许翠仙把丧偶的法官吴大为介绍给孤寂中的刘丽。刘丽这时对自己的市场价值和优势缺少发现和挖掘,因此对自己没有信心:"我有啥,一个离了婚的快三十岁女人,又带个孩子,又没工作,贱得还不跟韭菜一样。"但谁知身为法官的吴大为听说没有工作的刘丽在股市赚了钱,对她很有兴趣:"你真行! 只两天时间,指头弹动一下,就是我两三月的工资。"俩人迅速进入"热恋"状态,过起了同居生活。刘丽觉得自己的取舍符合自己的利益:"想当初自己把王强看得那个重,现在想来,幸亏跟他离了,不然,哪有今天的好事。还有那个眼镜,也把自己弄得神魂颠倒的。可跟吴大为一比,他算个啥!"刘丽与王强离婚看来是离对了,王强这只垃圾股被刘丽抛掉后越来越垃圾,参与贩毒被捕。"探监后,刘丽再不去想王强,一门心思地跟法官过同居的日子。"为了让自己这次新的配置更加牢固,为了让具有市场优势的吴大为早日心甘情愿痛痛快快地和自己正式结婚,刘丽只想在股市赚大钱,快赚钱,以扩大自己的市场优势,"刘丽越有这样的想法,心越浮躁,越是频频失手。最后几乎走进一个怪圈,见一只股票走得好,就割了旧股票去追,刚追上就被套,套了就打,打了其就涨,涨了又去追,追了又被套"。因为炒股不顺利,刘丽不仅没有赚钱反而亏了不少钱,丧失了自己的市场优势,丧失了对方需要的交易资本,这场婚姻交易难以顺利进行。已经和刘丽同居了不少日子的吴大为慢慢疏远刘丽,另觅他人。刘丽再怎么积极主动也是剃头挑子一头热,得不到吴法官的回应。刘丽饱尝了被人抛弃的痛苦。在这场交易失败的痛苦中,刘丽的市场意识进一步成长:市场不相信眼泪,没有交易资本,交易就没有基础,交易就不可能成功。

刘丽和王强离了,与胡正分手了,被吴大为耍了,接着又被周二贵骗了。年轻的来自浙江农村的小商人周二贵知道单身的刘丽有一点钱,就主动在感情上和刘丽套近乎。在婚姻感情上屡屡失败的刘丽在此刻最需要的就是这看似真挚的感情,刘丽回报以真情,打算降低要求和这个农村小伙结婚。谁知周二贵需要的不是刘丽的感情,他看中的是刘丽并不多的金钱。他以感情为幌子,打的是刘丽金钱的主意。以和刘丽合伙做水产生意为名骗走了刘丽将近二十万块钱。这钱是刘丽把自己在股市里套牢的股票抛了,把父母的钱挪借过来凑起来的。感情和经济上的受骗上当使刘丽明白了更多的市场道理:市场有风险,有陷阱,为了交易成功,一定要弄清楚对方的真正需要,这样才能看清对方的真实意图,才能掌握市场交易的主动权。

人生如股,不停地涨涨落落。这时的刘丽每月领两百元救济金勉强度日,帮人家在商店站柜台。在人生低谷中,经人介绍,刘丽结识了丧偶的市政府接待处处长钱多。许翠仙帮刘丽分析眼前的市场机会:"像钱多这样有处长官帽儿又单着身的男人,眼下稀缺得就跟大熊猫一般的珍贵。""这么好的机会,你还不抓紧了,更待何时?三犹豫两犹豫,弄不好,被别人抢走了,你后悔都来不及。"历经市场风雨的刘丽知道自己需要什么,也知道这次机会给自己提供了什么。已经身无分文的她找钱多借了五万块钱去股市炒股扳本。钱多说:"对你实话实说,我银行存着有一百万呢,嫁过来后,它都是你的,保证送你儿子将来到外国去留学。"刘丽的年轻和美貌是钱多缺少而又需要的,钱多的官职和经济实力以及社会关系是刘丽缺少而又需要的,双方的需求有非常强的互补性。刘丽知道市场为自己提供了这样一种可能:用自己所有换取自己所需,用交易对方缺少但又需要的东西换回自己缺少而又急需的东西。

这一次婚姻"重组"非常顺利,它对刘丽来说是重要的,也是"成功"的。市场有这种魅力和魔力:交换可能给交易双方都带来更大的利益。交易双方都想成为赢家,也都有可能成为赢家。和钱多结婚后,刘丽通过当市政府接待处处长的丈夫与市长权达建立了联系,发现了更有魅力、实力和上涨空间的"股票",捕捉到了更好的交易机会。她自己的交易资本——年轻和美貌在新的市场组合中价值得到新的更高的评估。朋友调侃她:"刘丽你其实就是只潜力股,过去长期被一些没有能耐的日八操股东换来换去地糟蹋,把一只好端端的股票变成了ST。现如今,终于被有实力的大庄家相中了,拿去资产重了组。这不,身价打着滚地往上翻。"刘丽成了市长权达的情人,刘丽还是那个刘丽,但因为与钱多、与权达或明或暗的"重组",刘丽升值了,得到了更高的市场回报。权达帮助早就从市幼儿园辞了职的刘丽恢复了工作,把她安排到临市工商局工作。刘丽因此对市场交易有了进一步的认识和把握:"其实股市和人生是一回事,自己为什么要死抱那些个低价垃圾股不放手。"王强、胡正、吴大为、周二贵都是垃圾股,当初就不应该买,发现买错了之后都应该尽快"割肉"。"对女人来讲,选股也如选夫!""这炒股票和嫁人,其实是一个理。"选股要选有潜力的,要选会上涨的,要选能够为自己赚钱的;嫁人要嫁需要和欣赏自己的年轻和美貌的,要嫁能够给自己带来好处和利益的。刘丽总结自己在婚姻和炒股上成败两方面的经验和教训,对市场的理解更加透彻。刘丽不仅更加善于发现、挖掘自己的交易资本和市场优势,更加善于表现自我,推销自我,而且更加善于发现交易对方的需求,更加善于投其所好。

刘丽清醒地认识到"自己的相貌也是一项很重要的资源","可以好好地加以利用"。迷恋刘丽美貌的权达承诺:"肯定会让你得到在钱多身上得不到的许多好处。"权达利用自己掌握的内部消息,"指导"刘丽炒股:"你明天去把手中的股票都打了,换成玉关炼油。""前天他们老总给我口头汇报,上半年的业绩预期很不错。"刘丽因此在股市上赚了不少钱。与权达交易的回报不仅仅是经济上的。刘丽通过权达向市公安局施压,把当年拐了自己近二十万块钱的周二贵捉拿归案,又把前夫王强从牢里假释出来。在权达的关照下,刘丽先后当上了市工商局办公室的副主任、主任。

随着市场意识的成熟,刘丽更加讲究投资回报,不做无利可图的买卖。许翠仙、胡正等一帮过去的穷朋友,不断地找刘丽帮忙办事,刘丽在心里发誓:"以后,再不能跟这帮人黏了。"不再和那些只给自己添麻烦的过去式朋友交往。当了技校副校长的胡正这时发现了刘丽的魅力,回头又来追求刘丽,此时的刘丽不再理睬这支垃圾股,害得胡副校长在精神病院住了一段时间。

在婚姻、股市和官场经风雨、见世面的刘丽努力寻找婚姻、股市和官场生活的共同"秘诀"。她看到权达在省城不断请客,马上得出结论:"你请的这些,都是对你有用或是潜在能用得着人。"就像人们在股市上买的股票都是自己认为要涨的或者将来有可能涨的。"那些庄家和上市公司配合操纵的方法,把块资产折腾进折腾出的。你们官场也和那股市一样。"像在股市上不断寻找新的实力股、潜力股一样,刘丽不断在官场寻找新的靠山、寻找新的舞台。刘丽在国际滑翔节的接待工作中,精心照顾得了急病的前省委书记李老,得到了丰厚的回报。在李老的推荐下,刘丽出任临市接待处副处长。

随着市场意识的成熟,刘丽更加善于发现市场风险,善于割肉斩仓,因为她明白一个市场道理:买卖要趋利避害。权达因与一个护士的作风问题被停职,刘丽认为不能"让自己也连带上倒霉","开始在心里盘算,如何金蝉脱壳。这个权达,看来是再不能沾了"。她要换股了,她要割肉了,她要抛掉这只已经无利可图的股票了,不管它曾经给自己带来了多么大多么多的收益,转而攀上了权市长的政敌——市委程书记。她认识到:"当官其实也是一高危职业,不要看台面上吃香喝辣,吆五喝六,风光无限,一朝东窗事发,身家性命全完。"炒股何尝不是如此。如果傻傻地牢牢地捏着一个只跌不涨的股票,那么等待自己的肯定是亏损。在权达调到省发改委当副主任、纪检部门有可能查他的时候,刘丽和自己的丈夫钱多约法三章:"对权达打来的电话,能不接就不接;对权达托付的事情,能不办就不办;有事情上省城,对权达能不见就不见!坚决淡化自己家的'权达'烙印!"不久权达因经济问题被"双规",刘丽拒绝了权达的请求,不肯上省城找李老为权达帮忙:"现在他出事了,别人躲都不及,我还要往上贴,脑子有病呀!"

随着市场意识的成熟,刘丽的买卖越做越大,越做越精明。刘丽回玉关市当上了旅游局局长,掌控了上市公司"河西旅游",公司的内幕消息是含金量更高的市场资源。没有相应交易资源的人自然不可能从刘丽这里得到任何有用的信息,但前省委书记李老的孙子能,他利用刘丽掌握的内幕消息在"河西旅游"股票上赚了大钱,作为回报,他受刘丽之托,利用自己的社会关系资源,帮权达解除了"双规"。但刘丽为了自己的前途,拒绝了权达见面的要求,及时终止与权达的关系。

随着市场交易经验的日益丰富,刘丽的市场意识越来越成熟,市场行为也越来越"规范"。她迷恋上年轻的商界精英黄总,马上就"暗暗起誓:从今往后,过去那些个男人们,就像打高尔夫球一样,把他们抛得远远的"。可以称得上是一个浑身上下浸透了市场意识的商人。

小说以绝色股民刘丽的婚姻感情生活、股市投资生活和从政为官生活为中心,表现了在股市这块资本沃土上她的市场意识的茁壮成长。刘丽是一个"悟性"很高的股民,她把自己从股市中"悟"出来的"市场秘诀"运用到生活的各个方面。在股市中"选股票",与在婚姻中"选对象"、在官场中"选靠山"的共同"诀窍"被刘丽这个"绝色股民"琢磨得很透彻,因此她在婚姻、官场、股市生活上都取得了辉煌的"胜利",都取得了"成功"。

刘丽是一个普通股民,但她在当代中国人中有一定的代表性。刘丽是一个有文化含量的人物形象,从她身上,我们可以读解当代中国文化的发展和变化,可以看到市场意识在当代中国的茁壮成长。市场交易是人类生活的一个重要内容,买卖在人类生活中具有悠久的历史,具有旺盛的生命力。市场交换意识的茁壮成长是当代中国文化发展的一个趋势。

中国当代股市题材小说揭示出了交换关系的本质特征——交换行为受制于交换秩序。面对市场经济所带来的交换范围的不断扩大,交换秩序亦即相应的伦理观念、道德判断、制度法规等等也在不断变革。

在一个由市场规律支配的社会里,一切价值的双重性都在增长并倾向于达到无差异性。归根到底,这种社会文化的无差异性是交换价值的无差异性。①

交换原则是一切行为遵循的准则,伦理道德往往被市场法则所替代。在一个资本称霸的时代,股民迅速弄懂了关于交换原则的含义并坚决地贯彻到自己的人生中。它是金钱交换下的物欲和情欲的追逐与满足。当代评论家谢有顺认为:

> 无论是政治奴役身体的时代,还是商品奴役身体的时代,它说出的都是人类灵魂的某种贫乏和无力。②

市场经济的建构带来了中国社会市场意识的盛行,编码社会秩序、行为规则的往往由代表物质的、伦理的、审美的质的使用价值变换成了由供求机制所决定的交换价值,交换价值以其抽象性、普遍性特点渗进了社会的一切价值领域,包括人们的情感世界,这极大地改变了社会整体的价值观念。

恩格斯曾经指出:"人们自觉不自觉地总是从他们阶级地位所依据的实际关系中——从他们进行生产和交换的实际关系中,获得自己的伦理观念。"③市场经济的个体主义价值取向和等价交换原则激发了股民的自我意识和进取精神,交换逻辑下的股票交易实践培育着当代中国人的交易智慧和谋略。视买卖求利为"末业"的思想观念一直导引着中国传统社会的基本价值取向,这在极大程度上阻碍了商品经济的发展,阻碍了社会进步。正是在这一意义上,当传统自然经济社会内部逐渐勃发与自身对立的对商业、金融业的经济要求时,股民买卖求利的人生选择便具有了十分重要的社会意义与文化价值。在这种对传统的精神反叛中,买卖求利的思想深入民众意识之中,进而演变为中华大地的社会风习,这就为股民演绎人生辉煌提供了重要思想基础,造就了逸出中华文化常规的另一种极其复杂、庞大、神秘、精微的文明传统。

---

① [奥]彼埃尔·齐马:《社会学批评概论》,吴岳添译,桂林,广西师范大学出版社,1993年,第19页。
② 谢有顺:《文学叙事中的身体伦理》,《小说评估》,2006年第2期。
③ 马克思、恩格斯:《马克思恩格斯全集》第4卷(上),北京,人民出版社,1995年,第434页。

第三节　中国当代股市题材小说与当代中国人的契约意识

中国的历史传统中不乏深厚的契约元素,然而还远远不是一种契约文明。中国的经济结构形态从古至今经历了自然经济、计划经济和市场经济三个阶段,与此相对应,伦理实体也由自然经济中的"礼"、行政性交往中的"计划"或"指令"过渡到市场交往中的"契约"。所谓"礼"也就是社会成员之间的权利与义务规范。行政性交往中的"计划"或"指令"建构的是一种"身份社会"。在以行政计划为人伦纽带的身份社会中,政治性隶属关系贯穿社会生活一切领域,经济生活中的个体与个体、集体与集体都是通过政府的计划关联起来的,因而计划的执行不仅仅要求国家正式组织和权威指令,更要求每一个体及经济组织都奉行执行"指令"的服从性德行。市场交往是人与人之间的物质交换。在这一交换过程中,市场个体是以契约纽带而相互联结的。契约既是个体之间的人伦纽带,也是关于个体之间权利与义务的协议。契约是市场个体依据利益关系和理性原则所订立的、必须遵守的协议,包含着双方权利与义务的规范。市场个体通过双方自由意志的表达,以及双方意愿的契合或一致来建立其精神或者物质利益关系。契约双方总是被假定为没有任何生理和心理区别的"抽象人"或者"理性人",双方在人伦定位上是坚持形式平等原则的。与三种经济发展形态相适应的德行也必然实现其相应转换,即从传统社会的"孝""忠""公"等德行到现代社会的"诚实""信用"等现代市场德行。传统中国既缺乏发达的商品经济,又缺乏独立的司法体系,更缺乏产生契约文明的契约文化。

中国历史上的绝大部分时期,在经济上是自给自足的自然经济,在政治上表现为集权专制,在文化上等级观念浓重,契约文明是不可能在这样的小农经济和专制政治土壤中产生的。中国传统文化基于农耕活动,地域的相对稳定,民族的相对单一,因而极易形成一种自上而下的、纵向的、稳定的"礼"制文化。这样一种行为规范和道德规范,与西方社会中的平等观念有天壤之别。契约文明的根基在于平等,一个等级森严的社会是不可能产生契约文明的。契约文明包含契约自由精神、契约平等精神、契约信守精神、契约救济精神,其中契约自由精神是核心。为了保护平等主体之间的财产流转和交易,人们在自愿基础上签订契约。而契约一经签订,就对签约双方产生约束,双方就要恪守、履行各自的承诺,这就是所谓的"信用"。契约作为双方的一种"合意",达到了双赢和互利的目的。

契约文明既以发达的商品交换为基础,也以独立的司法体系作为保障,还有人格独立、平等公正、权利义务一致、契约神圣等相应文化观念蕴含于其中。中国缺乏契约文明基础,难以形成普遍的信用风气。占据中国文化统治地位的儒家除了重"礼",也十分重视"信"。但是,儒家所讲的"信",与契约文明中的信用有极大的差别。儒家所讲的"信"是伦理学上的"信",是"父子有亲,君臣有义,夫妇有别,长幼有序,朋友有信",是局限于亲缘、准亲缘即"熟人"之间的"信",信的范围仅与亲缘相关,很小也很狭隘。而契约文化中的信用则扩展到了整个社会,尤其是经济领域,这种信用将全社会的所有"陌生人"都囊括进来,因而具有极大的普遍性。

儒家所讲的"信",是"诚善于心之谓信",是一种单方许诺、立誓,具有极大的不稳定性,往往随境而变。而契约文明中的信,建立在双方约定的基础上,是对双方相互合作的约束,是合意,是互信,因而相对稳定。契约文明把"信"作为最基本的道德义务,自由、公平、合意等价值内涵是契约文明的本质。

市场经济必须通过市场交换、分配来实现资源的有效配置,经济运行处处体现着信用关系,它因而是一种契约经济,其中诚信是契约实现的基本规范,正如日本法学家川岛武宜指出的那样:

> 市民社会的经济是以商品经济的等价交换为媒介的经济。在此,交换契约和买卖契约成为整个经济的基础,"信守承诺"成为整个经济秩序得以维持的最根本的规范。①

在现代市场经济中,契约的订立本质上是一种合作。合作首先意味着对各自权利义务关系的了解与承认,意味着交易双方的平等与自愿,任何强制性的抑或让予性的交换都不是真正意义上的合作,交易双方的平等是指双方在交易中地位的平等,而非经济实力的平等。契约精神内在地蕴含个体本位、意志自由、独立平等等特质。在契约行为中,人们必须遵循法规制约下的契约原则,如尊重对方、努力沟通、诚实守信、履行诺言等,一旦有所违反,将受到包括道德谴责、经济制裁和法律惩处在内的惩罚,并逐渐成为他人避免合作的对象。因此,恪守契约是诚信守则、互利互惠的良性循环,是人们获取正当利益的不二法门。现代契约精神的匮乏,在破坏市场规则的同时也戕害

---

① [日]川岛武宜:《现代化与法》,北京,中国政法大学出版社,1994年,第26页。

了原本纯真的人性。在现实的市场经济活动中,契约意识的缺乏正成为当代中国市场交易的精神顽疾。

中国当代股市题材小说彰显流淌在股民血脉里的最宝贵的契约精神,讲求诚信、恪守契约伦理的股民群体风采就此跃然于纸上。

市场中国逐步建立起了市场经济体制框架,以契约为基础的社会关系在经济领域已大体形成,并开始延伸至政治和社会管理领域。与此相适应,契约精神所蕴涵的个体本位、意志自由、独立平等、反对特权等价值理念逐渐深入人心,全面构建有别于传统市场契约理念的现代契约精神,保障社会经济良性运行,成为主流意识形态的目标追求。

《高位出局》(丁力著)中陈开颜是深圳本地人,20世纪80年代末,深圳率先在全国试行股票发行,当时陈开颜所在的蔡屋围村的村民都有深发展的原始股配售指标,但大多数村民都不想买。作为村干部的陈开颜说你们不买我买,他一下子从其他村民手中买下许多深发展的原始股。后来随着深发展的多次拆股、送股、配股,陈开颜成了超级富翁。有了钱的陈开颜袖长善舞,善于用钱去赚钱。20世纪末中国股市的主力是各大机构,这些大机构的超级操盘手权力很大。陈开颜有钱,他认为这些机构操盘手可能都是他将来能用得着的人,所以对这些人就特别大方。他私下借钱给他们,一借就是几十万甚至是上百万,当这些机构的操盘手用从陈开颜那里借来的钱和自己手中的信息发了财之后,陈开颜借出去的钱也不要操盘手还。陈开颜靠这一手,他获得的股市内幕消息是最准的。与庄共舞,陈开颜在股市的收益率特别高。陈开颜自己在股市坐庄时还有撒手锏,事先买通几个机构操盘手,让他们在高位接自己的盘。陈开颜坐庄"深养殖",控制了其流通股的百分之九十,因为香港爆发口蹄疫,其股价大跌,陈开颜深度被套。陈开颜找号称"中国的巴菲特"的刘益飞为自己解套。陈开颜提出如果刘益飞能将"深养殖"的股价从目前的每股十二元拉回到每股三十五元,他现在就以每股七元的价格转让三百万股给刘益飞。接受委托后刘益飞提出了解套的操作思路:首先必须要控股,然后才能重组,只有重组之后才能从根本上改变股票的基本面。先把名字由"深养殖"改为"深生物",由养殖业改为生物制药业了。然后利用香港政府补贴的钱找北京、上海的一些科研院所和大型制药企业合作,研制开发生产销售对付艾滋病的"鸡尾酒"。刘益飞的解套方案市场反应非常好。"深养殖"更名还没有批下来,其股价已经连续来了七个涨停板;等到"深养殖"更名为"深生物"时,股价已经达到二十多元。在这个价位,陈开颜不仅解了套,而且赚了几个亿。于是陈开颜违约开始偷偷出货。刘益飞发现如果陈开颜照这个势头向外抛售,一方面股价可能永远也到不了每股三十五元,刘益飞手中的三百万股就永远只能是一个不能兑现的数字,另一方面等到下一届股东大会的时候,他们就达不到控股所必需的票数,就会被挤出董事局。刘益飞要求与陈开颜重新再签一个协议,继续合作。协议要求陈开颜必须对刘益飞公开所有账户,以便刘益飞核实陈开颜买卖股票的真实情况,不让陈开颜偷偷地出货。在刘益飞的炒作下,"深生物"的股价已经很高,但如果没有实质性业绩支撑,大庄家陈开颜其实就处于严重被套状态,而且价位越高他被套得越牢,因为他根本不敢出货,"纸上富贵"永远不能变现,而一旦有人出货,陈开颜怕崩盘,必须赶快接盘,吃尽了贪小利、不遵守契约的苦果。

股市合作因为事关巨大经济利益,因此对参与合作者的素质要求比较高,需要合作者诚实,需要合作者守信用,需要合作者替合作伙伴着想。美国著名投资家索罗斯非常看重合伙人的人品,认为金融投机需要冒很大的风险,而不道德的人不愿承担风险。任何从事冒险业务却不能面对后果的人,都不是好的合作者。

> 市场经济是一种信用经济,证券交易更是一种信用的交易。作为一种经济活动方式,信用是一种借助一定的承诺方式去实现交易的行为方式。证券是一种现代信用工具,作为一张纸片或一个电脑数字,它的价值几乎为零,股票的价值都是建立在一定的可以信赖的承诺基础上的,即信用基础上的。信用是股市交易和价值实现的基础和根本。与其他市场相比,股市对参与者的信用要求更高。证券市场中的所有交易都是非人格化交易,交易的对象不是特定的个人,而是直接面对股市或股票,人们在交易中一般也不知道买进卖出的对象是谁,但是有序的交易要求每一个交易者都必须讲信用,必须尊重所有交易对象的权益。这种普遍的非人格化交易,对参与者的信用程度无疑有着更高的要求,信用缺失对市场交易的影响也更为严重,因而弘扬和构建信用秩序也更为重要和迫切。①

> 契约文化的经济基础是市场经济。市场经济条件下,主体必须具有独立人格,享有基本人权,才能自主走向市场进行自由交换。②

---

① 罗能生、肖捷:《中国股市的伦理审视》,《道德与文明》2004年第6期。
② 伍俊斌:《公民社会的契约文化》,《学习时报》2006年5月22日。

市场交换中主体地位是平等的,主体的自由和平等是市场经济存在和有效运行的前提。市场经济是倡导自由竞争、优胜劣汰的开放型经济,商品交换打破了狭隘的时空限制,斩断了传统的宗法血缘纽带,人们从"熟人社会"进入"陌生人世界"。①

尚烨的《绝杀局》中路远会炒股,从五千元本钱炒到了五千万,赚了一万倍,然后办起了自己的投资公司。他招打扫卫生的清洁工罗绍阳进自己的公司,不到两年,便把他从一个普通员工提拔到风险评估部的部门经理,后来又当投资部的经理。罗绍阳从到投资部的那一天起,便开始了偷梁换柱的计划。首先罗绍阳拟定了一份股票的操作计划书,在路远同意后便开始建仓。经过几个月的操作,手里已经有了足够的筹码,这时如果按照原计划,已经可以抛出赚一大笔钱了。但是罗绍阳又找到路远,说他非常看好这只股票,要求再加大投入力度。由于罗绍阳到了投资部以后,曾经非常成功地操作过两只股票,所以路远对他非常信任,再加上当时大盘形势非常好,所以路远同意他不断地追加资金买入那只股票。后来终于遇上了 2003 年 6 月那次股市的暴跌。罗绍阳这时提出了两条方案,一是不计成本地抛售,由于自己的操作失误造成了公司的损失,他将会引咎辞职;二是举牌收购公司重仓持有的那只股票,全面进入该公司的董事会,参与公司的业务。路远当时也想把自己这个单纯的投资公司转型,因为只投资股票风险太大。举牌后,路远的公司占有了这家上市公司 23% 左右的股权,但因为另外几家大股东的背后控制者是一个人,他们总共持有的股份要比路远的多一些。于是路远决定从二级市场继续增持该公司股票,以便拿到对该公司的绝对控制权。而《证券法》规定:通过证券交易所的买卖交易使收购者持有目标公司达到法定比例的30%,若继续增持股份,必须依法向目标公司所有股东发出全面收购要约。如果继续增持,肯定会触发全面要约收购,这家上市公司会进行反收购,势必增加路远的收购难度和成本。于是路远决定在另外一个城市再成立一家独立的公司来完成这次增持计划。让新成立的公司买进 28% 的股份,然后再转让给路远。这样既可以完成对这家上市公司的控制又可以降低收购的成本。这家新公司的法人路远选定的是罗绍阳,但是实际控制人仍然是路远。路远先后从朋友那里拆借了四千万的资金,又通过银行部门朋友担保贷款了六千万,这样凑齐了钱,然后把这一个多亿的钱通过地下钱庄转给了罗绍阳

---

① 伍俊斌:《公民社会的契约文化》,《学习时报》2006 年 5 月 22 日。

名下的公司。后来路远突然接到了一张法庭的传票,上面称罗绍阳要求路远的公司按照股权转让协议付清罗绍阳转让股权应得的资金。罗绍阳名义下的公司买股票的钱本来都是路远暗中出的,现在股权转给路远了,路远当然不需要付钱,而现在罗绍阳就是要这笔钱。法院判定路远付清罗绍阳股权转让款一亿一千万。就这样罗绍阳把路远的公司骗到自己的手中。路远因此一贫如洗。罗绍阳吞并路远的公司后,几年间资金量翻了十多倍。路远找自己原来帮助过的朋友林方,以两百万为抵押,以1∶10的比例融资两千万,期限是一个月。首先路远把两百万的资金划到林方的账户上,作为融资的保证金。然后,林方把两千万的资金带过来,由路远操作股票。找来了资金的路远炒权证,罗绍阳设计打压,要置路远于死地。路远早就识破了罗绍阳的阴谋,用计保存了自己的实力。找朋友连夜做了个仿真交易软件。当天他所做的所有交易,都是在仿真交易平台上完成的。那两千万的本金,他压根就没动。在创业板挂盘之后,路远引诱罗绍阳大量融资重仓计风农具。只一个月的时间,罗绍阳便把股价从开盘时的31.46元拉升到今天的96.98元,拉升了三倍,因为涉嫌操纵股价,深交所对其实施三个月的限制交易措施。罗绍阳大量的高息短期融资无法归还,破产自杀。

> 社会生活契约化是现代市场经济的必然要求。在某种意义上,市场经济就是契约经济,公民社会就是契约社会。契约文化作为市场经济与公民社会交往主体间自由公正和意志自律的产物,反映了市场经济的基本精神,构成了公民社会的运作逻辑。公民社会正是以契约规范交往主体的行为,实现经济活动的公平和理性。随着市场经济的成熟,与之相伴的自由、平等、互利、共赢的契约精神得以升华,超越经济领域,成为政治制度和社会秩序建构的普遍行为准则,并反过来成为推动市场经济发展和完善的自觉力量。当代中国社会的发展呼唤契约文化,公民社会发展的重要趋向就是把契约文化贯穿到相关的关系、结构和功能之中,形成与市场经济和政治国家的内在逻辑相吻合的社会经济和政治体制,推动体制变革和制度创新。①

社会信用体系的不健全,是股市欺诈违规行为产生的深层根源。我国股市的主要参与者还很不成熟,很多人缺乏基本的诚信意识和规则意识,在股

---

① 伍俊斌:《公民社会的契约文化》,《学习时报》2006年5月22日。

市不以弄虚作假、投机取巧牟取暴利为耻,反以为荣。很多公司上市的根本目的就是为了圈钱。公司上市之后要投机成功,最有效的办法就是误导股民,弄虚作假也就成了必然选择。这样,在普遍的过度投机心理驱使下,作假、欺诈、恶意炒作等不良行为就必然产生。与传统市场的交易方式主要是现货交易,即一手交钱,一手交货不同,现代市场经济的交易方式主要是信用交易。信用交易的出现和发展克服了时间及空间的分离对交易的限制,从而大大扩展了市场交易的范围。但信用交易的基础是交易双方的诚实守信,否则不仅交易的成本会大大上升,而且交易的广度和深度也会受到很大影响。市场经济是一种以交换为基础的经济形式,它与自主的市场主体间的契约自由联系在一起。市场经济的健康发展必将扬弃传统社会的宗法血缘纽带和封建专制传统,推进具有浓重人文关怀和理性传统的契约文化建构,使契约关系成为普遍的社会关系,契约规范成为普遍的社会规范,契约道德成为普遍的社会道德,契约精神成为普遍的文化精神。

第四节 中国当代股市题材小说与当代中国人的公平意识

市场经济对社会心理的最重要影响,在于它彰显了公平的观念。

> 这种公平与传统社会里所强调的公平不一样,以往追求的公平实质上是结果的平均,不论贡献大小,每个人的收益几乎是一样的,这种社会分配机制在很大程度上窒息了社会成员的积极性。现代社会所注重的公平是出发点的公平,在公平原则下竞争。每个人不论能力大小,都应该有参与竞争的机会。①

市场运行所注重的是竞争过程的有序性,所追求的是效率的最大化。公平竞争的观念体现了其所内涵的个体主义取向。社会转型时期的一个重要特征就是社会分化现象的出现。以收入差异为主的利益差异现象的凸显,已经使贯彻社会公正原则成为保持社会凝聚力的一项根本性措施。随着市场经济的发展,人们的思维方式、价值观念发生了深刻的变化,公平、民主、法制、竞争、参与、开放的观念深入人心,主体意识日趋强烈。人们不再盲目崇拜、畏惧权威,而是能从自身利益的角度进行理性的思考,并能够关注国家政

---

① 沈杰:《中国社会心理嬗变:1992—2002》,《中国青年政治学院学报》2003年第1期

治生活和参与政治活动。

> 缔结契约是以主体地位平等为前提的,缔约双方地位平等,既不允许当事人把自己提升为他人的主人,也反对把自己贬低为他人的奴仆。公民社会反对专制、拒斥特权,把人们的平等要求普遍化。它既包含主体地位的平等、机会的平等、权益的平等,也包含主体及其权利受法律保护的平等。在公民社会,契约是人们在社会分工基础上的基本交往方式,因而公民社会是一个互相协作的社会;契约是联结个人与个人及个人与社会的纽带,因而公民社会是一个有机团结的社会;契约使社会交往、变迁和整合机制理性化、制度化、规范化,因而公民社会是一个有序和谐的社会。①

股市的建立和发展培育了数以千万计的具有公平意识的投资者,极大地提高了当代中国人的公平意识。股市让中国的普通投资者真切地关心国家大事,深入地了解国家政策的变化,富有理性地行使经济民主权利,所以,在中国,股市既是投资者的乐园、经济前行的发动机,也是现代社会公民意识孕育的摇篮。市场意识获得空前的社会心理认同,市场文化逐渐成为时代文化的主潮。市场活动与财富在社会中的地位和重要性迅速增强,而这正是中国社会迈向文明、现代社会的重要基础。

中国当代股市题材小说表现证券交易活动,以启蒙的意识和审美的形式为股市生活写真,塑造金钱神话,进而诠释新市场精神,启发人们的市场经济意识,其启蒙效应是显而易见的。

> 人类永远会在前进的道路上遇到似是而非的偏见、蛊惑人心的狂言、莫衷一是的困惑、进退失据的迷局,因此,就永远需要不断地追问与批判——这,便是不断启蒙的意义所在。②

从这一意义上来说,这也正是中国当代股市题材小说致力于以契约、公平、竞争为"主导符码"的新市场精神启蒙的缘由所在。

1949年取得胜利的中国革命是一个里程碑式的事件,从这时起,中国人

---

① 伍俊斌:《公民社会的契约文化》,《学习时报》2006年5月22日。
② 樊星:《从"新启蒙"到"再启蒙"》,《文艺争鸣》2009年第2期。

开始按照自己的理想来改变世界。为消除财富布局的不公平,社会财富的所有制形式发生了根本性变化:国家公有制成为绝对的主导形式,社会用强制的手段剥夺富人,把他们的财产分给穷人或收归国有,社会的市场交易活动也随之被纳入统归国家经营管理的大一统格局中。全社会的人都变成了穷人,公平倒是公平了,但不是我们所希望的那种公平。

>本来大家追求公平是想摆脱贫困,没想到剥夺富人的结果是使大家都变成了穷人……剥夺富人是令人触目惊心的激烈的生命搏斗,是以挑动人民之间的仇富心理为动力的,它是以牺牲另外一种公平为代价的公平。①

这种不讲效率的公平显然不具有社会公平的本质属性。建立市场经济体制,解放了人们走向富裕的愿望,"让一部分人先富起来"的政策更打破了大家一块受穷、谁也不敢去追求财富的僵局,经济权力开始拥有至高无上的重要性,市场交易的世界里充满竞争的活力,效率与公平成为既矛盾又统一的价值导向。

与此同时,在"一部分人先富裕起来"的政策作用下,除去市场带来的贫富差距外,一些非市场因素也为部分权势阶层先富起来创造了条件,在"相对剥夺"的社会心理机制的作用下,许多人的社会心理天平开始失衡;而此时,传统文化中的一些落后因子也沉渣泛起,等级观念、官本位崇拜、权力寻租、坑蒙拐骗等大行其道,人们开始有意或无意地梦想和制造着不公平,并将此作为通向成功的捷径。正是基于这样的时代变革,更基于社会价值体系的整体蜕变与重构所导致的新的审美理解与期待,中国当代股市题材小说立足市场经济的文化语境,反思传统,倡导公平理念,弘扬新市场精神,表现出一种"重铸民族精神"的现代性品格。

《中华人民共和国证券法》第三条明确指出,证券的发行、交易活动,必须实行公开、公平、公正的原则。"三公"原则是证券法律制度最基本的原则。公开原则,又称信息公开原则,即要求市场具有充分的透明度;公平原则,要求证券发行、交易活动中的所有参与者都有平等的法律地位,各自的合法权益能够得到公平的保护;公正原则,主要是针对证券监管机构的监管行为而言的,它要求证券监督管理部门在公开、公平原则的基础上,对一切被监管对

---

① 茅于轼:《中国人的道德前景》,广州,暨南大学出版社,2008年,第50页。

象给以公正待遇,公正地处理证券违法、证券纠纷与争议,维护证券市场参与者的合法利益。市场交易的本质是"逐利",由此演绎的市场经济的本质特征则为竞争,但它是一种以公平、自由为原则的竞争。

作为一个封建皇权等级制和小农经济体制绵延了几千年的社会,传统中国特别缺乏"竞争规则公平"的文化传统,更不用说"每个人在实现自身价值的过程中遵守同样的制度规则",公平、公正、诚信、守则等市场文化题中应有的理念在许多传统中国人的人生词典里全面缺失。

中国当代股市题材小说倡导公平理念,将现代"公平"理念纳入"新市场精神"的范畴,批判那些利用权钱恃强凌弱、违反契约投机钻营、靠不公平竞争破坏市场法则的行为,净化民族的市场精神园地,弘扬公平正义。它演绎了市场竞争中人的灵魂的沉沦与苏醒,倡导经济人道主义精神。"公平是以每一市场主体的地位平等和机会平等为前提的"。① 对于生活在转型社会的人们来说,中国当代股市题材小说这样的话语实践显然是具有启迪民智的功效的。在中国当代社会的底层,在普通老百姓中间,大家想改变自己不富裕的生活状态的愿望越来越强烈,但对社会提供的别的致富门道似乎缺乏把握的能力,认为股市也许是一个公平的机会。

《股潮》(李其纲著)表现了当时的人们喜爱股市这个"新玩意"的理由:"这就是股市了。股市让人与人之间的距离近了,平等了。它提供了共同的机遇,就看你会不会捕捉它。当你面对显示屏时,所有的人都站立在一条起跑线上。"小说中的黑蛋是一个普通的股民,在得到了30万元的房屋拆迁补偿费之后,他没有用这笔钱去买新房子,而是用这笔钱买了股票,房子先在近郊农民那儿租借一间。他用这笔30万元的房屋拆迁补偿费在股市炒作,赚了不少钱。他没有关系,没有门路,他发财靠的是股市提供的新机遇。

《色变》(稻城著)认为股市给普通人提供了机会:"它追求的是一种公平,不管你是贱民还是贵子,也不管你是大有钱还是小有钱,这里都有你的机会,炒股票不需要领导审批,不需要人脉关系、请客送礼……"

《从壹万到百万要多久》(渔火者著)的主人公张富贵是一个文人,在一家杂志社作文学编辑,在朋友的撺掇下进入股市。他认为股市对自己来说是一个好东西,"我选择炒股就是那时打下的思想基础。只有炒股不需要身份,不需要漂亮,不需要天资,无论老少妍蚩,运气面前人人平等,一切全凭命运的安排"。

---

① 王莹、景枫:《经济学家的道德追问》,北京,人民出版社,2001年,第177页。

《股惑》(容嵩著)中弘川对股市的认识非常有特色:"不犯错误的炒股人是没有的,贫道有时候甚至想:证券市场为什么在我们这个国家发展得这么快?除了其他种种的理由,大概还有一个重要的原因,这就是:证券市场是一个最富有人性的市场,在这里,最起码绝大多数的散户是平等的,没有什么人可以居高临下地命令你、指挥你,没有什么人可以对你品头论足、说三道四,你就是自己的主宰、你就是自己的上帝,在这里,你完全可以不像在单位、在政府机关、在家里,你可以谁的眼色也不看,可以凭着自己的判断,不用征求任何人的意见,不用取得任何人的批准,在最短的时间就做出一个买或者卖的决定——"股市应该公平,它对参与者一视同仁。在股市里不管人的地位高低,本大本小,都能"注册"炒股。股市应该自由,证券市场的自由之处在于没有人会领导你、干涉你。无论是无业人员、失业人员、退休职工、下岗职工都能来股市就业,自己当老板。

《股弈》(财神的红袍著)表现了在股市疯狂的涨跌中人们对股票买卖有了更深刻的认识:"股票这东西公平之处就在于,熊市里任何人都能买到特廉价的大批低估值股票,只是敢不敢买的问题;牛市里任何人都能在天价的估值上卖出股票,只是贪不贪婪的问题。"股市正是凭借这个"公平"的特点吸引着人类,吸引着社会的所有成员,吸引着所有与钱、与富裕没有仇的人,吸引着所有想发财的人。

从投资者的角度来看,中国股市是一个"柠檬市场",即存在严重的信息不对称性。筹资者为了达到圈钱的目的,将上市公司的有关重要信息进行隐瞒,由此在筹资者与投资者之间竖起了一道厚厚的屏蔽,将重要信息统统隔离。上市公司披露的各种信息的真伪关系到投资人的切身利益。股民购买股票这一特殊的产品,是买其价值而非使用价值,而其价值的体现完全靠其公开披露的招股书、中期报告等信息,加上股票不能退、风险自负的特点,上市公司披露的各种信息引导着投资人的投资决策。中国当代股市题材小说忠实地记录了这一特定时代的股市历史,艺术地反映了社会转型期所表现出来的种种过度自利的非理性行为,从而较为全面地揭示了贪婪与伦理道德的冲突。

《阴谋》(李德林著)描写东北一家亏损停产的县属小酒厂被当地官员和资本运作高手玩弄于股掌之间,业绩造假,违规挪用资金,包装上市,建老鼠仓,坐庄,内幕交易,操纵股价,洗钱圈钱,抽血逃跑等充满阴谋与陷阱的系列操作内幕。

东北滨海市湖岛县将一家亏损停产的小酒厂改造成岛泉酒业。县长宋如月主张县政府用国有资产先注册一个公司,再以这个公司的名义出资成为岛泉酒业的大股东。公司成立后马上进行招商,折价出售公司的部分股权。湖岛县动用社保资金、政府提留以及学校筹建资金一千五百万,成立了长清实业公司。岛泉酒业正式成立,长清实业以九百万元成为它的第一大股东。杜子明原是北方大学的教授,股改名师。在大学离婚后暗恋女学生微微,设计英雄救美,不料自己请来的小混混真的伤害了微微,为了掩饰自己的罪恶,杜子明把微微介绍给也一直暗恋微微的男生王明。杜子明无法在北方大学待下去了,幸好受到湖岛县县长宋如月的赏识,出任岛泉酒业的董事长。岛泉酒业为了上市,需要招商,杜子明通过京安证券投行部总经理许木引来了京都投资的法人代表王刚。杜子明和宋如月布下桃色陷阱,使王刚无法在岛泉酒业上脱身。王刚亲自担任岛泉酒业董事长,坐上董事长宝座不到一个月的杜子明黯然退下。王刚算计如果岛泉酒业三年就能上市圈一大笔钱,那些钱不但可以解北京项目困局,自己还能得到一家上市公司。于是王刚请来股市奇人陈诚帮自己出谋划策。陈诚在美国的哈佛大学取得了金融博士学位后回到了中国。他的第一次大手笔是将什么都没有的南海药业给包装成规模达到三亿元的一家上市公司,通过什么二氧化碳临界值萃取的方式,生产一种治疗性病的独家秘方,南海药业迅速成为医药界一颗耀眼的新星,陈诚因此成为证券市场的传奇人物。陈诚现在受王刚的委托,为岛泉酒业上市进行"包装":现在岛泉酒业的销售规模是四千万,只要调动两亿现金,加速流通领域的现金周转,就可以使岛泉酒业一年的销售达到四亿元。他找到三家大的经销商和三家有实力的原材料供应商,动用五千万元现金,投入生产中,让岛泉酒业产能达到1亿元的规模。经销商手上的岛泉酒,转手出售给岛泉酒业的供应商。供应商对岛泉酒业的酒经过短暂库存保管后,再将这些成品酒,以原材料的名义,让岛泉酒业拉回酒厂,短暂库存期后,再卖给经销商。往返循环,根据上市的募集资金需求,安排生产销售的循环周期,生产也只是象征性的,这样一来一条完整的产业链就这样打造完成了。整个产业链构建两个最关键的环节就是,岛泉酒业先通过别的公司,将一点五亿元的资金分别打到至少三个经销商账户上,经销商再以货款的名义打到公司,公司通过购买原材料的名义,将现金打到原材料供应商的账上,供应商通过走账,将经销商手中的成品酒接走,供应商再将成品酒以原材料名义销售给岛泉酒业。这些股市资本运作高手通过弄虚作假,使岛泉酒业得以顺利上市。杜子明的学生刘冰在广州成立了鹏潮集团。他看中了岛泉酒业上市公司这个壳,想通过控制岛泉酒业,在股市增发融资,为自己的鹏潮集团房产项目弄来资金。

因刘冰食言，没有兑现成功融资后给王明500万元的奖励，王明与刘冰反目。刘冰违规从岛泉酒业抽调资金，违规让岛泉酒业为鹏潮集团项目贷款担保。王明则利用自己的董事长身份，与股市庄家合谋，出让实际控制人为刘冰的公司股权。最后王明被刘冰的弟弟刘洋枪杀，刘冰被举报，这些弄虚作假、肆意妄为的股市"牛人"全部入狱。社会的公平正义不容挑战。

中国当代股市题材小说以文学的名义在商业的世界里喷洒"杀虫剂"，格杀那些利用权钱恃强凌弱、违反契约投机钻营、靠不公平竞争破坏市场法则的"寄生虫"，净化民族的市场精神园地，弘扬公平正义。现代的股票市场究其本质无非是全社会集资，把资金交与最有能力的职业经理人，为国民不断创造财富；职业经理人负担了信托责任，受到法律和政府的严格监督。

中国当代社会基本完成了由数千年农业社会向工业社会过渡的历史飞跃，为建设一个现代化国家打下了坚实的经济民主基础。按一个股民影响3个家庭成员计算，中国当今至少有3亿人的日常生活与股市紧密相关。也就是说，将近四分之一的中国人与证券市场关系密切。中国经济的民意基础正受到来自资本市场的经济民主思想的影响，经济生活中的民主性不断增强。资本市场是一个法治市场、一个讲究经济民主程序和原则的市场。当一亿多证券市场参与者依照"公开、公平、公正"的原则和权利均等、责任自担的精神参与证券投资和其他经济生活时，它对当代中国的意义，早已超过了经济范畴。证券市场参与者的自主权益意识、理性选择意识、法治程序意识与当代民主政治的要求天然交集。这种经济民主思想，对当代中国的政治文明建设是意味深长的。

> 与农业文明不同，工业文明需要更开放的市场，需要在更大范围内配置资源，需要有完善的法律与良好的秩序。因此，当资本市场作为生产要素高级配置场所时，它对于用行政手段管理经济的旧有模式的冲击是可想而知的。随着市场体系的建立，整个社会的经济制度与政策思路自然要发生改变。当多种成分的工业经济占国民经济主导地位，当股票市值超过GDP总值、股市有足够影响力时，当一亿多投资人都在以平等身份参与经济活动时，当民众的经济民主意识日益增强时，它对中国社会的政治文明建设的推进作用是不言而喻的。①

---

① 邹民生：《4000万股民对当代中国意味着什么》，《上海证券报》2007年10月9日。

当千千万万股民真正成为投资者、当股市与中国经济能够持久良性互动时，人们迎来的将不只是投资收益，而是一个新的文明时代。

平等强调的是市场主体的地位平等与人格尊严，公平强调的是交易中的买卖公平。公平是市场交易的灵魂，是衡量市场交易活动是否有序、是否规范的试金石。人类历史是不断追求社会公平的历史。公平原则是现代契约精神的关键。市场经济是一种契约经济，市场交易各方自由自愿地达成和履行契约，是市场经济有效运行的前提。市场经济倡导以平等为基础的行为规范原则、以权利和责任对等为基础的社会关系原则、以贡献为基础的市场分配原则以及以社会共享和社会保护为基础的再分配原则。就人类社会的发展历史而言，经济理性与道德伦理是相伴而生、相互推进的。构建与社会进步相适应的市场理性体系，重塑效用最大化理念与道德伦理的和谐共荣，已成为社会发展的迫切需求，它当然也应该是股市题材小说创作义不容辞的责任。

第四章　中国当代股市题材小说与当代中国人人性的市场修炼

股市是上帝根据人性的弱点而设计的一个陷阱,是对人性的一种挑战。1988年,美国心理学家R.巴瑞克出版了《心理陷阱——掌控投资的内心世界》,他在"我们的敌人就是自己"的自序中写道:

> 使股市显得复杂而又具有挑战性的原因,还包括人的内心世界,如感觉、情绪和判断等人性因素在内。这些心理因素,往往就是阻碍我们在股市成功的绊脚石,投资人必须学习如何去克服这些障碍。我把这些障碍称之为"心理陷阱"。

股市会变,但人性不会变,人类对金钱的贪婪和恐惧不会变。人在股市中最大的敌人不是别人,而是自己;股市上真正的英雄不是征服别人,而是征服自己。证券投资的过程实际上是跟自己战斗的过程,藏在内心的魔鬼时刻都不忘发挥它的影响力,让人在贪婪和恐惧的交替中备受折磨。

股市所有的投资技巧和原则,最终都将落在如何认识自己,并最大限度地克服人性弱点的负面影响上。当用金钱剥开人性的弱点之后,做股票实质上就是人与人之间道德品行、智谋、价值观、人生观的较量。造成大多数人股市失利的原因,主要是与人性的弱点和不良习气有关,如贪婪、浮躁、犹豫不决、鼠目寸光、眼高手低等等。为了克制这些人性的弱点和不良习气,人们制定了买卖戒律,与人类自身作战,战胜人类自己。

一个人格低下、道德猥琐的人,一个斤斤计较、患得患失的人,一个懒惰贪婪、机关算尽的人,一个野心勃勃、不择手段的人,不可能在股市上获得最终的成功。人性中根深蒂固的恐惧、贪婪和希望,影响着我们所做的每一个决定,使我们常常做不到自己知道应该做的事情,使我们总是会想办法,找借口来不按这些规则办。因为严格执行这些规则与我们内心深处对亏钱的恐惧、对认错的抗拒、对不劳而获的期望、一夕致富的梦想相左。

股市是炼狱,其中的风险和刺激,其中的痛苦和快乐,没有亲身经历过的人是难以想象的。炒股炒的是人类的好品德:冷静、理性、耐心和坚韧。股市投资需要战胜人性。真正的专业化投资、专业化操作需要丢掉人性,一切操作以市场信号为基础,这期间甚至都没有自我。当然这需要一个修炼过程,一旦战胜自我,自然就能很轻松地战胜市场了。

在股市里你赚不到钱,亏损套牢的深层次根源,不是你不够聪明,也不是你不够勤奋,亦与技术无关,一切都是因为你没有看透自己和其他人的人性。在股市中每个人都会展现出人性的弱点。那些投资业绩稳健和突出的投资者往往并非具有多么高超的能力和非凡的智商,而是能够很好地克服自己的人性弱点。炒股并不是一件非常艰难的事情,炒股只需要具有独到的眼光、准确的判断、良好的心态和铁的原则就可以了。人类是感性的动物,炒股时情绪难免会随行情涨跌起伏,从而影响投资者的投资行为。证券市场的自由之处在于没有人会领导你、干涉你,但没有约束的地方注定也是犯错误最多的地方,所以投资者对自己的约束,重要性超过了一切技术。

人性弱点和不良习气在股市中的具体表现多姿多彩。人性弱点中最突出的几项都是炒股人的致命软肋:贪婪、恐惧、冲动、盲从和执迷不悟等等。股市风云变幻,拒绝一切单一和重复。股市是一种放大器,在放大财富的同时,也放大风险。股市是人性的放大器,在放大美德的同时,也放大邪恶。股市的一切变化离不开人性,因为所有的股票都是人在买进卖出,因此股市永远都会带着人的性格,带着一个时代、一个民族的性格。

第一节 中国当代股市题材小说与人性的裸露和放大

在某种意义上来讲,炒股是人类这种动物为了争夺生存资源而进行的斗争,因此在股市中一切人性都是赤裸裸的。人有很多缺点,这些缺点的形成有的源于动物的本能,有些是长期生活中培养出来的习惯。在股市中,人的缺点无所遁形。股票投资联系着许多做人的道理,折射出更多人性的弱点。在社会生活的其他方面,人性的弱点可以用许多方法掩饰,但是在股市上,人性中太多的东西会在金钱的力量下不堪一击,溃不成军。赤裸裸面对的,是生命最真实的那一部分。

股市是一个世人瞩目的人生舞台,各色人等在这个舞台上不得不真实地展示自己的隐秘灵魂。股市是一面镜子,它透视着人们内心的一切,金钱、渴望,甚至是欲望、贪婪,在这里纤毫毕露。在瞬息万变的股市面前,人性的弱点显露无遗,上涨时兴奋和贪婪,下跌时沮丧和恐惧。情绪波动的冲击极可能让投资者失去耐心和客观的判断能力,进而做出错误的投资决策。人类的贪婪与恐惧、脆弱与善变、盲目与冲动、短视与偏见,在股市这面魔镜里展现得淋漓尽致,毫发毕现。

容嵩《股惑》中的股民吴弘川表达了自己作为出家人对股市的认识:"证券市场为什么在我们这个国家发展得这么快?除了其他种种的理由,大概还有一个重要的原因,这就是:证券市场是一个最富有人性的市场。""证券市场的神奇,就在于它不仅满足了国家的需要,满足了各个行业的需要,同时也最大限度地满足了中国普通老百姓的人性的需要……""在买卖股票、观察市场、观察数千股民的过程中,我领悟了许多玄机,这里边,既有对数不清的芸芸众生的更深刻的了解,对人性中种种残缺、丑陋的顿悟,也有对股市本身运行奥妙的体察。""股市是个只认金钱,在一定程度上也认法律的地方,特别是股票买卖交易的过程,人的'七情',就是中医说的'喜、怒、哀、乐、悲、恐、惊',在这里得到了尽情的表露,尤其是,人性中的贪婪与恐惧得到淋漓尽致的表露,散户亏损的比较多,与这一点有很大的关系。……证券市场又是最不讲人性的地方,在这里,人的动物性同样得到充分的表现,以强凌弱、弱肉强食……""股市是最能体现人性的地方,许许多多的人犯这样那样的错误,其实都是由于贪婪、恐惧、侥幸、轻信等等人性的弱点所决定的,也就是说,不是太贪心,就是赢得起输不起,要么是明明感到应该买进或卖出了,却心存侥幸,希望股价再高一些或再低一些,要么是轻信股评、轻信他人之言、轻信政策……"贪婪、恐惧和浮躁,其实是人的本性,也是人最原始、最基本的心理之一。它根植于人的心灵深处,一般情况下是很难被察觉,要克服更非易事。

黄恒的《逃庄》描写人性中的趋利避害与股市中的追涨杀跌的联系,探究股民追涨杀跌的文化原因:"做股票的人免不了喜欢追涨杀跌,这跟传统文化讲究的趋利避害倒还相吻合。古训有之,照着做应该不会错,但人性的弱点——怀疑、贪婪、懊悔、侥幸心理,还有恐惧,往往把这条古训搞颠倒了,趋利趋在了最高点,避害避在了最低点。"趋利避害是人的天性,在股市中它常常演变为追涨杀跌,而炒股追涨杀跌的结果常常是趋害避利,与股民的愿望相反。这都是由于人性无法克服"贪婪"(因贪心而追高)与"恐惧"(因恐惧而杀低)这两项弱点所致。

《右边一步是地狱》的作者杜卫东在小说后记中阐述自己的创作意图:

> 中国有八千万股民,涉及人口的两三个亿。……而他们作为一个弱势群体,有着太多惨痛的经历。……作为一个庞大的人群,他们的喜怒

哀乐,从一个独特的视角折射了社会在转型期所经历的无序与阵痛。

让他们各自以股市为舞台展示人性的渴求与欲望。这种渴求与欲望尽管表现形式不一,但像小孩子吹涨的肥皂泡,都从不同角度照出了时代的光影。

一个股民在股市里的输赢结果,实际上是对他人性优劣的奖惩。股民在股市投资的过程,也是股民逐步认识自己的过程。

在来不及健全的法制下运行的中国股市往往是经济和政治腐败的温床,是欲望肆虐的舞台。矫健的《换位游戏》描写一对在股海里沉浮的孪生兄弟。哥哥辛遥是蓝天证券公司的操盘手。在过去的一年里,辛遥独自操盘坐庄,为营业部创造了上亿元的利润,作为公司最佳经纪人奖获得者,获得公司一只重达 1200 克的纯金地球仪(价值 15 万元)奖励。辛遥用自己年轻的肉体和无尽的屈辱换来富家太太的提携,成为股市翱翔之鹰。辛遥炒高天堂岛的股价,天堂岛公司因此每个季度送给辛遥 30 万元。因为天堂岛公司需要把公司的股票价格推高,才能够推出配股和增发方案,从股市圈走大把钞票。对金钱的贪婪左右着这里的一切。天堂岛公司董事长慕越峰在公司业绩上弄虚作假,银行领导、国企领导则用公款支撑天堂岛股价,自己暗地里都建有巨大的老鼠仓。他们只要自己赚了钱,不管公款的盈亏。当辛遥那在海边小学教书的孪生弟弟对他的辉煌表示钦羡时,他主动和弟弟互换了身份。他远离了股市的尘嚣,弟弟则体验着孤独鹰所有的都市欲望。随着股市黑幕一道道地揭开,人们似乎理解了孤独鹰对都市生活的厌倦。辛遥作为公司的操盘手,对股票买卖中的"猫腻"心知肚明,"长久以来,我一直在计划建立一个空前未有的、巨大无比的老鼠仓。那些有权有势者,以老鼠仓的方式攫取丰厚利润,深深刺激着我的神经。我也要以同样方式,在现行不公平的分配框架中,拿走我应得的一份"。老晃是当地黑社会的老大,他通过贩毒等手段获得了大量黑钱。缺少资金的辛遥和老晃合伙,暗地里在天堂岛股票上建了一个一千万股的老鼠仓,赚了 4 个亿。原来辛遥与这一黑帮团伙合谋,想从股市套取巨额现金,然后卷款外逃。他之所以与弟弟换身份,就是为了让弟弟替他顶罪。人的贪婪膨胀至此,人性已为之沦丧。它所带来的是社会的瘟疫、人性的灾难。借用托尔斯坦·凡勃伦的话说,这些人的行为动机就在于"累积财富时所寻求的目的,在于争取在资力上与社会中其余成员相形之下的优势。一个普通的、正常的人,如果在这样的对比下显然居于劣势地位,他就不免要一直在怨尤中度日,不能满足于当前处境;如果一旦达到了社会的或社会中属于他的那个阶级的所谓正常的金钱标准,他原有的长期不满情绪将为另一种心情所代替,那里他所片刻难安的将是,怎样使他自己的金钱标准与这个平均的金钱标准之间的差距能够扩大、再扩大"①。而无止境的"扩大"、无限制的自利、无道德随行的效用最大化,除了让人"片刻难安",更会让社会伦理扭曲,让人性走向异化。小说昭示的正是这样的人性危机。人性是优点和弱点的矛盾统一体。股市就像是专门针对人性弱点来设立的,人性的弱点则专门驱使人在股市里犯错误。

股市是功利欲非常强烈的地方,因为赚钱和赔钱可以在很短的时间内产生,因此股市是人性的放大镜,任何优点和缺点都会在这里迅速放大。也正因为如此,很多原本生活中很聪明的人,一进股市,智力就快速下降,不知不觉中就迷失在这诡秘不定的市场中不能自拔,其根本原因是人性弱点在作怪。

第二节 中国当代股市题材小说与人性的贪婪和恐惧

来到证券市场的每个投资者心中都有对财富的强烈欲望。归根到底,人们炒股是受牟利的心理驱使,是人的贪婪使然。股市有赚钱效应,这是它能够吸引心怀贪念者的主要原因。股民本身便是怀着对"利"的贪欲来到股市的,如果不能有一种正确超然的理念,那么他便像是投入到一个残酷的漩涡,与生俱来的贪欲只会让股民在漩涡里越陷越深。

股民贪婪最普遍的表现是在股市里从来不肯罢手,过度交易,不适时远离市场。很多新股民甚至是老股民,炒股从来都不空仓,牛市满仓,熊市也满仓。绝大多数股民那种连一个小阳十字都不肯放过的操作方式,源于极度贪婪。股市操作需要有所为有所不为,需要懂得必要的"舍",才能得到自己想要的"得"。手里握着正在上升的股票,希望它涨得更高;眼前股价往下走,则盼着跌得更深,好让自己抄大底,结果却是套牢或坐失良机。贪婪会使股民失去理性判断的能力,不管股市的具体环境,无法让钱闲着,勉强入市。贪婪也使股民忘记了分散风险。亏钱时希望股价能回升到自己入市的价格,让自己全身而退。这种希望是阻止股民进行理性思考的障碍之一。

用钱挣钱,股市提供了这种可能。股票的迷惑性不在于股票所基于的价值,而在于它给炒股者提供的幻想。炒股赚大钱的可能以及赚了大钱后改变

---

① [美]托尔斯坦·B.凡勃伦:《有闲阶级论》,蔡受百译,北京,商务印书馆,1964年,第26—27页。

自己的生活方式、满足自己的虚荣心的欲望,是极其危险的。贪婪者容易高估自己的投资能力。牛市的时候,投资者信心膨胀,市场上顷刻间涌现出大批"股神"。一旦熊市到来,多数人会在自以为是中输得精光。投资自应该牢记,再温顺的老虎总还是老虎,面对老虎的时候,除了敬畏和谨慎之外,别无选择。苏格拉底有句名言:我平生最大的智慧,就是知道自己一无所知。在市场面前,不管是机构还散户,都显得非常渺小,试图主导或征服市场的人,最终多是身败名裂。正是由于过度高估自己的能力,才会认为自己与众不同,才会设定高额的预期收益率,才会自作聪明地频繁交易,并最终导致亏损。准确、客观地评估自己的投资能力是成功的前提,盲目的自信和骄傲是阻碍做出正确决策的罪魁祸首。股市放大了人性中的恶,放大了人心中的贪婪和恐惧,而人心中的贪婪和恐惧则成倍地放大了股市的危机。

纸裁缝《女散户》中的郭越是一个种牛场的普通员工——打字员。她出身于普通家庭,参加工作不久,因此积蓄不多。郭越凭着改变现状的勇气,在春节前把自己的奖金和积蓄全部投到股票市场里。她用自己的所有积蓄两万多元钱作本钱,根据在网上遇到的陌生人"那谁"的指点炒股。炒股给郭越的生活带来了很大的变化:"炒股票会改变一个人的人生,但是首先会改变一个人的心。"她个人的资产神奇地从两万变成了二十多万,不久又变成了六十多万。郭越的种牛场的同事们大多炒股,"郭越单位由一个国家行政事业管理单位,摇身变成了 N 个不同的炒股兴趣小组"。这些渴望发财的散户们一年四季随着股市的涨跌而悲喜交加。郭越的大姐郭延是另一个单位的财务人员,由于丈夫的平庸无能,家无余财。但是郭延非常需要钱,丈夫得了重病,要做心脏搭桥手术,需要巨额治疗费用;小孩大了,现在住的房子太小,需要换大一点的房子。靠夫妻两人菲薄的工资不可能改变家庭的经济状况,郭延只能想另外的办法。她看到自己的同事挪用单位的钱炒股发了财,于是也动了同样的念头。"郭延是一个老实女人。她每天像一只蚂蚁一样低着头忙碌着,却看不到将来的一点儿希望。丈夫做心脏搭桥手术需要 40 万元的费用,她没有。换一所大一点的房子要 60 万,甚至上百万,她也没有,而且这辈子都不可能赚到。直到看着自己科室的人都靠着炒股票赚了大钱,她才想明白了一个道理——借鸡生蛋。"由于单位管理不严,郭延挪用单位的公款并不难。她孤注一掷,挪用公款 400 万炒股,账面上十几天的工夫就净赚了 60 万。"不但把心脏搭桥的手术费用赚出来了,而且还有富余。如果郭延这个时候全身而退,那将是一个皆大欢喜的局面。但是郭延开始有了新的祈望,那就是再利用半个月的时间赚一所房子出来。"郭延为了赚更多的钱,没有获利出局。不久股市大跌，郭延无法忍受，割肉出局，从净赚60万元变为净亏150多万元。不肯放弃已经到手的好东西，这是人的天性。因为舍不得、放不下曾经到手的一点小便宜而最终招致悲剧的事例在股市中比比皆是。"该放手时就放手"，这是在股市中人人都懂得的道理，然而，当股民看到曾经到手的利润瞬间灰飞烟灭，总想它能够重新回到自己的手上，为此无论如何也不肯放手。很多股民因此在股市中被套得很久，被套得很深，被套得翻不了身。"郭延不指望波岛股份真的能涨到30元，郭延心里想，只要波岛股份涨到10元，自己就把钱归还给单位，洗手不干了。郭延不知道她已经掉到了一个陷阱里。恐惧和贪婪从来是一对孪生子，他们一个拉着另一个的衣襟，谁都离不开谁。"乱了方寸的郭延找妹妹郭越借钱，想在股市扳本。"现在唯一的办法就是找人借点钱，在低位买进去，摊低成本，等这只股票涨起来，自己就有救了。"郭越借给大姐自己的一半资产30万元，谁知郭延在股市又亏了，她把"翻身"的希望寄托在妹妹郭越从"那谁"那里获得炒股的消息上。为了救自己陷入绝境的亲姐姐，美丽的、清纯的郭越甚至不惜屈辱地向"那谁"献上了自己的处女之身，郭延看到妹妹因救自己而受人伤害，万念俱灰，跳楼自杀。

在市场经济的要素市场中，股票市场最能反映出资本的逐利性以及人类追逐财富的欲望，这本无可厚非，因为股票市场的魅力就在于此。涌现于中国当代股市题材小说作者笔端的人物明显带上了浓烈的金钱至上色彩，金钱和物欲的追逐开始了从未有过的疯狂，充分表现了人性的贪婪。面对社会转型期财富伦理的重大变革，人们在冲破传统的"重义轻利"伦理观的束缚后，面对的是市场经济带来的金钱崇拜的狂热；社会在激励不断发展的趋利冲动和加快发展的创富激情时已遭遇人的主体性迷失的危险。

一扔就涨的《股剩是怎么练成的》对股民心中的贪婪和恐惧有形象的描写："这个市场上，最大的敌人就是贪婪和恐惧。贪婪，是总想买到最低价，卖到最高价，涨了还想涨，贪得无厌而冲昏了头脑。恐惧，是一跌就怕亏，怕买不到，怕卖不掉，怕赚少了，怕亏大了，怕涨怕跌。贪婪和恐惧经常缠绕着，攻击着每一个人。"贪婪和恐惧是股市里最常见的两种情绪，贪婪是过分地看多，恐惧是过分地看空。德国著名的社会学家格奥尔格·西美尔在他的《现代文化中的金钱》里曾经谈道：

> 现代人对幸福的巨大渴望……显然受惠于货币的力量和它造成的结果。各阶级和个体之所以能够发展形成现代独具的"贪婪"（人们可以诅咒它，也可以将它作为刺激文化发展的动力欢迎它），是因为现在有了

一句可以用以概括一切值得追求的目标的通用语,有了一个中心点。它就像神话中有魔力的钥匙,一个人只要得到了它,就能获得生活的所有快乐。①

格奥尔格·西美尔深刻洞察到了货币与现代社会、现代文化的深层关联。在现代社会中,货币不单单是一个经济现象,而且是复杂的社会、文化、政治关系建构的产物,本身承载着深刻的人性的、形而上学的精神意义。当金钱不再作为手段而是成为目的主宰人们的生活时,对于金钱的狂热追求成了人类永远满足不了的欲望。

> 货币给现代生活装上了一个无法停转的轮子,它使生活这架机器成为一部"永动机",由此就产生了现代生活常见的骚动不安和狂热不休。②

> 金钱的地位取代了过去政治权利的地位而变成社会与生活中最有力的价值尺度和调节手段,人们的生活习惯、观念与感情完全被更新了,物质欲望及其被满足成了社会生活的主流。③

人们追逐金钱和财富变得空前恣意而疯狂,金钱问题作为一种表现"金钱"与"人"的关系的文化现象和精神现象,成为中国当代股市题材小说空前丰富的话语题材和表征空间。

在股市中,要学会审时度势,根据趋势变化,适时休息,这样才能在股市中准确地把握应该参与的机会。在股市中不要去追求最大化的利润,而是要去追求最有可能实现的利润。股市上当受骗者往往有一共同的特点:"贪",这个"贪"是人性,"不贪"是经验。在股市里,"知足常乐,守住自己,滴水穿石"才是成功者的金科玉律。我国大多数投机者不是为了赚钱而来,而是为了发财致富甚至是为了暴富而进入股市的,因此,他们在炒股过程中,往往追求赚大钱,买进股票就想赚30%甚至50%,有的人甚至想着翻番。如此的心

---

① [德]格奥尔格·西美尔:《现代文化中的金钱》,刘小枫主编、顾仁明译:《金钱 性别 现代生活风格》,上海,学林出版社,2000年,第13页。
② [德]格奥尔格·西美尔:《现代文化中的金钱》,刘小枫主编、顾仁明译:《金钱 性别 现代生活风格》,上海,学林出版社,2000年,第13页。
③ 李书磊:《都市的迁徙》,长春,时代文艺出版社,1993年,第14页。

理势必会增强股市投机性,因为只有剧烈震荡、投机性强的股市才能满足投资者的上述要求。

《坐庄》(李唯著)中风林乳品厂厂长老娄用二千八百万元钱参与粤兴证券公司坐庄的通达橡胶炒作,两千八百万,才两天的时间,就亏得只剩下六七万了。跳楼自杀前,老娄总结自己的教训:过去家里穷,想吃烧鸡都买不起,"现在我有钱了,烧鸡想吃就吃,可心大了,心野了,老也不满足,有了钱还想更多的钱,结果……所以说这人呐,人不能贪呐!"在我国当代股票市场的前期,因为制度的不规范和管理上的漏洞,造就了一大批的股市暴发户。这些事例对以后股票市场的参与者带来了不小的影响,让后来的人形成了一种思维定式,认为股票能让别人一夜暴富当然也能让我一夜暴富。这正是人贪婪本性在股市中的体现。在资本市场要想成功,就必须逆向使用华尔街投资的两大死敌:恐惧与贪婪。恐惧也是股民最难战胜的心魔。涨也怕跌也怕,大盘涨了,由于担心再跌而恐惧,因为恐惧而在最低位斩仓;股票涨了一点,担心下跌,在刚刚上涨阶段就卖掉了;股票跌了,往往由于恐惧在最低位斩了。股市一走熊,就认为世界末日来了,套住了永世不得翻身了,在牛市来到的前夜刎颈自尽。害怕套牢,因此不买而卖;害怕踏空,因此不卖而买;害怕少赚都是恐惧。股价涨时如何不让贪婪冲昏头,股价下跌时如何管控恐惧心情,这些都是人性最大的煎熬,因此才有"股市就是人性最大战场"的说法。

贪婪和恐惧是股市里最常见最古老的两种情绪。和百年前甚至更早时期的先辈一样,现代人有着同样的贪婪和恐惧,一样在亏损时不肯割肉,一样满足于小利而在股票的牛市中中途退席。《股殇》(黄睿著)通过对庄家打压吸筹、振荡洗盘、拉高出货等手段的描写,真实地再现了人性的弱点在股市中被人利用的悲哀。人性的贪婪和恐惧使王卫东有机可乘,高位出局,实现了胜利大逃亡;人性的贪婪和恐惧又使众多股民在云龙股份如妖龙狂舞之时跟风杀入,陷入万劫不复的深渊。

周倩《投资总监》中散户极差的心理承受能力给庄家以可乘之机:"股市中的投资大众,个个想骑'黑马'。可是每次不幸的常常是,即使已爬上了'黑马',却没办法坐稳。原本持有一只可以赚大钱的股票,但因其中的走势太可怕、太危险而斩仓认赔,草草离场。然而就在刚刚出手的那一刻,行情却突然迸发了。"股市涨了,那些还未"止损"的人会感谢上帝给他们一个全身而退的机会,股价跌破支撑线的那段亏钱的时光令他们寝食难安,现在终于有个不亏甚至小赚的机会,他们会赶快卖掉股票以结束噩梦。谁在股市也不愿亏钱,恐惧使我们不能止损。恐惧有很强的记忆能力。上次有了赚钱股票以亏钱收场的惨痛经历,这次要避免同样的伤痛,什么走势、大市、分析等等都顾不得了。一般的人同样恐惧不随大流。对"未随大流"的恐惧和失去"赚大钱"机会的担心常使很多股民在股票的最高点入股。贪婪和恐惧像是天平的两端,无论哪一端加重或减轻,最终都会导致人心中的秤失衡,从而引发许多不良的情绪,诸如冲动、狂妄、忧郁、失望等,对人的心理和生理均会产生不利的影响。一个不能战胜自己的人,是很难战胜股票市场的。

第三节 中国当代股市题材小说与人性的投机和侥幸

投机取巧、急功近利,这种心理在股市里普遍存在。迷信内幕消息,渴望"与庄共舞",喜欢频繁交易,追求"一夜暴富"等,这些普通投资者常见的行为表现,正是"投机与侥幸"的心态使然。中彩票的概率微乎其微,但仍有很多人乐此不疲,因为每张彩票中奖的机会是均等的,人们都不想放弃赌一赌自己运气的机会。很多证券投资者完全受投机与侥幸心理的左右。跟庄是赌自己比庄家更聪明,看技术指标是赌历史能够重演,听消息是赌散布消息的人是诚实的。投机和侥幸说到底是人类惰性的体现,没有付出,就没有收获,这种简单得如同白开水的哲理,在股市里同样适用。

每个人都有或多或少的赌性,股市提供了满足赌性的场所。对坐在赌台上的赌徒来说,不下注是很困难的。因为新的赌局就是新的机会。你很少看到赌徒愿意错失新的机会。在侥幸心理的支配下,投资者通常缺乏对市场正确的研判,缺乏对市场趋势清醒的辨别,他们的买卖行为往往是建立在没有客观依据的基础上的。对他们来说,选股就如同是押宝,买卖操作就像是赌博。他们盼望捉住一只连续涨停的股票,好让自己一本万利,他们一旦在股市投资中赚了一点钱,多半会被胜利冲昏头脑,像赌博一样频频加注,恨不得把自己的身家性命都押到股市上去。当股市下跌自己亏了钱的时候,他们不惜背水一战,反而会不断加大投入,把资金全部投在股票上,愈亏愈赌,多半落得严重亏损的下场。

在股市,股民常常无法预测股票会向某个方向走多远。股票可能翻一倍,也可能翻十倍。股市这种"赚大钱"的可能使很多股民失去了心理防备。一心想着"赚大钱",人的赌性会越来越大,下的赌注也越来越大。如果没有赌中,要一心只想着"赚大钱"的股民接受"亏很多钱"的现实是很困难的。随着亏损的不断增多,人的正常判断力就慢慢消失了。直到有一天终于无法承受过于巨大的损失,断腕割肉,亏下一个很难填平的窟窿,不得不经受在正常情况下不会发生的大损失。股市这种赚大钱的可能,股市带给人们这种挣大钱的幻想,是极其危险的。因为这种可能性是存在的,但在股市中并不容易实现,因此炒股需要很强的自制能力。

矫健《金融街》中S市的金融街,其实是改革时代中国金融界的缩影。银行、证券公司、期货公司、保险公司,幢幢高楼耸立于金融街,形形色色的投资家、投机客云集于金融街。小说讲述了一个名叫崔瀚洋的年轻人怎样从炒股发迹,一夜成为身家亿万的大富豪,又因为嗜赌如命,瞬间沦落为身无分文的穷光蛋,然后又东山再起的故事。

崔瀚洋是一个从散户成长起来的股市庄家。他与东方银行行长萧长风有一个共同的爷爷萧永贵,爷爷曾在一家德国银行工作,混到相当高的职位。爷爷还从自己的父亲手中继承了一座老式钱庄。新中国成立前夕,爷爷使这座钱庄变为S市鼎鼎有名的永亨银行。但爷爷的新宠竟是一名妓女。妓女出身的小老婆也养了一个儿子,就是崔瀚洋的父亲。崔瀚洋的父亲是老知识青年,娶了当地一个农家姑娘,生下崔瀚洋。爷爷尽最大努力把崔瀚洋办进红星木钟厂,并按照政策享受知识青年子女待遇,就这样崔瀚洋成为红星木钟厂的一名正式工人。

崔瀚洋后来从木钟厂辞职当了太平洋保险公司的一名推销员。他潜心研究股市,为股民炒股支着,股民赚钱后买他推销的保险。广东老板黄旭靠走私起家,二十九岁时就有了一个亿的身家。他请崔瀚洋当操盘手,在股市操作上亿资金。崔瀚洋掌握着上亿元资金,选择一只小盘股坐庄。赚钱后黄旭抵赖分红协议,崔瀚洋因此与黄旭分手。金泰证券公司的白帆总经理请崔瀚洋去操盘,主持金泰证券公司的股票自营买卖。崔瀚洋善于观察主力资金的动向,牢牢把握大势。他像一只嗅觉灵敏的猎犬,总能及时发现获利的方向。经过咖啡期货一战,崔瀚洋的个人资产轻而易举地超过千万元大关。越来越多的人请他操盘坐庄,股票、期货、国债……哪个领域都能够看见他活跃的身影。崔瀚洋成为股市的"神奇小子",他的个人财富以惊人的速度增长。

红星木钟厂完成股份制改造,更名为红星集团股份有限公司,成功上市,融得巨资。黄旭组建美隆投资公司,专门炒红星公司股票。黄旭当美隆投资公司董事长,董事会由十三太保组成。崔瀚洋又被黄旭请来当美隆投资公司的总经理。黄旭让红星公司董事长胡昆出资两个亿,交给崔瀚洋操盘炒作红星股票。黄旭因此让崔瀚洋出资一千万给胡昆个人炒红星股票。胡昆虚构红星公司利润,以配合崔瀚洋的炒作。其实红星公司不仅没有赢利,而且尚处于亏损状态。胡昆炮制出一张漂亮的报表,并买通会计事务所,拿到了审计报告。接着胡昆将推出配股方案,力争十配八,为的是再从股市里圈两个亿回来。实业家沈龙飞在崔瀚洋的劝说下,出资二千万炒红星股票。沈龙飞要崔瀚洋帮他设计一个兼并红星集团的方案。

  崔瀚洋精心地打造红星高科这只股票:龙飞加盟、红星股份改名为红星高科、10 送 10 方案出炉、筹建商务网站,这些使得红星高科的股价犹如一匹脱缰宝马,已经站在 82 元的价位上,名列沪深股市之首。但崔瀚洋随着红星高科股价的飙升,自己也陷入疯狂。哥哥萧长风要他冷静,要他见好就收:"你已经成功了,只要顺利卖出股票,你的个人资产就能达到一个亿。当个亿万富翁还不行吗?"其实黄旭暗地里早就设下了圈套。他在与崔瀚洋合作的同时,又偷偷建立了一个巨大的老鼠仓。他的那帮狐朋狗友十三太保掌握着一批低价红星高科股票潜伏下来,然后,黄旭有步骤地从美隆公司撤出他的资金,并利用崔瀚洋想独立的愿望从美隆公司分得一笔丰厚的利润,道一声拜拜从此不知去向。当红星高科成为中国第一只百元大股,当崔瀚洋头脑狂热冲刺绝顶之时,这颗埋伏已久的定时炸弹爆炸了!黄旭派美女龚晓月潜伏在崔瀚洋身边,把美隆公司买卖红星高科的每一笔数据摸得清清楚楚。黄旭因此对崔瀚洋的一切炒作内幕了如指掌,可以从容地选择最佳时机出货。黄旭从红星高科获得难以想象的利润,而崔瀚洋则面临万丈深渊。红星高科自 104 元最高点算起,一连跌了十五个跌停板,一直跌到 9.5 元才站住脚。半个多月之前,崔瀚洋还身家过亿,现在只剩下一堆垃圾股票。这时沈龙飞拿出一亿元资金,到二级市场收购红星高科股票。又与国资局谈判,希望能够达成国有股转让协议,沈龙飞的公司将全面控股红星高科。沈龙飞全面收购红星集团之后,红星高科股价大幅飙升。崔瀚洋手中的一大堆红星高科股票本已沦为垃圾,现在重新有了价值。沈龙飞十分支持崔瀚洋做出的新的选择,并且买下他持有的红星高科股份。这样,崔瀚洋愉快地退出红星集团,全身心投入新兴投资公司。崔瀚洋炒期货兢兢业业,赴东北实地考察,到油脂企业深入调研,摸透了新政策的根由,最终在与黄旭的大豆期货之战中取得了胜利。崔瀚洋经过大豆一役,已拥有几千万元资金,收购了黄旭的万盟期货公司。黄旭亏了两个亿,突发中风,现已半身不遂。由于债务沉重,万盟期货公司濒临破产,不得不清盘出让。

  股民心中的欲望,往往会被股市迅速地放大几百倍。那种膨胀的欲望如脱缰的野马,使人变得更加疯狂。炒股需要有赌性,但不能做赌徒。"重融资、轻回报"使得中国股市沦为了"圈钱市",使得中国股市缺少投资价值。股民炒股大多抱着赌一把的侥幸心理,总想着一夜暴富和快速发财。

周雅男的《纸戒》对股市运作的奥秘参悟得很透:"因为股票的运作其实全部利用了人类赌博的心理,那就是赢了的还想赢得更多,输了的就想赢回来。而且越参与胃口越大。"赌是人的天性,股市运作机制与人的这种天性相契合。被赌性主宰着的股民通常缺乏正确研判市场的能力,正是因为他们缺乏对市场的足够认识,缺乏对趋势的清醒辨别,所以他们的投资行为往往是建立在没有客观依据的基础上的。

　　《股海中的红男绿女》(应健中著)表现中国股民炒股的目的和特点:"你想想看,现在人们买股票,哪个是为了长期投资的,都是为了做差价,10元买进的12元就跑了,12元买进的15元就跑了,跑了就不是股东,三六九抓现钞,不会去参加股东大会。"不成熟的股民习惯于投机取巧、急功近利,追求"一夜暴富",这些普通投资者常见的行为表现源于"投机与侥幸"的心态。股票因其具有价格的易变性、价格变化的难以预测性、交易的便利性以及易保管性等性质,极易成为投机——特别是大众投机的对象。

　　在中国,由于上市公司的数量少,规模小,在国民经济中所占份额不大,股指的暴涨暴跌并不反映国民经济的整体状况,而主要是反映市场的投机程度,容易暴涨暴跌,说明中国股市在萌芽期就有一个显著特点:投机性大。

> 　　股票市场不同于商品市场、劳动力市场等其他的市场经济要素市场,股票市场中投资者买卖股票等投资品种的目的,就是为了资本增值,即"以钱生钱"。在一个市场经济发达的成熟、理性市场中,投资者更多的是通过价值投资获取长期投资收益;而在一个市场经济不发达的新兴、非理性市场中,由于过度投机盛行,投资者更多的是通过频繁的投机行为来获取短期收益,中国股票市场就是这样一个典型例证。①

　　中国股市超常规的发展孕育了中国股市独特的市场特征,即高投机性与高风险性。尽管投机和风险乃是股票市场的题中应有之义,但中国股票市场的投机和风险表现得更为强烈、持续和非理性。

　　投资文化是一种成熟的股市文化,欧美等发达市场经济国家的股票市场就是这一文化的代表。与投机文化相反,投资者关注上市公司红利配送而忽视股票价差收益;投资者主导趋势为长线投资而不是短线炒作;投资者崇尚

---

① 马书琴:《中国股票市场投机文化探究》,《北方论丛》2009年第5期

价值投资和理性投资而厌恶投机性炒作和非理性行为。

中国当代股市题材小说中因为投机性太强、炒股不仅没有赚到钱反而搭上了身家性命的人为数不少。如果股市本身是可预期的,投资就会取代投机成为市场的主导;如果股市是不可预期的,就会引发短期行为,投机就会成为市场的主宰。我国股市的一大致命问题是:市场的不可预期造就了投机甚至是过度投机。在中国股市,通常将股价操纵者称为"庄家"或"主力"。在股票市场成立初期,曾有"无股不赌,无股不庄"的说法。沪深股市中的庄家呈现多元化、隐蔽化、泛滥化的特点。

长期以来,在中国的字典中,投机都是贬义词,认为是不劳而获的可耻行为。其实,这是中国文化对"投机"的偏见与误读,只看到投机表面的破坏性作用,而忽略了其背后的商业精神,但中国股票市场出现的高投机、高换手率、高市盈率,以及市场热点的频繁转换,凸显了股票市场的浮躁心态和非理性行为。股市不同于赌场。尽管其中存在一些投机行为,但体现更多的是投资者的专业水平及判断力与预测力,而赌场中存在很大的作弊行为与运气的成分。相比之下,股市具有很大规律性,赌场中的输赢多凭的是运气。从理论上来讲,来股市的根本目的在于赚钱,在股票价格与股票价值的波浪中寻找赚取差价的机会,这既是投资又是投机。投机并不是错,投机本身是一门学问。

第四节　中国当代股市题材小说与人性的冲动和善变

冲动是股民的常见病,身处股市,诱惑时时发生。如果没有定力,做股票就像身处花花世界的男人,到处拈花惹草,想不出事那是不可能的。冲动是魔鬼,冲动往往是错误的开始,而股市是一个使人容易冲动、疯狂的磁场。

沈乔生《股民日记》以日记体形式、独白型的人物言语极力渲染股市带来的金钱欲望的巨大刺激和狂热激情,冷冰冰的股市波动曲线充满了生命的律动。夏坚是一个历史学家的儿子,想炒股赚钱后一心做学问,完成父亲的遗愿。他在股市曾经辉煌过,但最终失败了。"贫穷给他的印象太深刻太可怕了。父亲受穷他不能受穷,父亲没有赶上时代,他赶上了。""我不能重蹈你的覆辙,我必须赚钱,赚钱,到不愁钱、不可能再为缺钱痛苦的时候,我一定拿起笔,把你留下的遗著写完。"夏坚炒邮票、炒股赚了40万块钱。他向证券公司透支,40万的本钱在股市里做到70万,80万,100万。但好景不长,他几天就被打穿了,自己的40万分文全无,还倒欠证券公司几万元。他又找朋友借了

第四章　中国当代股市题材小说与当代中国人人性的市场修炼　141

3万元扳本。"从这匹黑马上跳下来,又骑上另一匹黑马,据说他资金已经扩大了好几倍了。""现在不一样,是扳本的时候了！是赚回我的40万,是重新夺回做人的尊严！这个时候能有一点松弛吗？有一块钱也要买成股票,让它翻番,再翻番！"夏坚听信股评家的话,以为自己重仓的界龙实业会涨到45元,所以即使手上的界龙实业已经赚了很多钱,仍然不抛,等界龙实业大跳水后亏得一塌糊涂,亏得一无所有,他不再涉足股市,闭门不出,可能是做学问去了。瓶子夫妻是一对夫妻股民。他们炒股赌性很大,抵押房屋弄钱炒股。周欢是一个股市"英雄"。早些年他在南方混过,1992年上海发行股票认购证,他一下买了300张,赚了不少钱,从此就和股票结了缘。后来他参与炒作华东电脑,赌性很大,谁都不清楚他究竟向证券公司透支了多少钱,只知道他和坐庄机构用的是希特勒集团军的进攻方法,七位数八位数一起垒到了盘子上,上来就给人一个压倒一切的气势。

老莫的《股神》表现进入股市后的人有一个共同的特点:很容易冲动:"如果是平时让两千万股民中的任何一个人换一个工作或者换一个环境,几乎无一例外都会思前想后,唯独进入这个行当却都看得非常简单,仿佛是个人都可以到这个市场里来赚钱。""平时别说有钱人买个房子买个车,没钱人买个冰箱彩电,就是那些主妇买斤鱼、买根香菜都要走几个摊档比比看看,最后还要让小贩饶上一个半个的,可是唯独在这股市上,一掷千金,动不动就是半生或者一生的积蓄,却常常连眼都不眨就投了进来,而无论是进出,常常都是看别人如何操作,听别人如何讲话,全不想自己做点真实的功夫。"丁力《散户》的主人公翟红兵刚进股市时没有经验,也很容易冲动:"后悔自己太轻率了,功课没有做足,就盲目杀进,买股票是一种投资,和买房子一样,如果这30万拿去买房子,连房子在什么位置、周围是什么环境、户型是什么结构都没搞清楚就付款吗？肯定不会。既然肯定不会,那么买股票为什么就这么轻率？难道买房子的钱是钱,买股票的钱就不是钱？"因为急于发财,就容易冲动,头脑一发热,动不动就是全仓杀入,动不动就透支买股,注下得太大,下得太猛。炒股必须冷静,防范风险是最重要的,什么时候都不能冲动,更不能疯狂。中国"财不入急门"的古训,在证券投资这行真可以说是字字珠玑。

《金叉:股市操盘手》(张成著)表现股市投机失败者的悲惨。程兴章的妻兄张文强因炒股大亏而自杀了。"下午,大盘依然缓缓上行,他总指望大盘会回档,但大盘一股劲地往上行。股友们劝他快进,说过了此村无此店,大盘还要涨,他受不了朋友的怂恿,脑子一热,全线冲了进去。大盘却是缓缓上行,他打入的股票亦在上涨,他既感到些许欣慰,又几分不满足。他见股友中一些人又去透支打入,他也激动起来,便迅即填了一份买单,透支买入一只股价为十几元的八千股股票。激动起来他误写了,多填了一个零,八千股变成八万股。他吓了一跳,本想平仓走掉多余的筹码,谁知该股票狠蹿起来,不到两分钟,居然涨了三毛钱,他不由得一阵惊喜!他一贪心,便取消了平仓的念头,心想,二三元一股,七万股就能赚十几二十万,不仅将前面输的补回来,还可赚二三倍钱。然而,尾市股市却回档了。不到两分钟,张文强所有的资产化为乌有了。他被平仓了,连扳本的机会也没有了。"张文强炒股赌性重,容易冲动,脑子一热,全线冲了进去,接着又大额透支买股。因为大额透支无法偿还,张文强最后只能选择自杀离开这个世界。

人们在心理上,倾向于高估或夸大刚刚发生的事件的影响,低估或忽略影响整体系统的其他因素的作用,进而导致错误判断并做出过度的行为反应。牛市的时候,投资者多会夸大乐观预期,导致股价过度的上涨;熊市的时候,投资者多会夸大悲观预期,导致股价过度的下跌。有趣的是,预期不仅能影响股价,还会像流行病一样在投资者当中传染,且多数人没有免疫能力。传染的结果便是通常所说的"羊群效应"。过度敏感和羊群效应产生的根源,是人们对所发生事件的无知,进而失去独立的判断能力。股民通常习惯把好事想得更好,把坏事想得更坏。盲目和盲从是普通股民的通病。今天媒体看涨,自己马上也看涨,尽管刚才还在看跌;今年机构看好,自己也跟着看好;看别人买股票,自己也马上跟进。在股市这类盲从善变者为数不少。盲从善变是一种从众心理,说到底是心理上的孤独和无助,没有主见。在投资操作的时候,只有自己才是神,越是别人不看好的,越要有自己的判断力,面对狰狞的市场要有超人的定力。人好跟风,所以常常丢掉自己的原则。

人在股市,身不由己的现象层出不穷,在家决定好的事情,到了营业大厅也许就会变卦。"朝三暮四",对个股一会做多,一会做空,没有耐性。之所以善变,除人类天生害怕损失外,主要原因在于缺乏自信,对获利的股票是否继续上涨和亏损的股票是否继续下跌心中没底。之所以缺乏自信,是因为支撑卖出或继续持有股票的理由不坚实。加之人的天性厌恶风险,在面对确定收益和确定损失的时候,人的风险偏好会悄悄地发生改变。当人面临确定收益的时候是风险厌恶者,面临确定损失的时候是风险爱好者。因此,当盈利的时候,投资者时刻都有强烈的获利了结倾向,随时准备把赚钱的股票卖出。当亏损的时候,投资者倾向于继续持有股票,不愿意将损失兑现。投资者持有亏损股票的时间远远长于持有盈利股票,常常导致因没有耐心持有好股票而只赚点小钱,却因"耐心"持有坏股票而亏了大钱。股市成功的关键不仅仅在于卓越的智慧与丰富的知识以及操作的策略,更重要的是要有执行既定原则的毅力。执行操作比获取知识更为艰难。

第五节　中国当代股市题材小说与人性的懊悔和固执

普通股民普遍有"事后诸葛亮"心态。这种"事后诸葛亮"心态往往给人们带来认知上的错觉,以为既然能洞察过去,便能预知未来。在心理学上,这叫作"事后聪明偏见"。它的错误在于"在已知结果的前提下分析问题,把过去的事情简单化",并以此为依据,将这种"简单"推而广之,以为自己掌握了破解未来的密码。事实上,在知道结果之前,极少人能够透过纷乱复杂的现象,看透事件的本质。投资者感兴趣的是通过分析历史走势,试图发现市场波动的玄机。在这个过程中,人们往往习惯简化指数走势的复杂性,从而衬托出自己的英明。有的甚至在幻想中计算,"假如每次都成功逃顶抄底,将获得多高的收益率",然后就"天真无邪"地将该收益率设定为盈利目标,其后果可想而知。有些股民在股市受挫折后,因输掉了自己辛勤积攒的血汗钱,从而产生悔恨心理。

普通股民容易掉进信念固着的陷阱。极力想证明自己正确的同时故意忽略对立因素。打靶的时候,即便是世界上最优秀的枪手,都不可能每发打中靶心。但假如先射击,然后围绕着射中的地方画圈,就能够保证"发发命中"。这种看似荒谬的事情,在股市里却屡见不鲜。不管指数在何点位,满仓者总是看好,空仓者总是看跌。其中的逻辑是"因为满仓,所以看涨,因为空仓,所以看跌",而非"因为看涨,所以满仓,因为看跌,所以空仓"。看涨者千方百计地寻找上涨的理由,对利空视而不见;看跌者千方百计地寻找下跌的理由,对利好视而不见。将自己从股票交易中解脱出来,忘记仓位,忘记成本价,以赤子之心去感悟市场的起伏。唯有如此,才可能客观冷静地观察市场,做出理性的判断。

执迷不悟是普通股民的顽疾。一只股票经营失败,买进已经亏损累累了,很多股民还在不断补仓,越跌越补,最后由小套变大套,以至死在一只股票上翻不了身。不是说亏损就要卖出,但对于经营明显难以改善的公司,股价又处在明显的下跌通道中,最好的办法还是认赔出局。人好自以为是,所以执着于自己的分析,忽略了股票真实的走向。常在股市走,偶尔出现一两次错误是正常的,只要及时更正,留得青山在,不怕没柴烧才是上策。

沈良的《裸奔的钱》描写中国当代年轻的一代在股市期市的拼搏和成长。小说的主人公韩子飞和东方俊是中山大学的同学,毕业后都去了广州银星证券工作。东方俊离开广州的银星证券之后,去上海的太华期货公司,当经纪人,把一些在熊市中赚不到钱的股票投资者引入期货行业。2004年底,他辞掉业务经理职务,当起了公司编制外的居间人。东方俊的赌性很重,也很固执,透支交易,操作的几个账户全线爆仓。东方俊为陈老板炒期货,铜期货价格大幅反弹,陈老板的账户因为仓位太重而损失惨重。陈老板300万的账户这之前差不多已经赚到350万了,但现在只剩下200万了,短短几天就亏150万。接着期货铜价连续大涨四天,东方俊死死不肯平仓,陈老板的账户出现巨大浮亏,里面只剩下不到50万了。自从陈老板和韩子飞把资金撤走之后,其他几个客户也陆陆续续停止了与东方俊合作。东方俊以欺骗的手段找岳父弄来的200万资金又做亏了,被强行平仓后只剩下不到3000块了,又找妻子的老板曹万庭拉来200万。曹万庭先拿50万给东方俊,东方俊很快就赚了10万,于是曹万庭卖掉了所有的股票,凑足200万给东方俊操作,最多的时候东方俊做到280万,但最后那280万又亏得只剩1000多块了,东方俊因此不敢回家。股市强化着人们心中的欲望,强化着人们改变生活的期待,因此股民一般在市场上尽量收集对自己有利的消息,忽略对自己不利的消息,特别是在股票涨跌和自己的预期不符合的时候,这样的欲望更是强烈。

股票这个东西很怪是因为股民很怪。威廉·欧奈尔在《笑傲股市之股票买卖原则》中说:

> 股市是由数以百万的投资者所组成的,而这些投资者大多完全依赖于人类的各种情感和个人观点来做出投资决策,从众心理如同一根无形的指挥棒,每天都在股市中发挥重要影响。尤其是当各种心理因素如希望、恐惧、虚荣、自作聪明等影响人们的投资决策时,现代人类的本性与1929年或1636年时几乎没有任何区别。

中国股民的人性内容丰富,输不起,不愿意吃亏;喜欢不分现实环境和情况地对比;在没有监管的情况下,容易放弃底线,没有制约自己的能力。这些人性弱点一旦放到股市里,就变成了投资高手和主力机构随时可以利用的"法宝"。人性讨厌风险,所以小赚就跑,小赔时却不忍割肉。人好报复,所以犹如赌徒一般,输了一手,下一手下注就加倍,再输,再加倍,于是剃光头的时间又加快了。还有懒惰、患得患失、没毅力、胜则骄败则馁等等,这些既然是人性的弱点,那它就是人性的一部分,这注定了多数人,多数时候是没有办法克服的,否则也就不称为"人性的弱点"了,因此,多数人、多数时候在股市是注定要输钱的。投资,作为一种行为艺术,很多东西都是知易行难的,许多原则说出来大家都能理解,但能否严格执行并长期坚持,却非人人皆能做到。记住亏损是交易的一部分,要快乐地亏损。炒股要输得起,愿赌服输,不要低位补仓,要顺势加仓,不能像赌徒输而加码。

《资本圈》(熊昌烈著)描写多股资本势力在国债期货327品种交易中搏斗,钱无忌等资本大鳄在里面孤注一掷:"钱无忌夹板这一仗打下来赚了不少钱,那天下午继续逼空成功,只一个下午他又是两千多万收入囊中。……这样账上就有一亿六千多万了。"深陷其中的钱无忌没有办法回头:"我现在已经是开弓没有回头箭了,我的仓位太重,如果让我空翻多,一平仓损失太重,就在这个价位平掉全部持仓,就算情况好也只能落个几百万,最多千把万。要是行情回落,我就能赚一两个亿!我已经把三处房子和车子都抵押贷款了,融到的资金也全部投了进去,几百万救不了我的命!"赌的结果自然有赢有输。钱无忌失败自杀。赵呆呆胜利,他户头上的总资产已经超过一个亿。

人的天性决定了他们都是社会性动物,其喜悦和恐惧往往惊人的一致,并且相互感染和不断强化。证券市场中的股价波动是由市场中投资者的投资行为造成的。市场波动的背后是投资者情绪的波动。说到底,股市的疯狂归根结底是人性的疯狂。疯狂的牛市无不伴随着亢奋的投资者,漫漫的熊市无不伴随着绝望的投资者。投资股市是一件非常轻松而大道至简的事情。当然前提是你逐渐弄清了游戏规则,心中有明确的方向和投资理念,然后建立了符合游戏规则、参与者人性的正确的投资理念和盈利模式。

第六节　中国当代股市题材小说与人性的修炼和涅槃

人性其实是自然的,要克服它们非常痛苦。在股市投资活动中,最难的不是掌握那些看似高明的交易法则和秘诀,而是战胜与生俱来的非理性情绪。真正导致投机者亏损的不是市场,而是潜藏在自己内心深处的魔鬼。从这个意义上讲,对投资者来说,修身养性比掌握任何技巧都更重要。所有伟大的投资家都是思想家。投资有智慧,更多的是信仰。

一个人要想在股市成功必须有自己信奉的投资哲学与思想。股市投资是一门艺术,也是一种科学。在股市的操作环节中没有是非曲直的观念,也没有趋炎附势的意义,在个人投资者的操作上不存在品行的问题。有时候,当我们发现自己站错了阵营的时候,就要勇于认错,及时站到胜利者的一方。因为这是投资行为,而不是正义与邪恶的战争,你只有永远站在胜利者的一方,才能立于不败之地。在股市,当多空双方激烈交战的时候,我们可以袖手旁观,直到分出胜负之后,我们再迅速地加入到胜利者的阵营中,享用胜利的果实。因为只有这样才可以减少盲动和误判的概率,增加投资成功率。

上海作家俞天白是中国股市最早的股民之一,他的长篇小说《大赢家——一个职业炒手的炒股笔记》在中国当代股市题材小说中是非常有特色、非常有分量的作品。小说准确地表现了股市对当代普通中国人生活的影响,通过股市这个窗口表现了当代中国人灵魂的时代颤动和人性的市场修炼。

小说的主人公曾经海是一个对生活有自己想法的人。他毕业于一所普通大学的行政管理专业。毕业时因为向往"自由",他没有接受分配去当一名行政干部,而选择进了一家独资企业。他选择的理由是"据说,到了那种单位,没有人生依附关系,靠的是自己的本事,它的机制,就是最大限度地发掘人的自身价值。于是,他对自由职业的向往死灰复燃了"。但是在独资企业曾经海没有找到自己向往的"自由",反而受到了老板的"凌辱",于是他离开了独资企业,进了街道机关,当了一名基层机关干部。但是曾经海并不喜欢这种生活,因为他知道,"这条路,就是两个字:乖巧"。"无非是如何在权势面前耍花巧,如何讨领导的欢喜。"因为"他明白,此次以后,他真的不能像以往那样任着性子干了,不能不忍辱负重,实践自己和同龄人正公开鄙视着、嘲笑着,却悄悄在模仿着的那一套了"。他"太不安分"的灵魂在不断地寻觅着,寻觅自己更向往的生活。

曾经坐过牢的老邻居杭伟炒股发了大财,并且告诉他:"当今,做什么也没有像做股票生意这样自在!"曾经海向往富有,向往自由,因此他几乎是本性天然地对股市产生了浓厚的兴趣。第一次炒股,身为机关干部的曾经海还有一点顾忌,还有一点遮遮掩掩。妻子都茗给他出了一个主意:"你是机关干部,朝着科长处长奔的,用你的名字开户,会影响你的前程,还是把我推到第一线去为好。"为了保护自己,曾经海听从妻子的意见,没有用自己的名字开户,而是用当商场营业员的妻子的名字开了户;他自己没有什么积蓄,因此炒股没有本钱,用的是妻子都茗上次离婚时所得的十二万元"青春损失费"。这是曾经海灵魂的一次剧烈"颤动"。这是灵魂向金钱的颤动,这是灵魂向自由的颤动。这种"颤动"在曾经海看来意义重大,因为他不仅想在股市赚钱,而且想在股市里赚自由,赚自尊,"帮他摆脱充当这种专在海底漫游的'好鱼'的命运"。帮他换一种"活法"。勇敢地投身股市,勇敢地追求金钱,对传统中国人来说是一件值得鼓励的事情。因为这意味着他们与"安贫乐道"传统的决裂,意味着他们与"耻言利羞言钱"传统的决裂。明明白白我的心,所有炒股的人都是为了赚钱,赚钱致富是一个人正当合理的愿望。

  对传统中国人来说,股市是一个新鲜的东西。"如果你爱一个人,就带他去股市,因为那里是天堂;如果你恨一个人,也带他去股市,因为那里是地狱。"股市是一个充满风险也充满机遇的地方,没有哪一个地方像股市这样让一个人在短暂的时间里经历如此丰富的成功和失败。它暴涨暴跌,变化无常,有时是魔鬼,有时是天使;有时是地狱,有时是天堂。像所有初入股市的人一样,曾经海第一次炒股,在股市这个放大镜中,他身上的人性弱点暴露无遗。既贪婪又胆怯,心理承受能力差,只能赚,不能赔。他第一次进场买股就遇到股票连续下跌,他承受不了,割肉出局。一心只想赚钱、一心只想到股市里"捡钱"、以为股市里有钱捡的曾经海第一次进股市不仅没有赚钱,反而亏了大钱。

  在股海里"呛"了第一口水的曾经海准备弃股上岸,回机关工作。认为"就是自己错了,错在不该凭着一时头脑发热,钻进这种一不小心就会把你连皮带骨头一起吃掉的场所来"!"老老实实地遵照父亲的教诲,在机关里做一条'游在海底的好鱼'不是很好吗?尽管窝囊,可那是多么安逸,多么平静,多么惬意啊!"在对这样两种生活进行比较之后,曾经海"打定了主意,他拿出一副崭新的生活姿态到机关上班"。曾经海对股市的畏惧、排斥,这种灵魂颤动源于传统中国人与股市生活的不相容,在普通中国人中间有广泛的代表性。

  想说爱你不那么容易,想要离开你也不是那么容易。现实告诉曾经海:要挽回自己在妻子面前的尊严和抵消自己在单位的失落,自己唯有在股市里赚一大笔钱,挽回自己炒股的损失。进了股市再想离开不是那么容易,主要是因为不是那么甘心。

  曾经海为了炒股赚钱,静下心来学习股票知识,掌握炒股的基本功。"将读到的、听到的股市格言,连同实际观察的心得体会都做了记录。"同时选择一些股票,"到股市去观察它们的走势,与书本上的分析对照起来看"。第二次买股,曾经海买的股票大涨,"曾经海兴奋得直想哭"。因为它不仅把上次炒股的损失全部补了回来,"而且开始向上翻番"。因为随着自己在股市的成功,曾经海的身价也自然而然地上涨了。他不仅在家受到妻子都茗的"礼遇",而且在社会上也受人追捧,一时身价百倍,曾经海因此品尝到了一个成功男人的滋味。

受这次成功的鼓励,曾经海炒股的胆子更大,对股市的期望值更高。在妻子都茗的支持下,把家里没有到期的五万元存款提前取了出来,"然后叫都茗请她爸爸、姐姐和弟弟拿出存款来也买了。总数近二十万"。钱在股市里投得越来越多,心在股市里陷得越来越深。曾经海把自己整个人、整个心灵全部交给了股市,以赚喜,以亏悲。悲喜交加,没有止境。

股市的"成功",让曾经海体味到了一个"成功者"的快乐,使曾经海的灵魂不再在股市和机关单位之间徘徊。他毅然决然地辞去在街道机关当干部的公职,当了"职业股民"。从偷偷摸摸炒股到辞去公职炒股,曾经海灵魂的这次"颤动"源于对自由、尊严、财富的向往。"我的命运掌握在自己手上"。在这时的曾经海看来,炒股既可以赚钱,又不需要求人,完全符合自己既想有钱,又想自由自在的生活愿望。在这两点的支撑下,他的身心完全进入了自由快乐的境界。但是身在股市,就是身在水火之中。股票抛迟了后悔,股票抛早了后悔,踏空了后悔,割肉了后悔,悔无尽头。一次次追悔莫及,又一次次重蹈覆辙。人性的种种弱点在他的身上得到了充分体现,贪婪、恐惧、懊悔和随之而来的种种烦恼主宰着他。这就是自己向往的"自由"吗?这就是自己那"太不安分"的灵魂寻找的归宿吗?回答是否定的。他的灵魂向往平淡,向往温柔,向往恬静,向往淡泊,向往稳定、宁静、和谐的生活。同时股市的"纸上富贵"让曾经海的"成功"不能持久,"本来只想做一次差价,想不到股价一路下跌,把赚到手的钱,揩得干干净净!自己通知人家出逃的,可偏偏自己没有逃掉"!从成功和失败中,他似乎看到了自己身上存在的人性的弱点,"他知道根子在于人的贪婪,但他的确说不明白何以明明知道贪心是股市的大敌,自己却照样如此贪婪"!股市的风险使他的灵魂萌生去意,"甚至想趁机脱离股市,收回辞职申请,回到机关去,重新去过那种安安稳稳的日子"!"今天这条鱼,是如此怀念过去那种无风无浪、无惊无险、安定平稳的日子。那个日子,虽然清苦,却拥有那样珍贵的稳定与宁静!"传统中国人习惯过的传统生活和这种新的股市生活有明显的差别和矛盾,面对这种差别和矛盾,曾经海的灵魂不可能平静安宁。

正当曾经海的灵魂在股市和机关之间、在风险和安稳之间徘徊的时候,他在股市遇到了一个名叫邢景的女人。她的随和、淡泊,她的不为得失操心,让曾经海看到了另外一种生活境界。他对都茗和邢景的取舍,是他的灵魂在两种生活态度之间的"颤动"。曾经海在股海浮沉,赚了又赔了,赔了又赚了。从自己的经历中他真切地认识到炒股是"跟魔鬼打交道",风险很大,但他认为这比做卑躬屈膝的"海底游鱼"要好上几万倍。"不经过股市的大起大落,就不能算融进当今的时代节奏。"经过股市的风风雨雨,经过自己的分析和比较,曾经海对这种充满风险和机遇的股市生活是肯定的。为了赚钱,不能怕风险;为了赚钱,必须要敢冒风险,因为赚钱不可能没有风险。曾经海的风险意识和心理承受能力在股市里茁壮成长。被"贪婪"主宰着的曾经海为了赚更多的钱,违背自己当初进入股市定下的规矩,先向证券公司透支三十万,后又追加透支十五万买入"罗湖股份",想以小搏大,赚个盆满钵满,没想到遇到政策调整,股价连续暴跌三天,因为透支,曾经海损失更加惨重,难以承受,当场晕倒,被送进医院。他的股票被证券公司强行平仓,"风云际会了大半年,留下的还不到两万元"。妻子都茗把剩下的这一点点钱全部拿走,离他而去。曾经海再一次变得身无分文。他似乎没有再涉足股市的勇气了。"经过证券公司门口,连再看一眼的勇气都没有了。"从迷恋股市到害怕股市,曾经海灵魂的这一次"颤动"同样源于他人性中的弱点:贪婪和胆怯。

但是曾经股市沧海的曾经海已经难以接受其他生活,经过一段时间的心态调整,他准备重入股市,自己却已经没有本钱,万般无奈的情况下,他把母亲二万元私房钱用来作本,他相信只要进了股市就有东山再起的机会。一次炒作的成功给他带来了代客理财的机会。一群被股市深套着的富婆请他为自己操作股票。刚刚有一点起色,又遇股市大跌,曾经海代客理财,再次深度被套,"刚刚入市,分文未赚,就要赔上百分之二十,还有每个月八十万的百分之三,这完全可以使他倾家荡产,永劫不复"!绝境中他甚至想到了死。但不知内情的邢景仍然把他当成股市英雄,给他介绍了一笔代客理财业务,给了他再次翻身的机会。这次代客理财的成功为他带来了更大的机会。邢景所在的上市公司出资一个亿,要曾经海登记注册了一家商贸公司,联手炒作股票。

炒股的过程就是与人性中的弱点做斗争的过程,就是人性受市场修炼的过程。经过股市的风风雨雨,曾经海的心态变得平和,不以涨喜,不以跌悲,逐步战胜人性中的弱点。钱财在他的心中似乎不再是那么重要。他代飞天公司炒股赚的五千多万元钱,因为收益来历不明,飞天公司无法入账,因此飞天公司没办法用,也不敢用,资金在曾经海开的公司名下,假如曾经海想据为己有,飞天公司是毫无办法的,但曾经海对此一点也不动心。战胜了贪婪,战胜了恐惧,战胜了自我,获得了自我,曾经海将自己的人性磨炼得越来越纯净。冷静、坚韧、理性、耐心,曾经海是在炒股,同时也是在培育自己的好品性。因为炒股不需要很高的智商,只需要人类优良的品德,需要坚毅、耐心、毅力。曾经海炒股赚钱后投资开办连锁店，为大量的下岗工人创造就业机会。

小说表现了曾经海的灵魂颤动和人性修炼，表现了这种灵魂颤动和人性修炼在当代中国人中的代表性，表现了中国文化在当代的发展和变化。

人性是每一个人都具备的精神层面上的东西。中国当代股市题材小说对人性的认识和把握更加深刻。股市投资真正的风险不是来自市场，而是来自人的内心。阻碍着一般人在股市成功的不是股票有多么复杂，而在于人本身有很多缺点。证券市场是最富哲学思辨的一个无硝烟战场。世界上最伟大的力量是"选择的力量"。投资股票和人类其他大部分活动领域一样，想要成功，必须做出正确的选择。人有弱点并没有什么可耻辱的，世界上每个人都是被上帝咬过一口的苹果，都是有缺陷的。人性的弱点是日积月累形成的，克服人性弱点是一个漫长的反复过程。要想在这个充满陷阱和诱惑的市场中长期生存，就得从克服人性的弱点做起。成熟的投资理念和心态不是学出来的，而是磨炼出来的，只有磨炼出来的东西才是最真实、最可靠的，经得起市场的检验。"修炼"是一个佛家、道家、儒家修身养性的专用词，是通过某种方法，达到身心灵合一的境界，真正达到贯通宇宙。市场修炼的最高境界就是生活的修炼，是对人生对社会的理解。摆脱人性的弱点，通过市场修炼领悟到市场的真谛。

美国华尔街的投资大师威廉·欧奈尔在《股票投资的 24 堂必修课》中有许多关于股市与人性的真知灼见："人类天性深刻体现在股市中。从前表现出来的自负、轻信、害怕和贪婪等感情，现在仍然会存在。"在《笑傲股市之股票买卖原则》中说："历史一次又一次地反复上演，人类的本性继续大行其道，股市成为人性的试验场。"市场是最好的老师，股市是个讲求以自我修炼为主的江湖。

投资大师安德烈·科斯托兰尼在《一个投机者的告白》一书中，曾经这样描述盈亏和投资学习之间的关系：必须要在盈亏之间建立很好的规律性，即多从亏损的交易中学习赢的方法，而不仅是从获利的交易中学习。实践加思考的过程是任何教育和学习都不能取代的投资修炼过程。在一个投资者的成长成熟过程中，市场将是最公平的教官。无论是出错时的罚单，还是对正确行为的奖赏，它都会及时准确地做出裁判。

第五章　中国当代股市题材小说与中国传统文化的市场化新变

中国传统文化的市场化新变既表现为弘扬中国传统文化中的市场因子，又表现为以市场经济为基础的市场文化改造了中国传统文化，还表现为中国传统文化制约过度的市场行为，推动中国传统文化随着时代的发展而发展，使中国传统文化接纳、融入以市场经济为基础的市场文化。

文化是社会群体特别是民族之间相互区别的重要标志。传统文化是在长期的历史发展过程中形成和发展起来的、保留在每个民族中具有稳定形态的文化。它负载着一个民族的价值取向，影响着一个民族的行为方式和生活方式，聚拢着一个民族自我认同的凝聚力。中国传统文化源远流长、博大精深。早在两千多年前，就产生了以孔孟为代表的儒家学派和以老庄为代表的道家学说，以及其后出现的百家争鸣的文化盛世。

现代化转型是近代一百多年以来中国社会变迁的主要脉络。中国传统文化现代化的过程，就是不断由封闭保守、自大自负走向开放、多元、自觉、融合的过程。当中国人确立了"以经济建设为中心"的基本社会价值坐标之后，由于社会经济关系和生产方式发生了根本变革，它导致了传统价值观在现代转型中的更新。重义轻利、重理轻欲向义利统一、理欲并重转变；安贫乐道向进取竞争转变；重农轻商向重商崇商转变；等级特权向公正规范转变；等级依附向自主平等演进。市场经济打破了传统的单一价值观，各种价值观念呈现多姿多彩的多元化面貌。但由于进入商业社会的时间太过滞后，一个运行了几千年的古老农耕大国，要想在短时间内清除所有的传统落后意识，完全接纳崭新的文化与文明是非常困难的。当代中国社会好像是一个刚从计划经济阵痛中走上市场经济的雏儿，它的身上还留有太多的历史痕迹。市场理性真正引领并规范市场交易实践，事实上还有一个漫长的培育与弘扬的过程。

股市是中国当代社会经济变革的象征，推动着中国当代社会文化转型。股市是在西方历史文化等综合因素下产生的东西，它在某种程度上与我国的传统文化存在一定的冲突。中国当代股市题材小说是伴随传统社会向现代社会的转型而逐步推进的,完全可以判定为中国社会现代转型过程中的一种精神呈现。在坚守理性启蒙、包容人性自由和平等发展的前提下,一方面坚守与民族文化传统的知识谱系、精神原则的意义关联和有机转换;另一方面充分展示理性的反思和批判精神以及个体主义意识。文化是人类的精神载体,既是历史的产物,也是时代的精神。实现文化的超越是制度完善、社会进步、人类文明的标志。一种文化如果不能植根于现实的土壤,不能面对变化了的社会,那么这种文化在现代化的进程中的作用肯定会大打折扣,甚至会是一种阻碍社会现代化发展的力量。丰富和创新中国传统文化的内容,扩展中国传统文化的内涵,是中国传统文化生生不息的内在动力。现代化需要发展民主、科学、法制,这正是中国传统文化中所缺少的,是中国传统文化市场化新变的主要内容。

第一节 弘扬中国传统文化中的市场文化因子

中国传统文化是中国市场文化精神的丰富源泉。中国传统文化中不乏生动的现代市场文化因子。当代中国的市场文化精神,首先应该从中国传统文化中寻找优秀因子,转化为崭新的时代伦理,并由此构建出今天这个时代的市场文化精神,从根本上实现从传统文化精神到现代市场文化精神的社会精神转型。中华传统文化中的市场基因一旦激活,就会不断生长和放大,就可以形成百病不侵的抗体和百折不挠的动力,就能够形成社会主义市场经济的新伦理和新精神。

自强不息、百折不挠是中国传统文化的基本精神之一,是中华民族几千年来所认同的共同价值观。《易传》讲,"天行健,君子以自强不息",这是对中华民族自强不息、百折不挠精神的集中概括和生动写照。孔子提倡并努力实践"发愤忘食"的精神,鄙视"饱食终日无所用心"的人生态度。正是这种自强不息、百折不挠的精神凝聚、增强了民族的向心力,哺育了中华民族不断学习、不断前进的精神。

自强不息、百折不挠的中华传统美德成为中国当代市场文化的重要组成部分。中国当代股市题材小说中的"股市英雄"有着许多过人的市场品质,其中很重要的一点,就是具有自强不息、百折不挠的意志。股市如海,变化莫测,身处其间的人不可能永远遭逢"牛市",也正是在与"熊市"的抗衡中,"股市英雄"那迎难而上、百折不挠的意志和品格被大力彰显。

钟道新《股票市场的迷走神经》的主人公常锐对炒股有一种先天的嗜好,

第五章　中国当代股市题材小说与中国传统文化的市场化新变

他出身于"玩票"世家,他的父亲新中国成立前曾是成功的证券经纪人。他继承了父亲身上经纪人的某些特质,进入北大后对"股票"非常痴迷,翻阅了大量有关"证券"的书籍资料,获得了一定的经济学知识。他是一个高智能的新兴冒险家,如饿虎扑食般扑向新兴的股票市场。在股市中,他凭借几次成功的操作,资产很快达到四五十万,从而在Ｓ市股市创建初期靠炒股暴富起来,但股市中没有"常胜将军",常锐的朋友刘科调入新成立的Ｓ市证券交易管理委员会,他告诉常锐京港房地产公司在Ｓ市发行股票已经得到中国人民银行签发的正式文件。听到这个消息,常锐倾其所有,还向银行贷款二十万元买京港房地产公司尚未上市的股票。刘科借常锐的户头也买了十万元。"京港房地产公司的股票虽然没有正式上市,但是在Ｓ市股票市场中却成了抢手货。其价格以令人难以置信的速度,在一个星期内奇迹般地翻了十番。"常锐家的保姆康定见好就收,赚了五倍的钱。京港房地产公司上市批文系伪造,被Ｓ市政府予以取缔。常锐大亏,只得卖掉房子还贷款,但他仍对中国股市充满信心,对自己在股市上的成功充满期待:"咱们的本钱不是还在吗？大浪淘沙,可淘不掉真正的股票经纪人。""勇气是我固有的。我敢预言:我将和Ｓ市的股票市场一起成熟、一起发展。"虽然在股市摔了一个大跟头,但他并不气馁退缩,他并没有灰心,他仍伺机东山再起。小说塑造了一位敢于接受新事物、永不言败的股市英雄。在改革开放中崛起的股民们秉承中华民族自强不息的精神传统,坚守股民与生俱来的"求利"本性,用征服的意志和战斗的冲动去追求当代英雄的光荣。既然利润与风险同在,要搏击股海,就一定要有不怕失败的勇气,要有百折不挠的精神。股市培植并充分发展股民的冒险意识、开拓意识和竞争精神,以谋求市场交易能力的有效释放和经济利润的最大获取。"自强不息"这一传统文化元素也就在一定程度上完成了其现代化。

中华传统文化倡导的富于耐心和毅力的品格,成为中国当代市场文化的重要组成部分。《枭雄》(沈乔生著)的主人公楚南雄是集中国国粹和当代资本理念于一身的股市枭雄。楚南雄在股市搏杀多年,对股市操盘有太多的体会和经验:"我只是觉得操盘必须有充分的耐心,有坚强的毅力。有时候,要像鳄鱼一样,潜伏在水中,纹丝不动。在一个操盘手的词典中,耐心是第一位的。命运可能与你作对,把你击得头破血流。但只要不言放弃,就有崛起的希望。"一名优秀的猎手也是一个极具耐心的人,在猎物没有出现之前,他绝不会过早暴露自己,也不会滥放空枪,而一旦猎物出现,他就会立刻出击,绝不会有丝毫的犹豫。股市投资者也需要具备猎手的这种优良品质,有足够的耐心等待投资机会出现。当没有机会时，宁愿多休息，也不要急于投入。要想获得巨大上涨空间，需要支付漫长的时间等待。如果缺乏这份等待的耐心，是很难获得暴利的。顶部三日，底部三月，涨慢跌快是股票走势的基本特征。如果在底部失去耐心，时间的煎熬带来了信心的挫败，最终导致厌倦而惶惶然割肉出局，被人在底部打翻，这最为可悲。耐心和毅力是优秀股民的重要品格。

中国传统文化的基本精神之一是贵"和"持"中"。注重和谐，坚持中庸，是浸透中华民族文化肌体每一个毛孔的精神。《中庸》将孔子所主张的持中的原则从"至德"提到"天下之大本""天下之达道"的哲理高度。不偏不倚谓之中庸。中庸观念主张不偏不倚，无过不及，恰当适度，强调对欲望行为有所节制，找到最佳的平衡点。做事不走极端，成为人们的普遍思维原则。懂得"自制"，适可而止，传统的中庸思想有利于证券投资。

《裸奔的钱》（沈良著）中新加坡籍华人方梦龙在美国华尔街管理一家私募对冲基金公司，他的阴阳交替理论颇有哲学意味："因为西方人的思维是一元的，而华人的思维是二元的，万物分阴阳，有从无中生，并且阴阳和有无又是相生相克、你中有我我中有你，不像西方人认为的一就是一、二就是二，涨就是涨、跌就是跌。其实华人更容易找到阴阳发展、转变的基本规律，找到价格涨跌的基本规律，涨与跌不就是阳和阴！"

证券投资需要讲一点中庸之道。投资者有多少资金赚多少钱，不要幻想一夜发大财。可以一次争取赚到更多的钱，但不能期待一次赚到最多的钱，更不能期望一次赚尽所有的钱。不要贪心不足蛇吞象，能在恰当的时机买进或卖出就行了，这就是证券投资的中庸之道。做任何事都要留有足够的回旋余地，应是处事处世的长久生存之道。做人如此，做事如此，炒股亦是如此。不偏颇，不激进，不冲动，不头脑发热。无论是炒股还是做人，顺自然，戒贪婪，不要太急于成功，平衡自己的身心。炒股有一颗"平常心"，有比较好的心理承受能力，对股市的分析研判自然就更客观，更科学，就不容易上当。戒除急躁、犹豫、贪心和恐惧心理，以一种平静、宠辱不惊的心态入市。在股市有好的心态就不容易冲动，就会理智看待股市涨跌。涨了不笑，跌了不跳，以储蓄投资心态来购买股票。学会控制自己的情绪，不要随着股市的动荡而焦虑不安，甚至因此而丧失判断力与决策力。

俞天白《大赢家——一个职业炒手的炒股笔记》中正当曾经海的灵魂在股市和机关之间、在风险和安稳之间徘徊的时候，他在股市遇到了一个名叫邢景的女人。她的随和、淡泊，她的不为得失操心，让曾经海看到了另外一种生活境界。股民要有"淡泊心",亏损不懊丧,认定失败是成功之母;赚钱不轻狂,以防纸上富贵化作过眼烟云。

中国传统文化一直把"勤奋"视为美德而大力提倡。无论是对个人利益还是对社会利益而言,"勤奋"的行为都是值得肯定的。沙本斋的《股海别梦》探究中国股市的中国特色:"中国的股市虽然远离农村,为大城市居民所独享,但是,中国证券市场中的精英有 70% 是农民出身,或者具有典型的农民意识。一批冲在证券市场最前面的人,多数家居农村。因此中国的证券市场具有'农民性',农民所具有的一切优点和缺点,中国的股市都具备。"专注、勤奋和勤劳,这些农民有代表性的优点在股市投资中一样适用。应健中《股海中的红男绿女》描写散户股民炒股的功课做得很充分,很专业,很投入:"郁俊良,做起股票来门槛贼精,用他自己的话来讲,是每天到股市里来赚点香烟钿,报销点出租车费。郁俊良每晚 10 点左右有一项必做的功课:打开电脑,进入'海融资讯'系统的窗口,去寻找沪深两地交易所的最新市场信息。这项工作每天雷打不动,不做一下,晚上睡不好觉。"《股潮》(李其纲著)长岛集团下属的财务咨询公司经理杨慧在海外待了十多年,有在美国证券界工作的经验,现在为长岛集团操盘,进行股票投资。作为一个机构的操盘手,杨慧是优秀的。"杨慧也挤在散户大厅的人群中,这是有行情时她必修的一门功课。""一个优秀的主力机构的操盘者,永远也不要忘记观察、思考绝大多数的股民们在想些什么、做些什么。"勤奋,养成终生学习的习惯是股市成功的基本原则。

在中国传统文化中,道家文化最突出的特点就是强调个人对社会的超脱,重视人与自然的和谐。"自然"与"无为"是道家哲学的两个基本命题。"自然"是顺其自然,顺应事物的本来发展趋势;"无为"是指不妄为,不用强制性的人为力量去干涉和主宰事物自然发展的进程。这些观念对证券投资有十分重要的指导作用。市场经济不同于计划经济,计划经济的一大特点是企业不按市场的需求信息而是根据政府的指令性计划去从事生产,因而从本质上讲,这样一种经济运作模式是违反经济发展的内在规律的。在市场经济条件下,"无为"也就是意味着要顺应市场经济的规律,对经济不去妄加干预。

炒股需要"自然""无为",需要顺势而为。应健中在《股海中的红男绿女》中说了这么一个故事:"有人买了一个既有地产又有商业性质的股票,回家后就用糨糊将其贴在厕所的天花板上。好多年过去了,房子一陈旧,附在天花板上的纸张自动脱落。这个小日本就将这张纸拿去卖掉。哇,不得了,赚了50 倍!"在证券市场上,要遵循"顺势者昌,逆势者亡"的自然法则。沙本斋

《股海别梦》中丁宁的父亲是湖南一家大型国有企业的老总,该企业进行了股份制改造,以图上市融资。1993年底,企业决定,由丁宁牵头,在北京注册一个投资公司,参与股票买卖。丁宁请曾经上自己证券课的老师朱希文来掌舵操盘,但他们买进的股票不久就被套了个严严实实。朱希文急于解套,打起了金融诈骗的歪主意。他来到一个新的证券公司营业部开户,把一张350万元的支票交到证券公司营业部财务室入账,要求营业部根据支票上的金额允许他先行买入股票。证券公司营业部负责人见有大客户来开户,有大额资金将要入账,十分高兴,马上同意了朱希文的要求,电话通知电脑部,给中户室朱希文的保证金账户空划350万,以便他尽早建仓,同时叮嘱部下要监控好朱希文买入的股票,"因为在他的款项到账之前,买入的股票所有权是营业部的,而不是朱希文的"。朱希文利用T+0交易和上交所的证券托管制度漏洞,在A公司透资买入而在B公司相继卖出,然后提钱走人。几个月后,朱希文被捕,马上被判了重刑。谁知道这之后才过了一周,股市开始暴涨。丁宁投资公司的账户里朱希文给买的股票,涨幅都超过了大盘,不仅没有亏钱,反而赚了钱,浮动盈利超过了15%。"如果朱希文真能够准确预测到如命运般无常的股市变化,如果他不是那样'志在必得',而是能够以恬淡的心态遇事拖一拖,等一等,甚至是后退一步,那么,结果都会比已得到的更好。"其实,买股票就是买未来,成败盈亏不在于现在,而在于将来。将来的势才是归宿。"自然"和"无为"是很多股民一辈子也难以达到的境界。

  以孙武为代表的中国传统兵家文化对于战争规律的研究博大精深,创造性地建立了人类历史上第一个完备的军事理论体系,涵盖了中国传统兵学的主要内容,框定了后世兵学的发展方向,并总结出了可用于超越战争之外一般的竞争或竞赛行为的规律和准则。《孙子》作为一部兵书能够在非军事领域产生如此巨大的影响,原因在于它是一部舍事而言理的著作,将军事领域中的具体原则高度提炼,上升到哲理的层次,从而具有了普遍的指导意义。

  孙子研究战争问题的思维方式,更是祖先留给我们的弥足珍贵的财富。经过数千年的时间,《孙子》的思想已成为一种文化积淀,深深地影响着人们的行为和思维。孙子军事思想内容丰富,其要者有知己知彼原则:"知己知彼,百战不殆;不知彼而知己,一胜一负;不知彼,不知己,每战必殆。"[①]认为了解自己,了解敌人,百战都不会有危险。要做到"知彼",就要"相敌",观察了解对方情况。还要学会"用间",派间谍去刺探敌方机密情报。有慎战原

---

① 孙子:《孙子·谋攻篇》,北京,中国文史出版社,2003年,第23页。

则:"兵者国之大事,死生之地,存亡之道,不可不察也。"①反对盲目用兵。没有利益不能用兵,没有必胜的把握不能用兵,不到紧急或危险时刻不能用兵,不能因为个人的喜怒哀乐而用兵,没有深谋远虑不能用兵,轻视敌人不能用兵,轻敌冒进不能用兵。有有备无患原则:"无恃其不来,恃吾有以待也;无恃其不攻,恃吾有所不可攻也。"②不能希望敌人不来,要靠自己准备充分;不能希望敌人不进攻,要靠自己拥有使敌人无法进攻的力量。有出其不意原则:"出其不意,攻其无备。"③作战方向和作战对象都必须针对敌人的薄弱部位进行进攻或防守,才能实现攻必取,守必固。有随机应变原则:"水因地而制流,兵因敌而制胜。兵无常势,水无常形。"④根据敌情的发展变化灵活运用兵力和变化战术。每次取得胜利都不是简单的重复,而是适应敌情的发展而变化无穷。作战计划要随着敌情的变化而不断改变,以获得战争的胜利。有全胜原则:"不战而屈人之兵。"⑤敌则全歼,己则全存。要么不战而胜,要么大获全胜。有谋略制胜原则:"上兵伐谋,其次伐交,其次伐兵,其下攻城。"⑥用谋略获得战争的胜利,谋略制胜,诡诈制胜。"凡战者,以正合,以奇胜。"⑦出奇制胜是战场上争取主动、夺取胜利的法宝。"兵者,诡道也。"⑧军事上的诡诈之道是克敌制胜的策略和手段,孙子认为这种诡道具体表现为"能而示之不能""用而示之不用""示卑弱以骄之""示小利而诱之"⑨等等。有速战速决原则:"兵之情主速,乘人之不及"⑩。"速战速决"是军队在战场上取胜的法宝。

孙子军事思想的博大精深,令人叹为观止。自从有了股市,人类就多了一个无形而残酷的争夺利益的战场。炒股和打仗一样充满着机会和风险,这两者相同的特征决定了许多战争法则都是可以运用于炒股的。孙子的这些军事谋略在股市竞争中被广泛运用。在瞬息万变的股市上,许多市场参与者也正是凭借这种中国传统的军事谋略获得了胜利。

---

① 《孙子·始计篇》,北京,中国文史出版社,2003年,第5页。
② 同上书,《九变篇》,第69页。
③ 同上书,《始计篇》,第6页。
④ 同上书,《虚实篇》,第51页。
⑤ 同上书,《谋攻篇》,第22页。
⑥ 同上书,《谋攻篇》,第22页。
⑦ 同上书,《兵势篇》,第39页。
⑧ 同上书,《始计篇》,第5页。
⑨ 同上书,《始计篇》,第5—6页。
⑩ 同上书,《九地篇》,第93—94页。

白丁《股市教父》中上海证券业的龙头老大亿邦证券公司董事长金山曾留学海外并在华尔街投行工作过。金山 1982 年从上海财经学院毕业后,被分配到上海市信托投资公司工作。不久金山办理停薪留职手续出国深造,被美国哥伦比亚大学工商管理学院录取,三年后,他顺利地拿到了工商管理和法学双料硕士文凭。拿到文凭后,金山在华尔街的投行——JP 摩根找到了工作。在华尔街工作了两年之后,金山接到了市里的邀请,请他回来主政市里将要成立的一家证券公司。亿邦证券公司取得营业执照和经营金融业务许可证后,金山被任命为公司的副董事长兼总经理。金山发现此前的许多公司发行股票都是自办发行,由于拟设公司一般知名度都不高,影响力在本省或本市之外非常小,因此股票发行风险较大,常常有募集资金达不到法定要求而无法顺利注册的事情发生。

国外的证券发行全部是通过投资银行也就是中国称之为证券公司或信托投资公司之类的机构代办的。在金山的主持下,亿邦证券公司设立了全中国第一家投资银行部,专司股票承销业务。个别年份曾一度占到全国股票承销总额的 60%。金山研究发现,中国法律并没有限制证券公司炒作股票。于是金山在很短的时间内就设立起了自营业务部,专司公司的二级市场自营业务。不仅经营股票,而且经营国库券。在金山的直接指挥下,亿邦证券公司的二级市场业务曾经一度占到全国国库券业务总份额的 40%。亿邦证券公司凭借自己的规模和业绩,1991 年、1992 年、1993 年连续三年被美国、英国的权威机构评定为中国第一大证券公司。

马跃进从中央经济研究院研究生毕业后被分配到了经济发展部,当金副部长的秘书,后任经济发展部组建的经发证券公司的总经理。亿邦证券公司和经发证券公司联合坐庄"轻工机械",关键时刻马跃进被公安关了一个星期,筹来的资金不能到位,经发证券公司因此亏了一亿多元,这一切都是金山的表弟江白龙操纵的。亿邦证券公司和经发证券公司在深圳新股抽签表认购上激烈竞争。亿邦证券公司起码动员了十万民工到深圳去扑认购抽签表,但所获不多。经发证券公司则通过马跃进的同学、深圳人行副行长李卫国轻易拿到五万张抽签表,引发 1992 年的"8·10"事件。李卫国因为违规帮助马跃进而被罢职丢官,半年后他成了经发证券公司的第二号人物。受马跃进的指使,经发证券公司的红马甲林芙蓉,接近金山,成为金山的情人。马跃进的司机吴义充当金山的奸细,被马跃进发现、收服后充当马跃进欺骗金山的工具。亿邦证券公司和经发证券公司在"3·27"国债期货中多空对决。多方阵营以经发证券公司为首,马跃进任总指挥,纠集了北京飞黄集团以及北京一些后起的证券公司、信托投资公司、江苏和浙江一些实力雄厚的私人大户。空方司令金山有强大有力、敢作敢为的同盟军,这之中有东北的高氏家族、温州的江白龙,还有上海本地的一些大型证券公司、信托投资公司等一些成长中的本土力量。

马跃进通过关系力图影响财政部的国债利息政策。春节期间,马跃进带着李卫国、林芙蓉把主要精力放在了北京,放在打探、影响、左右这一期国库券到期时的保值贴补率上。他们请了一些相关的官员出国旅游,几十万的费用换来承诺:积极配合他们控制消费品物价指数和国库券的保值贴补率。同时马跃进隐蔽自己一方的多单,诱使亿邦证券公司一方多下空单。马跃进自己不在北京待着,也不在上海待着;经发证券公司的自营账户全都不在经发证券公司自己的席位上进出。马跃进为了引诱金山及其同盟军上钩,组织写手在证券媒体上发表了大量采访、论证保值贴补率将要发生历史性转折的文章,为了把戏演得逼真,还组织了一些反对文章。财政部宣布本期国库券保值贴补率为12.98%,比上一期高了5个百分点。金山的盟友东北国发在最后的关键时刻空翻多,在短短一分钟之内,把价格推高到了151.98元的天价。金山被逼入绝境,为了扭转败局,不惜违规操作,拼死一搏,捅出了个惊天大案。如果按实际收盘价计算,亿邦证券公司将净赚152亿元。而按交易所修改过的价格计算,亿邦证券公司将赔136亿元。金山不仅输光了亿邦证券公司七八年来辛辛苦苦打拼下来的家业,还险些毁掉了上海证券交易所,亿邦证券公司亏损136亿元。竞争是市场经济的一个重要原则,市场竞争是一场没有硝烟的战争,竞争的双方是在进行一场你死我活的较量。作为"兵学圣典"的《孙子兵法》中的谋略思想是人们进行市场竞争的有力武器。

重视安身立命,注意防范风险是我们一个重要的文化基因。"君子不立于危墙之下。"追求立于不败之地的永久生存,而不是贪图一时暴富,这是风险投资最重要、最根本的理念之一。《股剩是怎么练成的》(一扔就涨著)描写一位股票投资大师婉转指点芸芸众生,调侃之中,尽显股市的哲理真谛和股民的酸甜苦辣。小说中师傅的教导是精辟的:"要进入股市,控制资金安全是摆在第一位的,就像开车首先要确保刹车一样。所以要控制风险,鸡蛋不能放在一个篮子里。"炒股就像开汽车,一定要有刹车,要防范风险。

激活中国传统文化中的这些市场文化基因,有助于建立现代市场经济发展所需要的"市场伦理",构建适应社会主义市场经济的道德和行为规范。中国传统文化一方面通过已有的价值观、道德观等来指导、规范、调节市场经济行为,另一方面,它又以自身浓厚的文化底蕴为市场经济的发展提供了良好的文化"温床"。每一个民族文化的发展都有对传统文化"吐故纳新"的过程,都必须在更新自己文化传统的基础上才能实现,抛弃了传统文化,就不可能有文化的发展。

第二节 基于市场经济的市场文化推动中国传统文化发展

中国传统文化是建立在自然经济基础上的农耕文化,这决定了它在本质上必然与我们正在建立和发展的市场经济相对立。中国传统文化的落后因素使传统中国人养成迟缓、安土重迁、目光短浅、竞争意识薄弱、家族观念浓厚等习惯。市场经济的大潮在中国大地上不可遏止地奔腾开来,中国人的价值观和社会心态的嬗变重新进入复苏阶段,一个与市场经济相适应的新的价值体系和社会心态开始孕育而生。市场经济的迅猛发展,不仅使我们社会的经济生活正在发生着急剧、深刻的变化,而且使精神文化生活及整个社会生活都正在发生着急剧、深刻的变化。基于市场经济的市场文化战胜中国传统文化的落后因子,改造传统文化,推动传统文化发展、创新,形成新的市场文化。源远流长的传统文化在今天正面临着市场经济的有力挑战,其中的某些观念和原则已远远不能适应市场经济的内在要求。传统文化必须自觉"剔除"自身体系中的不合理成分以及不能适应市场经济发展需要的糟粕性内容,"挖掘"自身的文化内核和精华,进而填充和融合符合时代要求、适应时代进步的市场文化。这种"剔除"——"挖掘"——"融合"的过程正是传统文化走向现代化的过程,其间市场经济的推动作用显而易见。市场经济为中国文化的发展、进步提供了新的契机。人是社会活动的主体,任何一项经济活动,都是具有一定观念文化的人去从事的。市场经济的发展,一方面将对人们现有的文化观念进行检验和取舍,另一方面,促使人们必须努力学习一切先进的东西,不断提高自己的精神素质,才能适应形势发展需要,这就是市场经济对传统文化走向现代化的根本决定作用。站在纵深几千年的传统和势不可挡的现实市场潮流的交汇点上,深深体味着这种发生在我们内心的巨大反差和冲撞,必须经过如何艰苦卓绝的自我市场化修炼,才能改变骨子里传统的观念、思维与行为习性,适应时代发展的需要。"我国传统的儒家伦理有许多可贵的规范,但需对其侧重点加以重大调整,特别是要注入我国传统文化中从来没有也不可能产生的商品经济所需要的全新的道德要素。"[①]基于市场

---

① 茅于轼:《中国人的道德前景》,广州,暨南大学出版社,2008年,第2页。

经济的市场文化有如滔天巨浪,推动中国传统文化发生市场化新变。

推动中国文化从重义轻利、重理轻欲走向义利并重、理欲并重。

中国传统文化特色鲜明,它是一种伦理型文化,生成于古代小农经济的生产方式以及家国一体的政治结构。在这种文化视野里,经济过程变态为政治过程、经济人格变态为政治人格,"善"与"恶"成为评判一切的道德标准,而道德与财富即"义与利"也常常成为一对不可调和的矛盾:"富与贵,是人之所欲也,不以其道得之,不处也。贫与贱,是人之所恶也,不以其道得之,不去也。"①这种二元化的善恶评价模式导致了"德行"文化的泛滥,"君子喻于义,小人喻于利"②作为社会道德评判的价值标准,也为社会的财富伦理规范了德目,"重义轻利""视金钱如粪土"变成社会普遍认同的财富观,而"以义制利"则成为衡量社会行为的价值标尺。在一个以义至上的社会中,"义"等同于道德的同时,"利"也就成为不道德;求义成为善,求利便成了恶,买卖求利者以独特的谋生方式所孕育的"求利"的价值观被全面否定。这种"传统伦理精神是一种历经几千年、根植于中国人心中的深层次心理积淀。它不受政治制度、地域、意识形态等因素的影响,一直或深或浅、或强或弱地制约着中国人的思想、言语、处世方式、归属感、认同感等诸多方面。"③作为儒家文化传统核心的"义利观",对个人利益持一种轻视、压抑甚至否定的态度,这显然是与市场经济的基本原则不相适应的。先秦儒家主张"重义轻利",至宋明理学家更趋于极端化,他们的义利之辨是通过理欲之辨的形式表现出来的。他们认为"理"代表"公","欲"代表"私",理欲不能并立,公私不能并存,因此他们主张"存天理,灭人欲"。这种观点对后世产生了非常消极的影响。这样一种漠视个人利益的义利观以及代表这种义利观的政策和体制严重束缚和压抑了人们的积极性和创造性,从而也就严重阻碍了社会生产力的发展。

市场经济的一个基本原则是其利益原则,它是以肯定合理的个人利益为前提的,并把人们对这种合理的个人利益的追求作为启动市场经济的杠杆。在市场经济条件下,人们主观上积极追求个人利益,但客观上却带来了社会公利的增长。这是因为,通过自由竞争的市场机制这只"看不见的手"的平衡与协调,便自然优化了资源配置和资本流向,从而也就把人们对个人利益的追求(在法律所允许的范围内)纳入了增进社

---

① 杨伯峻译注:《论语译注》,北京,中华书局,1980年,第36页。
② 杨伯峻译注:《论语译注》,北京,中华书局,1980年,第39页。
③ 张高翔:《论中国文化的伦理特性》,《云南社会科学》2001年增刊。

会公利的轨道。①

正如亚当·斯密在其名著《国民财富的性质和原因研究》中所指出的:每个人在法律所允许的范围内追求个人利益,"往往能使他比在真正出于本意的情况下更有效地促进社会的利益。"在"欲"和"利"这个任何人都回避不了的问题上,中国传统的主体文化形成了一个基本统一的态度和观念,即抑制自己的欲望,不要追求物质财富。这种"轻欲"、轻物资利益的价值取向有利于维护社会秩序,有利于保持社会的静态稳定,但不利于激活作为生产力主要因素的人的活力和创造力,使得传统中国人形成了偏执义理一端的人格缺陷,缺乏进取心和创造力。中国传统文化的这种弊端必然与现代市场理性产生不可调和的矛盾。一种耻言商、耻言利、对物资利益不屑一顾的观念和价值取向是不可能建立先进的市场经济体制的。

股市放大了人们心中的欲望,股民搏击股海、赚钱发财的"重利"行为及其价值追求弘扬重利重欲的价值观,突破轻利抑欲的传统观念。在市场化的社会中,人性欲望往往成为社会生活的主导性因素。股市充分搅动并释放了沉浸于人们心灵深处的原始欲求。市场经济张扬个体主义精神、肯定人性自由,中国社会被压抑了几千年的"欲求"获得了前所未有的释放机遇。

> 欲望导致了多样的社会联结,它以流浪者的方式打乱了所有的规则,破坏了规则所造成的僵化和强制,让实在重新流动起来,在这个意义上,欲望生产就是社会生产。②

这是一个欲望高度膨胀、甚至被视为社会发展推动力的时代。中国当代股市题材小说至少在以下一点上如实地反映了这个时代的一个主题,那就是"人欲横流"。个体人的欲望和价值追求,打破了社会整体主义的文化体系,市场化肯定人性对欲望的追逐,张扬了对传统的反思与反叛。勾勒现代人在物欲世界和精神空间里的逡巡与逃避、失落和抗争,成为中国当代股市题材小说的自觉追求。

中国当代股市题材小说宣扬了"重人欲"的价值观,它着力揭示股民在激烈的股市搏杀中张扬义利并举的财富精神。《股色股香》的作者是资深投资

---

① 崔永东:《传统文化与市场经济》,《传统文化与市场经济》1994年第5期。
② 崔增宝:《从欲望的压抑到欲望的表达》,《求是学刊》2009年第4期。

银行家。萧宏慈80年代留学美国获MBA。先后于纽约、香港、洛杉矶、北京、上海从事投资银行业,兼任香港汇金资本国际有限公司首席战略顾问。胡野碧是投资银行家,凤凰卫视兼职财经评论员。1989年加盟荷兰的PBI证券,1991年初由总部调来香港。1994年加盟星展银行(DBS Bank)出任投资银行的董事、总经理,其间将大量中国企业成功安排在香港上市,并领导星展银行在中国B股市场独占鳌头,被业界誉为"B股之王"。2002年创办博大资本,2006年创办香港唯一一家以中国大陆专才为主力的投资银行:汇金金融集团有限公司,并出任董事会主席。

《股色股香》是我国第一部全方位描写投资银行家及股市一级市场的小说。投资银行是协助企业上市的中介机构,谋食于企业与交易所之间。真正的投资银行家必须具备超凡的智慧、激情和想象力,他们是一级市场的玩家。公司如何上市、如何做账、如何定价及如何分配原始股的内幕,全都出自投资银行家争斗的一级市场。小说描写了投资银行家王晓野在股市——证券公司和上市公司的舞台上叱咤风云又翻船于小河沟的经历。

王晓野出生于革命家庭,在偏僻的山沟里做过乡村教师,浪迹过西藏高原,留学美国顺利进入华尔街,又从纽约转战香港,经历了朋友的背叛,曾经隐姓埋名躲避债主藏匿于四川的江湖山水之间,又摇身一变成为政府官员,完成了神秘的狱中交易后辞官重做知识分子的票友。他是一个证券业的佼佼者,股市上的弄潮儿;一个灵魂骚动不安的追寻者,一个强烈渴望体验的流浪者。

在险象环生,弱肉强食的金融丛林背后,王晓野追逐两性愉悦、冒险和成功的快感,寻求生命的终极目标,追逐灵魂浪迹天涯的体验,寻求从人性到神性的升华。在当代中国的前市场经济时代,特别是那些高度政治化的年代,身体被简化为纯粹的肉体而常常为精神或理性遮蔽,身体欲望的书写是无法想象的,社会只承认内心所代表的思想和理性,身体则被视为精神的对立物、被等同于罪恶和污秽置留在黑暗之中。

谭桂林曾经指出:

> 90年代以来,文学正在失去它的共同话语,作家们的创作愈来愈成为私人性的精神活动,个人在精神生产方式的选择上自由度空前开阔,因此,性爱这一人类关系最深刻的自然形式在失去了政治批判与思想启

蒙的依附基础之后,开始向生命的原生形态复归。①

B. 斯宾诺莎说过,"欲望是人的本质——就人的本质被认作人的任何一个情感所决定而发出某种行为而言。"②应该承认,人的欲望作为一种生命体验,不仅是生命存在的一种感性基础,也是生命获得确证的重要途径,是肉体的冲动和欲望、快感构成了身体所蕴涵的生命之力的本质。对禁欲主义的反叛,已然驱逐清教徒般的道德操守,昔日的禁欲主义对感性身体的伦理规训与意识形态桎梏,逐步让位于消费主义的物欲满足和感官快乐。

《股海别梦》(沙本斋著)描写外资试图违规进入中国股市。华信证券的总裁魏均平的妻子齐明霞在银行当处长,她与美国一家大型跨国金融集团中国总部的老外戴维斯有来往,帮他们洗过黑钱,自己从中赚了几千万。齐明霞为自己的同学、首诚证券华北管理总部总经理李思恩介绍了一笔业务:"外方手里有一家证券公司,证券公司的客户想分享中国A股市场的成长,资金的进出渠道我都安排好了,有的以项目投资的方式,有的由以货款的形式出现,汇兑成人民币后,以一家中资投资公司的名义进入A股市场,大约有十几个亿的规模。你要做的事是:第一,安排他们在你掌控的不同的证券营业部开户;第二,充当交易顾问,买卖什么股票,何时买卖,你是专家,由你来指点。事成之后,我的利益是,交易佣金的一半作为客户介绍费归我。而你的好处则比我多得多:帮助你们公司拉来了大客户,做大了交易量,于是你会升职,会多拿奖金;所有账户的操作都对你公开,你可以跟庄赚钱;还有,你可以按照外方的思路反向操作,即组织你的客户以外方证券公司为代理,让中国人直接参与美国的股票市场,买卖美国的股票赚钱,你和你的公司则可以两头赚,没有一点风险。"李思恩拒绝了这笔利润丰厚但违法的"生意",因为他认为自己可以重利,但求利必须合法合理。

推动中国文化从等级依附走向自主平等。

市场经济的自主性促进了人的主体地位的确立,使依附人格向独立转化。

> 市场经济要求经济主体自主经营、自负盈亏、自我发展、自我约束,这自然有利于人们树立自主、自立、自信、自强的观念,有利于人们追求

---

① 谭桂林:《转型期中国审美文化批判》,南京,江苏文艺出版社,2001年,第170页。
② [荷]B. 斯宾诺莎:《伦理学》,选自[美]莫特玛·阿德勒、查尔斯·范多伦编:《西方思想宝库》,周汉林等译,北京,中国广播电视出版社,1991年,第271页。

人格平等与人格独立,有利于人们增强自我意识、个性意识和主体意识等等。这与压抑自我、压抑个性、压抑独立人格的儒家传统显然是大相径庭的。①

尽管孔孟也有一些肯定自我和个性、肯定独立人格的言论,但其最终目的则是维护贵贱有等、亲疏有别的宗法等级制,这就必然造成个人在这种宗法等级的网中倍受压抑和束缚,使个性受到摧残,独立人格不能树立。在今天的社会生活中,人们那种追求个性自由和独立人格的意识正在普遍增强。个性的自由发展,不仅是社会进步的目标,而且是社会充满活力的源泉。

德国著名经济学家艾哈德在其名著《来自竞争的繁荣》中指出:

> 生产者的自由竞争,消费者的自由选购,以及个性的自由发展等原则,比任何形式的国家指导和国家管制更能保证经济与社会进步。

传统文化强调宗法等级观念,与市场经济倡导的人与人之间相互平等的观念不相适应。封建社会尊卑有序的等级观念导引出的必然是一种重权威的价值取向和对普通民众的忽视和压抑,这与市场经济强调的人与人之间关系的平等性自然格格不入。

受"群体本位"和"整体主义"思维定式的影响,我国传统文化忽视了个人作为人的尊严、价值和权利,抹杀了人的个性,抑制了人的个性发展;而市场经济强调的是个体自主决策、自主经营、自负盈亏的自主意识,充分尊重个体的人格尊严。传统儒家文化强调整体和谐以及整体利益高于个体利益,在这种群体主义文化的"笼罩"下,个体的诸多权利与自由均被剥夺;市场经济则强调人际交往的平等、自由。在社会转型时期,中国人的价值判断呈现多元化的趋向,对个性自由的追求变得愈加宽容。

丁力《上市公司》描写一个上市公司董事长的成长史。黄鑫龙是一个奇人,他原本是一个农民,没有任何背景,当兵回乡当了供销社的营业员,辞职到深圳闯世界。他曾想过偷渡去香港,后来在深圳的建筑工地当小工,接着到深圳一个供销社的进出口营业部当临时工,后来成为这家营业部的经理,不久成立"新天地实业(集团)股份有限公司",对公司进行股份制改造,率先在深圳挂牌上市,黄鑫龙因此成为国内最早一批上市公司的董事长,凭借自

---

① 崔永东:《传统文化与市场经济》,《传统文化与市场经济》1994年第5期。

己的奋斗开创自己的一番事业。作为一个独立自主的人,作为一个大写的人,黄鑫龙没有因为自己出身的贫寒而自卑退缩,没有认命,没有屈从命运的安排,走出了等级依附的传统观念,自主平等地参与社会竞争。

推动中国文化公平理念的现代转型。

儒家提倡的那种平均主义的"公平"观与今天市场经济条件下的"公平"观有着根本的不同。孔子说:"丘也闻,有国有家者,不患寡而患不均,不患贫而患不安。盖均无贫,和无寡,安无倾。"①这是说,财富在同一等级的人们那里应进行平均分配,否则会造成贫富分化和社会动乱。

> 孔子的这种强调平均分配的"公平"观对后世产生了消极的影响。市场经济条件下的"公平"观指的是一种机会均等,即每个人都有平等的生存和发展的机会。它主张每个人都站在同一"起跑线"上平等地参与竞争,使人的才能得以充分地发挥。这种公平观不是以分配均等为目标,而是以起点平等为条件,它体现的是一种社会公正。而传统的公平观只是着眼于利益分配结果上的平等,即以自己的所得利益与他人的所得利益进行量的比较,以此判定公平与否,而对各自的劳动投入却不去计算,这实际上是要以不均等的投入去获得均等的利益,这恰恰是一种真正的不平等和真正的分配不公。它挫伤了那些努力工作者的热情和积极性,使他们在"干多干少一个样,干好干坏一个样,干与不干一个样"的牢骚中逐渐放弃了努力工作的习惯,并最终与那些懒惰者为伍,由此而导致了社会生产力的萎缩和停滞。②

《女散户》(纸裁缝著)中的打字员郭越对股市情有独钟:"现在郭越觉得还是炒股票最好。管你是官宦贵胄还是升斗小民,大学教授还是证券公司门口扫地的,一律同工同酬。不用拍领导马屁,不怕穿同事小鞋,不需打卡,想来就来,想走就走,只要你聪明、运气好,市场就会给你钱花,那是比现在这份工作美好多少倍的事业啊!"中国传统文化对财富分配的价值取向是"不患寡而患不均",既不考虑公平更不追求效率,只注重结果平均。这样的心态在一定程度上削弱了财富分配对劳动者的激励功能,削弱了他们的自强不息、参与竞争的意识。市场经济本身有着物质利益、公平竞争、等价交换、自主经

---

① 杨伯峻译注:《论语译注》,北京,中华书局,1980年,第172页。
② 崔永东:《传统文化与市场经济》,《传统文化与市场经济》1994第5期。

营、全方位开放等运行原则。公平正义是衡量社会文明程度的重要尺度,也是人类追求的社会理想之一。伴随生产力的发展,公平正义构成了人类历史前进中的永恒命题。

推动中国文化的诚信观念的现代转型。

在中国传统的伦理规范系统中,"诚信"通常是两个分立的德目。所谓"诚"就是真实无妄,诚实无欺;"信"是指在人际交往中恪守自己的诺言,言行一致。中国传统文化把诚信作为一种优秀的道德品质和一个人立身处世的基本原则。中华民族有着崇尚诚信、耻贱伪诈的优良传统。只有诚实守信才能获得别人的信任,从而与他人建立起良好的人际关系。但传统的诚信文化也有其不可避免的历史局限性——那种建立在自给自足的小农经济基础之上的、由人格信任和熟人社会信任所构成的道德规范,体现的是忠义道德,主张的是人身依附,倡导的是用信誉而非运用法律法规维系经济活动的进行。实现它的现代转换,使之成为建立在市场经济的契约关系之上的互惠信诺的道德规范,是当代中国建构新市场文化的重大使命。改造、提升传统的诚信文化,完成传统诚信文化的现代转换。

在传统社会里,由于交往范围十分狭小,人们所需要的更多是对以血缘关系为基础的家族及其首领的孝忠。但是,在现代社会里,高速率社会流动以及交往空间的不断扩大,使人们越来越多地面对着一个陌生人社会,其中没有血缘关系的人际关系,更多地需要诚信来加以巩固和扩展。社会的流动性不再只是一种伴随现象,而是整个社会的主流趋势。在一个陌生人的世界中,整个社会关系已经从整体上被"江湖化"了。尽管作为一种法理社会,现代社会增加了更多的法律契约关系,但是,首先作为现代社会有效互动的最重要心理机制的诚信,仍然在人类生活中扮演着不可替代的角色。较高的诚信度,不仅是人类社会减少交易成本、提高活动效率的基础,而且也成为超越了低级阶段的人类文明的重要表现。

诚信是市场经济的灵魂。诚信文化作为股票市场的核心文化,需要股票市场各参与主体的道德自律,需要股票市场各参与主体诚实善意,恪守诺言,需要法律约束的保障。只有符合条件和标准才可以上市交易,假冒伪劣公司不能上市交易,这就是市场规则,任何人都不能违背,因此股票发行上市必须按市场化规则运作。中国当代股市题材小说弘扬诚实守信等传统商业伦理与道德中的优秀禀赋,展现出了一种叛逆与超越的审美特质。

黎言在20世纪末就加盟华夏证券,先后担任过华夏证券、方正证券的中层管理者,这种经历使他亲眼见证了中国股市的风云变幻和资本市场人物命运的跌宕起伏,从而解读出一个个对普通读者来说讳莫如深的资本故事。《老鼠仓》是国内首部专门描写"老鼠仓"的股市题材小说。小说像剥洋葱一般,一层层慢慢剥开资本市场的尔虞我诈,揭露幕后黑手操纵股市的各种玩法和猫腻。"老鼠仓"是股市有代表性的不诚信行为。庄家拉升股价之前,先个人在低位建仓,待股价拉到高位后,个人仓位率先卖出获利。小说展现了权力和资本、欲望和道义之间的纠结和疯狂,真实展现了国企、政府、股市的复杂纠葛以及庄家、官员、媒体的利益斗争。江东高新投董事长赵毅夫妇家中失窃,警方破获案件后发现赵毅挪用公司上千万巨款而将其抓获。正在追踪赵毅案的记者孙尔雅意外得知此案牵涉到将会引发政坛商界地震的织云科技老鼠仓事件。孙尔雅的赵毅案内幕报道,被收受了织云科技贿赂的报社社长撤下。正在孙尔雅的调查不断深入之际,神秘网友"AK47"向她爆料,说真正的幕后庄家是"东南西北四大庄家"之首的章陕。根据"AK47"透露的资料,孙尔雅写成重磅报道,却受到了死亡威胁。为了继续揭开章陕"老鼠仓"黑幕,孙尔雅与"AK47"一路向西,开始了一场生死大逃亡。行至吐鲁番,两人遭遇杀手袭击,孙尔雅受伤。他们奋起反击,"AK47"调查出章陕资金链死穴,孙尔雅又一篇重磅报道问世。在此后的较量中,黑庄章陕虽然屡次巧妙地金蝉脱壳,成功逃脱了一次又一次法律的惩罚,但最终在神秘的佛光中翻车身亡,受了天谴。作者黎言说自己像个新闻记者,"讲述了这个圈子里真实的男女关系,也警示大家应注意资本背后的无耻欺诈"。

在小说中,资本世界就是一个唯利是图、尔虞我诈的非人集中营。中国股市永远是一个不缺乏故事,不缺乏传奇的地方,也是一个最需要信息公开却处处充斥着信息不对称的地方。中国股市需要诚信,这座围城里面充斥了太多不足为外人道的秘密和难以理清触碰的利益纠葛。

推动中国文化从轻商、贱商走向重商、崇商。

中国传统文化一直是重农抑商的,认为农业是"本"商业是"末",反对舍本逐末。中国传统文化的缺陷与中国人的思维方式和生活方式密切相关。在漫长的封建社会当中,传统中国形成了以自然经济和农耕文明为基础的自给自足的小农经济。人类改造自然能力的有限和生存所需物品之间的矛盾,把人牢牢地固定在了农业生产之中。同时,封建统治阶级为了国家的长治久安、富足安康,也极力发展农业生产,工商业、手工业等农业以外的经济成分都被历代统治者所排斥。小农经济下的"自给自足""小富即安"和当今世界飞速发展的商业经济之间形成了鲜明的对比。

市场理性的引入,使得股市题材小说对于股市这一"场域"的表现格外丰富而多元,其中最具美学和文化意蕴的在于"股市英雄"形象的塑造。证券交易是最能体现商业精神的市场活动。股民作为一个新兴社会阶层的代表,他们往往有着明显的共同特征,"他们一旦从传统世界归属纽带中挣脱出来,便拥有自己固定的地位和攫取财富的能力。他们通过改造世界来发财。货币与金钱的自由交换,个人的经济与社会流动是他们的理想。"①美国的经济学家、哲学家休谟曾经说过:"如果一个人所从事的工作能赚钱获利,特别在有所劳、利即随之的情况下,由于频频获利,在他们心中就渐渐对这个事业产生热爱,而把眼看自己的财产与日俱增当作人生最大的乐趣。"②许多有着不同的性格、爱好和经历的人们,为了一个共同的目标——孔方兄一起走到股市中来了,在这里,他们有一个共同的称号:股民。股市为人们提供了一个貌似平等的人生拼搏的舞台,在这里,你可以一夜之间成为巨富,也可以在一夜之间沦为乞丐,关键在于能否抓住机会,当然还有运气。

　　雾满拦江的《大商圈·资本巨鳄》刻画了一批活跃在当代中国资本市场上的布衣英雄,这些资本强人以其过人的胆略及智慧进行的资本运作是我们过去无法想象的。陈昭河出身于小学教师家庭,他八岁就开始做生意,历尽磨难与屈辱,终于在三十四岁那年铸成大器。借助资本市场的辅翼,他执掌这家靠铁锤起家的长华汽车制造厂,然后果断选择了在美国纳斯达克上市,收购了一家壳资源之后,通过在股市上的圈钱迅速完成了对长华汽造的初期原始积累。在此之后,陈昭河聘请国际知名的美国汽车设计专家斯耐尔·巴布对长华轿车进行了重新设计,一举打开了销售市场。当年长华汽造亏损七个亿,历经十年打造,陈昭河使这家负债累累风雨飘摇的小作坊一跃成为挟有资产总额高达数百亿元、旗下显性公司数十家,隐性控股公司多达数千家的南江集团,扩张成几百个亿的大型财团。陈昭河从一介平民百姓奋斗起家,执掌南江集团数百亿资产,成为业界赫赫有名的资本巨鳄,是我们这个时代崇拜的商业奇才和资本英雄。小说洋溢着对这些市场英雄的赞美。

　　推动中国文化从因循保守走向积极进取。

　　中国传统文化孕育在一个农业宗法社会的母体之中,农业经济一直是中国古代社会的主干,长期的农耕生活使中国人形成了安土重迁、追求稳定和缺乏冒险的特点。

---

① [美]丹尼尔·贝尔:《资本主义文化矛盾》,北京,三联书店,1989年,第61页。
② [英]大卫·休谟:《休谟经济论文选》,陈玮译,北京,商务印书馆,1984年,第46页。

所谓土地本位是指中国传统社会在源远流长的历史发展过程中由于立足农业而导致的对土地的依赖进而体现出的社会学含义,表现为地缘性的局限以及由此而扩展的小农意识、僵化和封闭性。以史而论,中国社会主要是在黄河流域这块土地上以农业为基础发展起来的,它不如古代希腊社会那样一开始就以海上贸易、海上交通为基础,因此中国社会可以称为"土地社会",土地和农业生产是中华民族生存的根本所在。
　　因此国人的价值取向则主要是"安息于土地",这是中国社会质朴厚重、绵延世泽、稳定数千年的根本之一,但同时依赖土地又导致了对土地的崇拜,进而迷恋土地而缺乏流动、安于天命而不思进取。[①]

农民对土地的依附决定了中国社会具有强大的同质性、稳定性和僵化性,长期的稳定又促成了家长制的持续继承和发展。在这个意义上,宗法本位其实就是土地本位所需的意识形态,同时土地本位导致的家庭主义又使中国社会保持高度的凝聚力,因为家庭共有的经济、财产、物质利益和发展家业的共同需要及家庭成员唇齿相依、荣辱与共的共同利害关系导致了以亲情为纽带联系起来的共同意识具有极强的坚韧性。中国近二千年来一直是靠农业支撑社会的发展,久而久之导致了中国社会长期处于封闭、僵化和地缘区域主义及机械稳定的状态。

股民张扬自己的智慧精明和积极进取精神,积极克服传统中国人因循保守的劣根性。人们把股市称之为"股海",是把股市比喻成了海,比喻其变幻莫测、充满风险。证券投资是充满竞争和风险的行业,股市是不见硝烟的战场,股民作为市场经济社会的产物,对此有着天然的领悟并拥有与生俱来的征服意志、敢于冒险的战斗冲动和不顾一切的成功渴求。他们具有对交换逻辑的天然感悟力,从容自如地反叛传统伦理。在积累财富这一点上,每个人都想胜过别人。这无疑是"股市英雄"品格与追求的生动写照,也正是基于此,一些有悖于中国传统伦理规范的观念与作为往往会被作品中理性的"股市英雄"奉为圭臬。于是乎,在市场理性的驱使下,股市英雄表现出对传统伦理的舍弃与反叛。"股市英雄"都是市场理性的忠诚演绎者,虽然他们有的因此而智慧精明、竞争有道,有的则工于心计、锱铢必得,更有的唯利是图、尔虞我诈,但从他们都拥有买卖天赋、深谙交换的逻辑法则、"能赚大钱"这一意义上来说,他们都是具有文化上的新意的。

---

① 赵定东 赵山:《中国社会原型与转型的历史分析》,《长白学刊》2005 年第 1 期。

老莫《股神》中的龙在田是一家证券类报纸的编辑，后来离开报社，从事证券咨询业务。他的这家咨询公司有代客理财、财务顾问、中介经纪、证券投资等多项功能，在社会上的影响不断扩大。雷鸣豫是得利集团的董事长，除去股市投资这一块，雷鸣豫还从事证券咨询。《财经周刊》的广告与发行收入每年不会少过500万元，而那份《大户室传真》是目前市场占有率最高的，固定订户已经五百家，每份每年两万元，这半年的净利润摊下来也不少于500万。五家证券部仅手续费的收入，半年合计起来有4000来万。雷鸣豫的得利集团的半年净利润应该在1.1亿左右。雷鸣豫在短短的五年多时间里，把一个小咨询公司发展到有二十多亿总资产、十个亿净资产的规模。凭借强大的经济实力，雷鸣豫在股市坐庄。他对自己的公司进行股份制改造，公开募股，然后策划上市。

在物欲横流的股海里，股市英雄不再是唯利是图、浑身充满铜臭气的小人，也不再是任人宰割的弱者；他们多为精明智慧的俊才和长袖善舞的强者。他们凭借审时度势、权谋善断的大将风度和坚韧不拔、自强不息的开拓精神纵横股海，所聚集的智慧、资本不仅令普通百姓引以为荣，整个社会也不得不对此表现出应有的尊重。他们既因社会地位升迁而生发自重感、责任感，也因时代变革而勃发趋利天性和市场智慧；在由忍耐、保守、依赖向抗争、进取、独立过渡的变化中，股民积极进取、勇于开拓的精神特质获得前所未有的释放空间。

推动中国文化从温良恭俭让走向竞争拼搏。

中国传统的经济形态是农耕经济，农业给古老的中华民族提供了基本的衣食之源，因之，农业是中国传统文化最深厚的经济基础。中国传统文化贵中尚和，否定人与人之间的相互竞争，主张人要安分守己。长期以来，由于绝大部分人口都集中在地理环境相对优越的中原、东南农耕区域，养成了中国人安土重迁、安分守己、乐天知命的民族性格，并由此培养了中华民族对乡土的眷恋和对故国的深切情怀，增强了民族凝聚力，但同时，由于长期的农耕生活和对土地的过分依赖，又限制了中国人的视野，影响了中国人开放和竞争意识的成长。市场经济的平等性促进了人际关系的平等、和谐，为个人发展创设了一个自由平等竞争的环境；市场经济的竞争性促进了人的潜能的发挥，充分调动了个体的主观能动性，培育了人的创新意识和创造能力以及民主和法制意识。统治者推行了几千年的轻商政策所培育的贱商文化，凝结成了浸入民族血液里的轻商意识，"求利"既不荣耀，怎敢坦言"竞争"？因而缺少逐利时必备的精明果敢与勇于竞争的精神。

中国当代股市题材小说使自己跻身到推动历史发展的时代先锋的行列。

从文化传统和现实语境中挖掘与现代竞争意识相通的思想资源,从股民群体中发现"英雄",领悟他们对于市场竞争品格嬗变的深刻认识:"从不争到争,由空谈义礼到崇尚实利,由保全天下到寻求富强,不仅是时势所迫,也是国家民族所需。"[①]充分肯定股民的人生追求及其推动社会进步的重要意义,充分认识交易活动的特殊性,关注勇气、胆识和竞争精神在交易活动中的重要作用;充分认识股民价值观所蕴含的历史进步性。大力张扬股民积极进取的价值取向、征服意志和成功欲求,它的重塑股民竞争品格,对于一个市场经济发展不够充分、内蕴其中的竞争意识素来匮乏的民族而言,其启蒙意义无疑更为深远。横空出世的股市无时无刻不在影响着国家发展、社会安定和百姓生活,同时也为心智超人、敢于竞争、善于竞争的股市英雄铺就了一道成功之路。

　　朱子夫、徐凌的《谁是庄家》讲述了一个关于上市公司股权争夺的高智谋故事。"宝莱生物"成功研制出新型军用疫苗的消息甚嚣尘上,为在股东大会前获得足够筹码,资本大鳄、军方代表、操盘精英、国际货币联盟等各路英豪际会深圳,而某巨型跨国公司更是派出杀手组织,只为得到宝莱生物控股权。燕南飞作为宝莱生物董事长之子,在与母亲决裂后,迫于生计为地头蛇刘劲操盘。他注意到宝莱生物股价接连出现异动,追查得知是私募大佬龙九洲为夺取疫苗配方而利用其设在深圳、上海等地的分公司进行疯狂炒作。在得到商业巨贾罗枫、电脑天才幺零三、财经记者谢凌凌、军方代表杜宇等人的帮助下,燕南飞与龙九洲展开了一场没有硝烟的股权争夺大战。在股东大会上,龙九洲夺得宝莱生物公司控股权,却得知公司涉及疫苗研发的核心技术早在四个月前就已成功剥离出去,而燕南飞等人也发现了隐藏于龙九洲合作方——某巨型跨国公司身后的又一惊天阴谋。竞争本是市场不可缺少的因素,它同市场相伴而生,是市场机制发生作用的前提和基础。市场没有竞争就没有动力,资源配置和资本流动就会呆滞,价值规律和市场机制便不能启动。

　　市场经济以其特有的魔力激发了全社会的创造意识和竞争精神。市场的原则是追求自身利益的最大化,它不同情弱者,不相信眼泪,只推崇优胜劣汰的竞争法则。与此相适应,从事证券投资活动的股民无不以求利为本业,以竞争为天职,"竞争心生,则一切改良进步,精益求精之心思,自蜂起泉涌而不可遏"[②]。市场经济体制的建立,市场主体的多元带来竞争的日益普及,竞争的态势已成燎原之势不可阻挡。

---

① 马敏:《商人精神的嬗变》,武汉,华中师范大学出版社,2001年,第87页。
② 马敏:《商人精神的嬗变》,武汉,华中师范大学出版社,2001年,第57页。

赵迪的《资本剑客》描写当代资本市场之中以控股权为核心的资本争夺，展现不同资本高手的复杂较量。这些较量推动着中国资本市场的成熟及完善。小说以凯雷收购徐工案为原型，描写在一宗企业并购中，国企、私企、本土券商、私募股权基金和海外资金大斗法，各路资本高手运用各种资本运作手段，围绕股权利益展开激烈残酷的搏杀，收购与反收购，揭开层层资本黑幕。江工集团旗下上市公司江工科技2004年在美国纳斯达克上市。同为湘江省工程机械行业龙头的紫金机械和江工机械竞争激烈。紫金集团下属公司紫金机械寻求重组，引进战略投资者。想成为紫金机械战略投资者的主要竞争者有四家，其中美国瑞星集团是私募股权基金，还有江工集团、乾坤投资公司、加拿大史蒂芬机械制造公司，最后瑞星集团胜出。瑞星集团在纳斯达克市场收购了江工科技8％的股权，危及江工集团的控股地位。"在海外市场中，像瑞星集团这样的私募股权基金被称作'站在门口的野蛮人'，因为它们经常充当不怀好意的收购者这样的角色。"江工集团总经理陈继良感到了很大的威胁，启动毒丸计划予以应对，同时在博客上发文，称自己愿出25亿收购紫金机械49％的股权，斥责紫金集团贱卖国有资产，逼得瑞星不得不加价。紫金集团与鸿鹄公司的郝丹阳合作，暗中收购江工机械股份，差点动摇陈继良的控股权。中国当代股市题材小说中最常见而又最惊心动魄的故事就是"股市斗智"，它最为集中地聚焦了股民的炒股赚钱策略与竞争法则。一出出精彩的"斗智"，既演绎了主人公独特的生命经历和获取财富的天赋才干，更彰显了他们对事业成功的执着、证明自己比别人优秀的冲动和赢得业界赞誉的价值期盼。马克斯·韦伯在论述西方资本主义精神时曾特别指出，那些赚钱并不是为了享受的资本家的经营动机是要用经营成功来证明自己在尽"天职"方面已"德才兼备"，当然，他们也很重视财富所带来的"权力"和"声誉"。中国当代股市题材小说里的每一场股市激战，每一次对手交锋，无不记录了主人公的生命故事，同时也彰显了他们的价值追求与财富伦理自觉。

推动中国文化从"重人治、轻法治"走向崇尚法的精神。

中国从1978年以来经历了人治逐步向法治过渡的过程，开始全面依靠依法治国来推进经济和改革。要使市场在资源配置中起决定性作用和更好发挥政府作用，以保护产权、维护契约、统一市场、平等交换、公平竞争、有效监管为基本导向，完善社会主义市场经济法律制度。加强市场法律制度建设，促进商品和要素自由流动、公平交易。依法加强市场监管，反对垄断，促进合理竞争，维护公平竞争的市场秩序，形成完备的法治体系。

中国的资本市场需要真正的市场化、法治化和规范化。中国证券市场的投机行为,尤其是内幕交易、证券欺诈是非常严重和普遍的。处理资本市场的利益关系,必须采取规则治理和法律治理的方式。如果没有公开透明的法律规则,自然也就不可能形成公平高效的市场机制。资本市场公开、公平、公正的目标与法治的价值理念具有天然的同质性和一致性,一个成熟的资本市场必然是一个高度依赖法治的市场。资本市场是最有活力的市场,但它的活力是建立在法治保障的基础上的。中国传统文化中法治传统的缺位使"法的精神"对当代中国来说在某种意义上仍然是一种稀缺资源,而法治是现代国家民主政治的结果,也是民主政治的保障。它是对中国传统文化中要求主体依靠道德理性和道德自觉保持人格操守的理想价值诉求的有效补充。市场经济是竞争经济,而竞争离不开规则,离不开法治。没有好的法治环境,市场主体的独立性、市场竞争的有效性、政府行为的规范性和市场秩序的有序性都将缺乏根本的保证。市场经济与高度集中的计划经济不同,在计划经济中,生产、流通、分配、消费之间基本上是靠计划指令联结起来的,而在市场经济中则是靠自主的市场主体间的契约联结在一起。为保证契约的公正和得到遵守,就需要有完备的法律来规范和保障。中国传统文化不重视法制,实行的是人治,缺乏民主精神。中国传统文化在法制思想上强调实行人治,法律仅作为治国的某种辅助手段。因长期受封建专制制度的影响,我国传统文化明显带有专制色彩,家长作风盛行,喜欢搞一言堂,重"人治",民主作风淡薄。市场经济将法制经济作为其始终追求的目标,因而它对我国法制化进程也起着巨大的推动作用。

萧洪驰、胡野碧的《股色股香》中外号叫"锤子郑"的郑雄是香港股票圈内著名的庄家。郑雄从做房地产生意起家,20世纪80年代初将自己的公司在香港交易所上市。他不断挪用公司资金,用这些钱去推高自己公司的股价,股价在高位时,再从市场上抽水集资,然后将集资的钱再挪用到外面进一步推高自己的股价,如此循环往复。郑雄因为欺诈和盗用上市公司资金罪被判入狱三年。小说中原副市长陈邦华的炒股模式特色鲜明,第一种是凭借其过去在政府的关系和背景,专门在各级政府部门收买内线,靠内幕消息炒作;第二种是狙击已上市的公司,先锁定一批经营不佳的上市公司,通常是所谓戴上ST帽子的公司,然后在市场上慢慢收集其股票,等到筹码收集完成后,就去找主管的政府部门,用包括金钱在内的各种手段把主管官员搞定,让他们公开表态支持其收购这家上市公司。陈邦华在股市的运作非常成功,到2001年年底,他的三亿资金变成五亿,最后他的私募基金膨胀到18亿人民币,他因此成为一个能量很大的私募基金老总。陈邦华知道在中国控制一家证券公司对资本运作大有裨益。他开始暗中收集太阳电子的股票,准备既通过重组炒高太阳电子获利,又通过控制太阳电子来操控南海证券。陈邦华与太阳电子管理层沟通:准备花两个亿来购买太阳电子的产品,让销售额一下增长100%,让太阳电子在半年内扭亏为盈。这两亿资金通过购买产品的方式付给太阳电子之后,要求太阳电子通过委托理财的方式再还给陈邦华。在太阳电子股价被拉高又不断跳水的过程中,陈邦华那7000万股竟然卖出了2000万股,套现18个亿,已经将本钱赚回,并实现了2个亿的利润。2004年7月,太阳电子操控股价案审判结果在国内正式公布:陈邦华的通才基金被罚款4亿元人民币,陈邦华被缺席审判,判处有期徒刑五年。小说赞美法律惩治股市上的胡作非为之徒。

市场经济的发展要求有一个完备的法律体系,市场经济规则就是一种法制化的市场竞争关系。在现代社会,法律意识作为一种文化价值观念,作为一种现代人文精神,已经成为社会政治生活、经济生活和精神生活的重要内容。把市场经济纳入规范化、法制化的运行轨道。与这种法制经济相适应,市场经济在文化价值观念上必然要求人们树立法律意识和守法观念,改变那种在长期的封建专制统治时期所形成的"重人治、轻法治"的传统观念。

第三节 中国传统文化制约过度的市场行为

中华民族之所以能够始终屹立在世界民族之林,就因为有强大的精神支撑,有丰厚的精神家园。实现中华优秀传统文化的转型,关键就要以优秀传统文化解决现实问题。当代中国的市场化程度尚处在肤浅层面,人们的观念和行为还处在传统文化与习性的束缚当中,成为市场经济向深层延伸推进的巨大障碍。中国传统文化是与自然经济相联系的,本质上不符合市场经济的发展要求,但在防止市场失灵、弥补市场缺陷方面,传统文化又可以发挥积极作用。谦让礼貌、善良助人、修身养性、爱国爱家、诚实守信、团结协作等美德在内的文化观念,不使那些欺诈、蒙骗、离心离德的东西在全社会泛滥成灾。价值取向是利益主体根据自身或信仰所采取的思想态度和行为走向。在市场领域里,对于与集体价值取向、社会价值取向基本一致的个人价值取向,诸如义利兼顾、平等竞争、诚实劳动、合法经营、正当利益等价值取向要肯定;对于与集体价值取向、社会价值取向截然对立的,诸如见利忘义、以权谋私、钱权交易、贪污受贿、极端个人主义的价值取向,必须予以禁止、惩治与清除。

市场经济有两个基点:每一个经济主体都追求利润最大化,每一个现实个体都追求利益最大化。这两个最大化在一定意义上形成了社会生产力不断发展的动力,形成了市场经济优胜劣汰的竞争格局,但从另一个角度说,它又可能成为市场经济健康发展的阻力;如果放任这两个最大化,不进行适当的监管包括道德规范,就必然导致互相欺诈、物欲横流,市场经济的秩序就无法维持。

一方面,资本追逐利润最大化、个人追求利益最大化,可能导致拜金主义、极端利己主义等非道德现象;另一方面,市场经济的健康发展必然要求人们遵守市场规则、进行道德自律,生产力水平的提高必然要求社会公平正义、人们的道德素质普遍提高。[1]

一方面,随着市场经济体制的引入,促进了人们思想观念的转变,形成了人们奋发向上、不断进取的新的精神风貌,成为社会新的价值取向的推进器;另一方面,由于市场经济的运行机制以经济利益为原动力,奉行的是经济利益最大原则和效益优先的原则,会引发出不少消极因素的负面影响,滋长唯利是图、拜金主义和极端个人主义。

中国当代股市题材小说表现了中国传统文化对证券市场过度的市场行为的制约。

制约"唯利是图""物欲横流"。

中国传统文化的基本价值追求就是精神生活第一,重精神而轻物质,重视人的精神修养而轻物质享受,强调节制欲望。中华传统的核心价值观从来就没有接受金本位。有史以来中华民族就不断地在进行人性的修养和提高,不主张追求奢侈的物质享受。自古以来中国就把思想道德、人格人品、精神意识放到评价人的档次高低的首位。中国很早就出现了货币,商品交换尽管在我国长达两千多年的封建社会中并不发达,但却始终存在着。有钱能使鬼推磨,金钱万能的思想早就尽人皆知,但金钱万能的思想从来就没有成为中国社会价值观的主流。

历代知识分子都以清高自许,"君子谋道不谋食"的思想是深入人心的。"君子爱财,取之有道"不仅是读书人所遵循的美德,也成为全社会普通老百姓的共识。修身、养性、清心、达道是中国读书人追求的最高境界;尊士、崇德、尚义、向善、孝亲是中国人最根本的价值核心。改革开放以前,我国人民

---

[1] 叶小文:《道德追求关乎社会主义市场经济的成功程度》,《光明日报》2014年4月17日。

的生活水平不高,财富贫乏,人的物质欲望不高。改革开放实现了我国的社会转型和文化转型,逐步形成了尊重个人、尊重个人利益诉求的社会风尚,合理释放、满足个人欲望,乃至鼓励一部分人先富起来,富裕成为社会成员的普遍追求。

20世纪90年代,社会心理结构出现了许多变化,一些人出现了信仰真空,一切向钱看,个人私欲膨胀,把金钱财富当作衡量一切价值的标准,一部分人甚至产生了不择手段追求暴富的心态。随着经济发展和社会财富的快速增长,个人私欲也以更快的速度膨胀,对财富的追逐成为一种广泛存在的社会现象。诱导、刺激、放纵而不是节制、控制、遏制人们不断膨胀的欲望和奢求。得一望十、得十望百、得陇望蜀,欲壑难填,这是人的本性,也是人的可怕之处。多数人奋斗和追求的目标只是让自己和亲人生活得丰衣足食。"物欲横流"已成为一种广泛的社会现象。现代社会不可能禁欲,也无必要清心寡欲,但不能欲火中烧、欲壑难填。欲望问题的根本是价值观、人生观的问题。当今社会发展最重要的是管理好人的欲望。一个健全的社会就是给人的生存发展提供充分空间及有力保障的社会,也是有效管理人的欲望特别是物质欲望的社会。

市场经济是文化经济,需要文化价值观来规范引领。当前我国市场行为的某些"病态"特征和扭曲现象,表现了市场主体的价值观念的混乱、道德水准的下降、伦理规范的丧失。在市场经济中缺乏起码的道德规范的制约,缺乏共同必须遵守的价值标准的引导,导致文化失范,人们的行为及价值观念由于缺乏明确的准则而陷入混乱无常状态。市场经济的一些价值观念,如果离开了正确的价值定向,"功利观念"可能走向以追求个人或小集团利益为目标的狭隘功利主义;"效率观念"可能形成以追求金钱为唯一目的、"一切向钱看"的拜金主义;"竞争观念"可能导致尔虞我诈、弱肉强食的局面。在由计划经济向社会主义市场经济转轨过程的初期,市场经济本身内蕴的一些负面文化特征日益凸现出来。个人主义、拜金主义、享乐主义等腐朽的价值观念滋生蔓延,唯利是图、见利忘义等没落的伦理道德观沉渣泛起。这些不良的文化因素明显成为市场经济发展的精神障碍。以伦理道德为核心内容的中国传统文化自始至终都强调人的社会性、群体性,要求人与人之间要相互团结、关爱。这种思想观念对市场主体行为的规范无疑起着极大的促进作用。

市场经济以信用和契约维持运转,要求人们在进行经济活动时既要遵守公平自由的竞争原则,又要遵守各自的职业道德。这些关系、原则的维持诚然离不开法制的强制约束,但也不能忽视道德控制的作用。中国传统文化对市场文化中的负面因素起到批判和纠偏的作用。中华传统文化强调的"见利思义"思想是对市场经济条件下"唯利是图"观念的有力抑制，是对市场经济条件下重功利轻理想的价值取向的有力纠偏。针对唯利是图、损人利己等道德失范现象，从中华民族优秀的文化基因中找回和强化道德约束与道德自律，增强中华民族在市场化浪潮中强身壮体的抗体，增强人们在各种物质诱惑面前的免疫机能，促使人们做到见利思义、义利并举，正确处理好个人与他人利益的关系。

从古至今，金钱与罪恶总是相伴相生的。在股市这样一个资本高度密集的地方，无疑也是一个滋生罪恶的地方。在中国这样一个不规范的股市里，丛林原则一再上演："大鱼吃小鱼，小鱼吃虾米。"股市大鳄们翻云覆雨，日进斗金。

应健中的《股市中的悲欢离合》描写股市猫腻。神州证券公司上海总部的老总强慕杰与洪湖集团的老总柳浩军决定两家各出资 1.6 亿元合作坐庄"北方牧业"。强慕杰和柳浩军他们自己个人先买好股票了，然后再通知操作小组，动用公家的资金不断地拉抬股价，他们拿的是地板价。神州证券公司上演"空手套白狼"。1995 年神州证券公司套在"北方牧业"上，均价就在十四五元，出不来。现在它让洪湖集团买"北方牧业"，1.6 亿元资金可买 1500 万股以上，神州证券公司的 1.6 亿元只不过对倒换仓而已，把"北方牧业"的股价做上去，自己的筹码可以解套了，洪湖集团在"北方牧业"上的盈利大家还可以分。柳浩军的洪湖集团炒作"北方牧业"的账面利润已达 70%，而强慕杰 1995 年被套在"北方牧业"上的 2 亿元资金现在都解套了，还能赚得 20% 以上。此外还有一个 6000 多万元的暗仓，盈利 40% 以上。至于强慕杰和他的女友闻黎瑛个人的"老鼠仓"，盈利更大。洪湖集团老总柳浩军因受贿被判刑，受到牵连的神州证券公司上海总部老总强慕杰辞职，干起了私募基金。他要保住自己通过各种正路子、歪路子赚来的几千万元钱，因此离开了上海，去了深圳，手揣几亿元的资金代朋友炒股。小说对股市中种种不择手段牟取不正当利益的行为予以揭露和鞭挞。中国传统文化重群体、重国家和民族利益的传统有助于化解市场经济条件下"唯我主义"的不良倾向，为协调社会需要和个人需要间的矛盾提供了良好的伦理氛围。传统文化有关"义重于利"的道德原则，有利于人们在市场经济条件下，摆正理想与奉献、金钱与道德间的关系，从而保证市场经济在正常的伦理轨道上发展。

制约交易的泛化。

> 在商业文化氛围中,赚钱、享乐、放纵成为社会越来越趋同的想象,生活在当下的人们被物欲所控制,诚如马克思所描述的那样,一切田园诗般的脉脉温情都被市场规则的剪刀作为妨碍市场秩序和商品交易的枝节叶蔓给无情地剪除了,许多美好的道德和精神价值已被牺牲在物质进步的祭坛上。①

将尊严、肉体、爱情、信仰、知识乃至良心,这些为中国传统文化所看重的一切都当作商品拿去交易,导致道德伦理的失范、正义和良知的失落。市场的繁荣带来了市场交易的泛化,权钱交易、权权交易、权色交易、钱色交易,是当代中国社会并不鲜见的现实。一些劣质公司之所以能够通过行政监管部门的审批上市,一些违规公司之所以能够避免处罚或不怕处罚,一些庄家之所以能够肆无忌惮地在股市兴风作浪,大多与幕后的钱权交易有关。

《右边一步是地狱》(杜卫东著)中商业银行女行长之子犯强奸罪,省国资局副局长汪海出面找结交黑白两道的律师金戈为之摆平。金戈由此找到了一条炒股的"歪门邪道":"汪海是国资局局长,如果这条渠道打通了,那简直就是开采到了一座金矿。因为国资局是许多上市公司的大股东,和一些上市公司的老总以及庄家极熟,对一些上市公司股票的走势心知肚明。"由汪海提供股票内幕消息,金戈筹资操盘,获利后两人五五分成。几只股票做下来,双方各有了几百万的进账。尝到甜头的金戈又找商业银行的女行长贷款一千万炒消息股。这样利用内幕消息炒股,"一两个月,利润翻几倍,贩毒和倒卖军火,也不会有这么高的利润回报吧?"

《阴谋2》(李德林著)描写股市里的阴谋诡计,表现利益面前人性的贪婪、痛苦与无奈。徐桐曾经是西周市医药管理局局长,遭遇举报,调查几年之后被调到西周市最大的国有企业西北制药集团。他将西北生物从西北制药集团剥离出来,成功包装上市,出任上市公司西北生物的董事长。西周市政府招聘从海外归来的张天寿担任西北生物的总经理。20世纪90年代中期,李枭阳结识了当时是西周市医药管理局局长的徐桐。徐桐给李枭阳指了一条发财的路子——走私。徐桐负责牵线为李枭阳找销货的国内买家。李枭阳很快打开了西部市场和中亚市场,并在后来成立了天狼国际公司,出任天

---

① 杨虹:《近20年中国商界小说的文化阐释》,武汉大学博士论文2011年4月。

狼国际的总裁。徐桐安排李枭阳坐庄西北生物。第一次李枭阳手上没有掌握足够的筹码,于是利用在散户中有一定影响的股市大户常为民作诱饵,发动流通股股东投反对票。西北生物第一次股改失败后,李枭阳打压了几天股价,然后进行洗盘,收集了更多的西北生物流通股筹码,西北生物第二次股改的命运就掌握在李枭阳的手上。李枭阳向西北生物的总经理张天寿提出要求:股改的对价方案由每 10 股送 1 股上升到每 10 股送 3 股,同时提出只要送股到账,500 万股每股提取 5 毛钱送给张天寿。张天寿嫌少,因为他知道李枭阳现在已经收集了至少 4000 万股的筹码,每 10 股送 3 股李枭阳就能免费获取 1200 万股。就算 1000 万股,每股 5 毛钱,张天寿提出要 500 万元。张天寿知道李枭阳的底细:"西北生物的流通盘现在是 1.6 亿股,你控盘在 1 亿股以上,仅股改你的收益就超过 1 亿元。除去我 200 万的疏通费,300 万对于你来说那简直就是毛毛雨。现在股价上了 12 元,你获利已经在 7 亿元,一旦股价上 30 元,你获利至少在 25 亿元。"李枭阳也掌握了张天寿的把柄,知道张天寿在萃取项目中拿了银行上百万的回扣,在西北生物股改的时候又从庄家李枭阳那里拿了 500 万好处费。现在为了让张天寿配合自己坐庄,李枭阳同意连同西北生物的全年利润给张天寿 1 个亿。上市公司和庄家合伙造假,放出消息说西北生物承接了安哥拉整个国家的医疗工程项目,项目标的在 200 亿人民币以上。张天寿跟中间商——英皇海外投资基金亚洲区的总经理乔治·布朗签订意向性协议后,西北生物已经连续三天拉涨停板。上市公司、庄家跟 QFII 国际资金以及国内的机构联手,操纵西北生物的股价。他们的想法非常美妙,公布一个意向性协议,拉升股价,等到价位合适时,让基金接盘。李枭阳联系了京都基金的经理杜子明。杜子明一次性拿走 200 万,答应在 30 元价位上接盘,还要现金 3000 万。但这时西北生物被停牌了,拿不到与安哥拉医政部的正式合同,交易所就不让复牌交易。柳如烟是省监察厅的专门负责盯大案的卧底监察。她和公安与证券监管部门的同志一起揭穿了徐桐等人的阴谋,将他们一一捉拿归案。

制约弄虚作假。

虚假包装上市已经成为中国一些上市公司的通病。许多公司为了获得上市的指标,将公司进行虚假包装,夸大自身的利润和资产,粉饰各种财务指标,以获得上市的资格。林夕《暗箱》描写一家民营公司上市的过程。在中国,一个公司要上市并不是一件容易的事情。当时我国股票上市主要是审批制,配套手段是"额度控制"。地方政府和部委拥有推荐上市公司的权力,但份额有限。监管部门——中国证监会负责审核,批准发行。企业要想上市,必须先在地方或部委争取到上市名额。我国股票市场发展初期在其功能的定位上走过一段弯路。证监会在严格的额度控制下将上市公司指标分配给地方政府和中央各部门,使得良莠不齐的国企改制公司被不断推向股市,股票市场功能开始发生扭曲。

权磊、姚明远、张棋三位昔日的同窗好友,为了使先锋公司上市再度联手,组成铁三角。为了达到上市目的,他们不择手段,行贿、做假账等无所不用其极。先锋公司终于上市了,前后三次,第一次只有注册日期是假的,没有上成;第二次,几乎一半的利润都是虚构的,也没上成;第三次除了为做假账上交给国家的1600万元税款是真的,其余都是虚构的,却奇迹般上成了。先锋公司最终上市成功了,但付出了张棋自杀、姚明远锒铛入狱这样并不轻松的代价。

中国股票发行上市过去一直执行额度控制和审批制度,这种非市场化的制度安排带有浓厚的行政色彩,必然产生大量的寻租行为。一些并不具备上市资格资质的公司靠不惜血本的"公关"去打通行政管理部门的关系,通过制造虚假条件,取得上市资格。在小说中,最沉着老到、深谋远虑、心狠手辣、不计后果的操作者是姚明远。他的人生哲学是:"英雄不问出处。只要成功了,谁管你是怎么来的。"一切似乎也都按照他的计划和操作顺利进行。

> 在中国股票市场中,上市公司普遍患有"融资饥渴症"。一些上市公司不符合融资条件而通过操纵的手段获得融资资格进行融资;或没有必要融资的公司,不考虑成本收益因素而执意融资,导致证券市场资源配置功能难以发挥,造成资源极度浪费。①

股市,作为投机者的天堂,自诞生之日起便充满了尔虞我诈。政府为了帮助国有企业脱贫解困,帮助一些亏损的国有企业上市,以便筹集资金对相关企业进行技术改造。在这种情况下,处于亏损中的国有企业为满足上市条件骗取上市资格,虚构利润就成了他们的选择。股市不仅充满投机性,而且充斥着各种非法敛财的花招,是各种骗术集大成之地。

以道德的力量规范经济社会发展,是我们国家和民族的历史传统之一。市场经济讲求时间观念和效益意识,注重实用主义,反映在价值取向上就是重功利轻理想、重享乐轻奉献等价值目标短期化、价值取向功利化倾向。在

---

① 白雪瑞:《从自利到互利:中国股市文化转型的思考》,《求是学刊》2011年第3期。

市场经济条件下,人们对个人利益的追求有可能会诱发损人利己、损公肥私的思想,特别是那些掌握各种权力的意志薄弱者,利令智昏,就会干出诸如以权谋私、权钱交易、行贿受贿、敲诈勒索等违法犯罪的事情来。作为上市公司,要想成为受社会公众投资者推崇的企业,必须树立责任融资与道德融资的主流价值观,以满足投资者的利益需求为己任,将自己的融资利益建立在广大投资者与上市公司共享财富的基础之上,真正实现投资者的公共利益与上市公司个体利益的内在统一。

《扭曲的K线》(张泽著)中京城权贵资本势力介入股市炒作。他们指使琼海实业这家上市公司的老总余昌辉在公司业绩上造假,以配合主力炒作。资产重组和市场拓展几乎是同时进行的。先是对大量不良资产的剥离,由此也净化了琼海实业的资本构成;接下来是一些重要资产的重新评估,尤其是对土地资源的评估,并因此而增加了好几个亿的资本公积金;随后进行资产重组行动。那个大型拟建项目使用权的转让造假:一张转让协议,几十个亿的交易,凭空就增加了5个多亿的利润。这笔交易从一开始就是做给别人看的,协议签订后从来就没有执行过,琼海实业也从来没有收到过对方的一分钱,更不要说会有什么利润由此产生了。那幢早已荒弃的琼海大厦的顺利封顶以及对那一个具有相当潜力的京城通信公司的兼并,是这些资产重组行动取得圆满成功的标志。这批权贵资本力量主要是依靠在资本市场圈钱来生存的。作为交换,余昌辉出资一亿委托同安证券炒作自己公司的股票。权力与经济利益结合扩张了人的无限欲望,而道德伦理和理性伦理的同时失范则导致权力对欲望的妥协、顺从直至异化为欲望本身。权力万能导致利益占有,利益占有又刺激着权力崇拜。

中国当代股市题材小说既张扬社会进步所催生的现代财富精神,也揭示社会秩序失范所带来的财富伦理道德的堕落,给人以现代性的、把对财富的追求与人生的追求更完美地结合起来的财富伦理启悟,以及新市场精神的当代启蒙。

中国传统道德中一些注重人格和道德修养的价值取向实现现代转换,寻找到现代价值。"君子爱财,取之有道"的求利原则可以从道德追求上部分消解市场经济条件下不可避免出现的物欲横流的金钱至上思想;"己所不欲,勿施于人"①、"与朋友交,言而有信"②等人伦原则可以成为现代社会人际关系

---

① 杨伯峻译注:《论语译注》,北京,中华书局,1980年,第123页。
② 杨伯峻译注:《论语译注》,北京,中华书局,1980年,第5页。

的准则,可以为当代市场伦理建设提供价值资源。传统伦理道德体系中那些追求廉洁、敬业、尊老爱幼、扶危济困等美德和品性,转化为当代中国现代化社会发展中的积极因素,成为当代中国社会主流价值体系的有机内容。市场经济是信用经济,在市场交易中不讲诚信,见利忘义,坑蒙拐骗,正常交易无法进行,市场经济就难以维系。对传统道德准则的弘扬,将有利于培养和形成人们在市场交易中的道德意识,从而更有效地促进市场经济的健康发展。

第六章　中国当代股市题材小说的文化价值建构

　　文化的建构与发展具有纵向流传和横向交融两大基本特性。任何一个国家和民族文化的建构与发展，一方面需要对自身传统文化的扬弃，对自身文化的发展、变化不断检讨与反思，摒弃那些与时代精神、生产力发展不相容的因素，随时注入新的内容；另一方面，还需要对外来文化的不断汲取与借鉴，这是各种文化并存的必然归宿。在当代中国建立一个与市场经济相适应的文化建构，从自己悠久的传统文化中开掘一套与市场经济相适应的伦理；通过创造、吸收和引进，再造适宜市场经济健康发展的文化基因，建构完善的市场文化，为市场经济发展提供强有力的道德、精神和人文资源。

　　任何人伦规范都必须得到个体的心理认同，只有个体形成了稳定的内化德行，才能真正发挥其人伦交往的经济优势。市场作为一种人伦交往方式或者手段亦不例外。文化并不高深，它是日常生活种种常识的综合体现，正因为是常理和常识，文化才会对个人行为产生制约作用。

　　中国当代股市题材小说深刻传达了股民精神天地里蕴含的丰富的思想文化内涵。它不是外在地、猎奇地表现股民的悲欢离合，而是将笔墨的核心对准人、人性及其精神特质，探究股民的文化精神，使之展示多元化的文化人格。其中有神圣也有肮脏，有崇高也有卑鄙，生动反映了特定生存环境下人性的丰富与复杂，深刻传递出历史内在的文化精神。它着力书写了股民与竞争精神相伴而生的个体自由意志，变革"重义轻利""乐天知命""好常恶变"的传统观念，倾力刻写股民的个性独立、通权达变，给予股民的征服意志和竞争行为以"合目的性"的文化提升和品格重塑。它褪去了人物竞争行为中"孜孜求利""唯利是图"的平庸甚或至于贪婪的色彩；同时也顺应社会崇拜与臣服杰出人物的文化心理，将其与时代精神、现实需要、社会变革的目标相融合。它张扬"敢为天下先"的竞争法则和自由意志：

　　　　承续中国文学对于"民族灵魂的发现与重铸"的启蒙现代性精神，使之与民族文化传统的知识谱系、精神原则产生意义关联和有机转换，创造了与现代市场竞争法则相契合的社会期待，表达了市场经济时代的人们对于当今和未来社会的市场竞争秩序、竞争品格的热情想象与美好期盼。①

中国当代股市题材小说破译民族市场文化的密码,为历史变革开道呐喊,呼唤新市场精神,形象诠释了作品所蕴含的现代性品质。

当代著名学者陈平原说过：

> 每种小说类型都有其区别于其他小说类型的基本叙事语法,而这种基本叙事语法又随时间推移而不断演进。②

中国当代股市题材小说积淀了许多弥足珍贵的类型要素,其中蕴含的文化意味更意味深长,为股市题材小说"炒股赚钱"书写找到了有效的、合目的性的伦理依据。既要弘扬优良的传统价值观念,又要根据时代发展的需要赋予新的内容;既要引进西方合理的价值观念,又要根据我国社会进步的实际对它们进行改造。

马克斯·韦伯在他的《新教伦理与资本主义精神》等著作中阐述了这样一个原理:任何一个国家在迈向现代化的过程中,都必须有一种"核心精神"（价值取向）,作为经济发展的"动源",也作为一种"利益驱动"的节制或平衡,为人们提供价值评价的尺度和价值选择的标准,为人们制定价值活动的规划和价值追求的方向。当代中国处于社会转型期,核心价值观的确定显得当然和必要,它不仅能为当前多元价值观并存的社会提供有效的社会价值规范,而且还能引领社会转型期价值迷茫的人们走出价值冲突带来的阴影。通过对核心价值观的有效传播和维护,增强社会的整合力、凝集力,从而为和谐社会的建设提供思想基础、精神动力和文化支撑。

市场经济的发展需要建立一种与这种经济制度相适应的文化价值观念系统。正如丹尼尔·贝尔所说,每一个社会都必须发展经济,但"为经济提供方向的最终还有养育经济于其中的文化价值系统"③。由计划经济向社会主义市场经济转换,必将引起整个社会政治、经济、文化等各个领域的深刻变化,必将引起人们行为规范、生活方式、精神状态、价值观念、是非标准的重大转变。批判地继承中国文化的优良传统,选择地吸收西方文化的优秀成果,

---

① 杨虹:《近20年中国商界小说的文化阐释》,武汉大学博士论文2011年4月。
② 陈平原:《千古文人侠客梦》,北京,北京大学出版社2010年,第169页。
③ [美]丹尼尔·贝尔:《资本主义文化矛盾》,北京,三联书店,1989年,第21页。

弘扬市场经济带来的新思想、新观念,建立古今中外文化的最佳互补结构。中国当代股市题材小说一方面深度挖掘潜藏于民族血液中的市场因子,极大地丰富了作品的表现内容与想象空间,另一方面也从特定的视角揭示了一个民族市场精神密码的转换过程,其文化意义至为深广。

第一节 股市所激活的先进文化因子

市场经济是资源优化配置的运行体系,是较之自然经济、计划经济更能有效促进生产力发展的经济模式,是人类社会发展不可逾越的历史阶段。人类社会进入市场经济时代,本身就是人类的自主选择,是社会发展的必然趋势。20世纪90年代是中国开放多变的时代。股票、期货等已成为生活不可或缺的一个部分。股市的建立和发展培育了数以亿万计的具有风险意识的投资者。

市场精神是市场条件下人的价值观念、道德准则、思维方式的总和。市场经济所造成的利益多样化和文化多元化与社会主义共同价值观之间的矛盾在当代中国十分引人注目。市场经济具有平等性、竞争性、法制性、开放性。在社会一切变化中,价值尺度的变化最深刻、最根本。当代中国不管是经济崛起还是制度崛起,都依赖于核心价值的崛起。这核心价值就是民主自由、公平正义、人道和谐、开放进取。股市给当代中国人思想观念上带来的新意、股市所激活的先进文化因子、所唤醒的现代意识是当代中国社会的宝贵财富。市场经济培育着与市场经济相匹配的道德理性、公平德行,培育着人们的主体意识、竞争意识、平等观念、自由精神,公平、正义、民主、法制、竞争、开放等观念深入人心。克服几千年来形成并遗留下来的臣民思想,树立自主、自立、自强的公民自主意识。市场精神的茁壮成长是当代中国文化发展的一个趋势,是中国社会主导价值观变化的最重要表现。

新历史主义批评的主将格林布拉特认为:文学文本是文化的,不仅因为它们指向外在的世界,还因为它们成功地吸收了社会的价值和语境在其中。市场经济的运行给予当代中国的巨大影响莫过于孕育了一套与传统宗法社会截然不同的价值观念和全新的人格范型。适应建立社会主义市场经济体制的需要,建构符合时代要求的新价值体系,实现先进文化与市场经济的有机结合成为我国社会主义的市场经济实践的一个重大课题。市场经济的发展与其带来了人欲横流、自我迷失,不如说它触发人们对自身利益的追求,从而为市场经济进一步发展提供了动力;与其说市场经济带来道德危机、价值危机,不如说市场经济本身更需要以自律、信用、平等和相互尊重等道德因素为基础确立的规范化制度化的行为方式。股市是中国市场经济的试验田,同时也是先进文化因子的培育园。

中国当代股市题材小说充分表现和肯定股民发家致富的愿望,突破甘于清贫的传统观念,倡导一种重个人利益的价值观。

股民是凭借股票交易牟利、并在本质上以牟利为价值归属的社会群体。大胆地追求金钱,追求欲望的满足是股民最突出的性格特征。张扬重个人利益的价值观,摆脱"财富即罪恶"的传统文化观念的束缚,坚信财富意味着尊严和自由,将对金钱的把持和占有作为最重要的人生目标。中国的传统社会是建构在自给自足的小农经济体制之上的,社会普遍奉行"知足""无争""守成"的价值观。古老中国的主流话语对人欲有着太多的排斥与贬损,传统中国人尽管十分爱钱但却总又讳莫如深。只强调集体的利益,而忽视个人的合理利益,曾是过去一个时期里社会主导价值观念的一个重要特征。股民以个人为核心、以财富为价值目标较之以宗法为核心、以虚伪的道德荣誉为目标不失为一种历史的进步。

股市刺激着当代中国人的金钱欲望。市场经济的理论基础就是通过人的欲望不断膨胀来追求财富增长而成为社会经济发展的动力源。人类活动的目的是富裕,是进步而不是贫穷,不是愚昧落后。为了让人们敢富、能富、想富、求富,就必须在社会上重新树立崇富的价值观。崇尚财富,把利己、赚钱当作一份事业,当作应履行的伦理义务。财富会改造一个人,如同繁荣会改变一个民族一样;财富的本质是人类精神,人类正是通过创造财富来定义自己和确证自己,人们合理地追求财富的过程,就是人的自我解放过程。

中国当代股市题材小说淋漓尽致地揭示股民崇尚财富、敢于逐利的本性,讲述了一个个来自底层社会的股市奇才创造财富神话的当代传奇。在贫穷神圣化意识淡化已久的社会现实面前,中国股市题材小说作者把握"成功与否与拥有财富和金钱有着密切关系"的时代心理,如同马克斯·韦伯所倡导的那样,把利己与赚钱看作天然合理的应当遵循的行为准则,看作一种事业、一种伦理义务,进而凭借获取、积累财富的执着信念和对"赚钱"事业的不懈追求,在不断把握、创造赚钱机遇和化解各类伦理冲突的博弈中缔造令人难以置信的财富神话。在共同的市场品格刻画中被赋予不同的音容笑貌、禀赋品行、生存方式、奋斗履历,弥补了因贬商文化传统而造成的中国文学人物形象画廊的重大缺失;注重突出文学提升人的精神的艺术功能,或在颠覆落后的社会价值取向的过程中张扬一种进步的市场精神,或在经济利益与人性尊严、道德伦理的冲突中揭示金钱对人性本质力量的异化,呼唤市场经济条件下的新的人文精神,有较高的艺术品位。这些共同彰显了真正意义上的股市题材小说的美学特质与文化价值。

中国当代股市题材小说将先哲大师对金钱罪恶的诅咒转奏为迷人的金钱畅想曲。张扬我们民族血液中所匮乏的赚钱理念和重利价值观。从某种意义上说来,这应该是对个体主义价值观的一种另类阐释与宣扬。千方百计发狠赚钱成为中国当代股市题材小说勾勒股市舞台上的"成功人物"的基本模式。凭借学识、勇气,把握住了与社会变革相伴随的赚钱机遇。开始积极认同金钱崇拜与实利原则,抒发金钱满足的即时渴望成为中国当代股市题材小说表达当下生存态度的核心主题。

林坚《股市大炒家》的主人公作家梁栋是当时股市里的一位英雄。一位广告公司的经理曾经帮助过梁栋,找梁栋借了2万元钱,因为没有钱还,恳求梁栋同意他用一千股"深发展"股票抵账。梁栋夫妻当时心里很不情愿,碍于情面,勉强接受。谁知没过多久,股票大涨,此时一千股"深发展"股票竟然值5.5万元。公司经理想找梁栋要回股票,梁栋不同意,经理竟然给他下跪。股市钱生钱的巨大魅力吸引着梁栋。此后他从广告公司辞职,专门炒股。妻子挪用公司的资金给他作炒股本钱,他又从银行贷了款,炒股赚了一百五十万元,成了当时股市里一名众人瞩目的大炒家。小说表现了具有时代特色的价值观念,表现中国社会里已经变得非常浓烈的金钱意识,钱已经成为许多人生活的中心:"股票以它特有的无法替代的魅力,诱惑着千万男女为它发疯发狂为它歌为它泣。股票是一种欲望,因为它可以钱生钱,钱生钱。""我们从来没有像现在这样渴望和热爱钱,也从来没有像现在这样恨它怨它。曾几何时,视金钱如粪土的清高情怀似烟幻化。钱是什么?我们知道,我们又不知道。钱,是一个迷人的诱惑。钱生钱,更是一个挡不住的诱惑。"小说敏锐地从股市这个新颖的视角观察和分析中国社会的变化,这种变化是一个社会最重要的变化,因为它是人的变化,是人心的变化。

容嵩的《股惑》中吴弘川作为出家人,为了报答恩情,要为圆寂的大师塑金身,他同样需要很多钱,决定投身股市炒股赚钱。"如果给大法师铸造金身、建纪念堂,我想恐怕没有数百万的资金是绝对不行的。""我买的这几份报纸上,其中有一份以半个版的篇幅登载了世界上几个因炒股票而发家的亿万富翁的经历,这篇文章给我的震撼实在是太大了!我细细地将这文章看了三次,在心里想,眼下社会,最能够使人获得金钱、最能够使人暴富的事情大概就是炒股票了,怪不得证券营业部大厅里挤了那么多的人。既然有人可以通过炒股成为百万富翁、亿万富翁,我弘川为什么不可以去试一试呢?"金钱是典型地体现了"现代性悖论"的人类符号。金钱的魔力是文学世界中的老生常谈,是一个永不衰竭的主题。古今中外许多有成就的作家都试图通过金钱这面镜子照射出人类灵魂深处的隐秘世界。中国传统文化的缺点之一是重道德而轻事功。在义利关系上,虽然也有"义以生利"的说法,但"何必曰利"的观念却是长期深植于中国古代知识分子的心灵之中。可以说,我们对待金钱的态度是不成熟的,甚至至是幼稚的。在过去很长一段岁月里,中国人崇拜理想,推崇精神,安于清贫,甚至以贫为荣,贫穷代表革命是那个时代的共同信念。

市场经济带来的个体竞争自由理念和维护个体利益理念极大地激发了人们对金钱的渴望。钱是个人见人爱的东西,它正悄悄地以它独有的强大的力量重新界定每个人所处的阶层,如今这个社会,有几个人能真正抵挡得住金钱的诱惑?

> 处于大转型状态的当代中国社会面对的是严重的精神失重和价值观迷乱,价值重构的重点应该是一种新型财富观的建立。新型财富精神并不是单纯的挣钱欲望和发财意识,而是一整套价值观念和理论体系。在核心观念上消除财富的罪恶感和不洁感,倡导以理牟利的价值观和维护社会正义的新型市场伦理,以及在制度上建立完备的法治、强烈的个人主义和商业进取精神所构成的有效竞争体制,从而充分激发全体社会成员的创造力和想象力,投身到财富创造的洪流之中。①

中国当代股市题材小说赞赏自利性的"逐利"行为,诠释"金钱也是推动社会生产力发展工具"的市场理性。

中国当代股市题材小说肯定合理的人欲,塑造了一大批敢于大胆追求欲望满足的股民;同时从以理制欲视角,坚决否定过度放纵的欲望,倡导义利并重、理欲并重的价值观。

节欲即节制欲望,是中国传统文化提出的一个重要的道德修养的准则。秦汉之后,中国主流文化一直主张"节欲""无欲""灭欲"。程朱理学更是走向极端,提出"存天理,灭人欲""饿死事小,失节事大"的口号,把儒家倡导的道德原则进一步提升到"天理"的程度。在抽象的"天理"面前,也许人们没有差

---

① 吴禹星:《颠倒与错位——葛红兵小〈财道〉细读》,《当代文坛》2008年第2期。

别,可以是平等的,但每个人的具体可感的欲求都会被克灭和抽空,变得千人一面,毫无个性,因此所谓人格修养就绝不会是张扬个性和标新立异,而是贬斥个性、克己灭欲和甘守平庸。中国传统文化倡导"重义轻利",这种义利观的理论前提是道德理性同感性欲望的对立,着眼点是用理性去克制、压制欲望,把义和利绝对地对立起来,认为一个人讲义就不能讲利,就不能讲个人的欲望和利益。很明显,这种义利观有绝对化和片面性之弊。

市场经济之所以能够不断实现其与不同文化的结合,本质上在于市场经济在其价值取向上具有利己性和利他性的双重伦理要求。一方面,在市场经济中,各经济主体作为具有自身特殊利益的经济实体,它从事商品生产和经营活动的目的在于实现商品的价值,获取利润的最大化,这就意味着商品生产和商品交换具有利己性、牟利性的一面;另一方面,市场经济作为一种经济运动形式,不同于自然经济,它不是为了满足自身的需要,而是为了满足他人的或社会的需要而进行的生产。商品生产者只有在首先满足了他人需要的前提下,才能获得自身需要的满足。市场经济的这种特定的规定性决定了它又是一种为他性、服务性的生产形式。市场经济的这种利他性、服务性和利己性、牟利性是对立统一的。就其统一性来说,商品生产者只有在其产品和服务能够满足他人或社会的需要时,才能达到利己性、牟利性的目的,并且这种利己性、牟利性目的的实现反过来转化为一种动力,去促使商品生产者进一步完善其产品及服务,以便更好地具有利他性和服务性,形成一种道德进步的良好的社会风尚。市场经济承认以单一个体为本源的自然发展,倡导个体和总体利益的一致性,其奥妙在于私人在追求自身利益的同时,只要具备社会要求的理性和道德,遵守法律,恪守诚信,社会的总体利益就会得到同步放大。

中国当代股市题材小说作家们置身于当代社会的市场经济变革中,他们熟悉当下社会的经济生活,更熟悉变革的时代对于新市场精神和新交换秩序的理性欲求。在这特定的社会经济文化土壤中,肯定合理的人欲,塑造了一大批敢于大胆追求欲望满足的股民;另一方面从以理制欲视角,坚决否定过度放纵的欲望。

中国当代股市题材小说的文化价值突出表现在对市场理性的大力张扬上。股民是商人群体中特色鲜明的一员。股民以"牟利"为天职,遵循市场经济规律,信奉交换逻辑,信守货币哲学,敢于冒险与竞争,追求经济效益最大化,这些是其理应坚持的市场理性。在西方经济学理论中,关于人性的假设——"理性人假设"是一个最基本的假设前提。按照这种假设,人是通过深思熟虑的权衡和计算来追求最大利益的人。"经济人"是"信奉交换逻辑和货币哲学,在经济活动或类经济活动中,谋求效益最大化的个体主体。"①

任何从事经济活动的人总是自利的,其行为总是服务于自己的个人目的的。这种追求的自利性为人的本性所决定,它能够最大限度地激发人的创造力与活动能量,并使之成为推动社会经济发展的原生力量。基于自利的市场理性与促进人发展的道德理性是相伴相生的。因为每个人"只想得到自己的利益",但又好像"被一只无形的手牵着去实现一种他根本无意要实现的目的……他们促进社会利益,其效果往往比他们真正要实现的还要好"②,为此,他们既主张最大限度地利用人是利己的根本属性,发展社会生产,创造更多的财富,又强调利用自我道德的克制与约束,建立有效的伦理秩序,促使社会成员之间的互利互赢。

周雅男的《纸戒》讲述的是一个懵懂少年成长、复仇的故事。常云啸的哥哥购买香正基金股票遭遇惨败,跳楼自杀,母亲经不住打击也与世长辞;不久自己热恋的女朋友又被迫嫁人,对象恰是坐庄害死哥哥的仇人唐浩。为了报仇,常云啸立志要在股市上打败仇家。他从学做普通股民开始,历经 10 年终成股市操盘高手,纵横驰骋于国内股市和国外期货市场,拥有了几十亿美元的巨额财富。但这财富的积累过程有些见不得阳光:其 3 亿元本金由黑社会老大提供,目的是将钱"洗干净";他股市的"辉煌"源于与上市公司联手坐庄,虚增国债,内幕交易。

> 他的所作所为显然既关乎市场理性的失范更涉及违法。然而,毕竟常云啸的最大愿望是为了报仇,这是有别于唯利是图而沦丧人性者的。为此,作者开出了一张救赎的"药方"——一场"香港金融保卫战"。受国际经济形势影响,香港金融市场面临空前危机,外国游资企图借机袭击香港股市。此时的常云啸如果顺势"做空",不仅不违法而且可以获取巨额利润。在金钱和人性之间,他毅然选择了后者,特别是得知唐浩在这场"做多"与"做空"的争斗中充当外国游资的马前卒之后,他更不惜赔上几十亿美元决心与之一决雌雄。"多""空"争夺是惨烈的,常云啸组织起的工商联盟基金实力毕竟太过弱小,但他选择的是正义,靠近的是香港政府,更得到了神秘的海外华商"神"的强力金融援助,由各投资公司、证

---

① 杨新刚:《新都市小说中"经济人"形象特征及意义》,《东岳论丛》2009 年第 7 期。
② [英]亚当·斯密:《国民财富的性质和原因的研究》(下卷),郭大力、王亚南译,北京,商务印书馆,1974 年,第 27 页。

券公司组成的"金碧联盟"也在与之并肩战斗。香港保卫战大获全胜,正义战胜了邪恶,常云啸成为英雄,更重要的是他真正在股市上打败了仇家,实现了自己人生的最大愿望。凤愿即了,他用建立"香港稳定基金"的方式将自己"源于人民"的几十亿美元全部"还回人民",从而完成了更高境界的伦理救赎。黑格尔曾认为,"恶劣的情欲事实上往往是历史发展的动力",经济学大师凯恩斯就特定的历史阶段得出过"恶实用,美不实用"的经典结论。这用来剖析行走在市场经济体制建构还不完善的时代环境里的常云啸,似乎颇为切中肯綮:正是基于"恶劣的情欲"或曰恶性膨胀的市场理性,常云啸实现了资本的积累,他因而有经验、有能力介入香港金融保卫战;不过,"英雄"的光环只能暂时性地掩盖他的财产来路不正的声誉缺陷,而将财富回馈社会不仅能提升道德理性,更能彰显"恶实用"的本质——推动"历史发展"。①

在传统观念中,义与利是相互对立的,义的高尚是以利的卑污作为反衬的,似乎只有舍利才能取义。义和利也是不可兼而有之的。在市场经济中,义的含义没有改变,仍然是指道德、信仰、理想、观念等,而利在这里也不是与义相对立、冲突的概念,它是社会对劳动的物质回报,是人们赖以生存和发展的必要物质基础。没有义,利将无所施;而没有利,义也将无所发展。义与利是相互依存的。对利益追求的基本尊重是一个正当社会的必然前提。把追逐财富当作事业,然而,对个人利益的盲目和过度追求必然导致社会矛盾和冲突的激化,正当社会还必须强调人们尽社会义务、循社会规矩之"义"。

中国当代股市题材小说赞美股民不依附于人的自强自立精神,表现对自由自主自在生活的向往,弘扬一种独立自主的价值取向。

传统文化是一种人伦文化,也是一种倡导依附的文化。这使得传统中国人缺乏独立自主的意识,习惯于过一种依附于人的生活,而股民们闯荡市场,无所依傍,这种生活培养了股民的独立自主的品格。这是传统中国人最缺乏的一种品格。中国传统价值观始终把谋求人与自然、社会的和谐统一作为人生理想的主旋律,反对人的独立意念和锐意进取,培养人的群体意识、顺从诚敬意识,具有很大的惰性。在中国的传统社会里,人是不自由的。在这个注重家庭伦理道德的社会里面,社会组织是独裁的、等级制的。在这样的社会中父亲的权威天然高于儿子,君主天然高于臣子,丈夫天然高于妻子。一个

---

① 杨虹:《近20年中国商界小说的文化阐释》,武汉大学博士论文2011年4月。

人生下来,已经在道德上被赋予了某种角色。这种伦理制度虽然促进了社会的和谐有序,但从根本上也扼杀了个人的自由与个性。个人的独立思考和自主意识往往被集体的名义所抹杀。

市场经济促进了社会的分化,孕育了市场主体自我负责的精神,从而催生了个体的觉醒。市场经济的发展带来了自由平等的人文精神,而自由平等又会激发人的创新和冒险精神。炒股不仅是为了赚钱,同时也是为了自尊。因为人只有首先在经济上得到独立自足的保证,才有可能维护个人的尊严,保全自己的人格。股民把炒股赚钱作为实现自己人生价值的重要手段。强烈地占有财富的背后隐含的是股民走向独立自强的自觉意志,是他们努力实现自己最大使用价值的个性追求。

中国当代股市题材小说大胆张扬股民独立自主的生活理想,表现股民人生价值观变易带来的自尊与自信。股民运用自己的智慧和勇敢炒股赚钱,实现自己的人生价值。中国当代股市题材小说一个引人注目之处,是表现股民群体由此前对自己所从事行业的"自贱"而趋向尊重。

中国当代股市题材小说如此刻画股民们的价值追求与职业选择,既传递了社会价值观移位的时代信息,同时也在叙事理性层面上表现出有悖于传统的新的思维走向。改革开放把市场经济引进了古老的中国大地,正是经济的动力要素,即个体人的向上欲望和价值追求,使得社会在纯粹精神追求之外有了物质性的比较原则;只有保障了个人生存、自由与致富的权利,整个社会才能发现,每个细胞的健康构成了整个肌体的健康。

我国社会结构的身份取向正在逐渐弱化,一种新的、具有自致性和可变性的、以职业身份为标志的身份体系正在逐渐取代以往的社会各种身份。于是,伴随市场化的深入,社会整体主义的文化体系被打破,人的主体地位被确定,个体主义的信念深入人心,个体主义的创造力被充分激发,而股民则首当其冲地演绎了这一时代的重大变革。这种变化是人类历史的巨大转折。

中国当代股市题材小说把握这一时代变革的重要特征,反思在把市场当成罪恶的时代突然结束之后个体主义文化演进所蕴含的"解放"的意义,肯定人性对欲望的追逐,并一反此前中国文学对于市场叙事的淡漠和鄙薄,将在市场这一舞台上领先展示个体主义禀赋的群体——股民作为主要描写对象,全方位刻画证券活动的纷繁复杂和股民生活的缤纷多姿,热情讲述股民群体在市场化背景下参与社会的整体主义变革以及重塑个体主义文化逻辑、最大限度地发挥自己的使用价值和实现自己的交换价值的种种故事。

丁力《高位出局》中的王艳梅来自农村,长相漂亮,在证券公司当上了操盘手。作为操盘手的她一直装傻,似乎什么都不懂,因此获得了老板大量坐庄的秘密,跟庄赚了很多钱。她一面从老板那里领到一笔笔不菲的赏金,一面筹钱偷偷跟庄坐轿子,净赚了七位数,成为亿万富妹。成为亿万富妹之后,王艳梅不当操盘手了当老板,在股市自立门户,独立操作。马克思说:"作为纯粹观念,自由和平等是交换价值过程的各种要素的一种理想化的表现。"①因此由等级观念向自由平等观念的转变不仅是市场经济发展的内在要求,也是我们适应现代市场经济社会的一个重要方面。市场经济的发展确立了现代社会自由平等的价值观念,摧毁了过去那种等级森严的社会,把人从对于一切非经济的依附关系中解放出来,还人以自由平等的现实存在性。市场经济的等价交换原则,不仅为人们的社会交往关系提供了一个客观的统一的尺度,而且从根本上消解了旧的支配关系和奴役关系以及各种超经济的特权,形成了一种自由平等的价值观。

中国当代股市题材小说表现和赞美股民的资本营利新观念。

要用钱去赚钱,要把钱变成资本,变成资本的钱才有可能带来利润,才有意义和价值。中国当代股市题材小说形象地表现了股市作为中国当代社会的新元素所具有的文化新意。市场化引领了当代中国文化层面的深刻变革——市场受到前所未有的重视,商品意识逐渐成为社会的主流意识,市场交易活动前所未有地渗透到了社会的每一个角落,发财致富成为人们的共同追求。从非市场化到市场化,从农业社会到商业社会,在这场伟大的社会变革中,市场成了魔杖,它不仅在很大程度上改变了当代中国人的生活状态,更改变了当代中国人的价值观念与行为方式,市场意识逐渐成为中国当代社会的主要话语,积累财富成为当代中国人的共同追求,市场化成为当今时代的表征并引领了文化层面的深刻变革。

传统中国人的金钱意识受到压抑,人们拒谈财富、远离"罪恶"。那个年代的人们,不仅丝毫没有"理财"的概念,财富对于他们来说也犹如"洪水猛兽"。中国传统文化中自古有着"财富原罪说"的影子——为富者一般"不仁"。在中国传统文化的认知视野里,金钱是人性与道德的试金石,"资本"则往往是罪恶的代名词。植根于农业文明的社会价值观念从不隐晦对经商牟利、资本积聚行为的厌恶,人们对"资本"一词仍然讳莫如深。是改革开放让当代中国人树立了现代财富观,开始意识到通过自身的努力可以改善生活,

---

① 马克思、恩格斯:《马克思恩格斯全集》第 46 卷(下),北京,人民出版社,1980 年,第 477 页。

人们心里沉睡的对财富的渴望苏醒了。

《借壳》(周其森著)是一部描写股市生态环境和股民生存状态的长篇小说,又是一幅展示股市众生相的风情画卷,我们可以从中了解股民在股市这种生存状态下的心理存在和行为方式。小说的主人公圆圆是银行一个营业部的主任,她的一个同学炒股赚了钱之后劝她炒股:"哎呀!再没有比干这个来钱快的啦,敲打敲打键盘就是几千上万的,风刮不着雨淋不着……人家还管吃管喝的,你还迟疑啥?赶快进吧,进去就赚,买啥啥赚,我这不,一万多成了两万多啦,这才几天?天底下还有比这更好的事吗?"圆圆在朋友的劝说下一头扎进了股市。"但心到底是肉长的,跟钱也没有仇,老同学三说两说,她的死心眼也活动开了:是啊,这么多炒股的,都说钱来得容易,自己何不也玩玩呢?……她再也不怕家里财政干部的反对,翻箱倒柜地把全部家当翻弄出来,该兑的兑,该卖的卖,该换的换,七凑八凑,弄了二三十万两银子,上下牙一磕巴,一口气没喘都投进了股市。"圆圆就这样被股市勾引和征服,"从此,圆圆就患上了失眠症。白天晚上,脑子里晃荡的全是股票曲线,梦里经常莫名其妙的喊叫:'涨啦——'。""每天下了班,随便填填肚子,第一件事就是打开电脑研究股市,一坐就是几个小时,连屁股都不带抬。一直到夜里十二点多还不歇工……挑灯夜战意犹未尽,黎明即起,饭也不吃就往所里逃,所里的业务基本上一推六二五,全放手给边副主任,自己霸占着那台电脑,与她的牤乎股份拼搏内功。"在好朋友方芳的鼓动加诱惑下,圆圆终于冒了一回险,凭着自己多年的业务经验,利用银行制度上的漏洞,神不知鬼不觉地挪借了一点资金——一百万元,三转两倒就进了股市。圆圆不久就成了一个"股痴"。"我虽然爱我老公,更爱我的女儿,可是最最爱的还是我的股票!因为老公也好,女儿也好,都不能给我带来黑马股票,但是,黑马股票却能给我们带来一切啊,包括老公和女儿……"股市充满诱惑和陷阱,种种的利好对于一个空仓的投资者具有无限的诱惑力。因为造就了巴菲特、杨百万那样的一代股市枭雄,编造了亿万、百万的童话般的故事,所以这么多渴望发财的人义无反顾地投身股市。一旦染指股票,就会不弃不离,无论你是赢还是亏,都和股票结下了"一生缘",因为股市的魅力实在诱人,没有切身感受过"涨跌起伏"那冲浪般滋味的人是难以理解的。股市是一个有可能用钱来赚钱的地方,它不断地用自己的赚钱神话强化着当代中国人的金钱意识和投资意识。这是一种与中国传统文化相背离的意识,是一种在中国传统社会受到压抑的意识,具有文化上的新意。股市的繁荣和发展使当代中国关于资本的社会文化价值观念形成了新的尺度——资本就是尊严,资本就是能力,而强势占有了资本就是成功的象征。人一辈子要想拥有真正的人身自由，必须有财富自由作为前提和保障。

中国当代股市题材小说培育当代中国人的冒险精神和风险意识。

由于中国传统文化不鼓励敢于冒险这种优良品质，所以传统中国人极力避免冒险，他们也不想冒险寻求机会来改善自己的生活。股民们在证券投资中表现出来的敢闯敢干的冒险精神和百折不挠的坚毅性格，与传统文化要求人们知足、保守的训诫大相径庭，张扬一种为求利敢于冒风险的风险意识，冲击求稳求平安的传统观念。中国当代股市题材小说赞美股民敢于冒险的精神，不求安逸，不怕失败，不怕担风险，巧于规避风险，表现了股民敢闯市场、善闯市场的勇气、胆略和智慧。

股市是一个充满风险也充满机遇的地方，为了赚钱，不能害怕风险；为了赚钱，必须敢冒风险，因为赚钱不可能没有风险。要敢于冒险，又要善于规避风险。《资本圈》（熊昌烈著）的主人公赵呆呆在经历了股市的大起大落之后学乖了，知道如何防备股市风险了："呆呆分得了3000多万，他此前交给钱无忌跟庄操作的那笔钱，也从1000多万滚成了3000多万，加起来，呆呆的资产就有6000多万了。呆呆这次学聪明了，提了1000万出来做自己的风险准备金，到银行存了定期，把存折交给了妈妈。"风险是股市的最基本特征。炒股是概率的游戏，无论什么样的买卖决定，都没有100%正确或不正确的划分。

中国当代股市题材小说培育当代中国人的心理承受能力，不再汲汲于小的得失。

中国股民在股市最容易最普遍犯的错误就是贪"芝麻"，丢"西瓜"。这和人性中好贪小便宜、决不愿吃小亏的天性有关。证券投资是一种智慧投资。炒股最重要的原则就是止损，但人性好贪小便宜，不肯吃小亏，只有不断地因为贪了小便宜却失去大便宜，不肯吃小亏最终却吃了大亏，股民才能最终学会不贪小便宜，不怕吃小亏。传统小农意识浓重的股民根深蒂固的好贪小便宜、吃不得小亏的心态使他们难以在股市获得成功。由于好贪小便宜、吃不得小亏，股民在股市中赢时赚小钱，亏时亏大钱。

中国传统意识浓重的股民一般心理承受能力非常脆弱。一遇到熊市便惊慌失措，不问青红皂白就争相抛售，市场利空传言一出，信息即可被无限放大，以讹传讹，结果是加速市场走出非理性恐慌抛售行情。中国股票市场常常在短短的两至三年间从一个极端走向另一个极端，演绎一场过山车式的癫狂悲喜剧，不能不说是折射着中国众多股民尚未成熟、对市场普遍缺乏耐心、缺乏心理承受能力等致命弱点。李江《绝色股民》描写没有多少资本的小散户炒股心理承受能力很差:"一点儿也沉不住气。每次都是跌上一点,就吓得跑;涨上一点,也急着跑。"股民沉不住气是因为不大气,是因为把一点小的得失看得很重,既赢不起,也输不起。心理承受能力差,是不适宜做证券投资这一行的。股市要求我们不能汲汲于小的得失,而要分得清利益的大小轻重,盯着西瓜,忽略芝麻。传统的思维和眼光使我们把芝麻也看成西瓜。炒股对股民的眼光和智慧要求高,对股民的心理素质要求更高。股民要尽量用成熟健康的心态对待股市行情,炒股要有平常心,要把炒股当成一种乐趣,它只是生活中的一个组成部分,而非生活全部。

随着社会主义市场经济的发展,当代中国社会心理的嬗变是巨大而又深刻的。与中国经济的不断增长、中国社会的全面转型相一致,中国人的价值观和社会心态也在发生着传统向现代的嬗变和跃升,中国人的价值观和社会心态变得越来越理智而成熟,社会心理承受力不断提高。

郭雪波《红绿盘》中的葛锐勇是一名从部队退役的军官,他在股市中的心理活动形象地表现了当代中国人不断成长的心理承受能力。在棋友麻友带动下,葛锐勇偷偷拿出家里的五万元钱炒股。"本想炒几个月挣点儿,添补一下买房不够的钱,再把钱还回去,谁想到炒股这么难,还把老本儿给亏进去了一些!"老婆发现后,逼他退出股市,可是就这么退出股市,他又不甘心。"我就不信咱们挣不着钱。""半年来,天天守在股市翘首盼着那大盘翻红盼着套牢的股票能解套,那种焦灼、无奈、忧虑、企盼的心情,一般人是无法理解的。""自己虽然挣了钱却深感这股市可太残酷太折磨人了。"葛锐勇的心理活动在股民中有代表性:"手中没有股票,没有挨套也没有赚钱,心里不慌也不急。""然而,手中没有股票,也没有盼头,没有等待,没有捂的也没有抛的,心中有一种空落落的感觉,怅然而寂寞。就如赌徒手中没有筹码一样,手痒痒,心里被老鼠咬般难受。"见多了股市中的腥风血雨之后,葛锐勇对生活、对股市有了更丰富的认识和感触:"这都是为了什么?只有一个答案:钱。都是钱闹的。钱把人和鬼,还有磨都一起推了。"他想离开股市,"远离股市吧,那里不是正常人待的地方。耗尽你的精神,耗尽你的心血,最后还耗尽你所有的财产。在那里,让人失去健康人的心态,变得疯疯癫癫,心浮气躁,心永远是提着悬着没有个安稳的时候;尤其是那里没有胜利者,昨天的胜者或许今天赔个精光,毁钱、毁人、毁人的真正情感、毁人的灵魂、毁人情和人间情谊、还毁人的家庭。""炒股当中这种焦灼、彷徨、难耐和心急火燎的状态,没经历炒股的人是无法体会到的,那可真是比一把钝刀拉扯自己的肉还难受。有时看着那个一天里只涨一分两分或跌了一两分的股票,自己觉得好无趣,好没出息,一个大男人不到外边干其他痛痛快快的大事情,成天在这里守着那一两分的涨跌,把大好时光全耗费在这一会儿绿一会儿红的小柱柱上,真是瞎耽误功夫,真无聊啊,可让他立马儿拂袖而去,金盆洗手离开股市,他又肯定不干,简直像吸'粉'吸出了瘾一样,欲罢不能。尽管知道股票这玩意儿,一年里下跌或调整的时间是漫长的,上升或让你赚钱的时间极为短暂,甚至一年里也只有那么几天,股民的大部分时间都在受煎熬中度过,可他们当中大多数依然无怨无悔,真是胜也爱你败也爱你,'让它就这么征服'。"

好贪小便宜,不肯吃小亏是心态。不贪小便宜,不怕吃小亏也是心态。要实现这种心态的转变,需要战胜自己。战胜自己可不是件容易的事,这也是聪明人常常学不会炒股的原因。他们能够战胜自然,但他们往往无法战胜自己。

中国当代股市题材小说培育当代中国人发展变化的长远眼光。

在股市中,中国股民急功近利、缺乏远见和耐心的传统弱点显得更加突出。如果把眼睛总是盯在每时每刻的价格变化上,就会缺少大局观,自然就会陷入价格迷局之中。如果把眼光放远一点,只看股价波动的趋势,那就很简单了,因为股票的价格不是上涨,就是下跌,趋势一目了然。中国当代股市题材小说中的"股市英雄"多是充满了市场智慧的精灵。这些人目光敏锐,思考缜密,善于审时度势,随机应变,长于把握赚钱机会。在对社会政治经济变化趋势的准确预测中,见人所不见,为人所不为。

墨石的《操盘》把炒股与围棋进行比较,认为炒股与下围棋有很多相同相通之处:"善弈者谋势,不善弈者谋子。股市中最高明的猎手是那些善于取势的人。"买股票就是买未来,成败盈亏不在于现在,而在于将来。作为新市场力量的引领者,买卖的利润原则和金融的流通本性使股民拥有农业文明罕见的豁达开朗和预测社会需求的远见卓识。

马长旺《股市英雄》的主人公大学毕业进了银行机关工作,单位下达了任务,要求他们推销当时卖不出去的股票认购证,"有的同事已经介绍亲戚朋友卖掉了几百本,非常得意,因为每推销掉一本股票认购证,推销者可得一元钱手续费"。他有头脑,有眼光,知道这个信息后马上发现了其中的发财机会,"我就匆匆取出了自己的6000元积蓄,毫不犹豫地买了200本股票认购证。"不久有人找到他,愿意出高价收购,"有人劝我何不赶快转让掉100本,先捞现钞再说。我不答应。很简单,别人愿出高价收购,说明认购证肯定已属珍贵物品。我捂着认购证不放。我竟然成了百万富翁"。不赚小钱赚大钱,丢芝麻,捡西瓜。

葛红兵《财道》描写股市高手崔钧毅利用一些股市参与者的"近视"和求

稳求实在的心理,采用由高价到低价的收购策略,不费吹灰之力,三天时间搞定了原始股的收购。"原来这些职工当初都是被迫交钱参加投资,然后拿了股票,已经捂在手上好几年了,这些股票对他们来说,差不多就是废纸一张。他们当然也听说将来可以上市,可是他们中很少有人炒过股,大多数不知道到时候怎么办手续,甚至都不知道现在这个股票的市场价格,只是听说上市以后基本上都是在跌。再说他们大多数手里股票不多,还不如简简单单地兑现,拿了钱稳当,总算是有了收益啊。这是大多数人的心理。次日,还有住得远的,从外县赶来卖。第三天,那些开始的时候持观望态度的职工也来了,崔钧毅不客气地给他们的股票打了30%的折扣。结果第三天来的人最多。"中国股民在股市最容易最普遍犯的错误之一就是目光短浅。深受中国传统文化影响的投资者很难掌握注重大势而轻小价的股市规律,很难戒掉每分必较的"商场购物"心态,很难真正知道抓住大势的极端重要性。在证券市场中投资者要想成功必须放眼长远,注重股市变化大的趋势,必须不计较小的得失,顺势而为。这其实是股市这个新玩意对我们骨子里的传统观念、传统思维的挑战。

天行《金融帝国1》华天投资公司的董事长郑小华20世纪90年代初在炒作海南房地产时大赚了一笔,并且在海南房地产泡沫即将崩溃时急流勇退。1995年,他和几个朋友在美国硅谷成立了一家网络公司,他是其中最大的股东。这家网络公司1998年在纳斯达克上市,而当时美国正处在一片网络大潮中。不少风险投资基金都看好网络公司,可郑小华却以28.5亿美元的价格将自己手中的全部股份卖给了一家风险投资基金,恰到好处地避开了网络股泡沫破灭的风险。

萧洪驰、胡野碧的《股色股香》中副市长陈邦华因为受贿受到查处,在官场混不下去了,在股市运气却不错。王晓野分给他的那500万股天乐仪表B股股票将他套牢多年,但也同样是那500万股让陈邦华咸鱼翻身。时移势迁,后来天乐仪表B股股价回升,他将手中的500万股全部抛掉,套现2500万港元,卖出了该股的一个历史最高价!陈邦华因此决定从事股票投资,他利用自己的关系筹集资金,总共筹集到三亿资金,成立了一个私募基金,自己成了叱咤风云的私募基金老总。投资就是比谁看得更远。预测未来是人类自古以来的梦想,但人总是善于解释历史,对未来却无能为力,因为做事后诸葛亮比预言家更容易。

中国当代股市题材小说聚焦贪婪、恐惧对人性的扭曲,倡导一种健康的人性修炼。

证券投资的过程实际上是跟自己战斗的过程,藏在内心的魔鬼时刻都不忘发挥它的影响力,让人在贪婪和恐惧的交替中备受折磨。炒股需要很多和人性逆向而行的心态。

沈乔生《股民日记》中老赵似乎是一个股市的智者。他炒股的心态极好,轻松、不贪、也不急不躁。他很有钱,有一个出租车队,还做汽车生意。他拿800万来炒股,"他买股也不像有些人犹犹豫豫,战战兢兢,他一买就是几十万股,简直就是坐庄,而且也不见他怎么研究,他总是挑龙头买,挑强庄买,每买必赢。"《股剩是怎么练成的》(一扔就涨著)对股民人性有深刻的思考和丰富的表现:"原来忘记股票的感觉真好。难道,我已经到达手中有股、心中无股的最高境界?"好心态来源于对贪婪的摈弃:"如果换一个心态,你只要确保自己的资金净值长期不断地上升,管他赚多赚少,管他短线波动。"好心态来源于知足常乐:"最初的时候,我理解中股市就像博彩,大家都围着下注,运气好的人赢,运气坏的人输。后来我理解中的股市就像是一场比赛,技术好的人赢,技术差的人输。再后来我理解中的股市就像是一条河,大家都在河边走,知足的人赢,贪心的人输。最后我理解中股市就像你我的人生,你只得到你该得到的东西,而且是一定可以得到。"好心态来源于目光长远:"既然这样,那你为什么还每天盯盘,关心它一时一刻的涨跌呢? 如果你是短线客,那无可厚非。可是你既然抱着中线投资心态,眼前的涨跌关你什么事? 难道明天大涨,你就要出货? 难道明天大跌,你就要止损? 都不会! 如果你的心情因为每天的涨跌而起落的话,那你是在自寻烦恼。"炒股需要耐心和镇定。炒股炒的就是心态。生活的内容很丰富,炒股只是生活的一小部分,一时的涨跌不必太认真。炒股考验人的耐心、毅力、判断力、决策力和逻辑思维能力,考验人的心态。股市是个大熔炉,锻炼人的心志,考验人的耐心,折磨人的意志。

以"手中无股,心中有股"的智者心态,超然于股市寒流之外,这是炒股的最高境界。炒股要做到心态良好,实在不是一件容易的事情,唯有大彻大悟的人,才可以置得失于度外,欣然面对红绿变幻。炒股炒的是股,煎的是心。你如果挣脱了心魔,炒股就会永远快乐了。"心中无股",心中无得失挂牵才能更客观冷静地分析大盘的变化。成功的人生并不仅仅是取得财富,它是一种心态,在这个心态中你觉得安详、宁静、满足。金钱能引出人类善良的一面,但金钱更经常暴露人性的丑恶面。对金钱过于强烈的追求将使人失去内心的安宁与平静。在资本市场要想成功,就不得不在别人恐惧时进发,在别人贪婪时收手。市场的风险可以回避,但内心的风险却如影随形,而这才是最致命的风险。趋利避害是人的天性,股市常常利用人天性的弱点捉弄人,挑战人的天性。

中国当代股市题材小说彰显流淌在股民血脉里的最宝贵的契约精神。

中国人的传统信任是建立在亲缘关系或准亲缘式的个人关系之上的，是一种凭借血缘共同体的家族关系和宗族纽带而形成和维系的特殊信任。市场经济的发展大大动摇了中国传统社会长期以来形成的血缘、地缘以及熟人社会网络关系，陌生人之间的信任逐渐增加，契约意识也已渗入交易活动的每一个角落。契约精神所蕴涵的个体本位、意志自由、独立平等、反对特权等价值理念逐渐深入人心。

萧洪驰、胡野碧的《股色股香》描写庄家在股市联合坐庄。陈融是省委秘书长的儿子，当过省长的专职秘书，后来被派往该省驻香港的窗口机构任总经理助理，不久升为副总，现在到了刚成立不久的南海证券当了投资银行部的副总。股市枭雄郑雄和陈融联合坐庄渤大机械。陈融的方案是，如果两家合在一起做，各自投入的资金只需原来的一半。既如此，就干脆不让自己任职的南海证券做，而让他自己后面的几个庄家大户来做。其区别是：如果南海证券来做，赚了钱，他只会获得最多不超过100万人民币的奖金；但如果交给他后面的庄家大户做，由陈融负责操盘，赚了钱，陈融将获得15%的提成。这个项目预计投资额为10亿港币，他的客户分担一半就是出资5亿，若5亿资金赚20%，也有1亿港币的利润，而15%的提成就是1500万港币，这是100万人民币的奖金无法比的。郑雄和陈融约定：每天上午由郑雄买入，陈融卖出；每天下午则由陈融买入，郑雄卖出。这样每天上午郑雄买入的股票下午又回到了陈融那里，每天下午陈融买入的股票第二天上午又抛给了郑雄。如此循环往复，股票价格在两人不断地对倒过程中稳步向上。这时渤大机械正式对外公布：已经签约收购中国第二大环保机械生产厂家珠江机械，从此其市场占有率从30%上升到50%，成为业内无与争锋的巨无霸。渤大机械股价就像脱缰的野马，迅速冲破8港元，直奔9港元，买盘气势如虹。此时郑雄和陈融手中各有近9000万股股票，各自的账面净利润都超过3亿港币。但就是在这个关键时刻，渤大的老总孙树和在珠江机械厂和当地工人发生冲突，结果心肌梗死突发去世了，收购珠江机械的事情可能因此流产。这些消息只要一公布，股价一定大跌。和郑雄共同撤退也已经不可能，陈融为了让不知情的郑雄为自己逃跑站岗，伪造券商王晓野知道变故却没有通知郑雄的假象，让王晓野喝了安眠药，无法通知郑雄，嫁祸于王晓野。结果整个下午郑雄一股也没卖出去，上午从陈融那里以高于10港币的价格买入的1000多万股，加上最初股票发行时所认购的9000来万股，郑雄目前拥有的股票总数接近1.05亿股,总成本为6.5亿港币,但股价在下午收市时已经跌到了8港币之下。陈融总共抛出4800多万股,几乎是他9000来万原始股的一半,收回资金4.6亿港币,是他认购9000万原始股总成本5亿港币的90%以上。换句话来讲,他只差4000万就可收回成本,但他手头还有4200万股,只要渤大机械的股价高过1港币,他就有钱赚。而郑雄此刻却满手股票,尽管从账面看他是赚钱的,但股票一抛股价一定大跌!因为不守契约,共同坐庄坐成了仇人冤家。

> 社会关系契约化是步入法治社会的必由之路,法律的制定和实施必须以契约过程为中介,契约过程是人们表达自由意志的过程,是把自由意志注入并提升为法律的过程,也是国家意志与个人意志相结合的过程。①

当代中国市场经济的发展大大动摇了传统社会长期以来形成的血缘、地缘以及熟人社会网络关系,陌生人之间的信任逐渐增加,按规则办事成为越来越多的中国人的行为习惯,契约意识也已渗入交易活动的每一个角落。

中国当代股市题材小说鼓励冲破传统封闭观念,赞美开放意识。

中国四周的天然阻隔和相对封闭的自然地理特点,使得中国古代一直缺乏对外开放、向外进取的条件和动力。然而相对优越的地理环境,加上中华先民的勤劳智慧,使古代中国在西方近代文明兴起之前,长期成为世界东方乃至整个世界最富足最强大的国度,因而产生了"中华帝国,无求于人"的自我陶醉、自我封闭观念。长期以来中国形成了一种半封闭的文化体系,其主要文化特征就是封闭性和保守性,所以儒家传统中有"慎言、慎独、慎行"的教条,这与市场经济的开放性、进取性、竞争性文化特征相距甚远,一定程度上反映出文化与经济间的一种不适应关系。开放性是市场经济的又一重要特征,开放的思想是市场经济在其发展过程中孕育出来的又一个十分重要的价值观念。市场经济的开放性促进了个体社会化进程,改变了传统计划经济体制下人与人之间的阻隔与封闭,使人伦关系更趋自由、和谐。市场活动是面向社会又依赖于社会的,它要求破除人为的分割和封锁,使人走向开放。市场经济的发展冲破了封闭观念,确立了现代社会开放的思想。普遍性的交往促进了各民族的经济发展和社会的共同进步。摒弃那种与在农业社会中所

---

① 伍俊斌:《公民社会的契约文化》,《学习时报》2006年5月22日。

形成的"鸡犬之声相闻,民至老死不相往来"的分散孤立状态相适应的封闭观念,树立开放意识。开放是市场核心价值理念,是市场经济的文化基因,植根于中国当代国民意识。

李江《绝色股民》的主人公刘丽的生活开始与股市没有什么关系。刘丽出生于普通家庭,因此没有政治和经济上的先天优势。过去的同学和同事许翠仙为了帮助刘丽摆脱工作和生活上的痛苦,撺掇她炒股:"你得和人接触,上股市来吧,好歹是个喝茶聊天的地方。"拿着丈夫给的四万块钱刘丽开始了自己的股市生涯。这是她人生关键的一步,开启了她人生的"辉煌"。她在股市开阔眼界,琢磨透了股市、官场、婚姻的共同"奥秘",成为一名"绝色股民"。

古代中国这样的农业社会,生产往往是以家庭为单位的小农经济模式,彼此间很少有货币或者经济往来,而且这种小农生产还被赋予了更多的道德色彩,被认为是符合自然本性的,所以这种生产方式很容易满足,不需要变化,也无从变化。这种自给自足观念不利于社会分工和经济往来的发展。市场经济要求根据市场需求,广泛利用各种市场资源,在极其广阔的时空范围内进行生产,使整个社会由封闭走向开放。

随着中国社会主义市场经济的逐步发展,由市场经济派生出来的与其相适应的价值观念与思维方式等文化要素逐步得以确立,进而形成市场经济文化。竞争与互利相统一的"双赢性"价值观是市场经济的基础,是市场经济健康发展的一个重要保障,是我国市场经济运行中主流价值观的建构目标。那些顺市场经济大势而兴的中国当代股市题材小说作者们,以展示证券投资活动、刻画股民生存状态为天职,努力把握市场经济的文化特性,积极揭示市场理性规约下的股民人格结构的重组和市场伦理内涵的嬗变。

第二节 吸收中国传统文化的合理养分

中国传统文化是世界上不多的几种原生性文化之一。中国传统文化作为具有丰富内容并包含许多精华的原生性文化,具有文化本源的意义。源远流长的中华文化,是中华民族生生不息、国脉传承的精神纽带,是当代中国市场文化建构的思想源泉。作为中华民族几千年积淀下来的传统文化不仅是昔日的陈迹,也是现代的影像,更是未来的基因。中华"文化传统"能薪火相传,就因为它活在我们的基因里,流淌在我们的血脉中。

1988年,75位诺贝尔奖获得者在法国巴黎发表联合宣言:21世纪的人类要生存,必须回到两千年前,汲取孔子的智慧。孔子的"己所不欲,勿施于人"①,已经在联合国的《人权宣言》和1993年世界宗教领袖们通过的《世界伦理宣言》中作为基本原则为各国所接受,成为普世共遵的伦理价值观,这表明儒家思想在今天人类社会的政治、经济、文化、生活等诸多方面起着重要的指导和积极的影响作用。

中国传统文化是一个颇具特色的价值体系。在漫长的中华民族历史进程中,勤劳勇敢的中华民族创造了灿烂辉煌的中华文明。以"仁"为核心的仁爱精神,以"义"为信仰的伦理道德,以"礼"为内容的礼仪规范,以"智"为对象的价值取向,以"信"为标尺的基本道德,"天人合一"的和谐思想,"中庸之道"的处世之道,心怀天下、厚德载物的社会责任感,重义轻利、为人作嫁的奉献精神等等,构成了中国传统文化的核心和精髓。它伴随着中华民族跨越历史几千年,成为中华民族思想宝库中的经典。中华民族最优秀的文化基因是最具有发展前途且极富民族精神气质的观念体系,因此吸收中国传统文化的合理养分是构建当代新文化的重要前提。

中国传统文化中有价值的部分可以为市场经济的建设和发展提供精神支持。中国当代的市场精神既是市场经济的必然结果,也是中国传统美德在新的经济形态下的自然延续。

中国传统文化中有关"富贵不能淫、贫贱不能移、威武不能屈"②的君子人格以及有关个人道德修养的其他内容,有助于人们在经营中,特别是在市场竞争中,形成良好的品质。孔子认为,做人的第一个要求,就是要有一颗爱心,要求做人应该有仁爱之心。将心比心,推己及人,博爱大众,共同发展。中国传统文化中的"仁"一般解释为"爱人",也就是人与人之间平等相待,互尊互敬。它是儒家思想的核心观念,也是中国古代传统文化模式的核心观念。

张成的《金叉:股市操盘手》描写股市的操盘手,塑造了一批股市英雄。小说的主人公、宏光证券公司总经理助理程兴章是一个偶像式的股市英雄。作为一个机构的操盘手,程兴章负责公司自营业务,投资068股票,赢利五千万元。他恪守职业道德,自己不跟庄做股票。散户李丽娟炒股得到程兴章的指点,她在股票的炒作上转亏为盈,赚了二十多万,她要拿五万元感谢程兴章,被程兴章拒绝。中华传统道德是一种重义轻利的道德,鄙视见利忘义,这

---

① 杨伯峻译注:《论语译注》,北京,中华书局,1980年,第123页。
② 杨伯峻译注:《孟子译注》,北京,中华书局,1981年,第141页。

也是股民应该具备的品格。

中国传统文化是积极入世的,它要求人们勤奋务实,刚健有为。《操盘手》(花荣著)描写几对现代男女在股市中白手起家的财富发迹梦,主人公乔峰无疑已经成为许多男性投资者心中的榜样。乔峰的社会起点并不高,一个平凡的年轻人,没有任何优势背景资源,通过自己的艰苦追求和不懈努力,凭借自己超人的智慧和胆略,利用股市白手起家,用了十几年时间终于成为一代股海大鳄。乔锋在上海证券交易所红马甲培训班上结识了美女章沁晖。章沁晖之兄章子良是万安集团公司的总经理。章子良祖籍江西,80年代初期,他跟随父亲章大江,把广东福建等地的日常生活用品装在大麻袋里,通过火车运到南昌,每次都能获得200%~300%的利润,大赚其钱。后来注册了万安投资公司,专门从事认购原始股的业务。乔锋当上了万安投资公司的操盘手。他出主意,用买光机票的办法,在拉萨"西部明珠"原始股的申购中取胜。他为万安投资公司的股票交易操盘非常成功。整个"西部明珠"项目完成后,万安投资公司获利五千多万人民币。章子良利用乔锋的名气,吸引了几股较大的资金作为合作者,然后利用核心资金抵押的方式成立了私募基金,在股市里越玩越大。乔锋后来离开万安集团,在股市自立门户,成立了"中国龙"私募基金,担任北京中国龙投资管理公司的董事长,每年都为客户赚取了远远高于其他行业的稳定利润,从而形成了一批忠实的客户群体。乔锋红马甲培训班的同学吕太行也是股市英雄。他的妻子赵熙利用吕太行这张股市王牌,使那些大型国企的领导更放心把资金交给她运作,成功募集了多达1个亿的资金。吕太行用在浦东飞龙事件中赚取的1000万元作为启动资金,在一家证券公司成立了一个机构服务中心,人们把这种设在券商大户室里的咨询公司称之为机构工作室。吕太行发现不用进行二级市场操作,仅仅依靠一级市场认购,就能获得每年30%以上的利润。他们在股市拼搏,凭借自己的勤奋、胆略和才华,开创自己的事业,受到世人的尊重和仰慕。

熊星《投资高手》的主人公杨子俊是华尔街的投资高手,回国加盟一个庞大的家族企业中企集团。在公司高层投资会议上,他一番高谈阔论折服了公司董事长欧阳桐,从此脱颖而出。他先是牛刀小试,在投资部从事期货买卖,几笔操作就赚得千万利润;接着他成功拦阻公司风险极大的国际并购,化解并购中出现的难题,在销售决战中一役奠定胜局,同时巧妙处理了旗下企业的剽窃风波。董事长欧阳桐惜才爱才,力排众议,提拔他为中企集团最年轻的副董事长。然而杨子俊却急流勇退,毅然辞职,创建红树林投资公司。欧阳桐与他的表弟星火投资总裁慕容文倾心赏识杨子俊,认为此子终非池中物,于是将儿子欧阳一秋和女儿慕容韩佳托他调教,并向他的公司投资入股数亿资金。在杨子俊的操盘下,红树林投资公司声名鹊起,很快成为市场的一头抢钱狼。接着,杨子俊转战IT行业,大举进军互联网,低价收购宝葫芦网和网络前线,又以蛇吞象的霸气收购上市公司现代商务,进军搜索引擎,开创了网站的盈利模式,促使行业重新洗牌,将互联网大鳄玩弄于股掌之上。就在经济危机猛然来袭之时,杨子俊却剑走偏锋,突破国内同行的围剿,在美国收购了一家颇有实力的B2B网站"世界贸易网",一举站在了互联网行业的巅峰,杨子俊终于雄睨世界。

中国传统文化中的理性利益观是中国当代市场文化的重要构成元素。在对待利益取舍上,中国传统文化认为必须以审慎理智的态度来对待利益,在获取利益的过程中应该充分自律,使求利行为符合社会公认准则。这就是中国传统文化所体现出的理性利益观。正确处理义利关系,并不在于利益所得的多寡,而在于获取利益的手段和方式是否合理,即是否符合某种道德准则的要求。孔子说:"不义而富且贵,于我如浮云。"①这种理性的利益观与市场经济建设的要求是一致的。所有的市场行为都必须遵守一定的市场规则,所有的市场行为主体都应该理智、审慎、自律。

在中国当代股市题材小说中,理性地追逐金钱成了"股市精英"的一个重要性格特征。要敢于发财,同时也要靠正当的手段和途径发财,股民的生活表现了这样一种理想。它宣扬的是一种对待财富比较合理的态度。因为如果在一个社会里,人们都不想发财,也不敢发财,这种观念势必妨碍人的才能的施展、创造性的发挥,不利于社会生产力的发展,因为这种观念束缚了人,实际上就是束缚了社会生产力的主要因素;另一方面,如果社会成员都想发财、敢发财,但又不想靠自己的劳动、采取正当的手段来发财,而是只想把"他物"据为己有,这种对待财富的态度违背人类正义,滋生大量腐败丑恶现象,极大地挫伤社会成员的生产积极性和创造热情,同样会阻碍社会生产力的发展。当市场经济真正呼啸而至时,人们开始毫不隐讳地表达对金钱的喜爱。但喜爱不代表能实际拥有,只有自觉服膺市场理性的人,才可能真正拥有财富,因此理性地追逐金钱、追求欲望的满足成了"股市精英"的一个重要性格特征。

葛红兵《财道》的主人公崔钧毅出身草民,初进大上海这个富人的天堂,时时处处受到歧视,他于是决心做个有钱人,卷入了物欲世界里千奇百怪的

---

① 杨伯峻译注:《论语译注》,北京,中华书局,1980年,第71页。

金钱膜拜与追逐游戏,凭着努力与良知,崔钧毅终获成功,尽管这成功是以身体的伤残为代价的。小说描绘金融奇人崔钧毅在逆境中崛起的历程,在追逐财富、追逐个人利益最大化中保持人性的高贵。崔钧毅作为一个"金融奇才",并不是一个通常意义上的投机者。崔钧毅对于股市大势的冷静判断,展示了财道中人作为一名智者的另一副面孔。崔钧毅从一个失意落魄的苏北大学生历经坎坷成为中国金融界的一代大亨,这本身就是一个具有传奇色彩的人生历程。

股市是中国当代社会的一个缩影。在中国社会的转型期,钱,这个货币符号成了欲望者心中的神。崔钧毅凭借超常的智慧和"君子爱财,取之有道"的理念从城市特有的舞台——股市的金融搏杀中脱颖而出,终于赢得了财富上的辉煌,并以大爱化解了人生恩怨。凡此种种似乎都在企图印证,"市场经济的启动不仅冲击了人们的价值观念与生活方式,而且为人们提供了摆脱传统集体权力话语的基础与条件,使个人能力得到张扬。"[①]也正是基于此,小说的主人公们才摆脱了"财富即罪恶"的传统文化观念的束缚,坚信财富意味着尊严和自由,将对金钱的把持和占有作为最重要的人生目标,在个人能力的张扬中获取金钱并获得成功。金钱欲在这些股市题材小说中并不是作为使人沉沦的因子受到严峻的理性审视和批判,而是作为人的合理欲望被予以了理性认同,不仅如此,人们执着于金钱追逐所生成的智慧和才能亦获得了出神入化的艺术传扬。小说另一个重要人物范建华也不是一个唯利是图的人。他是小说中最具传奇色彩的人物,透过老范富有哲学意味的哲学家式的经商方式,作者表达出融道家的自然之道和基督教的宽容仁爱于一体的人生感悟。他在闹市中卖盒饭,在崔钧毅接掌黄浦证券后出山,看到崔钧毅辉煌背后的隐患时,他毅然急流勇退。他是直面财富时唯一的清醒者。这种清醒,是对人性深处的巨大欲望保持警惕。在金钱面前,人性已经被剥掉了最后一块遮羞布。崔钧毅无疑是个理想人物:他拼命挣钱不是为个人享受,为的是成就感、尊严感,为的是回报亲友,从未丧失自己的道德底线。崔钧毅之所以没有重蹈武琼斯和周重大的覆辙,就是因为他始终保有一颗敞开的善良之心。中国当代股市题材小说挑战当今社会的金钱崇拜和物质至上,演绎的是既富且仁的财富神话。

每一个有效的故事都会向我们传送一个负荷着某种价值的思想,实

---

① 束学山:《认同与抉择:民间话语的价值取向》,《当代作家评论》1999 年第 4 期。

际上是将这一思想楔入我们的心灵,使我们不得不相信。只是这一思想掩饰在情感魅力的面纱之下。①

  基于股民追逐财富的道德性和超越财富的至善性,在否定传统的"重义轻利"的伦理观时,作者依然在用"义"的标准对"利"进行伦理规范——在"义"的光芒照耀下,"利"才具有了存在的合理性和追逐的必要性。中国当代股市题材小说建构的财富伦理事实上极大地"保有"了传统伦理中的"重义"因子,既张扬反传统的伦理诉求又对传统道德有所承担。

  中国传统文化中的和合意识是中国当代市场文化应该吸取的养分。"和"的基本含义就是"和谐"。它是中华民族对自己与外部世界及人自身关系的顿悟和认知。"和"是中华文化的核心,"和"乃和平、和解、和睦、和谐、和美、和合之谓。传统的中华文化以"和"为最高境界。求稳定,求和谐,求平安,相互忍让,互助互爱,以"和为贵"。化解世界各种危机,缔造一个和平、和睦、其乐融融的人类理想社会,需要中华"和"的文化。中国传统文化"天人和谐""情理和谐"的和谐精神是具有世界意义和现实意义的。现代社会里具有这种仁爱,更容易避免纷争,更容易让各个民族、各个文化共同繁荣发展。中国传统文化主要有六大家,即儒、道、禅、墨、法、兵。在 21 世纪,根据时代的需要,将六大家的思想精华化为现代人的精神营养。以儒做人,以道养生,以禅清心,以墨尽责,以法为基,以兵入市。儒家的学问从头到尾都在教我们怎样做人。孔子最伟大的地方,在于他为中国人的为人处世提供了最高的榜样,确立了基本的原则。道家教我们养生,要求我们养成一种自然态度,潇洒地对待生活。大智若愚、韬光养晦、柔弱胜刚强、无为无不为。庄子认为人痛苦的根本原因就是人太执着。执着于我和物的分别,贪得无厌;执着于我和人的分别,尔虞我诈。为了解脱人生痛苦,最有效的方法就是忘我、无我。庄子讲养生,认为精神的自由和洒脱才是人生的最高境界。

  沈乔生《股民日记》中和尚买卖股票的故事包含了许多中华传统文化观念,这些文化观念是耐人寻味的人生智慧,也包含了高深的股市哲理:"一天,庙里来了许多炒股的,在菩萨面前烧了好多香,苦苦哀求,要菩萨保佑他们脱苦海。老和尚心善,问是怎么回事。香客们说,股票大跌,我们深度套牢,赔进许多钱,不知怎么才能脱离苦海。老和尚心想股票真是个坏东西,害了这

---

① [美]罗伯特·麦基:《故事:材质、结构、风格和银幕剧作的原理》,周铁东译,北京,中国电影出版社,2001年,第 132 页。

么多人,我佛慈悲,以救人为怀,快把那些人救出来吧。于是他就倾庙中所有的香火钱,买进股票。好多日子过去了,香客们又来庙里烧香,一个个都情绪激动,眼里放出狼一般的光亮,求股票快涨多涨。老和尚不明白,怎么股票又成好东西了?既然善男信女都要股票,那赶快卖给他们吧,于是来到股票市场,把所有股票都卖个精光。这么有了几个来回,庙里的钱越来越多,而香客手中的钱却越来越少了。"一个有修行的老和尚,如果炒起股来赢的可能性比较大,因为佛法的修行就是要求人对"六度"不断地温习,不断克服自己身上的毛病。这个和尚炒股的出发点不是为了赚钱,而是做善事,不计较短期的输赢,就容易最后胜出,这个故事值得股民细细琢磨。

中国传统文化源于自然经济和计划经济的社会形态,是传统文化熏染积淀的结果,而市场精神是市场经济的产物,是在人的生存竞争中形成的。传统美德源于文化传承,而市场精神则出于生存竞争。传统美德表现为人对自我完善的心理需要,具有超功利性;市场精神则表现为人对切身利益的欲念与追求,具有非常现实的功利性。从市场经济是人类发展不可逾越的历史阶段这一观点出发,可以认为,市场精神也是人类精神文化发展的必经阶段。传统美德与市场精神的契合点在市场,是市场经济将这两种精神形态扭结在一起,使它们形成了新的价值组合。这一新的价值组合是以市场精神为主导的,它强调生存意义上的竞争观念和以市场为依托的人格独立意识及敬业精神,是对传统美德的继承与发展。将市场经济的优秀理念与计划经济的优秀理念有机地糅合在一起,形成有机统一的新型文化。创造性地实现中国传统文化、社会主义的价值观念同现代市场经济的嫁接和融合,使之成为适应现代制度的精神支柱,不仅仅要培养出具有普遍的敬业、诚信、平等等一般的市场经济伦理意识,更为重要的是要把社会主义价值观、集体主义的优良传统融入市场经济中去,把追求财富的物质冲动、单纯的赚钱欲望转化为一种社会成就感和社会责任感,使整个民族的经济行为有一个更为高尚的动机。

第三节 吸取外来文化的市场精华

不同的文化背景和文化传统,使中西方在思维方式、价值观念、行为准则和生活方式等方面存在着相当的文化差异。这种文化差异来源于中西方各自历史的长期积淀。大约五千年以前,中国、印度、埃及、两河流域以及地中海的克里特岛几乎同时进入文明社会。古埃及、古巴比伦、印度和中国四大文明古国都是在适合农业耕作的大河流域诞生的,从而构成了灿烂辉煌的大河文明;四大文明古国之外的希腊文明和罗马文明共同构成了地中海文明,希腊文明是地中海文明的发祥地,罗马则是希腊文明的继承者和古代西方世界的统治者,地中海文明是西方海洋文明的摇篮。

大河文明源于农耕经济。大江大河流域,灌溉水源充足,地势平坦,土地相对肥沃,气候温和,适宜人类生存,利于农作物培植和生长,农作物的生长呈现出严格的周期性和季节性,并对于水源、土地和气候有很强的依赖性。生产资料主要是土地、农具、耕牛等,人们居住在固定的房屋里,生活在窄小的空间里,行为往往依附并封闭于土地和房屋,对于外界的新生事物接触不多。劳动时间相对有规律,每天日出而作,日落而息,形成了人们稳定而有序的行为特性。一般情况下,劳动收入有很大的必然性、可预见性,除非偶然的特大自然灾害,财富的积累和丧失往往是缓慢的过程,暴穷或暴富的可能性都较小。对于天灾(大旱、大涝和大病虫害)的恐惧性强,需要形成强大的集体力量和集体权威来共同抵御,需要相关各方的协商与合作,需要较强的集体纪律性和组织协调性。劳动技能的增长对于长辈的技艺传授具有很强的依赖性。人们的收入来源主要是土地,而土地资源的拥有往往来自于较长时间的财富积累,人们生存条件的优劣主要取决于家庭或家族的基础条件,对于个人的劳动能力和运气依赖性较小。

大河文化是农业文化,封闭的大陆型地理环境使人们的思维局限在本土之内,这种温和内向型思维使人求稳好静,对新鲜事物缺乏好奇,对未知事物缺乏兴趣。因为依靠一块土地可以活一辈子,因此人们比较安分保守。农耕经济是一种和平自守、自给自足的经济,由此派生出的民族心理也是防守型和保守型的,造就了东方人注重伦理道德,求同求稳,特别看重社会秩序和社会和谐的意义,以"和为贵,忍为高"为处世原则,有较为强烈的谦让意识、自卑意识。它不容易形成财富的大起大落,因此冒险行为往往是愚蠢的、不值得的,因此人们总是安于现状,追求平安,忌讳冒险。农耕经济所形成的集权性政治体制造就了人们强烈的集体主义,淡化了个人主义,信奉传统和权威,家族观念与门第观念浓厚。

海洋文化源于海洋经济。地中海文明的发祥地古希腊地处爱琴海,海岸线曲折,岛屿众多,陆路交通不方便,可耕地面积较少,但拥有渔盐之利和海洋交通之便,工商业便应运而生,开拓海外市场、抢占殖民地、实施海外扩张是其天然使命。恶劣的海洋气候,艰苦的生存环境、激烈的海洋行为形成了人们的粗犷、张扬的行为特性。生产资料主要是船、渔网、商品等,对于海洋的依赖性强,而海洋是开阔的,海洋环境是恶劣的、多变的,人们对于外界的新生事物接触较多,视野开阔,从而形成了人们激进、开放的行为特性。劳动时间没有严格的规律,主要根据海洋气候的变化情况来定,需要较强的随机应变能力。海洋环境是动态多变的,海洋行为所产生的价值收入也是动态多变的、偶然的和难以预见的,生命安全和财产安全具有较大的风险性,有风暴、暗礁、海盗等,同时也有较大的机遇性和幸运性,财富的积累和丧失往往是快速的过程,暴穷或暴富的可能性都较大,甚至连生命的丧失都是快速的过程。出海作业往往是个体的、小家庭的,个人的生存能力主要取决于个人的劳动能力、个人运气和个人胆量,对于集体力量的依赖性较小。只要个人足够强大,财富的收入就可能无限增长。

海洋文化是商业文化。恶劣、艰苦的海洋环境以及积极进取的商业行为形成了人们粗犷、张扬的心理特性。开放、广阔、多变的海洋环境造就了人们激进、开放的心理特性。大量的海外商业行为又大大扩展人们的新视野,接触了更多更好的新生事物,又反过来强化了人们的进取与开放。海洋经济对于秩序、和谐与纪律的要求不高,而对于个人劳动能力能否获得自由发展与自由发挥则更为重要,从而形成了人们对于自由和平等的强烈向往,也形成了强烈的自信意识。海洋经济容易形成财富的大起大落,因此冒险行为往往是明智的、值得的,因此人们总是喜欢不安于现状,勇于冒险,敢于向自然挑战,敢于向权威挑战。集体利益的发展取决于个人利益的发展,因此它造就了人们强烈的个人主义意识,尊重个人利益和个人隐私,民主意识强。它往往总是面对不同的环境和全新的事物,没有现行的经验和历史的教训可以借鉴,没有老人可以去请教,必须自己亲自去探索和实践,并在探索和实践的过程中获得新的知识与信息,因此它造就了人们强烈的前瞻意识与创新意识。海洋经济不需要太多的资源背景,而是全靠自己个人的能力、运气与勇气,也不需要太多地依靠家族势力的支持与配合,从而形成了人们强烈的独立意识与自主意识。

海洋文化和大河文化、商业文化和农耕文化有很强的互补性。改革开放的初衷是要引入西方几百年形成的市场经济原则,即自由竞争、等价交换等原则。这些原则背后有现代化普世价值为支撑,就是个体主义原则、天赋人权原则、理性契约原则和法治原则,而在中国传统土壤中这些原则的基因并不丰富,而是充满家庭亲情原则的基因。随着经济全球化的不断推进,全球文化之间的交流也日益频繁和深入,外来文化的市场精华对当代中国文化的影响日益明显。中国当代股市题材小说形象地表现了这一中外文化交流的美丽风景。

中国当代股市题材小说弘扬西方文化崇尚的法的精神。

真正的市场经济是法治经济。市场的健康成长,仰赖于法律的规范和保护。没有法治,也就没有现代意义的市场经济,有的只是权力与资本的媾和。唯有回归宪法和法律框架,把权力关进制度的笼子,斩断干预市场的权力之手,斩绝权力染指甚至包办经济的心魔,依靠法律,用法治取代人治权力来规范、协调、保护经济社会关系,才会有真正的市场经济。从行为规范上看,西方人"重利""重法",中国人"重义""重情"。西方社会强调以个人权利为基准,以追求私利为目标,不重视人与人之间的情义,崇尚依靠法律解决人与人之间的矛盾。法律既可以保护个人的权利,也可以制裁人权的侵犯,因此,西方国家法治的发展是与人的权利价值观有密切关系的。传统中国人由于受传统的重义轻利思想的影响,自古以来主要依靠道义来约束人们的行为,规范和维系社会,而不是依靠法律约束,因此人们的法律意识比较淡薄,重义轻利,重情轻法,把义当成最高准则。西方的伦理道德以人性恶为出发点,强调个体的道德教育;中国儒家从人性善的观点出发,强调个体的道德修养。中国人主张通过先贤的教诲和学习提高自己的修养;而西方人对于社会和个人的规范,主张用"法制"来约束制约,道德则处于从属的地位。西方的个体主义是在氏族纽带解体、社会组织关系由血缘关系转向地缘关系的基础上产生的。在血缘联系极为淡薄的、共同居住于一地的人们当中,个体的要求和愿望成为唯一的合理的尺度。从个人主义出发,民主、法制观念在西方十分突出。个人主义的观点认为,每个人都享有天赋的、不可剥夺的自由平等权利,每个个体在政治上是平等的,大家都有参与集体管理的权力,都有表达和实践自己政治观点和立场的自由。每个个人在经济及社会生活中享有不可剥夺的平等权利,法律用以公正地调节这些平等主体间的关系,使每个人在保障自己权利的同时不侵害他人的合法权益。法制是调节平等主体间的权力义务关系的凭借。这种崇尚法制的观念在中国当代股市题材小说中得到了大力标举。

《股惑》(朱昭宾、梁丽华著)的主人公陈少泽是海天集团的董事长,他的妻子乔冠瑛的父亲乔瀛洲是省里的高级干部,而海天集团的副总裁潘世凯是乔瀛洲的养子。陈少泽过去的情人徐乃珊开办联华投资顾问有限公司,在股评节目中配合陈少泽,推荐陈少泽坐庄的股票"海天高科",有股民受骗亏去巨资自杀。徐乃珊如此这般也是受陈少泽的欺骗,她受不了这样的刺激发了疯。海天集团操纵"海天高科"股价受到证监会的调查,不便继续操作"海天高科"。泉州兴泰集团董事长冀承宗想接盘"海天高科"。兴泰集团是一家合资公司,印尼方面占总股本的85%。兴泰集团收购"海天高科","海天高科"变为"兴泰科技"。潘世凯离开海天集团,注册成立"天海投资咨询公司",与冀承宗合作,共同坐庄"海天高科"变身而来的"兴泰科技"。陈少泽暗中持有"兴泰科技"920万股,聘请股市高手"红鱼"为自己操盘。

记者郭伟揭露这些庄家操纵股价的内幕,证监会调查后做出处罚决定:"上述两家公司自二〇〇〇年二月起,集中资金,利用八百二十七个个股账户和四个法人股票账户,大量买入'海沧安正'(后两次更名为'海天高科'和'兴泰科技')的股票,持仓量最高时合计达六千三百万股,占其流通股本的90%。同时,还通过其控制的不同股票账户,以自己为交易对象,进行不转移所有权的自买自卖,影响证券交易价格和交易量,联手操纵'海天高科'的股票价格。截至二〇〇一年六月,上述两家公司控制的八百二十七个个人股票账户及四个法人股票账户共实现盈利一亿零七千元。""证监会决定:(一)没收上述两家公司违法所得一亿元;(二)对上述两家处以警告并各罚款一百万元;(三)对上述两家公司法定代表人乔冠瑛和肖岚处以警告并各罚款一百万元。责令上述两家公司在收到本处罚决定之日起三个月内,在交易所监督下卖出剩余的'海天高科'(现更名为'兴泰科技')股票,并注销违规开立的个人股票账户。"陈少泽派人收买冀承宗的秘书夏进,掌握了冀承宗和潘世凯坐庄的秘密。兴泰集团花七千万元投资"海南创意"。因银行行长受贿被抓,兴泰集团向银行借款计划告吹,在证券公司的融资款不能及时还上,将被强行平仓。侦知这些内幕的陈少泽抢先抛售"兴泰科技",引起股价跳水。潘世凯和冀承宗无钱护盘,只能忍痛抛股。冀承宗清空股票,把资金转到印尼。潘世凯因买凶伤害记者郭伟被捉,想把陈少泽坐庄、操纵股价的内幕供出,养父乔瀛洲出面使他改变主意。徐乃珊跳楼自杀。陈少泽为了逃避惩罚伪造跳海自杀假象,实则整容苟活。

小说描写法律惩治股市上不守规矩的肆意妄为之徒。性善论是我国儒学主导性的人性理论,充分肯定了人身上具有的、可向高尚的道德发展的潜在因素,有利于理想人格的培养和人与人之间的和谐关系的形成,但忽视外在力量对人的道德养成的他律作用,从而忽视相关法律、制度的健全和完善的必要性。而以"原罪说"的形式表现出来的性恶论作为基督教的人性理论,认为既然人人都有作恶的自然倾向,制约人的行为的戒律就是必要的,于是它就产生了对法律规范等他律手段的近乎崇拜的肯定,而这种肯定极易转化为对维护每个人权利的现代民主精神的认可。从西方的人性观引申出来的对法律制度建设方面的认识和影响,是我们在"性善论"的基础上应该加以补充和借鉴的。

《坐庄》(李唯著)描写股市一些不守法的庄家勾结大股东,在股市兴风作浪,利用各种手段操纵股价,牟取暴利,中国股市监管部门查处违规操作,打击黑幕交易,制止恶意炒作。粤兴证券公司在股市坐庄。"过去只要庄家把几个亿一投进去,把股票一拉起来,股民马上就疯了一样地跟进,几十个亿上百个亿就进来了,庄家就赚海了,股民都知道买涨不买跌啊!"因为坐庄失利,公司总经理丰信东在万般无奈的时候向大家下跪,寻求计策,挽救公司。刚进公司的操盘手肖可雄通过公司美女曲艾艾向股市高手刘直荀求救。刘直荀为粤兴证券公司出了一手"高招":"你们不是还有一个亿的后备资金吗,按正常思维,你们应该继续把这一个亿再投进去,把这只股票再往高拉起来,引诱股民跟进。当股民大量跟进,这只股票价格拉到最高位的时候,你们猛的出货,往下打压,把股民全部套住,然后你们解套,赚钱,常规思维是这样的。但现在你们把八个多亿都扔进去了股民还不跟进,说明股民已经对庄家的这套手法看破了,极为谨慎小心,都在持币观望,这时候就必须采取逆向思维了,这一个亿,你们不要再往股市里投,想着把这只通达橡胶股再往高拉,而是用这一个亿把这家上市公司积压的橡胶轮胎全部买下来,然后秘密拉到海外去全部填海。"粤兴证券公司用一个亿的资金人为地把这只垃圾股做成绩优股,消除股民的疑惑和犹豫,诱使股民大量跟进。为了造假:"粤兴公司把六百四十多万从另外的渠道给我们打过来,我们再原封不动地给他们打回去,再出具一张我们购买他们汽车轮胎的单据发票,在银行也留下了我们给他们的汇款记录。"粤兴公司为此付出了二十万的手续费。小说描写股市监管部门与不法庄家的斗法。市证券管理局王局长和刘娅紧盯着粤兴证券公司,要揭穿粤兴证券公司的骗局。肖可雄在大学时曾与刘娅恋爱同居,后抛弃刘娅与丁晓蕊热恋,粤兴证券公司此时的总经理薛淑玉为阻止刘娅继续深查,指使肖可雄与刘娅"破镜重圆"。王局长的妻子在百货公司上班,粤兴证券公司为了讨好王局长,与王局长的妻子签订了一百多万元的采购合同,现在以毁约要挟王局长放弃查案。为赶走刘娅,薛淑玉再次逼肖可雄邀刘娅幽会,然后通知肖可雄的妻子到现场"捉奸"。肖可雄与监管机关斗法,明炒一支科技股,以吸引监管视线,暗炒另外一支医药股。证管办严格执法,排除诸多阻力,严肃查处股市违法乱纪行为,肖可雄最后被绳之以法。小说倡导这样一种文化观念:在证券市场任何人以身试法都是没有好下场的,都是不可能得逞的。

《暗庄》(高力著)中今年刚满30岁的赵嘉铭出生在中国,十岁以前一直生活在湖南的一个偏远山村,后随父亲去了马来西亚,定居在吉隆坡。他的父亲赵启航是马来西亚南华集团的董事会主席,坐拥几十亿美元的家产。赵嘉铭以一个华裔马来西亚商人的身份,重又回到了阔别十八年的中国,出任南华新都总裁。赵嘉铭的助手刘伟,原来是华盛证券的副总裁,是国内资本市场上的运作高手,曾多次操盘上市公司的兼并收购,后因华盛证券涉嫌违规操作,受到证监会的查处整顿,刘伟不得不玩了个金蝉脱壳,离开了华盛证券。去年,赵嘉铭请他帮助南华新都集团上市。赵嘉铭开出的条件是:聘任刘伟为南华新都集团副总裁,基础年薪100万元,如上市成功则另外赠送5%的股份。赵嘉铭决定尽快实现南华新都在中国A股市场的上市,并根据刘伟的建议,聘请了国内知名的安泰证券,对南华新都进行资产整合包装和上市辅导。受国际金融风暴的影响,南华集团已经出现了危机。现在最快的上市途径只有借壳上市。赵嘉铭决定改变战略,收购一家上市公司。由于股价大幅下跌,收购的成本也随之降低,现在正是买壳上市的大好时机。江南药业是宁江市唯一一家上市公司。江南药业上市时,把历史债务全部剥离到江药集团,后面的两次配股,江药集团又把剩余的经营性资产全部注入上市公司,只剩下一个空壳,现在负债率已经超过200%,完全丧失了融资能力和造血能力。刘伟为赵嘉铭收购江南药业提出了两套方案。第一套方案的要点是:收购江药集团所持有的全部1.7亿股限售股份,达到对上市公司的控股地位,再通过资产置换的方式,将南华新都的神女湖生态旅游项目优质资产注入,把江南药业原有的资产剥离出去。第二套方案的要点是:由江南药业向南华新都定向增发不低于2亿股,南华新都以注入神女湖资产作为认购对价;定向增发后,南华新都成为上市公司第一大股东,江药集团退居次席。借壳江南药业,本来是赵嘉铭迫于父亲的压力,利用证券市场实现资产变现的第一步,而控制江南药业的股票,则是出于运作此次重组的需要。证监会已经大体掌握了南华新都与私募基金串通操纵市场的内幕。所有与南华新都合作的私募基金,已经全部受到证监会的立案调查,租用的十几个证券资金账户也被全部查封。赵嘉铭因为坐庄江南药业操纵市场,受到了证监会的严厉处罚。小说形象地表现了法律在中国资本市场的权威。

中国文化经过几千年的发展与演变逐渐形成了自己的特色。中国传统文化好比是太极图,圆满、优美、包容性强,是内敛型的;而西方传统文化的图腾是十字架,即锋芒毕露,刚劲有力,是发散型的。西方人心目中的"红灯"是法律条文和道德约束,"红灯"和"绿灯"分别代表着"合理合法"与"违法悖理";而我们有些国人心目中的"红灯"是"被人看见",是"目击者",只要没有

"目击者",红灯绿灯都是可以通过的。传统中国人为人处世最在乎他人会怎么说,其价值判断是"他人取向";而西方人为人处事最在乎法律会怎么说,其价值判断是"法律取向"。在西方人看来,一个人只要不伤害他人,也就是说不违反法律,他做什么不做什么,都是他自己的事情。而对传统中国人来说,人生道路上的绿灯反倒很少,举手投足,都要顾忌别人会怎么说怎么看,他人的意见对个人行为的规范有着很重要的作用,逆他人意见而我行我素,其代价是人格形象的丧失。这种"他人意见"常常是与"法律意见"相抵牾的,"他人取向"的红灯常常有意无意地替代了"法律取向"的红灯。

中国当代股市题材小说弘扬西方文化崇尚的契约精神。

中西方道德观的不同,使中西方的伦理体系和道德规范具有了不同的特点:西方重契约,中国重人伦。西方伦理强调个体人格的独立,有利于契约关系;中国伦理贬抑个体人格的独立,阻滞契约关系的达成。在进入社会关系契约化的时代之后,群体的和谐与秩序必须以个体人格的独立与平等为基础,而绝不可以牺牲和克灭个体人格的独立和平等为代价。如果说中国传统文化强调的是个体在社会"契约关系"中的自我从属性定位,那么西方文化则强调个体在这种"契约关系"中平等享受权利和履行义务,这种自由型文化追求的是一种平等、民主、公正的价值观。契约伦理是与西方市场经济体制的形成和发展相伴而生的。

《操盘手》(花荣著)中章子良是万安集团公司总经理,注册了万安投资公司,专门从事认购原始股的业务。股市高手吕太行和章子良合作坐庄黑凤凰股票。章子良掌控了黑凤凰股票90%以上的流通股。双方约定,吕太行操纵黑凤凰股票股价后,股价每达到一定价位,章子良要根据价位逐渐把股票按比例无偿地转让给吕太行。如果股价涨到100元以上,章子良最高将无偿转让给吕太行自己现在持有的股票50%。章子良需要配合长期锁仓,还要帮忙安排收购黑凤凰部分国有股,最终实现对黑凤凰股份公司的控制与重组。黑凤凰的股价在吕太行的操纵下一路高升,在太行接手的第三年股价高达百元。这时章子良违约悄悄出货。吕太行的资金链中一个重要人物皇甫村受一位行长经济问题的牵连,被检察机关查处了。那个行长私自挪用信贷资金交给皇甫村炒作黑凤凰的股票。皇甫村的"老鼠仓"涉资多达数千万元,一旦进入调查就会被强行平仓。吕太行知道在自己统领的公司中,像皇甫村这类"老鼠"绝不在少数。他下令在集团内部查"老鼠仓"。在太行发出通知后的次日,一些"老鼠仓"开始出货,黑凤凰的股价跌到85元以下。章子良看到黑凤凰出现了大抛盘,以为是股价挺不住了,便改变以往温和性质的减仓行为而变为不顾一切地抛售。黑凤凰连续9个跌停板,跌去50个亿的市值,引起"凤凰系"股票集体跳水,连续跌停。章子良在大陆抛完黑凤凰的股票后,很快便去了香港。因为不遵守契约,害人也害己。小说热切地呼唤契约精神。随着市场经济造成的人们之间交往的普遍化和日常化,人们逐渐探索建立一种在共同活动基础上的、符合公共利益的制度伦理,即契约伦理,它体现了独立、平等、自由、合作和合理利己的基本特征,具有"共同意志"和"公共精神"的意义,这种"共同意志"和"公共精神"作为社会公德意识形成的起源,对社会公德建设起到了积极的推动作用。在中国人看来契约伦理可能过于制度化,而显得缺乏中国的"人情味",但契约伦理所蕴含的尊重和保障人的生命、自由和平等,追求制度正义和社会良序化等进步的伦理精神却不能被漠视,因此,在社会主义市场经济条件下的社会公德建设,必须汲取西方的契约伦理精髓。

中国当代股市题材小说弘扬西方文化崇尚的竞争精神。

西方伦理重于竞争,中国则偏重于中庸、和谐。美国学者孟旦在他的《个体主义与整体主义:儒家和道家的价值观研究》一书中提出了这样的观点:传统的中国文化强调"天人合一",强调部分与整体之间的和谐性和物我统一性,而西方个体主义思想中的核心价值观是"竞争",这个价值观是中国整体主义思想所缺乏的。

《股神2》(柳峰著)讲述一个普通投资者在股市这个弱肉强食的世界中的奋斗史、成功史,塑造了一个青年股神形象。初入股市的青年缪柳锋,凭借自己过人的天赋和对中国股市的熟稔,畅游股海,与幕后黑手斗智斗勇,斩获无数骄人战绩,终于笑傲股林,构建起一座属于自己的金融帝国。柳峰等人在乐清市接办仲富证券公司。柳峰的同学陈科敏来到乐清,在宝华证券公司的温州营业部与柳峰对阵。研究癌症基因疗法的颜博士曾经治好过柳峰女友的病,因为受单位领导的嫉妒和压制,想脱离原单位。柳峰得知此消息后,带着颜博士拜访上市公司浙江医药,把浙江医药想重金聘用颜博士的录音透露给媒体。从媒体上得到此消息的陈科敏指挥宝华证券温州营业部重仓持有浙江医药的股票。而柳峰又带着颜博士来到海正医药,签下正式聘用合同。柳峰重仓持有的海正药业连续涨停。而陈科敏因为重仓浙江医药,无力再买海正药业,而浙江医药跌个不停。宝华证券公司元气大伤,咸鱼难以翻身,仲富证券公司横空出世,笑傲股市,获得了难以估量的收益。陈科敏失败,离开温州,回到上海。

郭现杰《私募》中林康从美国留学回国后与王雨农继续争斗。林康用重金诱使王雨农的部下肖福禄成为自己的眼线,从而完全掌握了王雨农的投资操作秘密,使王雨农的许多见不得人的违规违法行为暴露出来。林康在王雨农坐庄 ST 化工之前,偷偷潜伏下来,等王雨农将股价拉到高位,便不计成本地往下砸盘,让 ST 化工连续十多个跌停。王雨农被迫自杀身亡。西方人的价值观认为,个人是人类社会的基点。每个人的生存方式及生存质量都取决于自己的能力,有个人才有社会整体,个人高于社会整体。他们提倡每个人应表现出自己的个性,越是表现出自我个性,越能体现人生的价值。因此,人与人之间的竞争意识很强,靠竞争来取得自己的利益,实现自己的价值。在中国古代一般把"竞""争"当作不好的事情,而提倡"忍""让",缺少对公平竞争的尊重和向往。中国人的思想意识里比较缺少"竞争"的观念,个人竞争意识、拼搏意识不强,存在着一种依赖性。

中国与西方由于不同的历史环境和不同的文化背景,使西方现代公德观念较为发达,而我国则较侧重于私德培育。社会公德是处理人与人之间的主要道德规范,它更多的是处理人与陌生人之间的关系,因此这种讲求人与人之间无差别的"平等之爱"恰恰是社会公德建设的精神基础。随着我国现代化进程的飞速发展,人们社会交往领域不断拓展,公共生活领域不断扩大,原来在农业社会多用来调节熟人间关系的传统道德变得不合时宜了,重私德轻公德的道德观念显然与新时期人们的道德需求不相适应了,传统的道德规范的指导和规范作用逐渐丧失。在社会公德建设方面,西方文化中有很多值得我们学习和借鉴的内容和理念。在人类道德中存在一种共同的善恶标准,存在一种作为"人"都必须都信奉的"普世伦理"。人类有相同的价值追求,不分国界、不分种族,而是基于同为"人类"而希望建立的普遍伦理。现在世界上的不同国家、民族、阶级的人就共享着许多基本相同或相似的道德原则和道德观念,如"仁者爱人""以义制利""孝悌""平等、尊重、仁爱、诚信"等等,这些为人类所共同信奉的道德评价的标准和基本指导思想与方法,具有超越时空的普遍的指导作用。马克思曾经指出:"过去那种地方的和民族的自给自足和闭关自守状态,被各民族的各方面的互相往来和各方面的互相依赖所代替了。物质的生产是如此,精神的生产也是如此。各民族的精神产品成了公共的财产。"[①]西方的道德价值观是在西方特定的历史、社会、文化背景下形成的,是与西方的经济社会条件相适应的,西方道德价值观有与市场经济、现代

---

① 马克思、恩格斯:《共产党宣言》,《马克思恩格斯选集》第 1 卷,北京,人民出版社,1972 年,第 273 页。

化生活相适应并积极促进其发展的一面。社会主义市场精神是对资本主义市场精神的扬弃。社会主义市场经济作为一种全新的经济形态，不仅是生产、经济活动在物质和制度方面的创新，更是一场普遍的精神革命。当代中国正处于经济全球化、文化多元化的时代，民主、法制、平等、公正、自由等内容都是不同国家、不同民族人们的普遍价值共识。我们民族要走向复兴，融入人类文明进步的潮流，也必须吸收这些价值观，借以提升、滋养我们自己的精神世界。在"自律、勤劳、自强"等民族传统价值观和"法制、平等、公正"等普世价值观中找到交集。

市场经济所孕育的普世价值作为社会发展的精神动力，一方面它不断地涤荡旧的价值观念体系，另一方面它又在其扩展过程中，在与其他文明不可避免的大碰撞中，不断汲取其优秀成果，实现其同不同文明的结合。经济全球化为中国文化与西方文化的对话、交流和融合提供广阔的空间。中国将在更大的范围内和更深的程度上参与经济全球化的进程。经济的交往必将促使文化交流的发展。我国经济步入全球化的轨道，按着世界贸易组织的游戏规则办事，使中国的经济融于世界经济的大家庭之中；使中国人的头脑发生转变，按着世界人的一般规律去思考问题。"国际惯例"将第一次作为我们研究决策的主导因子，任何"中国特色"都将服从和服务于"国际惯例"——由此带来的人们和领导决策群的思想观念的转变将是艰巨的有时甚至是痛苦的。但是，中国必须要完成这一次深刻的转变，只有这样，中国才能真正步入世界发展的良性轨道。恩格斯曾经说过：

> 人们首先必须吃、喝、住、穿，然后才能从事政治、科学、艺术、宗教等等；所以，直接的物质的生活资料的生产，因而一个民族或一个时代的一定的经济发展阶段便构成为基础，人们的国家制度、法的观点、艺术以至宗教观念，就是从这个基础上发展起来的，因而，也必须由这个基础来解释，而不是像过去那样做得相反。[①]

21世纪，人类的经济活动已经逐步进入后工业化时代。在这个时代，文化与经济已经密不可分。经济的发展提供了文化发展的基础，从某种意义上来说也决定了文化发展的方向。社会的发展首先是人的发展，中国的现代化也首先是人的现代化。它要求人们用理性和科学的方法来审视周围的一切，

---

① 马克思、恩格斯：《马克思恩格斯选集》第3卷，北京，人民出版社，1972年，第574页。

追求真理,崇尚法治而不是推崇强人政治;提倡公开、公平和公正的行为规范而不是欺上瞒下、暗箱操作。

在当今与世界接轨的形势下,当代中国应建立起新的价值判断体系:一方面要继续尊重"德先生"和"赛先生",加强民主和科学的教育;另一方面则应该请进"马(Market)先生"和"骡(Law)先生",即加强市场和法制的观念。用法律规范人们在市场中的行为,同时对个体的合法行为持宽容的态度。美国学者阿历克萨·英格尔斯在《人的现代化》一书中指出:

> 一个国家,只有当它的人民是现代人,它的国民从心理和行为上都转变为现代的人格,它的政治、经济和文化管理机构中的工作人员都获得了某种与现代化发展相适应的现代性,这样的国家才可真正称之为现代化的国家。①

在文化融合的过程中,各种文化因素之间相互渗透、相互结合,最终融为一体。这种融合,一方面是把外来文化融入自己的文化,为自己注入新鲜血液,增添新的生机和活力,从而使其保持相当长时期的繁荣灿烂;另一方面则是把自己的文化融入异质文化中去。这种融合建立在深切了解异质文化的深层意蕴的基础上,扬弃自己原有的认知结构,从而既保留本民族文化的合理因素,又把本民族文化提高到异质先进文化所达到的时代水平。庞朴先生说:

> 文化之间的交流过程启示人们:物质文化因为处于文化系统的表层,因而最为活跃,最易交流;制度文化和行为文化处于文化系统的中层,是最权威的因素,因而稳定性大,不易交流;精神文化因为深藏于文化系统的核心,规定着文化发展的方向,因而最为保守,较难交流和改变。②

在与西方文化的交流中,我们既要学会发扬,也要学会舍弃,目标是中国文化在与西方文化的交流中既改造着自己,同时又促使世界文化产生新的发展与进步。

---

① [美]阿历克萨·英格尔斯著,殷陆君编译:《人的现代化——心理、思想、态度、行为》,成都,四川人民出版社,1985年,第8页。
② 庞朴:《稂莠集》,上海,上海人民出版社,1988年,第6页。

附录一:中国当代股市小说书目

1. 钟道新:《股票市场的迷走神经》,《当代》1991年第6期。
2. 毕淑敏:《原始股》,《青年文学》1993年第5期。
3. 林　坚:《股市大炒家》,上海,上海文艺出版社,1994年11月。
4. 李其纲:《股潮》,上海,上海文艺出版社,1996年11月。
5. 瓜　子:《股城风流》,深圳,海天出版社,1997年6月。
6. 沈乔生:《股民日记》,沈阳,春风文艺出版社,1997年11月。
7. 瓜　子:《股市大枭》,深圳,海天出版社,1998年3月。
8. 应健中:《股海中的红男绿女》,上海,上海人民出版社,1998年12月。
9. 老　莫:《股神》,天津,百花文艺出版社,1999年1月。
10. 俞天白:《大赢家——一个职业炒手的炒股笔记》,北京,作家出版社,1999年3月。
11. 沈乔生:《就赌这一次》,沈阳,春风文艺出版社,1999年4月。
12. 张华林:《金漩涡》,石家庄,花山文艺出版社,1999年11月。
13. 应健中:《股市中的悲欢离合》,上海,上海人民出版社,2000年7月。
14. 上海证券报文学工作室:《股海沉浮》,上海,上海远东出版社,2000年9月。
15. 张　成:《金叉:股市操盘手》,上海,上海人民出版社,2001年6月。
16. 张　成:《金雾:庄家龙虎斗》,北京,作家出版社,2002年5月。
17. 容　嵩:《股惑》,长春,时代文艺出版社,2002年5月。
18. 郭雪波:《红绿盘》,北京,群众出版社,2002年9月。
19. 老　奇:《天尽头》,北京,中国青年出版社,2003年1月。
20. 张　成:《金圈》,上海,上海人民出版社,2003年4月。
21. 矫　健:《金融街》,济南,山东文艺出版社,2003年12月。
22. 张　泽:《扭曲的K线》,广州,花城出版社,2003年12月。
23. 李　唯:《坐庄》,北京,中国青年出版社,2004年1月。
24. 岳　明:《别跟着我坐庄》,北京,民族出版社,2004年1月。
25. 丁　力:《涨停板,跌停板》,北京,群众出版社,2004年1月。
26. 乔峰:《时光倒流》,北京,华艺出版社,2004年4月。
27. 雾满拦江:《大商圈·资本巨鳄》,广州,花城出版社,2004年5月。
28. 杜卫东:《右边一步是地狱》,北京,作家出版社,2004年9月。
29. 潘伟君:《大上海的梦想岁月:一个操盘手的传奇》,重庆,重庆出版社,2004年12月。
30. 萧洪驰、胡野碧:《股色股香》,北京,团结出版社,2005年1月。

31. 渔火者:《从壹万到百万要多久》,北京,中国青年出版社,2005年9月。
32. 葛红兵:《财道》,上海,东方出版中心,2006年1月。
33. 林　夕:《暗箱》,武汉,长江文艺出版社,2006年5月。
34. 黄　睿:《股殇》,北京,中央编译出版社,2006年9月。
35. 赵　迪:《基金经理》,北京,清华大学出版社,2007年3月。
36. 丁　力:《高位出局》,北京,清华大学出版社,2007年4月。
37. 李德林:《阴谋》,北京,当代中国出版社,2007年5月。
38. 花　荣:《操盘手》,北京,中国城市出版社,2007年6月。
39. 紫金陈:《少年股神》,北京,当代中国出版社,2007年7月。
40. 沙本斋:《股海别梦》,北京,北京出版社,2007年7月。
41. 李德林:《天下第一庄》,南京,江苏文艺出版社,2007年8月。
42. 丁　力:《高位出局·透资》,北京,清华大学出版社,2007年9月。
43. 李　江:《绝色股民》,北京,文化艺术出版社,2007年10月。
44. 李德林:《迷影豪庄》,北京,中信出版社,2007年10月。
45. 周雅男:《纸戒》,北京,中国工人出版社,2007年11月。
46. 天　行:《金融帝国1》,石家庄,花山文艺出版社,2007年11月。
47. 矫　健:《换位游戏》,南京,江苏文艺出版社,2007年12月。
48. 天　行:《金融帝国2》,石家庄,花山文艺出版社,2008年1月。
49. 一扔就涨:《股剩是怎么练成的》,北京,中信出版社,2008年1月。
50. 丁　力:《上市公司》,北京,清华大学出版社,2008年2月。
51. 赵　迪:《资本剑客》,武汉,长江文艺出版,2008年2月。
52. 李德林:《阴谋2》,北京,当代中国出版社,2008年4月。
53. 柳　峰:《股神1》,石家庄,花山文艺出版社,2008年4月。
54. 柳　峰:《股神2》,石家庄,花山文艺出版社,2008年4月。
55. 王新平:《股路不归》,西安,陕西科学技术出版社,2008年8月。
56. 纸裁缝:《女散户》,重庆,重庆出版社,2008年9月。
57. 丁　力:《散户》,北京,现代出版社,2008年9月。
58. 陈一夫:《热钱风暴》,北京,中国文联出版社,2008年10月。
59. 顾子明:《金融战争》,广州,新世界出版社,2008年10月。
60. 财神的红袍:《解禁》,北京,北京出版社,2008年12月。
61. 黄　恒:《逃庄》,北京,北京出版社,2008年12月。
62. 周梅森:《梦想与疯狂》,北京,作家出版社,2009年1月。
63. 黄　恒:《金融道》,北京,北京出版社,2009年4月。
64. 柴火棍:《玩偶》,上海,上海人民出版社,2009年4月。
65. 扬　韬:《出师:投资家培训班日记》,广州,新世纪出版,2009年4月。
66. 朱昭宾、梁丽华:《股惑》,石家庄,花山文艺出版社,2009年6月。
67. 陈思进、雪城小玲:《绝情华尔街》,北京,北京大学出版社,2009年6月。

68. 丁　力：《生死华尔街》，北京，清华大学出版社，2009年7月。
69. 沈乔生：《枭雄》，上海，上海文艺出版社，2009年8月。
70. 郭现杰：《私募》，石家庄，花山文艺出版社，2009年8月。
71. 王海强：《股剩战争》，北京，中国华侨出版社，2009年8月。
72. 熊昌烈：《资本圈》，南京，江苏人民出版社，2009年9月。
73. 杜　树：《胜负》，石家庄，花山文艺出版社，2009年12月。
74. 黄　恒：《大成功》，北京，北京出版社，2010年1月。
75. 鲁晨光：《沪吉诃德和深桑丘——戏说中国股市二十多年》，北京，清华大学出版社，2010年1月。
76. 财神的红袍：《股弈》，北京，中国经济出版社，2010年2月。
77. 狼牙瘦龙：《涨停》，北京，华文出版社，2010年6月。
78. 白　丁：《股市教父》，北京，华夏出版社，2010年6月。
79. 周　倩：《操纵》，北京，大众文艺出版社，2010年7月。
80. 杨　鹏：《投资家》，北京，作家出版社，2010年7月。
81. 袁　谅：《大年代》，北京，国际文化出版公司，2010年8月。
82. 仇子明：《潜伏在资本市场》，北京，中信出版社，2010年9月。
83. 顾子明：《资本的魔咒》，北京，华文出版社，2010年10月。
84. 沈　良：《裸奔的钱》，杭州，浙江大学出版社，2010年11月。
85. 周　倩：《投资总监》，武汉，武汉出版社，2010年11月。
86. 周其森：《借壳》，北京，中国工人出版社，2010年11月。
87. 狼居士：《坐庄》，昆明，云南人民出版社，2011年3月。
88. 墨　石：《操盘》，武汉，武汉出版社，2011年3月。
89. 尚　烨：《绝杀局》，武汉，武汉出版社，2011年4月。
90. 仇晓慧：《血色交割单》，北京，中信出版社，2011年4月。
91. 迷糊汤：《纳斯达克病毒》，重庆，重庆出版社，2011年5月。
92. 昆　金：《交易日1940》，武汉，武汉出版社，2011年5月。
93. 鲁小平：《重组》，长沙，湖南人民出版社，2011年6月。
94. 迷糊汤：《裸钱》，北京，金城出版社，2011年7月。
95. 高　力：《暗庄》，上海，东方出版社，2011年8月。
96. 孟　悟：《逃离华尔街》，郑州，河南文艺出版社，2011年11月。
97. 欧阳之光：《我在私募生存的十二年》，北京，机械工业出版社，2011年12月。
98. 苏　肃：《股市套中人》，北京，作家出版社，2012年1月。
99. 狼牙瘦龙：《创业板》，广州，广东经济出版社，2012年1月。
100. 周　倩：《财务总监》，南京，江苏人民出版社，2012年1月。
101. 稻　城：《色变》，大连，大连出版社，2012年1月。
102. 王天成：《股惑》，北京，中国经济出版社，2012年3月。
103. priest：《资本剑客》，北京，光明日报出版社，2012年7月。

104. 郝　文:《上市》,合肥,安徽人民出版社,2012年7月。
105. 陈楫宝:《对赌》,长沙,湖南文艺出版社,2012年10月。
106. 杨小凡:《天命》,合肥,安徽文艺出版社,2012年10月。
107. 陈学连:《股市奇缘》,银川,阳光出版社,2012年12月。
108. 易楼兰:《上市赌局》,南京,江苏人民出版社,2013年1月。
109. 李正曦:《操控》,南京,江苏文艺出版社,2013年1月。
110. 仇晓慧:《大时代·命运操盘手》,杭州,浙江大学出版社,2013年2月。
111. 熊　星:《投资高手》,北京,九州出版社,2013年5月。
112. 朱子夫、徐凌:《谁是庄家》,北京,中国经济出版社,2013年5月。
113. 姜立涵:《CBD风流志》,北京,作家出版社,2013年6月。
114. 刘晋成:《投资人》,北京,光明日报出版社,2013年9月。
115. 刘晋成:《投资人2》,北京,光明日报出版社,2013年9月。
116. 财神的红袍:《资本玩家》,北京,北京出版社,2014年1月。
117. 黎　言:《老鼠仓》,南京,江苏文艺出版社,2014年3月。
118. 孙　玲:《激情停牌》,北京,清华大学出版社,2014年3月。
119. 顽　石:《不作不死》,北京,中国发展出版社,2014年11月。

附录二:参考文献

一、著作类

1. [英]亚当·斯密:《国民财富的性质和原因研究》,郭大力、王亚南译,北京,商务印书馆,1981年。
2. [美]弗里德里克·詹姆逊:《后现代主义与文化理论》,唐小兵译,西安,陕西师范大学出版社,1987年。
3. [美]丹尼尔·贝尔:《资本主义文化矛盾》,赵一凡等译,北京,三联书店,1989年。
4. [美]詹明信:《晚期资本主义的文化逻辑》,陈清侨等译,北京,三联书店,1997年。
5. [德]马克斯·韦伯:《经济与社会》,林荣远译,北京,商务印书馆,1997年。
6. [法]皮埃尔·布迪厄:《文化资本与社会炼金术》,包亚明译,上海,上海人民出版社,1997年。
7. [法]让·雅克·卢梭:《社会契约论》,何兆武译,北京,商务印书馆,2003年。
8. [德]格奥尔格·西美尔:《货币哲学》,陈戎女等译,北京,华夏出版社,2003年。
9. [德]马克斯·韦伯:《新教伦理与资本主义精神》,于晓、陈维纲等译,西安,陕西师范大学出版社,2006年。
10. [美]露丝.本尼迪克特:《文化模式》,王炜译,北京,社会科学文献出版社,2009年。
11. 孟繁华:《众神狂欢——当代中国的文化冲突问题》,北京,今日中国出版社,1997年。
12. 祁述裕:《市场经济下的中国文学艺术》,北京,北京大学出版社,1998年。
13. 畅广元:《文学文化学》,沈阳,辽宁人民出版社,2000年。
14. 谭桂林:《转型期中国审美文化批判》,南京,江苏文艺出版社,2001年。
15. 谭桂林:《长篇小说与文化母题》,长沙,湖南师范大学出版社,2002年。
16. 陈晓明:《现代性与中国当代文学转型》,昆明,云南人民出版社,2003年。
17. 胡金望:《文化诗学的理论与实践研究》,北京,中国社会科学出版社,2004年。
18. 余英时:《儒家伦理与商人精神》,桂林,广西师范大学出版社,2004年。
19. 王义祥:《当代中国的社会变迁》,上海,华东师范大学出版社,2006年。
20. 杨继绳:《中国当代社会各阶层分析》,兰州,甘肃人民出版社,2006年。
21. 郭宝亮:《文化诗学视野中的新时期小说》,石家庄,河北人民出版社,2007年。
22. 吴晓波:《激荡三十年(上、下)》,杭州,浙江人民出版社,2007年、2008年。
23. 李国清:《文化嬗变的时代色彩》,北京,人民出版社,2008年。
24. 陶东风:《当代中国文艺思潮与文化热点》,北京,北京大学出版社,2008年。
25. 茅于轼:《中国人的道德前景》,广州,暨南大学出版社,2008年。

26. 王佳宁主编:《中国经济改革30年——市场化进程卷(1978—2008)》,重庆,重庆大学出版社,2008年。
27. 张　柠:《中国当代文学与文化研究》,北京,北京师范大学出版集团,2008年。
28. 於可训:《中国当代文学概论》,武汉,武汉大学出版社,2009年。
29. 郭丽双、曲直:《商人道德决定中国未来》,太原,山西出版社,2009年。
30. 俞　雷:《追寻商业中国》,北京,中信出版社,2009年。
31. 吴晓波:《跌荡一百年(上、下)》,北京,中信出版社,2009年。
32. 杨　扬:《新中国社会与文学》,上海,上海人民出版社,2009年。
33. 王　宁:《"后理论时代"的文学与文化研究》,北京,北京大学出版社,2009年。
34. 陈平原:《小说史:理论与实践》,北京,北京大学出版社,2010年。
35. 陈江挺:《炒股的智慧》,合肥,安徽人民出版社,2010年。
36. 杨　虹:《叛逆与超越:近20年中国商界小说的文化阐释》,长沙,湖南人民出版社,2013年。

二、论文类

1. 邹广文、丁荣余:《当代中国的文化失范现象及其价值建构》,《社会科学辑刊》1993年第6期。
2. 崔永东:《传统文化与市场经济》,《传统文化与市场经济》1994年第5期。
3. 方克强:《李其纲:都市性的探索》,《当代作家评论》1998年第2期。
4. 李兆忠:《现代都市的寓言——〈股潮〉启示录》,《小说评论》1998年2期。
5. 蒋冰梅:《论中国传统文化与现代化》,《毛泽东邓小平理论研究》1998年第5期。
6. 贾丽萍:《欲望之境与生存之象——论90年代新都市小说》,《浙江师大学报》1999年第6期。
7. 沈广斌:《市场经济·传统文化·西方文化》,《南京航空航天大学学报(社会科学版)》2000年第3期。
8. 刘纪鹏:《股市文化批判》,《中国投资》2002年第10期。
9. 赵振宇:《冲突与融合:入世后的中西方文化交流》,《开放导报》2002年第8期。
10. 符风春:《中西方文化比较的理性思考》,《理论前沿》2002年第19期。
11. 沈　杰:《中国社会心理嬗变:1992—2002》,《中国青年政治学院学报》2003年第1期。
12. 阎文教:《一部悲剧色彩浓厚、充满社会批判意识的严肃作品——评容嵩长篇小说〈股惑〉》,《小说评论》2003年第2期。
13. 张洪波:《中国传统文化对市场经济的积极作用》,《安庆师范学院学报(社会科学版)》2003年第6期。
14. 罗能生、肖　捷:《中国股市的伦理审视》,《道德与文明》2004年第6期。
15. 杜　凯:《论传统文化对市场经济的精神支持》,《唐山师范学院学报》2004年第4期。
16. 赵定东、赵山:《中国社会原型与转型的历史分析》,《长白学刊》2005年第1期。

17. 张传平:《市场逻辑与文化价值观念的建构》,《学海》2006年第2期。
18. 伍俊斌:《中国市民社会的文化建构:从身份走向契约》,《学术界》2006年第2期。
19. 胡喜盈、唐伟:《我要钱 我要过得富贵——读解中国第一部真正意义上的财道小说》,《经纪人》2006年第3期。
20. 伍俊斌:《公民社会的契约文化》,《学习时报》2006年5月22日。
21. 许纪霖:《世俗社会的中国人精神生活》,《天涯》2007年第1期。
22. 刘纪鹏:《股市新文化理论初探》,《首都经济贸易大学学报》2007年第4期。
23. 韩志国:《中国正在进入资本主义时代——21世纪的中国资本宣言》,《上海证券报》2007年8月29日。
24. 邹民生:《4000万股民对当代中国意味着什么》,《上海证券报》2007年10月9日。
25. 谭时康:《当代审美文化的世俗化与物化倾向》,《商情》2008年第2期。
26. 徐 蕾:《金融资本化与中国政治发展》,《兰州学刊》2008年第10期。
27. 蒲甄芳:《股市小说:资本空间与现代人性》,《上海文化》2008年第6期。
28. 吴禹星:《颠倒与错位——葛红兵小说〈财道〉细读》,《当代文坛》2008年第2期。
29. 李 飞:《试论创造条件让群众拥有财产性收入》,《陕西教育学院学报》2008年第3期。
30. 马书琴:《中国股市文化构建思考》,《求是学刊》2008年第4期。
31. 周梅森:《面对资本时代》,《小说界》2009年第1期。
32. 邢瑞娟 张文生:《浅谈当代中国社会转型中的文化危机》,《福建论坛》2009年第4期。
33. 周晓虹:《中国人社会心态六十年变迁及发展趋势》,《河北学刊》2009年第5期。
34. 杨新刚:《新都市小说中"经济人"形象特征及意义》,《东岳论丛》2009年第7期。
35. 贺绍俊:《政治识见与现实穿透力》中国作家网2009.7.4。
36. 马书琴:《中国股票市场投机文化探究》,《北方论丛》2009年第5期。
37. 周梅森:《金融危机下的文学机遇》,《雨花》2009年第10期。
38. 张昭兵:《资本时代的虚假博弈——评周梅森新作〈梦想与疯狂〉》,《西湖》2009年第11期。
39. 南 焱、李国魂:《五主席的关键时刻》,《中国经济周刊》2010年第22期。
40. 吴晓求:《曲折向前二十年,扬帆已过万重山——写在中国资本市场20周年之际》,《光明日报》2010年11月9日。
41. 杨 虹:《中国商界小说的类型特质及其文化意味》,《理论与创作》2010年第6期。
42. 陈苏秦:《〈基金经理〉:第一部描写基金内幕的财经小说》,陈苏秦博客。
43. 包心鉴:《经济全球化与当代中国转型性发展》,《济南大学学报(社会科学版)》2010年第3期。
44. 陈 辽:《资本时代人与社会的异化——读〈梦想与疯狂〉》,《中国图书评论》2010年第5期。
45. 陈 莹:《吸取西方道德精华,加强社会公德建设》,浙江文明网2010年11月29日。
46. 刘 华:《我国中小股权保护的文化探微》,《商业时代》2010年第4期。

47. 徐　果:《股民的狂欢与落寞——评周其森新作〈借壳〉》,《海内与海外》2011年第1期。
48. 吴晓求:《中国资本市场六大作用与五大发展背景》,《中国证券报》2011年2月22日。
49. 邵向阳:《试论中国当代"股市文学"》,《太原师范学院学报(社会科学版)》2011年第2期。
50. 白雪瑞:《从自利到互利:中国股市文化转型的思考》,《求是学刊》2011年第3期。
51. 周　可:《当代中国社会资本概念的嬗变及其启示》,《江汉论坛》2011年第12期。
52. 杨　虹:《商界小说与新商业精神的审美表征》,《湖南社会科学》2012年第5期。
53. 杨　虹:《经济权力与商界小说的话语实践》,《江汉论坛》2012年第8期。
54. 卢晓云:《试论电视剧创作与当代中国核心价值观的构建》,《南京理工大学学报(社会科学版)》2012年第1期。
55. 伍俊斌:《当代中国公民社会建构的基础维度论析》,《中南大学学报(社会科学版)》2013年第1期。
56. 钟莉莉:《三十年中国人财富观之变迁》,《企业家日报》2013年6月10日。
57. 叶小文:《在市场经济中激活中华民族的精神基因》,《人民论坛》2014年第9期。

后记:我的"学问"来源于我的生活

我的身份不多也不复杂。我是一名站了二十多年讲台的大学老师;我是一个想当学者的读书人;同时我是一个在股市里赚过钱也亏过钱的散户股民,其中股民这个身份获得的时间最短。

我的一个七七级的大学同学和同乡,学数学的,后来考上了南开大学的研究生,改学金融证券,毕业后在深圳证券交易所工作,后来成为一个实力很强的证券公司的副总。因为是同学,我对他的生活很关注,也很熟悉。我知道他炒股赚了很多钱,我也很羡慕他有钱,现代社会谁不希望自己有钱呢?但我是一个传统的读书人,骨子里是一个农民,我想过1+1等于2的生活,信奉一分耕耘一分收获,不想去当官,因为想当也肯定当不到,认为官场不一定公平,一份付出不一定有一份回报;不想去做生意,认为商场有太多的狡诈、欺骗,说不定自己被别人卖了还在帮别人数钱;也不想去炒股,认为炒股有太大的风险,弄不好就会血本无归。我教我的书,我做我的"学问",平安稳定,自得其乐,因此在十几年的时间里我对热热闹闹的股市一直采取冷眼旁观的态度,没有掺和是因为不想掺和,不屑于掺和。2006年中国股市迎来了一波股改牛市,身边好多同事、亲戚、朋友炒股都赚了钱,这些在股市里赚了钱的人都鼓动我炒股,这时我终于动心了,心里也想:"这么多炒股的,都说钱来得容易,自己何不也玩玩呢?"(此处及此后引文均来自中国当代股市小说)就这样2006年之前一直对股市视而不见的我一不小心成了一个股民。

我一进股市,就遇到了2006年至2007年的大牛市。我试着投了一点钱进去,很快就赚钱了。我买的股票赚了多少,赔了多少,一笔一笔我都在本子上记着。我刚开始投入的钱不多,前前后后可能不到20万,不久竟然赚了20万。虽然赚了钱,但我知道我的股没有炒好,因为我身处十年难遇的大牛市,炒得好可以赚更多的钱。

炒股生活给了我一个非常重要的启发。因为此前我研究中国古代商贾小说,出版过中国第一部《中国商贾小说史》,这时想把中国古代商贾小说研究延伸到中国的现代和当代来,正在为现当代商贾小说内容的庞杂而苦恼。因为炒股,我对股市小说产生了特别浓厚的兴趣。股市小说以股市参与者为主人公,以股市生活为主要表现内容,是商贾小说的一个部分,于是我开始有意识地搜集中国当代股市小说,决定把它作为我新的专门的研究对象。它既是我的商贾小说研究的延续,又和我现在新的生活有密切的联系。我一边炒股,一边研读股市小说,这两方面的生活发生了有意思的碰撞。我发现成功的股市小说作者大多有过炒股的经历,特别是那些炒股的作家身兼股民和作家两种身份,把中国股民的成功与失败、欢乐与痛苦写得十分真切。我觉得股市小说很多地方是在写我,我在股市小说中仿佛不断地遇到自己。

炒股使我原本平静的生活发生了很多变化,使我原本宁静的心灵波澜起伏。我估计在有了股市的中国当代社会里像我这样的人决不是少数,因此我认为我自己的生活和心灵在当代中国人中间有代表性,有标本意义。

股市赚钱发财的故事使我赚钱、赚大钱的欲望急剧膨胀。

刚开始炒股的时候,我对股票了解很少,就像股市小说描写的那样,把炒股赚钱看得很简单、很容易。"如果是平时让两千万股民中的任何一个人换一个工作或者换一个环境,几乎无一例外都会思前想后,唯独进入这个行当却都看得非常简单,仿佛是个人都可以到这个市场里来赚钱。"没有经过训练,没有做好准备就上了股市战场,"他们没有一个固定的投资方式,也没有自己的原则,多数靠道听途说在炒股"。因为是在大牛市中,我不怎么会炒股,但入市一年,以 20 万元的本钱竟然也赚了 20 万元。赚了 20 万元之后我激动不已,想赚更多,于是满怀信心地加大了在股市的投入。"因为股票的运作其实全部利用了人类赌博的心理,那就是赢了的还想赢得更多,输了的就想赢回来。而且越参与胃口越大。""平时别说有钱人买个房子买个车,没钱人买个冰箱彩电,就是那些主妇买斤鱼,买根香菜都要走几个摊档比比看看,最后还要让小贩饶上一个半个的,可是唯独在这股市上,一掷千金,动不动就是半生或者一生的积蓄,却常常连眼都不眨就投了进来,而无论是进出,常常都是看别人如何操作,听别人如何讲话,全不想自己做点真实的功夫。""正因为你开始赚了点钱,你尝到一点甜头你就欲罢不能,这就更危险!"我在股市加大资金投入之后,中国股市冲到了六千多点的历史高位。这时候股市热火朝天,买基金要找关系,要托熟人。我"初生'股'犊不怕虎",根本不知道什么叫危险,因为那时候我还没有读过股市小说这样的描写:"只有等从来不炒股的人都开始大规模进来后,那才危险呢。"

炒股使我发现自己身上有很多与股市生活不适应的习惯和观念,发现股市生活与我们过去习惯过的生活有很大的文化冲突。

因为过于计较小的得失,没有见过股市的"世面",没有赚过大钱也没有亏过大钱,我的心理承受能力很差,"一点儿也沉不住气。每次都是跌上一点,就吓得跑;涨上一点,也急着跑。""有了一点赢利就搞'趋势投机',一旦被套就学'长线投资',赚时只咬很小一口就跑,赔时就算断臂残腿也要死扛。"我遇到的是一波十年难遇的大牛市,但我没有把握住大牛市中的"掘金"机会,"感情太急切,太想赚钱,太重视每一天的涨涨跌跌,即使在大牛市的行情中,也做不好股票。"

因为汲汲于小的得失,股票被套了之后我舍不得割肉。心存侥幸,不想让账面上的损失变成现实中真金白银的损失,因此常常因小失大。"新入市资金最大的风险就在于不懂如何止损,会放任亏损面的增大而手足无措。"我2007年买内蒙华电,刚开始亏了一点点,因为舍不得这"一点点",就不断补仓,想把它"救"出来,后来越补仓位越重,不断补仓不断跌。在股价跌无可跌时,我以为它会在底部待一段时间,于是想先把这只股上的资金调到别的我以为很快就会启动的股上去,回头再来"救"它。谁知道我刚把资金调走,它就涨。它越涨我越不敢进,至今我的账户上"内蒙华电"还剩下千把股,亏损额是九万多。不会止损,不会割肉,不是不明白这些道理,而是执行起来有心理或者人性的障碍,要打折扣:"如果损失2%而能获得10%、20%,甚至更多的利润,为什么不可以再割一回呢?"因为2%的损失是实实在在的,10%、20%的获得是不确定的,在我的心里似乎这实实在在的2%的分量更重,这时的我根本掂量不准股市的轻与重,掂量不出股市的多与少。

因为汲汲于小的得失,在股市亏了钱之后,我一门心思想"扳本"。"要是让我扳回了本,我就金盆洗手。"没扳回本之前,不管是金盆还是银盆我都不会洗手的,不甘心就此罢休,不服输。"这里的笼门敞开着,你咬不过别人了,随时可以逃出来。就怕你不出来,你鲜血淋漓了还情愿在里面待着。"面对亏了很多钱的股票,我唯一的愿望就是它能够解套,这时我也不奢望它赚钱了。天天盼望它涨,盼望它反弹,盼望它发生奇迹,盼望它突然一飞冲天。特别是当自己持有的股票价格从高位回落,自己在这只股票上从赚钱变成亏钱,怎么都舍不得抛掉它,"谁也不愿意失去曾经到手的金钱。"

因为汲汲于眼前的小得失,目光短浅,眼睛不向前看,而只盯着它曾经的涨跌,不知道自己最要盯着的是它今后的趋势。中国股市在创出六千多点的历史高位后转头向下,进入了下降通道,这个时候我不知道离场休息,不知道轻仓、空仓等待机会,而是急于抄底,"在股市上,如果大势转熊,那就争取在反弹时赶快出局,能挣回多少钱算多少,切忌反复抄底,再投入资金,那样将越来越被动。"股票被套之后我急于补仓:"股票一被套,天天焦急,天天想按照'摊平法'补仓,结果仓位越补越重,资金越来越少。"这么抄底、补仓下来,我不仅把赚的20万元亏掉了,还亏掉了20万元本钱。"很多人亏就亏在牛市熊市都不停地忙活,牛市赚下的利润,在熊市中又被彻底清洗。"这时候我最后悔的事是在7块多抛掉了包钢稀土。我在朋友的推荐下买了2000股包钢稀土,当时的价格是20块左右,后来随着中国股指的下跌它从20多块跌到3块多,我越跌越补,一直补到三万多股。在底部,在3块到7块之间,它上上下下跑了几个来回,搞得我很烦。我急于解套,想做一个波段,在七块多亏本抛掉了自己捏了很久的三万多股包钢稀土,想在它回到3块多的时候再补进去。谁知我抛掉后,它一飞冲天,涨到了20多块。这时我又不敢进了,认为股价涨幅已经很大,怕买进去被套住,谁知它不再回头,一直涨到了100多块。现在我的股票账户上包钢稀土还有150股,亏损额接近5万元。我把肠子都悔青了,但一点用都没有,是我自己主动放弃了赢的机会。"证券投资交易中没有如果这个词,时间不能倒流。"我深切地感受到天下所有的股民最需要的东西可能就是后悔药了。中国股市跌到一千多点的时候,我心里只怕它真的会崩盘,根本不知道这是一个建仓的机会。

　　身为股民,身处股市,我更真切地感受到了股市对当代中国人生活的影响,"股市已成为当今越来越多的中国人心头解不开、理还乱的一个结"。"就像人们说的那样,那股票,真就是电子鸦片,只要进去,就沾上了你,你就别再想着从其脱身出来。"炒股对我们这些散户来说其实就是接受魔鬼考验,"股民的大部分时间都在受煎熬中度过"。受煎熬的时候,"我真希望我从头到尾都不懂股票……快快乐乐地生活"。

　　我炒股没有赚到钱,我在股市中感受到的更多的是痛苦,是煎熬,但因此我对我的股市小说研究更有信心。我认定股市对当代中国人的生活产生了巨大影响,因此一定会对中国社会和文化的发展产生巨大影响;我认定股市小说是瞬息万变的股市留下的真实的生动的痕迹,是我们观察和研究中国股市、研究中国社会和文化发展变化一个最有魅力的窗口。

　　股炒得越久,经验越丰富。随着股指回升,我慢慢地把在股市亏掉的钱又赚了回来,还有一些盈利。随着股市生活经验的日益丰富,对股市生活的文化思考日益深刻,我的股市小说研究也有更多的发现和收获,它们互相促进着。我身在股市,我对炒股有切身的体会,有实战的经验,这使我能够以一个股民的眼光来判断股市小说内容的真假,水平的高低。我坚信我的中国当代股市小说研究与中国当代社会经济和文化发展具有紧密的联系,是一种深入到中国当代社会灵魂里的理性探究。同时我的股市小说研究使我能够接触、总结股市高手的炒股经验和教训,使自己在股市少走弯路,少吃哑巴亏,使自己在股市茁壮成长。

  股市小说读得越多,我的这种感觉就越强烈:股市小说写得好的人都是炒过股的人,可以说没有炒过股的作家,靠置身事外的所谓深入生活是写不出好的股市小说的。《逃庄》的作者黄恒说:"在股票这个行业中,没有十年八年的学习经历和切肤体验,写作这样的题材是很难做到真实性与知识性兼备的。"著名作家周梅森在谈自己创作《梦想与疯狂》的体会时说:"这可不是所谓体验生活,而是深深扎在市场中,和这个市场共存亡。""谁都不可能置身于世界之外,也不可能逃避这个已经到来的资本新时代。一个毋庸讳言的现实是,我们三十年改革开放积累下来的巨额国民财富,已经以一种前所未有的规模和速度涌向了资本市场——中国的和世界的资本市场。大到国家的海外主权投资基金,小到我们这近两亿中国股民和基民。"[①]这些与时代的发展同呼吸共命运的作家呕心沥血写出的作品值得我们这个时代和民族珍视。

  "当你进入股市之后就会明白很多人生的道理……",因为股市里有很多人生的道理;当你读了中国当代股市小说之后你就会知道它们是多么的精彩和深刻,因为它里面有当代中国人躁动的灵魂。

---

① 《在经济风暴中透视资本与人的本性——周梅森访谈》,《小说界》2009年第1期。